中華譯學館

莫言題

中華譯學係立係字与

以中華為根 譯与學并重

弘揚優秀文化 促進中外交流

拓展精神疆域 驅動思想創新

丁酉季冬月 許鈞撰 羅衛東書

宁波大学科学技术学院重点学科培育项目建设经费资助

中华译学馆
BEYOND
彼岸文丛

许 钧 辛红娟
主 编

青铜女人像

[加]安塔纳斯·希莱卡 著

曹钦琦 李凤萍 刘继华 译

WOMAN IN BRONZE

ZHEJIANG UNIVERSITY PRESS
浙江大学出版社
·杭州·

图书在版编目（CIP）数据

青铜女人像 / (加) 安塔纳斯·希莱卡著；曹钦琦，李凤萍，刘继华译. -- 杭州：浙江大学出版社，2022.12
书名原文: Woman in Bronze
ISBN 978-7-308-23134-3

Ⅰ.①青… Ⅱ.①安… ②曹… ③李… ④刘… Ⅲ.①长篇小说—加拿大—现代 Ⅳ.①I711.45

中国版本图书馆CIP数据核字(2022)第185500号

浙江省版权局著作权合同登记图字：11-2022-335

青铜女人像

[加]安塔纳斯·希莱卡　著　曹钦琦　李凤萍　刘继华　译

策　　划	黄静芬　包灵灵
责任编辑	黄静芬
责任校对	田　慧
封面设计	杭州林智广告有限公司
出版发行	浙江大学出版社
	（杭州市天目山路148号　　邮政编码　310007）
	（网址：http://www.zjupress.com）
排　　版	杭州林智广告有限公司
印　　刷	杭州高腾印务有限公司
开　　本	880mm×1230mm　1/32
印　　张	11.5
字　　数	309千
版 印 次	2022年12月第1版　2022年12月第1次印刷
书　　号	ISBN 978-7-308-23134-3
定　　价	49.80元

浙江大学出版社市场运营中心联系方式：0571-88925591；http://zjdxcbs.tmall.com

目　录

第二部分　巴黎画派（法国、加拿大，1926 年）

第一部分 四季

（立陶宛、波兰，1917年）

忙碌的老傻瓜，任性的太阳，

为什么你要穿过窗棂，

透过窗帘前来招呼我们？

难道情人的季节也得有你一样的转向？

——约翰·多恩《日出》（汪剑钊译）

序 幕

（雨 国）

外人给这片土地起了很多名字，但是在本地人的语言里，此地就叫雨国，就好像他们还记得自己的祖先原来是从某片雨水没这么多的土地迁徙至此似的。在这儿，晴天少，更多的日子里不是雾气腾腾就是小雨阵阵；到了春夏秋三季，硕大的雷团就在绿茵茵的低丘和山谷间打滚。虽说地处欧洲，但在这里，远古的神灵鬼怪却依然在人们的生活中经常被提及。雷神每每到访，老人都会把祈祷的经书和十字架放在窗台上，用来护身。若是在野外遭遇雷暴，就只能跪倒在地，口念《玫瑰经》——但是《玫瑰经》并不能保证平安无事。如果被雷电击中以后还能动弹，则可将泥土扒到身上，高过胸口，这样就能将电导出体外。如果人已死亡，这个办法自然也就不管用了。

这片多雨苍翠的土地是欧洲的大森林之一。在原始森林的深处，有着最后几头远古欧洲野牛。欧洲森林野牛在巨型橡树林和荆棘灌木之间喷着鼻子吹着气。大公爵、伯爵、地主大老爷们离开自己的庄园，骑马来到这里，在倒地不起、布满青苔的树干和泥潭沼泽之间寻找欧洲大陆其他地方早已绝迹千百年的猎物。半原始半开化的丛林住民在树林中砍掉一些树木，开垦出小块空地，在巴掌大的田里种上燕麦和黑麦，还晒些水獭、狐狸和貂鼠的皮毛。走到丛林深处，人们就会看到人类社会和动物世界的一条分界线，过了此线就是动物的天下了。那里有野牛和熊，有狼和鸡貂，有野猪和雄鹿。倘若有猎人越过了分界线，结局大抵不会太好，要么被这些丛林真正的主人撕成碎片，要么被它们踩得粉身碎骨。

在雨国，时间放慢了脚步。整个欧洲，就数这块土地上的人最晚皈依基督教。当年，十字军东征，想要在雨国建立起所谓的"北方耶路撒冷"，但是雨国人凭着民间传说中智斗魔鬼的那股子聪明劲，曾一度将外来者赶出大门。不过，雨国人后来还是改信了天主教，而且非常虔诚。即便如此，《圣经》故事中的一个个圣人终究没有完全取代民间信仰中的太阳之神和雷电之神的地位，而是与之共存。

中世纪时，雨国人民曾一度像怒兽发飙一样，向东冲到黑海，向西则重创条顿骑士团。最终，雨国与波兰结合，成立了一个东欧大联盟国，让莫斯科胆战心惊。但是，最近几百年来，雨国似乎逐渐溶解，消失在波兰的影子里。之后，波兰自身也因为受到普鲁士、奥地利和俄国三国的蚕食，开始越变越小。最后，被沙皇叶卡捷琳娜二世吞下最后一口，雨国也从此成为沙皇统治下的偏远省份之一。

雨国陷入沉寂，西欧几乎无人提及此地。只有吹牛大王敏豪生男爵① 会说起雨国。他到访雨国的奇遇记虽然在西欧人人称奇，却令人难以相信。而这些奇闻对于雨国人来说并不稀奇。后来，拿破仑曾两度行军路过此地，惊醒沉睡中的雨国，但最终也没有带来任何变化。再后来，到了十九世纪，雨国燃起一些起义的星火，但也都匆匆熄灭了。火焰过后，乡下遍地的绞刑架提醒着叛乱者不用做无谓的抵抗。树林里到处都是逃亡的起义官兵：有人命丧于此；有人则适应了丛林生活，成了新的丛林人，在荒山野岭中隐居几十年，被唤起了野性。

不知多少年后，有一个参加过 1830 年起义的丛林野人，他姓斯

---

① 敏豪生男爵，德国作家鲁道夫·拉斯伯（Rudolf Raspe）所著冒险故事中的主人公。

登布拉斯，从丛林中走了出来。他用不知道哪里来的钱买了土地，建了自己的农场。此人身上一股沼泽味，很可能就是半个丛林怪物。但他要真是什么怪物的话，肯定也是个精明的怪物。他买下的三十公顷土地块块都是良田，而且离古镇莫尔丁不远，若是要买点文明时代的物品，如灯油、火柴，都很便利，因而生活极为方便。莫尔丁镇曾是战时的城池，抵抗过十字军的侵略，后来又成了偏远地区的市集。最后，到了斯登布拉斯生活的年头，小镇岌岌可危，越变越小，变成了莫尔丁村。

西欧经历了一波又一波的社会发展，铁路和工厂冒出了大地；东欧却还是维持着它的惰性定律，几乎一成不变。斯登布拉斯有了儿子，儿子又有了孙子，子子孙孙繁衍下来，说多不多，说少不少。家里也有了新气象，但是更新的速度不快：原来茅草屋顶上最早的洞改掉了，加了一个烟囱；短柄镰刀不用了，换上了长柄。

到了二十世纪初，莫尔丁村已经几乎看不出历史重镇的痕迹，除了村里的那个教堂，还有山坡上几个战争时期堡垒残留下来的空荡荡的地下室。村里不足两百户人家，清一色的木头房子，由方木块砌成，拥挤在一起，中间只隔了几条沙子铺就的小路。村里没有一条像样的大街，只有一些弯弯曲曲的小道。古镇的核心虽然还在，但是周边的房子全都不见了，取而代之的是偷偷扩张的田地和果园。当地还有一栋庄园大宅，矗立在村外，由黄砖砌成。庄园大宅里设计了样式新奇的角楼，是栋漂亮房子。房子的主人是蒙伯格伯爵，德国后裔，祖先曾经帮助过沙皇的一个朋友。这个庄园曾经风光过几次，但是现在大多数土地已经卖给了勤劳的、一心致富的农民，气得老伯爵整天喝酒，就差把最后一点老本喝光了。

虽说莫尔丁曾经辉煌，但是还能证明这段历史的遗迹几乎荡然无存，只剩下一座村教堂，就在山脚下，离战时的堡垒废墟不远。拿破仑可能亲口夸赞过这座文艺复兴时期教堂的建筑之美，但是当年的盛景已经不复存在，因为自从他路经此地之后，教堂已改造过两次。砖墙外面涂上了白色石灰，但是石灰没有涂到位，一块块剥落下来，都有女人手心般大小。

要不是因为最近的那场战争——那场终结此地一切的战争，这座教堂和这个村庄，这栋庄园和这些农场，以及所有的村民，可能就会一直沉睡下去，永不醒来。时值 1914 年 8 月，俄国第二集团军在东普鲁士的坦能堡全军覆灭。这场战争，俄国败得非常彻底。这支俄军部队的统军元帅站都站不稳了，再加上哮喘突然发作，气也接不上来，就在绝望中一枪将自己打死了。俄国第一集团军的境况也好不到哪里去。沙俄的边境战线撑不住了，那里剩下的俄军也如同人间蒸发一般。而战争还在其他战线继续进行。

打了胜仗的德军将领决心用文明来开化这些曾被沙皇忽略的占领区。德国人擅长组织管理，本来倒是说不定真能给这片肮脏污秽之地带来一些秩序。但是，所谓的组织管理就是要求农民缴纳财物，德军还派出密探来确保农民完成了缴纳指标。斯登布拉斯家有一个邻居叫奇钦斯，这个老农民有点小聪明，在自家的谷仓里藏了一只小猪。但是，一个长着大耳朵的德国人找上门来，用耳朵听了一下，就听到了小猪的尖叫声，于是就开出一张罚单。还有一个邻居埋了一壶黄油，本想躲过征用人员的检查，但是来了一个长鼻子的德国人，用鼻子一闻就找到了黄油。

现在，除了魔鬼、地方治安官、部队将军和乡下那些半人半羊的农牧神，村里又暗藏了新的威胁。爱国人士和各界的投机分子拿起武器，扮起了"产婆"，来迎接即将"呱呱坠地"的新世界。

但是，这个新世界到底在哪里？从斯登布拉斯家的房子来看，还几乎看不见。这座农家房子由方木块砌成，虽然占地不小，但是光线阴暗，茅草屋顶压得很低，顶上还有鹳鸟筑的窝。对于这户人家的小孩托马斯·斯登布拉斯来说，这个新世界在哪里，他从来没有看到过。这家共有子女六人，四兄弟加两姐妹，托马斯排行老三。幼儿时期的他对于自己所住的地方最初并没有多少概念，就像丛林动物对丛林也没有多少想法。随着年龄的增长，他稍稍扩大了一点活动世界，一开始扩大到了自家院子，那里有嘎嘎叫的鸭子，还到了院子外面的农田，后来又沿着两旁种满树的小路扩大到了村里的大路。到了大路上，就能看到村里的那条河，沿着丘陵走一公里多点就到了。村庄和教堂在另一边，沿着同样的丘陵，在大路上反方向走一公里多点就能到。托马斯没有怎么仔细思考过自己家的房子，只是关心那些跟自己在同一个屋檐下住着的人。不过，一点一点地，厨房炉火边听来的故事慢慢地在他心里堆积了下来。这些故事当中，既有人间奇闻，又有闹鬼怪谈，也有发生在千里之外的政治权谋，以及善用权谋者发动的连天烽火。

到了十五岁，托马斯了解了立陶宛的历史。但是，辉煌的古代骑士传说并没有让托马斯像他的三个兄弟一样心潮澎湃。战争期间，高中全都关门停课，所以托马斯只好在农场里分担农忙时节的劳动。但是，尽管年方十五，他却已经不满足于跟祖先一样生活。农场里的苦工让他焦躁不安。等他最后清醒地认识到自己身处何地时，凭着少年眼中的那份自信，他看到了这里可怕的落后。因此，他渴望离开这里，去往一个光明的国家。

魔 鬼

（1917 年秋）

老科特丽娜听到一声响，于是停下了脚步。她向前张望，看着斯登布拉斯家的这所农家房子的走廊，狭长、昏暗，然后紧张地用手指摩挲系在脖子处的头巾结。上午已经过去了一半，但房子里还是昏暗无光。茅草屋顶压得很低，盖住了所有的窗户，就连日照时间最长的时候也挡住了大多数光线。要是到了秋天，屋子里几乎整天都是黑暗一片。

科特丽娜身体发颤，眯眼看去，但即使眯着眼睛还是看不清有什么东西。她眼神不好，但是耳朵还很好使。远处好像有什么东西在动，就在那个陶瓷立面大烤炉附近，烤炉的铁门开了，正对着走廊。她听到布料划过炉砖的声音，那种魔鬼可能制造出来的声音——又是她的宿敌搞的鬼。自己的日子已经不长了，这鬼东西这次回来又有什么花样？她在自己脑门画了一个十字，口中默念了一句"万福马利亚"，想要赶走烤炉中的魔鬼。此时的炉中还有火焰在燃烧。温度还是太高，不适合烤面包，今天的面包估计还要等一阵子才能烤。但是这样的温度对于撒旦的伙伴来说已经足够舒服了。

几十年前，那时的房子还留有木头刚刚锯过的新鲜味道。有一次，她刚要走过走廊，一个身材很小的魔鬼从烧热的烤炉里探出头来。小魔鬼指着科特丽娜大笑，但是没有笑出声，他捂着嘴巴，不让她看见自己尖尖的牙齿，动作就像个小孩一样。他的个子只有新生儿般大小。他不是撒旦本人，而是遍布这个国家的众多小魔鬼之一。他们的身材小得出奇，因而看起来好像不会害人，甚至还很好玩。

科特丽娜一开始差点儿受到诱惑，很想跟他一起笑，好像小魔鬼刚刚讲过什么笑话一样。但是她及时克制了自己的冲动。这个小魔鬼一边用一只手撑开烤炉的门，一边扮鬼脸，黝黑的脸蛋透着红，正在那里咧嘴笑。他用一根手指按着鼻子，然后吮吸自己的大拇指。他转动眼珠，最后只露出眼白。她本以为小魔鬼闻起来会有硫黄的气味，结果一点儿也没有闻到，而是闻起来更像农场工人喝了一晚上啤酒以后第二天一早放屁的味道。看到科特丽娜不肯笑，小魔鬼很生气，一把关上了炉门，把自己关进了烤炉。

家里除了她母亲以外没有其他人。母亲一个人待在一间小屋里，整天都在低声诵着祷文，一边噼里啪啦拨弄着玫瑰念珠，一边不断地在脑门上画着十字，直到脑门发疼。后来，脑门疼的毛病一直都没有治好。科特丽娜的丈夫不喜欢让这个疯婆子住在自己家里，但是科特丽娜没有别的地方可以安置自己的母亲。可惜她母亲实在是身体孱弱，而且精神不济，要不然科特丽娜就可以叫她搬出圣像来庇佑自己。没办法，她只好跑到外面，到田里去找自己的丈夫。他那时正在和农场雇工种土豆。看到她过来，他和两个雇工伸直腰站了起来，一边等她，一边两手叉腰来撑住已经累坏了的腰。她把丈夫拉到一边，在他耳边小声说话。她讲话的时候，丈夫笑出声来，以防让两个雇工听到说话的内容。听完以后，他就跟妻子回家了，步伐沉重地走过潮湿的田地。进屋的时候，他在脑门上画了一个十字，从墙上取下两根棕树枝做成的十字架。烤炉门这时还关着。他用自己最快的速度一把拽开炉门，扔进十字架，然后一把摔上炉门。

之后，他走到厨房，在餐桌边坐了下来。科特丽娜给他端来一杯牛奶，还有一片涂了蜂蜜的黑面包。他慢慢吃了起来。谈论家里出现魔鬼会倒霉的，所以两人几乎都没有开口说话；但是有了丈夫在家，科特丽娜就没刚才那么害怕了。他吃完面包，迟疑了一会儿，然后站了起来，又迟疑了一会儿。他两手握在身前，十指紧扣，不让妻子看到自己的手在发抖。终于，他用手背擦了一下嘴巴，沿着过道走到烤炉跟前，打开炉门，看了看炉子里面。

"你看，"他说，"什么都没有。"然后就笑出声来。

松了一口气以后，他走到屋外，在院子里吐了一口唾沫，仰天感受了一会儿照在脸上的阳光，然后又去喝了一杯牛奶，回去种地了。科特丽娜看着他往田地那边走。等他走远了，远到他肯定以为科特丽娜的目光不再跟在身后了，她看到他在脑门上画了一个十字。

这天，科特丽娜没有在烤炉里烤面包。已经发酵膨胀的面团又塌陷了下去，屋子里满是这种酸面团的味道，真是严重浪费粮食。但是，她才不会让自己要烤的面包沾上魔鬼的烟尘，即使只是一个小小的魔鬼。等到炉里的炭火冷却，她把炭灰筛出炉子，结果发现一小块兽角：看来小魔鬼已经通过烟囱逃走了。但是他给这户人家留下了一个纪念品。

她把这块兽角埋在自家小路与村里大路交叉的路口。之后，每次她从那里路过，都会在脑门上画一个十字，几十年来从未改变这个习惯。

从那件怪事发生到现在都已经快有五十年了，但是这个魔鬼又回来了。他知道她身上背负的罪孽，那就是藏在她房间内某个抽屉里的那副油腻腻的纸牌。那些魔鬼跟上帝一样通晓万事，但跟上帝不同的是，魔鬼会根据自己掌握的消息来采取行动。魔鬼依然是那么邪恶，依然是那么强大。但是，现在科特丽娜老了，魔鬼就抓住了她的孤立无援。她丈夫多年前就死了，她儿子现在带着全家人去教堂了。她的《玫瑰经》和祈祷书放在另一个房间的墙角，旁边还放着耶稣受难十字架、蜡烛和全部的圣灵雕像。魔鬼从来就不会忘事。毕竟对于长生不老的魔鬼来说，这区区五十年又算得了什么？

　　秋雨已经开了头，把农田弄得全是烂泥。野外雾气很浓，人们要是走错了道，没走在村里的那条大路上，可能就会走到田里或林子里，直到迷路为止。科特丽娜身子发冷，尽管已经穿了好几层亚麻衣服和羊毛衫，外面还披了一件披肩，头上还系了自己最好的那块土耳其方巾。人老了以后，最大的问题就是到了十一月份以后身上怎么都热不起来。所以，热烘烘的烤炉就特别有吸引力，尽管那里有魔鬼，很危险。

　　黏土砌成的烤炉很大，跟普通成年男子一般高，位置就在房子的正中央，这样就能均匀送热。到了冬天，孩子们就会直接睡在烤炉上面取暖，因为炉子的余热能够保持一个晚上。现在，她必须经过烤炉，才能走到自己的那间念经室。除了念经室，没有一个安全的地方了。每到星期天做弥撒的时候，那些魔鬼都在乡下走动。哪个人要是不虔诚地跑到领圣体的栏杆外面来，就随时都会被魔鬼伺机抓走。她儿子里奥·斯登布拉斯今天去参加弥撒时出发得晚了，因为他在家里到处吼了一通，好像要把其中一个亲生儿子一口生吞了一样。这个惹事的孩子叫托马斯，性格温顺柔和，可偏偏就是这种性格让里奥一次次地发火。但是托马斯双手很灵巧，他能雕刻出耶稣受难十字架，上面还有一圈葡萄叶子，甚至会再加上一小串一小串的葡萄。感谢上帝，家里孩子不少。里奥还有三个儿子和两个女儿，这些儿女没一个会惹他发火。科特丽娜以前就见过这样的事儿：有时候当爹的就是看不惯自己的儿子，就好像要是让他发现儿子有什么地方不像爹，这儿子就是对当爹的不敬。

　　烤炉里又发出一声刮擦声。这个魔鬼在笑她呢，可能在看自己绿色马甲口袋中的怀表，看看到底她还会犹豫多久。科特丽娜想起来自己身上的那件天主教圣母小圣衣，就是用带子系在脖子上的那块圣母马利亚布像。那件圣衣肯定能够保护自己，不让魔鬼近身。她解开亚麻上衣最上面的一颗纽扣，将那块圣像拉了出来。她将圣像举在胸前，口中轻诵"万福马利亚",沿着过道走过去。她用意念命令自己在走过烤炉的时候一定要一直盯着烤炉。烤炉确实有动静,但是动静并不如她所料那般从烤炉里面传出来,而是在烤炉的上面,在那宽大平坦的炉面上,那个小魔鬼从暗处突然向她伸出手来。

老科特丽娜尖叫一声,但是没有落荒而逃。在这个来自地狱的鬼东西面前,她要保持冷静。她也一把伸出手去,动作利索得好像年轻了几十岁。她抓到了一只小手腕。

"敬畏圣母马利亚,烧成灰吧。"她大声喊道,两眼紧闭,保护自己的灵魂。她把这个魔鬼向前一扯,好让自己把圣母圣像按在他的额头上。

"奶奶,是我。"

她听出了是谁的声音,于是用力一拉,把这个孙子从烤炉上面拽了下来。她揪住他的一只耳朵,扇他耳光,直到他挣脱为止。托马斯已经十五岁了,但是看上去比实际年龄要小,虽然站直了要比他奶奶高出一个头。他让她连扇了三个巴掌,才挡住自己的脸。

"别打了!"他说。

"我还以为是个魔鬼呢。"老科特丽娜说道,因为惊吓和用力而气喘吁吁。

托马斯咧嘴而笑。"说不定,我就是魔鬼。"说完,就举起手来扮成熊爪的样子,露出尖尖的牙齿。她又扇了他一个耳光,吓得他立马收起玩笑。然后,她又伸出手给他揉脸。他的小脸蛋被自己打得又红又肿。这个孙子太娇嫩了,这对他自己没好处。她拉起他的手,带他走到自己的那间念经室。念经室里点着福烛,就在耶稣受难十字架下面。走到这间屋子以后,她觉得好多了。老了以后,只有这个房间能让她感到安心。四面墙上高高地钉了一圈架子,上面放了二十四个能保佑平安的圣像,都是这个孙子雕刻出来的。托马斯会雕圣像,手艺已经超过了业余爱好,但还没好到能够赚钱谋生。这些雕像都有一二英尺高,分别为:圣母马利亚、圣方济各、圣伊西多尔、圣克里斯托福、圣乔治、圣父、化身为鸽子的圣灵等塑像和六尊托着下巴的耶稣基督坐像。如果有农民愿意出钱，托马斯就会把自己雕刻的圣像卖给他们，但是生意从来就没有好到让他满意。

科特丽娜在自家的圣龛前一屁股坐了下来。

"不许再胡闹了。"她尖声说道，虽然这个孙子最讨她喜欢。不过，也是这个孙子最会惹他爹生气。"你可不应该在安息日胡闹，撒旦总是在找门缝溜进来。要是你在礼拜天胡闹，这条门缝就是大门缝了。你怎么没跟你爸妈去教堂呢？"

托马斯脸色沉了下来，这让科特丽娜看了以后情绪低落。为什么这个孙子总是这样毫无防备地将心事放在脸上呢？她仔细端详，似乎再看他一眼，跟刚才看到的那一眼又不一样了。托马斯一头浓密的金发，用梳子梳向一边。头发留得有些过长，因为剪短了以后头顶上的头发会翘起来。他的眼睛很明亮，这让他看起来比实际上更加天真无邪。他皮肤白嫩，脸颊由于经常受到风吹日晒而发红。人很瘦，差不多岁数的农家男孩子几乎都这么瘦，但是在他身上一点儿都看不出一般男孩子的那种笨手笨脚。他的身上有一种优雅的气质，但是也有点胆小羞怯，就好像他会突然转身，用鼻子闻一闻，要是闻到一丝危险就会跳得远远的。托马斯今天穿了一身去教堂做礼拜才穿的漂亮衣服——手织亚麻布做成的海军蓝套装，配了一根漂亮腰带。但他没穿鞋子，因为这里的农民都教小孩子去教堂前不要穿鞋子，礼拜天穿的好鞋子要到教堂里才能穿上。所以小孩子都拎着鞋子走过农田，等到教堂的尖塔映入眼帘时才穿上鞋子。

从他的一举一动之中还能看出点孩子气，这让奶奶失去了耐心。这么大的人了，既可以算是小孩子，也可以算是大人了——可是还要看当时是什么时间，或者他问奶奶要什么东西。

"爸爸弄坏了我的雕像。"他说。

科特丽娜叹了一口气。唉，为什么自己的儿子非得是这样的铁石心肠？她向窗外看去，希望能找到什么方式来接话，但是窗外只有一片浓浓的雾气。她哆嗦了一下。外面很危险，前所未有的危险，一批批部队在这片大地上走来走去，同时还有更常见的窃贼、杀人犯和魔鬼。她不知道怎样才能找到合适的字眼来跟托马斯说。

"他只不过是为了你好。"她最后说，"你要现实点，你已经比大多数人幸运了。你会点儿手艺，你爸又有钱给你吃饭。信教的人还能有什么其他要求呢？等仗打完了，你就会看到自己的大好前途了。"

"那你给我讲讲我的前途吧，假如我有前途的话。把牌拿出来。"

她赶紧用手捂住他的嘴巴。"今天是礼拜天。"她嘘了一声。

但是托马斯不肯罢休，她经不住对孙子的宠爱，已经动摇了，只好答应。或许自己可以分散他的注意力，省得他还生他爹的气。她把架子上的圣像都转了一个面，让他们都对着墙，又把圣烛都吹灭，最后还用一块手帕盖住了耶稣受难十字架，不让耶稣基督看到自己在做什么。她把手伸到抽屉深处，拿出了那副用一根脏兮兮的绳子扎好的纸牌。这副牌已经很旧了，原本是她丈夫的东西。后来他老了，就把牌给了她，改掉了他自己最后一个恶习。

她叫托马斯洗牌。这些牌的边角已经翘起不平，破损不堪，因而牌不好洗。洗完牌后，托马斯又切了两次牌。在他第二次切牌的时候，科特丽娜拿了上面一半纸牌，在漂白的亚麻桌布上把牌排成三排半。江湖骗子的算命之词书上都有，但是科特丽娜跟他们不一样，她没有一套固定的符号推算之法。黑桃 A 今天可能代表死亡，明天可能就代表买到一头上好种牛。为了从牌中得到启示，她必须全神贯注地盯着牌看。她等啊等，直到牌中的含义从眼前的排列中出现。她都能听到托马斯的呼吸声了，沙哑的声音中充满了期待。

"你运气很好。"她开始说了。

"我会出人头地、财源滚滚吗？"

"别吵，听我讲。"托马斯根本不懂奶奶为什么这么郑重其事。她严厉地瞪了他一眼，让他安静下来。"你将来会交桃花运，很多女孩子会喜欢你。"她看得出来他在微笑，但是强迫自己投入纸牌的符号里。

"对你来说，有桃花运当然不错，但是这些女人就遭殃了。所以将来说什么做什么都要小心，不然就会造成很多痛苦，自己也会因此受些折磨。不要总是想得到别人的表扬，这很幼稚。你会四处奔波，但是走到哪儿都不得安生。"她开始看到其他启示。她斟酌着这些启示，不再说话，因为它们都是大凶之卦。她不想再看下去，于是就终止了算命。

费神地看牌算命之后，她乏了，就想歇一会儿。但托马斯还是坐在她边上，胳膊肘支着上半身，满心想听牌里还有哪些启示。她不敢移开自己的目光，不然非得被他缠住问更多问题。她不想告诉他自己看到的启示，就编了一个故事，说不定可以让他学到一个教训。

"你双手灵巧，但是必须善用自己的天赋。你可以去雕刻窗饰，也可以给教堂雕十字架，这样可以赚很多钱。你的圣像雕刻水平一流，只要这个国家有人信教，你光靠这门手艺就不会饿死。"她抬起头来，不再盯着纸牌看了。她不想再装模作样地从纸牌中算命了。"或许我们可以把你送到石匠或教堂装饰工匠那里去当学徒，但刻些人像玩玩是小孩子做的事情。你都这么大了，不应该再玩小人像了。"

他眼神黯淡下来。突然，他站起身来，一转眼就跑到门外去了，手上还拎着鞋子。

她不想孙子在这个时候跑到外面大路上去，因为现在外面一个邻居都没有。她也站起身来，追了上去，在门口喊：

"回来！"

但是大雾已经把托马斯吞没。

科特丽娜等了一会儿，然后关上门，插上插销，回到自己的圣龛那里。蜂蜡做的圣烛虽然早就吹灭了，但是空气里还弥漫着蜡烛的香气。她得为孙子祈祷，或许自己的祈祷能够保佑他安全到达教堂。她双手捧起念珠，热切地望向墙上的圣母马利亚画像。但是跟那些雕刻的圣像一样，这张圣母马利亚画像刚才在算命的时候也被转了一面，面朝着墙壁。烤炉里发出一阵声响，但是她没有站起来去看一眼。

托马斯拎着鞋子一直跑，直到自家的房子被远远地甩在后面。

做小人儿玩玩！奶奶竟然跟爸爸一样，根本就不理解自己。上个月，他去了趟维尔纽斯的艺术学院，在那儿他可开了眼界。因为战争，艺术学院已经关门了。但是，他和朗金舅舅透过高高的、没有窗帘的窗户朝里面看了很长时间：走廊非常长，里面悄无声息。沿着走廊立着一排华丽的白色雕像。这些雕像可不是小孩子能做出来的。有的站着，有的坐着，有的躺着，似乎它们对这个大门紧闭的学校外面的世界无欲无求。托马斯仔细地端详这些雕像，一遍又一遍。它们就像托马斯在梦中见过的东西，是他尚在襁褓之时就已相识的旧友，只是从未真正相遇。他的手指渴望触摸这些雕像。莫尔丁村也有雕像，但所有的雕像都是宗教人物；而这些雕像却都是凡人男女，有的比真人还要大一些，一律白得耀眼。

他和舅舅走过城市的街道和公园，还看到了一些青铜像。这些铜像并没有因为打仗而遭到拆除回炉。城里有座叶卡捷琳娜一世的纪念像。德国人竟然还没有对其下手，其中原因谁都说不清楚。托马斯抚摸了一下这座青铜像，手指感到了铜像的冰冷，大为吃惊——他原以为铜像应该是热的。他用指节叩击，发现铜像是空心的，十分惊奇。这么大的铜像怎么会是空心的？到底是什么人用什么技术做的这些铜像？舅舅也不知道。而艺术学院的老师却老早在打仗的时候就消失得无影无踪了。

自从呱呱坠地以来，托马斯的手就没有停下来过。不是拿把小刀雕刻木头，就是捏泥人，或者是凿石头。现在好了，他的这一双手找到合适的东西来做了。

回到家以后，他透过窗户看到的雕像久久留在脑子里，挥之不去。到了晚上，在四兄弟一起睡的房间里，其他三兄弟已经打呼噜了，爱德华的烟斗也发出了扑鼻的臭味，而他却神游到了艺术学院那条长长的、安静的走廊里。在梦里，托马斯穿过了艺术学院的窗户，触摸着凉丝丝的塑像。就算是白天，这些塑像也总是在他脑中萦绕。有时候，父亲会在他肩上猛地一拍，他这才清醒过来。原本自己应该想想手里的活计的，却又不小心走了神。手里的活计现在看来太没劲了。

他需要进入另外那个世界，那个摩登的世界。要去那里，唯一的途径就是自己动手做塑像，就算只能忙里偷闲来找机会做也值得。他去河边，那是斯登布拉斯家的挖泥地。他们挖些黏土，好做些烤炉和粗糙的碗，还有一些哨子和玩具，然后可以拿到集市上去卖些钱。他挖了很多黏土，把布袋塞得满满的，然后藏在自己做雕刻的工作台下面。但是做泥塑明显比做木刻难多了，塑像跟雕刻不一样，雕刻只是去掉多余的东西。

他遇到的第一个问题就是尺寸问题。他梦想做些真人大小的塑像，但是这样的话需要太多黏土。所以只能尝试做些跟自己的木刻圣像一般大小的塑像。但是挖来的黏土不听手指使唤。他本想做一个立像的，但是用湿土做好的两条腿撑不住躯干的分量，垮了。他这才开始明白，自己原来所知甚少。他找来木棍撑起黏土，这样模型就没那么容易垮了。他想做个女人像，就像在维尔纽斯见过的那些塑像一样。他打算让这个女人像伸出一条胳膊，这样就需要在胳膊下面有东西支撑，至少黏土没干的时候需要支撑。

他以前做的木刻圣像不过是具有人型的抽象造型，但是这次他想把这个泥塑做得像个真人。他很快就发现，合适的人体比例很难确定下来。第一个成品根本就不成比例，他心里是想要做个少女的，结果手里出来的是个老妇人：驼背、扭曲，而且还很粗糙。他不想花时间等这个塑像自然风干，于是在谷仓后面临时搭了一个砖窑。结果火一烧，泥塑就炸成了碎片。

经历了各种技术性错误和灾难性失败以后，托马斯总算完成了两个女人塑像。不算很好，但毕竟看得出来是人像。其中一个以家里的女佣为原型，另外一个则是他凭空想象出来的。这两个塑像怎么看都让他觉得很不满意，就连颜色也不好——没干的时候灰不溜秋，烧干以后又黄不拉几。他给两个塑像上了白色，就像在维尔纽斯见过的那些塑像一样。上色以后很难看，但是这让他感到前所未有的高兴。

　　托马斯知道父亲不会同意自己做这样的事情，因为：第一，自己是在父亲不知情的情况下偷偷抽空做的塑像；第二，木刻圣像可以卖钱，尽管数目不大，但是只要有钱赚，农民就不会嫌少。这些塑像可卖不出去。最后一点，冬天夜长昼短，在黑乎乎的晚上雕个木刻圣像还能让人接受，尽管也是消遣，但这是对神灵的虔诚，所以无人怪罪。然而，这两个粗糙的女人泥塑嘴唇丰满，嘴上含笑，看不出一点儿圣洁的意味。

　　农场里住着十一口人，这两个塑像很难藏起来不让人发现，托马斯尤其不想让弟弟保罗发现。家里有什么秘密都躲不过保罗的眼睛。有一次不知谁弄丢了一把折叠小刀，结果是保罗给找到的。一块油石掉在了收割过的田里，也是保罗找到的。家里不知道哪里有了一条细缝让老鼠溜了进来，后来也是保罗发现的。正是这个礼拜天早上，一如既往，保罗在谷仓发现了这两个白色塑像。他把塑像从装黑麦的大箱子的深处掏了出来，带着它们找父亲邀功去了。

　　里奥这时正站在院子里，身上已是去教堂的打扮。不过依然能够看出他块头很大，身材跟熊一样结实。衬衫和外套的扣子都快嵌进胸口了，好像整个身体受到一身衣服的束缚而很不自在。他从保罗手中拿过两个塑像，仔细看了一会儿，等到他看明白了是怎么一回事以后，他气得脸都歪了。

　　"托马斯！"他大喊了一声，手里挥舞着这两个塑像。托马斯知道这时绝对不可以凑得太近，不然会被打到。"这俩玩意就像是婊子！"里奥嚷道，然后一手一个塑像对准了一敲。顿时，白色的碎片飞了一地。

　　"你要是闲着没事干就跟我讲。"他的嗓门不大了，但是整张脸通红通红，打过蜡的胡子其中一端挂上了一滴汗，"我会找活儿给你干的。"

　　托马斯赶紧逃。尽管躲得过初一躲不过十五，但是现在父亲正发火呢，能躲一时也好。

托马斯没有回来，里奥就带着剩下的家人去教堂了。家里少了一个人去教堂，这让他感到尴尬。

雾气很浓，落在身上就像是在下小雨。由于没穿油布雨衣，托马斯很快就全身湿透了。手纺亚麻布做的衣服是天主教徒的常用衣物，一旦淋湿以后就更加刺激皮肤，一直都在提醒着教徒尘世的痛苦。托马斯看看马路两边的田地，但只能看到几米远的地方。说不定，魔鬼实际上一直都跟在他身边呢。不过他才不会像奶奶那样怕魔鬼。他更怕自己的父亲，不光怕他发火，而且父亲走到哪里，哪里就让托马斯心颤。不管托马斯走到农场的哪个地方，父亲的身影都无处不在，让他感到窒息。

这条乡下马路是条泥路，马车的车轮滚过马路中间，就像烂泥发出了哭声。在这条烂泥路上，四匹马才能勉强拉动一车货。田地里都是水，雨水把农田变成了无边无垠的沼泽地。树木光秃秃的枝条在风中嘎嘎作响，托马斯听到了乌鸦的叫声。他看到了，更准确地说是感觉到了，这里是一段平缓的上坡路，这标志着莫尔丁村就要到了。走过莫尔丁村边缘的圣母马利亚祭坛以后，雾气终于小了一点。他向教堂走去。两边的房屋空无一人，因为今天是安息日。

教堂庭院悄无声息，偶尔会有一匹马套着马具走路发出嘚嘚的声音。波兰人的礼拜在三个小时后才举行。因此，等下一拨人到来之前，还有足够的时间让这一拨人离开这里。立陶宛人跟波兰人一起生活了几百年。但是，现在既然俄国人已经跑了，再没有人高高在上压着他们了，这两个民族就开始互相瞧不顺眼了。托马斯穿过一辆辆马车，走到教堂前门，将一个小铜板塞到正在门口轻声念经的叫花婆手里。他走进教堂。跟以前一样，一进门就迎面袭来教堂里的一阵臭味。这是古老的霉菌发出的恶臭，潜藏在雨国所有建筑物的气味之中。恶臭之后是一丝丝淡淡的焚香余味，那是成千上万场葬礼和复活节祝祷游行仪式遗留下来的痕迹。本来教堂里还有蜂蜡蜡烛的气味，但是自从战争开始，蜂蜡就无处可寻了，这让教堂牧师很恼火。他认为村民肯定是藏着自己用了，要么就是卖给德国人换他们的德国马克了。因此，牧师就只得在教堂里点绵羊油蜡烛，使得整个教堂都是一股湿羊毛的臭味。再加上村民和附近农场工人把教堂挤得满满的，他们的体臭又给教堂添上了更多滋味。祈祷才进行了一半，或者说颂歌才唱了一半，就不知道谁的手会气急败坏地伸出来抓头上的虱子。这虱子也真够可恶，上帝面前都不知道收敛一下，不肯老老实实地待着。

托马斯去维尔纽斯之前，这个天主教堂是据他所知最漂亮的地方了。尽管这里光线不好，而且人多味臭，但是方圆几公里之内就没有比它更漂亮的地方了——除非算上那些上等人家的房子，但是托马斯从来就没去过那些地方。教堂里的墙上绘有圣人的壁画，还有一些寓意画，如在三角形里画一只眼睛，或者将字母"P"和"X"重叠在一起。祭坛上铺了好大一块洁白的亚麻布，还有很多画是古代的一些伯爵捐赠的，画框贴有金叶。金色是上帝的颜色，是神的外在表现形式。托马斯五岁的时候，有一次在一个大晴天跑到了农场外面，大家找了好几个小时，后来在教堂里找到了他。他就坐在那里，跑来就是想看看光灿灿的金子。他那时跟他妈妈说，他就想在天堂里坐一会儿。结果妈妈笑了，笑得紧张兮兮，担心这是儿子预感到自己活不长了。她把儿子带回了家——那个用木头、茅草和泥巴搭建的人间，尽管儿子又吵又闹不肯回去。

牧师身穿一件墨绿圣衣，背对教徒，口中默念拉丁语经文。在唱诗班阁楼上，古老的风琴上气不接下气地奏响圣歌的序曲，声音呼哧呼哧地从皮风箱的破洞中传出来。兵荒马乱的年头，没有人能修好这个风箱了。唱诗班指挥担心德国人会把铁皮风管拿去熔掉。金属容易改造，跟人的灵魂一样。不打仗的年头，人们可以用铁皮做风琴风管，但是打仗的时候，人们又把金属做成了杀人的武器。

托马斯的父亲凡事都不喜迟到，所以他就带着一家人早早赶到了教堂。在礼拜开始之前还有足够时间做告解，还能完整地念一次《玫瑰经》。现在，他跟几个儿子坐在一起，穿着几乎一模一样的深蓝色手纺亚麻布西装，活像火车上的那些售票员。里奥做事讲究顺序，因此几个儿子按长幼排列坐成一排。父亲身边的就是老大爱德华，长得跟他爸一样虎背熊腰，将来是要继承农场的。这个儿子还要老爸提醒在教堂里不能交叉双臂。老大旁边的是老二安德鲁斯，家里的知识分子，看看他那副金属框架眼镜就知道这孩子爱学习了。里奥本来不愿意掏钱给他买眼镜，但是后来倒也乐得接受——因为这副眼镜不仅让大伙儿看到自己家老二是个聪明的料，而且证明自己家道殷实。安德鲁斯虽排行老二，但身上一点儿都找不到寻常人家家里老二的那种坏心眼。他才不要农场呢，他是要干大事业的。里奥给老三托马斯留了一个空位。然后就是老四保罗。尽管今天就是保罗东翻西找倒腾出来的好事，但是他确实长得如天使般可爱，头发卷卷的。再旁边就是家里的雇工乔纳斯。乔纳斯更想跟其他农场的工人一样站在教堂后排，但是里奥坚持要他坐在一起。他把工人都视作自己的家人。而且对他来说重要的是，全世界都能够看到他的这种待人方式。所以，乔纳斯得跟斯登布拉斯家里的男性成员坐在一起，尽管排在家里的老幺之后。

托马斯的母亲奥古斯蒂娜坐在过道另一边。这个看上去怯生生的女人很爱多想，实在算不上农场主的贤内助。坐在奥古斯蒂娜旁边的是大女儿珍妮娜，她正在那里生闷气。她一天到晚都是这个表情。她老是皱着眉头，所以没有一个小伙子敢来追求她，而且里奥到现在还是不愿意在公开场合宣布会给她准备多大一份嫁妆，因为他还是心存侥幸，希望大女儿能够不用花多少钱就嫁出去，自由恋爱结婚。大女儿旁边是二女儿维达，她一边祈祷一边低头鞠躬，目不斜视。这是她姐姐教的。因为她长了一双勾人的眼睛，让年纪大的人看了心猿意马，让小年轻见了就直犯傻。托马斯进门的时候，女佣玛丽亚回头看去，好像感觉到了他的到来。

玛丽亚在乡下少女中长得算是漂亮的了。她十七岁，比托马斯大了近两岁。她常常竭力护着托马斯，怜惜他是小狗窝里最弱小的小不点儿。不光是为了托马斯，也为了她自己，因为托马斯的柔弱打动了她的心。

穷人家的姑娘在别人家里做佣人是没有什么出路的。如果到了二十五六岁还找不到人嫁出去，这些女佣就会被辞退并送回老家。她需要着眼于给自己找条出路，而这户人家的雇工乔纳斯应该能给自己提供这条出路，毕竟同是天涯沦落人嘛。当然，她也喜欢这个年轻人的为人，喜欢他那份单纯的自信，还有大方的举止。但是她喜欢他还有一个原因，那就是如果能够跟他生活在一起，两个人都能够把日子过得更好。

玛丽亚的目光与托马斯的目光遇到一起。他迟疑地向她微微一笑，然后就想转移视线。但是玛丽亚拼命招手，指着教堂的右边。他摇摇头，表示不懂她要说什么。于是她就使眼色让他看告解室上面正在燃烧的蜡烛。他点点头，走过去排到队伍里。这样，她就成功了一半。现在，她还要做另一半，让里奥看到自己家老三的悔罪表现。玛丽亚假装没有拿稳祈祷书，让书哗啦一声掉在石板地砖上。里奥向她那个方向看去，正好她转身看向告解室，好像她刚刚看到托马斯就在那里。里奥顺着她看的方向看去，看到了自己家老三去告解，很是满意。

走进告解室以后，托马斯可以透过木制屏风的精美雕刻花纹看到牧师的头部轮廓。牧师一如既往地微微点着头，半心半意地听着托马斯连半心半意都算不上的告解。

"念十遍《玫瑰经》，再加两天禁食。"托马斯做完告解以后，牧师的话嘶嘶穿过屏风。

"对不起，您说什么？"这样的重罚实在过分了。难道牧师已经看穿了他的内心？

"我说得很清楚了。"牧师回答。

走出告解室，托马斯就一直等在潮湿的侧墙边上，直到领圣餐仪式开始。轮到斯登布拉斯一家走到圣体栅栏那里跪下来的时候，他就走到安德鲁斯和保罗中间，跪在自己的位置上。跟他们一样，他也用手托起浆洗过的白色圣餐布，舌头伸得很长。年老的牧师手抖，大家都担心他真的会把圣体面饼不小心弄到地上。

等全家回到正厅的座位后，托马斯就在呼哧呼哧的风琴的伴奏下唱起结束曲，唱完以后跟全家一起排队走出了教堂。他一边走一边向后看，正好看到玛丽亚在看他。她先看看里奥，然后做了一个吻的动作。托马斯知道这是什么意思，这个动作引起的联想让他恶心。

走到教堂外面的时候，雾气已经散去，阳光明媚。不过，时值十一月份，这样的阳光持续不了多久。教堂的庭院一片泥泞，几匹马儿套着缰绳在那里踱步。外面的马路上已经停了波兰人的马车，他们在等下一场弥撒开始。里奥·斯登布拉斯站在教堂门口，后面跟着长长的一排家人和帮工。他环视了一圈马车和教区居民，从马甲里掏出自己的烟斗，然后不慌不忙地将烟斗加满。他的家人都已经习惯了每逢礼拜天都得这样充当一次展览品。

里奥一边点烟，一边抬头狐疑地看看托马斯。他上下打量着这个外表温和但内心反叛的儿子。硫黄火柴一直冒着火苗，直到里奥甩了第三次才终于灭掉。但是刚等到里奥空出手来，托马斯就赶紧握住父亲的双手，拉到自己唇边，并亲吻了一下。

古时候，偏远农村地区的年轻人会亲吻长者的双手来表示敬意。但是这个传统现在已经日渐过时。要是如今哪个长者还要求年轻人这么做，肯定会令人皱眉，人们会认为这人过于苛刻，自以为高人一等，就像那些戴着戒指的主教。但年轻人要是出于真心而这么做的话，那自然会讨人喜欢。有这样的孝行，天底下还有什么铁石心肠不能软化？

托马斯的父亲吃惊地站了一会儿。年轻的牧师对托马斯点头，还有一些在教堂门口徘徊的老妇人也向他点头。里奥感受到了这个吻手礼的十足威力，毕竟来做礼拜的人都看着自己啊。他伸出手去摸了一下儿子的头，挠挠他的头发，然后将他拉过来，亲吻了一下他的头。

做完礼拜的人群一拥而下，走下台阶，来到教堂庭院。年轻人留在庭院，一时还不肯走，就为了让等在外面的波兰人瞧瞧，自己还不肯放弃对教堂的使用权呢。壮丁们很高兴可以歇一会儿，暂时不用干农活了。他们抽着烟斗，谈论收成、战事以及来年的盼头。这场非正式"议会"上空青烟袅袅。

主妇们就在附近站着，也有自己的地盘。她们的话题更加轻松，她们不时发出一阵又一阵的笑声。家里的男人很少笑，但在这里能够享受一刻自由和轻松，这真不错。

托马斯眼看着玛丽亚跟乔纳斯走了。她回过头来看了他一眼，并朝他点了点头，但是没说一句话就走了。这让托马斯很难过。她一走，就没人可以聊天了。

趁着还有机会享受一下秋天难得看到的阳光，年轻的男男女女就在小镇里兜圈圈。安德鲁斯和村里的读书人聚在教堂庭院里谈古论今，还谈战事。托马斯这里转转，那里转转，在哪儿都觉得不自在，只要跟别人一起站上几分钟他就觉得无聊得受不了。

一时风云变幻，一场暴雨就要来临。这场礼拜天的谈话会只好草草收场。大家都得赶回家了。

全家人一路往回赶，盘算着家里的礼拜天大餐。家里粮食存了很多，因为今年收成不错，并且家里藏了很多粮食下来，没让德国人搜刮走。这个季节的屠宰刚刚结束，新鲜屠宰的猪肉又嫩又香。今天的大餐估计会有冷食猪头肉冻，配自家的土豆和大麦茶，说不定奶奶已经做了什么家里难得吃到的美食。大雨步步逼近，全家人沿着马路边上的草地匆匆前进。虽然脚下的泥土路面到了秋天变得很冷，但几个小孩子还是将鞋子提在手里。到了大路与门口小路的岔口，他们闻到了烤肉的味道——没错，肯定是烤肉的味道。这真是令人意想不到的美事。等大家走到小路上，离家还有二三十米路的样子时，雨就开始下了。大家一边笑一边跑回家里。

托马斯跑得最快，第一个冲进了家门，大声叫奶奶。科特丽娜有时候会在他们从教堂回来的时候做好小蛋糕或饼干，但是今天没人回答。暴风雨已经来临，托马斯的母亲点亮了油灯。因为下雨，家里已经漆黑一片。斯登布拉斯家的房子是那种一间一间往外搭建起来的平房，房间外面再接出房间，有些房间之间有过道，有些没有。家里的女人到家后摘掉头巾，然后才走进宽敞的厨房，男的都站在门口擦脚穿木屐。星期天做完礼拜就是一个星期当中最惬意的时间了，而且一想到能够美美吃上一顿特别的大餐，大家都非常高兴。

"去找奶奶。"托马斯跟保罗说。

保罗跑到奶奶的念经室，但是奶奶没在那里。她的蜡烛已经灭了，念经室里阴森森的，架子上的圣像都面朝墙壁，桌子上的耶稣受难十字架上盖了一块手帕。保罗看看那本摊开的祈祷书，上面盖了一张纸牌。他转身过走廊，回到厨房里。其他人这时正在厨房里聊天，珍妮娜正在烧水打算泡茶。

过道里，烤炉的门没有完全关好。保罗走过去想把炉门甩上，但是他发现门被什么东西挡住了，好像柴火没有完全放进炉膛。他把炉门打开，看到了一双长满老茧的脚底，是奶奶的脚。一股皮肉烧焦的难闻气味儿从烤炉中传出。保罗可以辨别出炉膛里的手指头，弯曲成没有握紧的拳头状，但是已经被火焰烧得乌黑。他尖叫着冲过走廊，跑向家人。

大家一次又一次地拉科特丽娜的双脚，但是她的手臂似乎已经烧焦并粘到了烤炉的内壁上，实在很难从烤炉里拉出来。最后好不容易拉出来以后，大家发现奶奶的衣服已经都快烧光，头发也差不多烧光了，但是她的脸上还保持着一种厌恶之情，似乎地狱不是让人害怕，而是让人恶心，就像个无底的粪坑。托马斯注意到奶奶肩膀上的皮肤已经剥落，露出底下纤细的肌肉。想到自己竟然在欣赏肌肉的排列之美，他感到一阵恶心。

如何解释盖在耶稣受难十字架上的手帕？更重要的是，如何解释放在祈祷书上的纸牌？里奥盯着托马斯，看他有什么好说的。

"我啥都不知道。"托马斯说道。老三竟然说自己不知情。这个蠢货，这个惹了麻烦到处乱跑，把事情忘得一干二净的蠢货。里奥气得胡子都翘起来了。

"想想，我们到时候只能去叫牧师来。我们怎么跟他讲？"

"奶奶说她怕魔鬼。"

母亲用左手掩住自己的嘴巴，生怕讲出不该讲的话来，然后在额头上画了一个十字，示意其他人也学她的样。里奥考虑着该怎么对付这种情况。

"去请牧师来。"他对最稳重的长子爱德华说道，"别跟人讲你看到了什么情况。"

但是此时请牧师，就意味着要把他从吃礼拜天大餐的餐桌边上拖走。而要想让他离开餐桌，就只能告诉他的管家事情到底有多严重。村里的电报发出去了。等到教堂里的助理牧师从村里的大路转到门口的小路时，已经有六七个村民也紧随而到，之后又来了二十多个。连"东方司令部"指挥官都来了。这个司令部是德国在东欧占领区设立的临时行政部门。陪在指挥官身边的是当地的德裔贵族路德维格·蒙伯格伯爵——一个日日贪杯、事事犯浑的蠢货。

里奥看到自己家成了大伙看洋相的好地方，心里气得要命。霉运一旦进门，就再也扫不出去了。

珍妮娜和维达已经用亚麻布裹好了奶奶的尸体，将难看的烧焦部位藏进了布里，然后将尸体陈放在念经室里的桌子上。她们点好蜡烛，将木刻圣像全都转了回来，让人一眼就能看到圣像都在俯视奶奶的尸体。她们用亚麻毛巾遮住奶奶的脸，将念珠放在她的胸口，然后擦去尸体从烤炉门上蹭来的炭灰。她们还烧掉了算命纸牌，这可是罪证。但家里的秘密是肯定守不住了，至少大家都会听说这户人家出了事。德国指挥官径直走进了念经室，蒙伯格伯爵也从人堆里挤了进来。

虽然这位德国军官打仗时也看到过不少血肉模糊的惨景，但在别人揭开科特丽娜的遮脸布时他还是往后退了一步——这个表情太可怕了。于是他等在一边，等牧师诵念祷文并在尸体烧黑的额头上抹油。

这个德国官员来自德国北部，胡子刮得干干净净，一脸严肃。他用科学严谨的方式挨个审问了斯登布拉斯一家，最终确定没有人见过周围有任何士兵或土匪。然后，他摸了一会儿下巴，宣布此次死亡系自杀事件。

随之而来的一阵怒吼让他意识到，自己虽然统领万军，但今天在这个房间里他不过是个光杆司令。可是这里的立陶宛人不止十个，门外还有二十多个。当地村民愤怒的表情把他吓了一跳，所以，就算不情愿，他也不得不听听别人的意见了。牧师坚持说，这位老妇人都这么大岁数了，还是个虔诚的信徒，根本就不会想到自杀的。

"是魔鬼干的。"蒙伯格老伯爵最终咕哝了一声，把大伙的心里话说了出来。但是，即使到了这个时候，也没有人在这个话题上多说一个字，因为承认有魔鬼会带来更多厄运，而否认又会害得科特丽娜的灵魂下地狱。不管是否喝醉了酒，蒙伯格都是路德会信徒，要是路德会信徒证实这是魔鬼干的，那么这肯定就是魔鬼干的好事。

至于蒙伯格伯爵本人，他最近常常考虑魔鬼的事情。他做噩梦的时候常常见到撒旦，要求他脱掉靴子再去跟撒旦会合。

但是，这位德国军官不太喜欢这个主意。他要是真在自己的调查报告中写上魔鬼致死的字句，肯定会让自己的上司一路笑到柏林为止。那自己的前途就完了。他考虑良久，一根手指拨弄着胡子。房子外面，农民正在唱颂歌，他几乎能听到念珠拨动的噼啪声。

"这是意外致死。"他说，"她一跤摔倒掉进了烤炉，结果越是想爬出来就越是糟糕。"

"意外致死。"牧师也跟着说道，"让她葬到教堂墓地里吧。"话传到了房子外面，宽慰之情溢于言表。

德国军官和蒙伯格伯爵走了；牧师留了一会儿，带领斯登布拉斯全家做祈祷。

"烤炉怎么办？"等祈祷结束，里奥问道。

牧师本来考虑叫他们把烤炉拆了，但是他觉得这样未免过于花钱费事。如无必要，何必给人添麻烦呢？

　　"给我拎几桶水来。"他说。等这户人家的女眷拎来了水，他给几个水桶都祈了福，水就这样成了圣水。几个女人用圣水将整个烤炉里里外外洗了个遍，但是烤炉里面有个点似乎一直很烫，泼了好几遍圣水才停止哐哐作响。

战　祸

（1919 年冬）

　　俄国沙皇辞世，德皇也仓皇逃命，东欧成了真空地带。那些民族主义者、强盗还有探险者纷纷涌入。德军仍然控制着这片好不容易从沙皇那儿夺来的土地，但是心有惶惶，毕竟他们吃了败仗，不可能长期霸占这块东部领地。法军和英军要求德军撤军，撤军令将在即将召开的凡尔赛会议上宣布实施。但如果德国人够狡猾的话，他们本可以在这里设立扈从政权，这样便可以允许一部分退役的军人持有武器，然后大开狱门，释放囚犯，从而组成一支非正规军。另外，他们还能释放那些东欧老政治犯、老大不小的无政府主义者。这些人也许会给德国一些好处。不过，德国人并不是这片土地的唯一利害关系人。俄国对雨国也有一番企图，甚至连波兰人也一直提出要建立一个新的联邦。但立陶宛人想把这片土地留给自己。他们必须自己建国并持有国家的政权。为此，他们也需要组建一支军队。建国从来不是一件轻而易举的事。

　　对一个正处于焦躁不安的雨季年华的少年来说，这一切政治动荡和兵荒马乱离他似乎都那么遥远，就像听来的 1830 年起义和 1863 年起义^①的故事一样虚幻。有时候，每当安德鲁斯读到报纸里有关前线部队走到哪儿的消息时，托马斯就会很兴奋。他总是翘首以盼，盼着从大路上传来铁蹄的声音，看到天边炮火纷飞，听到远处炮声隆隆。有时候，托马斯会笃定有什么事即将发生，而原因仅仅是他自己渴望有点事发生。

托马斯坐在墙外搭建的木工车间里，盯着眼前木工桌上的一块枫木。他用手摆弄着木头，仔细研究着纹理，寻思着这么一块木头能刻出哪种圣像来。可他今天心浮气躁，没法集中心思思考。平日里为了让自己散散心，他常常会去农场闲逛。他会去研究那些鸭子，就好像它们可以成为雕刻的对象。抑或是去看看他那些一年到头都在忙着纺纱、织布、烘焙的姐妹。珍妮娜是最固执的一个。即使面包发了霉，还能吃的那一点她也绝对舍不得浪费，她还铁了心非得逼自己织出全村最白的布不可。省钱持家的农民娶了她准没错，可一般的男人挑老婆时不仅要求女人勤俭节约，还要求女人好看。可惜的是，珍妮娜长得太像她爸，对于年轻小伙来说毫无吸引力可言。论精明，珍妮娜一个人就能抵过两个人，而维达却比谁都不如。她只比托马斯小一岁，爱做梦，爱望着远处发呆。她每天在幻想些什么，托马斯从来都猜不透。当她的织布机很长时间没有动静时，要是托马斯问她在想什么，她便会看他一眼并露出一个微笑，说自己什么都没有想。维达跟托马斯一样，尽惹父亲不高兴。每次维达做白日梦时，猛拉她的腰带并把她摇醒的人都是珍妮娜。

托马斯想找人说说话的时候，总会去找玛丽亚。他觉得自己长这么大了，不再适合找母亲说心事了，而且得到母亲的关注既是好事，也是坏事。她天生爱发愁，老是紧张兮兮地担心这个担心那个。让她来安慰自己，倒不如自己去安慰她。玛丽亚从不假装和托马斯一样热衷于雕刻，但她总会对他做的事表示出兴趣，只要是托马斯做的事。

---

① 俄国统治下的立陶宛人民为争取独立主权，曾参加1830年至1831年的波兰起义和1863年至1864年的波兰起义，均以失败告终。

托马斯把枫木块放在木工桌上，起身出门，走到初冬光秃秃的田里，来找玛丽亚。他看到她坐在一个大树桩上，身边坐着乔纳斯，就在农场大门的边上。农场大门有牧场守护神圣乔治的雕像护佑，是托马斯雕的。每个神都有自己管辖的范围，圣乔治的雕像就是要钉在一根杆子上俯瞰整片农田，庇佑牛羊安全，并能挤出鲜美的奶。托马斯原本给圣乔治的盔甲上了一层金漆，但是这漆时间一久就剥落了，所以看上去好像圣乔治该请个探亲假回家补一补衣服了。被他长矛刺中的那条龙也一样破了，看上去与其说像一条垂死挣扎的龙，倒不如说像龙的化石。

虽然玛丽亚和乔纳斯因为天冷而挨得很近，而且相聊甚欢，但是托马斯一点都没有觉得自己打扰了他们。玛丽亚抬头看到托马斯，她的眼里闪闪发光，不光是因为被风吹到的缘故。她头上裹了一条羊毛围巾，缺少头发的光晕来柔化肤色，所以今天她的脸看上去有些突兀，毫无遮挡。而乔纳斯瞧都不瞧托马斯一眼。

"你们想冻死在这儿啊，"托马斯说，"来吧，咱们去河边走走吧，你们走走才会热。"

"我们正在说事呢。"玛丽亚回答。

"得，你们继续聊。"托马斯说，"我等你们。"他交叉双臂，尽量让自己暖和些。

"我们谈私事呢。"玛丽亚尽可能好声好气地说。

托马斯只好原路返回，一路垂头丧气。玛丽亚疑惑地暗想：为什么家里没有一个人意识到这孩子需要一点关心？她回头看看乔纳斯，标准的年轻雇农模样，面色红润，胸膛宽阔，动不动就咧嘴笑。

玛丽亚看到乔纳斯的目光转向田地。他的眼神里都是憧憬，憧憬要是斯登布拉斯家的这块地是自己的会有多好。土壤一片灰色，都冻住了，立在田里的冬麦细得可怜。一场寒雾——也不知道到底会变成水还是冻成冰——模糊了田野。天空一片灰蓝，山下河边那片光秃秃的树也是一片灰色，只是颜色更深。这本是一个适合出行的季节，路面结实，雪季未至。但是这一年不一样，如果不是因为参军，没有多少百姓会出门。城里来的人要是坐马车走过这硬邦邦的大路，看到这单调无味的农村景象，就会忍不住心里打寒战，庆幸自己没有生活在这样的地方。但是，在农民和像乔纳斯这样的雇农眼里，肥沃的黑土就像金子一般珍贵，或许比金子更有价值，因为别人就是想偷都不能轻易地偷走。乔纳斯觉得自己像是坐在钱堆里的乞丐，因为哪怕收成时好时坏，只要有土地就总会有收入。慢慢地，很慢很慢，他开始攒起了钱，玛丽亚也在攒钱，这样他们就可以给自己添置个几英亩的地。可攒钱对于雇农和女仆来说并不是一件容易的事，他们起码还需要再攒个十年才能办场婚礼并拥有自己的农场。而且，还要满足两个前提：一是土地不涨价，二是工钱不下降。但是现在，他还有别的事要操心。

"我原来都不知道你还是个爱国人士。"玛丽亚说道。

"就算我不是，也没理由让波兰人、俄国人或是任何其他国家的人来统治咱们吧。"

"总会有人来管我们的呀，"她说，"有牧师，有警察，有老师，还有东家。要是你去当兵，你也要服从上级命令。难道你去了就会得到自由？"

"我去是为了打仗结束以后发下来的奖赏。"

"为了分田吧。"

"没错。"临时成立的立陶宛政府没有钱付给志愿兵，所以政府承诺以后再赏：所有志愿兵将一律得到至少十英亩的田地。

"但是，谁说你们一定会打赢？再说，有谁说政府会说话算话呢？"

"咱们总不能谁都不信吧。"

"那就信我和你呀。你信我，我也信你。"玛丽亚回答。

乔纳斯别过脸去，玛丽亚一看就知道他已经怒火中烧。他觉得她说的根本就是感情用事、毫无意义。光说这些有的没的有什么用？乔纳斯决定不去想那些什么危险，因为想这些对他没有一点好处，而且不管怎么说，又有谁能预见自己将会遭遇什么风险呢？现在还不知道志愿兵将会和谁打仗。几乎谁都有可能会成为战场上的敌方：现在的邻居、曾经的老师，甚至是长期说惯波兰话而忘记了母语的牧师。一场世界大战结束，许许多多小战就会开始，处处都会变成战场前线。乔纳斯只想让部队军官来决定跟谁打仗。

　　乔纳斯双手插进外套口袋，插得很深，一来是为了挡风御寒，二来也是为了躲玛丽亚。他怕她会紧握住他的手求他留下来。然而，他低估了她。她很清楚，如果乔纳斯不去当兵会有什么可能的后果。要是他们等上十年才结婚，到时候她就二十九岁了，女人到了那个年纪才生第一胎是很难的。

　　她真希望能有钱订机票去美国。可惜的是他们钱不够，也没地方借。世界大战之前，来过几个银行中介，他们来推广银行贷款。可当年他们还太小。大战爆发以后，那些中介就不来了。大战前的二十几年，有人去了宾夕法尼亚的煤矿，去了芝加哥的屠宰场，去了马萨诸塞州伍斯特县的织布厂。喜欢种地的则分散到了美国和加拿大的各个地方，里奥·斯登布拉斯的一个兄弟就是其中之一。他去了加拿大，之后就像石子落了水，销声匿迹了。不过，大多数离开故土的人都与老家保持联系。他们会寄钱给家中的父母和兄弟姐妹，或是邀请他们一起过去生活。甚至还有一两个人回来探过亲，戴着滑稽的草帽，老是看手上那块名贵手表，就好像回老家后的每分每秒都是在浪费时间。

　　天越来越冷，外面实在是坐不下去了。玛丽亚看得出来，当兵是不二之选。她想靠过去亲吻乔纳斯，让他明白其实她懂。不过，这可能会被人看到。于是，她只是摸了下他的肩膀，而他也心怀感激地看着她。

　　里奥·斯登布拉斯不愿就这么失去一个得力助手，但他也难免受到爱国主义情绪的影响。为了伟大事业出人出力是好事，再说，去个雇工总比去个儿子好。里奥送给乔纳斯自己能给的上限：一是欠他的工钱，二是一把能打死山鹑但杀不了人的鸟枪，再加上一套新做的冬衣。奥古斯蒂娜·斯登布拉斯用手纺亚麻布给他缝制了一个背包，并染上绿色。玛丽亚在背包里放了一罐黄油，还有家里每礼拜都烤的黑面包，足足四斤，再加上两磅烟熏肉和两磅腊肠。乔纳斯满身都是熏制房的味儿，再带上两斤自产的烟草，身上的烟味愈发浓烈。

眼看着乔纳斯就要走了，他与玛丽亚反而越来越难为情，不敢见面了；可是真见不着的时候却又无可救药地想念对方。他们在一块儿的时候，她总是与他保持一段距离，不敢与他有任何身体接触，甚至连衣服都避免擦到。最好还是等他当完兵回来再说。最好还是等到跟他结婚以后。想想乔纳斯兵役结束后能得到什么奖赏。

斯登布拉斯全家都到院子里给乔纳斯送行。老大和老二显得有点嫉妒，不过父亲坚持要他们留下来保护农场。全家人挥手告别，大声说着一路平安，不过都没有走出大门。只有玛丽亚陪着乔纳斯一直走完门口的小路，再走上大路，只为了单独与他道别。

托马斯目送他们一路走到河边，经过河流，又走过一道弯，走入光秃秃的冬日树林。就算隔着这么远的路，托马斯依然能听到风吹树枝咔咔作响的声音。

托马斯本也想去参军，哪怕是能逃离这单调无味的冬夜也好。但他才十七岁，而且看上去还不到十七岁。每年到这个时候，下午四点一过就天黑了，这也就意味着他得和家人在一起待上五个小时，熬也熬不完的五个小时，直到父亲为了省灯油而叫大家都去睡觉。小时候，托马斯还是很喜欢这漫长冬夜的，因为奶奶或妈妈会讲故事，姐姐和妹妹则在一旁纺布、做针线活。不过，现在没有人再敢提奶奶的名字，妈妈也体弱疲惫，不再讲故事了。他的父亲和几个兄弟或是搓麻绳，或是修理马具和农具，还一边抽着烟。手工削平的方形房梁下，青烟袅袅，整间屋子都是一股烟草味。房顶和墙壁都刷得雪白，为了充分反射难得的一点光线。尽管如此，屋子里还是黑咕隆咚的。

尽管来串门的不多，但有几天傍晚还是会有一些农民来家里。外面湿漉漉的，他们一进门便会脱下外衣抖一抖，所以，门口的夯土地面变得滑溜溜的。进门就是客，都要热情招呼一番。这既是出于待客之道，也是因为只要来了人，就可以让原本使人透不过气的家庭氛围得到一丝缓解。有些人家会打打牌，不过自从科特丽娜死后，斯登布拉斯家里就禁止玩牌了。有些虔诚的信教人家会花上一到两个小时跪念《玫瑰经》，不过里奥·斯登布拉斯并不是个过分信教之人。星期天做个礼拜，宗教节日过个节，睡前念几遍"万福马利亚"，这对他来说已经足够了。还有些人家会演奏乐器，唱唱歌，但是里奥才不会在乐器上浪费钱。家里唯一能给大家带来点娱乐活动的就只有安德鲁斯，因为他每晚都靠着灯读书。有的时候，安德鲁斯也会从霍夫曼、普希金、亚当·密茨凯维支或马克·吐温的作品中抽取一些片段来给大家添点乐子。托马斯极其不喜睡前的这段时间。并且，快到九点的时候，他更是满心焦虑，知道自己肯定会睡不着，将不得不忍受兄弟们此起彼伏的呼噜声。

日复一日，托马斯在谷仓外面搭建的木工车间里找到慰藉。里奥虽然并不情愿，但还是允许他躲进这一方小天地——毕竟托马斯把赚来的钱的一半交给了父亲。托马斯给自己做了一张木工桌，挂上自己的平凿和半圆凿。喜欢雕刻圣像的业余爱好者一般只会用小刀雕刻，选用的木料也是容易雕刻的软质木材。但托马斯不是一般的爱好者，他用平凿和半圆凿雕刻，这样就能驾驭木质更硬、更加经得起日晒雨淋的木材。搁架上放了一盏他的专用油灯，这是他自己花钱买的。油灯后面放了一面镜子，用来调整光线方向。这个车间里放的全部是托马斯手头上正在做的半成品圣像。做完之后，托马斯就会把它们都转移到正房里面的搁架上去。新的做完，老的卖掉，架子上的圣像一直在换。母亲往往会对某几座圣像情有独钟，卖掉的时候会伤心难过一番，就好像一位母亲怜惜出门闯天下的游子。车间的一头堆放了正在干燥的木材，闻起来很香。柳木和椴木容易上手，而樱桃木、梨木和橡木则是为了刻出专门放在户外的圣像。

到了冬季，托马斯也得在车间里待上几个白天。这天一早，父亲就是在车间里找到他的。当时他正在磨凿子。外面很冷，他父亲穿着一件丛林野牛皮做的旧大衣，浑身散发着一种野兽的臭味。身上穿着这么大一件衣服，父亲不得不侧着身子才能进门。他进来以后，车间里就没多少空间了。

他本来想叫托马斯和三个兄弟一起去拉邻居奇钦斯欠他的一车干草，但他马上就读懂了托马斯看他的眼神。出于一瞬间的父爱，他决定就让托马斯待在这儿，因为做雕刻活就够他忙的了。只是现在的问题是，他找不到合适的理由来解释自己为什么会进来。他探身伸向木工桌，拿起一个刚刚出现形状的半成品雕像。看来又要雕一个张开双手给鸟布道的圣方济各像。

"这个雕像可能会成为你最棒的雕像。"里奥说道，尽量表示出自己的善意。

托马斯猜不透父亲的脑海里此时正在流动的深情，这不常有的称赞让他不敢相信。他抬起头，心想着父亲怎么就挑了这个圣像。里奥从儿子毫无感激的表情里看出了他并不领情，心头顿时涌起那股熟悉的厌恶之情，再加上自己找不到合适的话题，一时更加不悦。他仔细研究着手上的圣像，发现有些不太正常。

"你的雕像看上去跟别人雕的不太一样。为啥会这样？"

"我想让雕像看上去更真实。"

在里奥看来，只要存在，就是真实；如果不存在，那就不值得去想。"我看别人的圣像也已经够真实的了。"

"怎么说呢，那些圣像确实有头有脚有身体，但是比例完全不协调。最明显的就是头太大。我想让这些圣像接近真人。"

"你这想法从哪儿来的？"里奥有点困惑，而且他很不喜欢这种困惑感。

托马斯心里奇怪：父亲怎么这么快就忘记他是如何把自己做的两个塑像打得粉碎的了？不过他还是回答道："我仔细看过教堂里的那些

圣人像。那些很像真人，但是乡下的大部分圣像都不太像真人。"

里奥低声咕哝道："那，那些教堂里的圣像都是谁做的？"

"教堂的执事说那些是石膏雕像，从维尔纽斯运过来的。"

里奥正思忖着托马斯刚才的那番话，而托马斯则想着他父亲什么时候出去。父亲到了冬季就呼吸声很重，一声呼哧响好久。里奥看了看那盏油灯，托马斯几乎立马就知道父亲在想什么。油灯很费钱。但油灯都是托马斯自己花的钱，父亲能说什么？

"买东西的顾客对圣像有要求。你可不能让顾客不高兴。"

"但是我现在开始对这种新式雕像更有兴趣了。"托马斯说，"我对它们充满希望。"

对崇尚实用主义的父亲来说，这句话过头了。"信教的人知道自己要怎么样的圣像。你捣鼓这些不一样的东西只会让他们搞不懂。这种东西，能卖掉一个就不错了。还有，今天不要再往炉子里添柴了。这儿闷热得慌，家里存的柴火就这么些，得留着过冬呢。"

里奥说完走出门去。

托马斯回到木工桌前继续磨他的凿子。他在磨刀石上滴上油，把木工凿的刀刃转了个面，让斜边与石头持平，然后用8字磨刀法磨，这样就能均匀利用磨刀石的整个面，而不是把中间磨出一道凹槽。他竭力保持合适的磨刀角度，以免刀刃斜边变形。他稳稳地将刀刃在石头上磨了十几下之后，忽然将凿子高举过头，然后将其用力扎进木工桌。他还想要拔出来再扎一次，但是凿子卡住了。

他拽起一个帆布包，走到家里，从搁架上抓过几个圣像，就步行去莫尔丁了。

莫尔丁村外大路边的杂树林里有一个圣龛，尺寸比雨国寻常可见的圣龛要稍微大一点。里面有一座圣母马利亚木刻雕像，半个成年人大小，十分罕见。木刻雕像外面罩了一间小圣屋，供奉在一棵古老的橡树树桩上，莫尔丁也因此而出名。小圣屋正面安装了玻璃，以保护圣母雕像，使其免遭风吹雨淋，就连封檐板也用金银丝精致地装点过。

每次看到这尊圣母像，托马斯都会激动好一会儿，心里又是欣赏又是嫉妒。这次，他强迫自己好好研究这尊雕像，好让自己平复心情。这座圣母马利亚像采用的是传统圣母像造型，双手交叉在胸前，头戴圣冠，双目垂视，双肩耸起，似身受万般苦痛，面部表情古怪，悲苦之情令人产生共鸣。雕像并非取自真人造型，但托马斯还是非常佩服其工艺。圣屋正面安装了玻璃，里面光线并不好，可他还是专注地端详圣像。尽管之前已经问了自己不下百次，但他这次还是想知道，这尊雕像到底是用一整块巨型木头刻出来的，还是分块雕刻后组装起来的。他很想探进去看个究竟，但始终没有勇气撬开钉住的门。

感到些许平静后，他继续向莫尔丁前进。如果村里没有集市，圣像就很难卖掉。不过托马斯还是铁了心要卖出去一个，就是要故意气气他父亲。他每次赚了钱，都会数出一半钱币，直接放在厨房里的餐桌上，一句话不说，心里却无比高兴。天很冷，街上除了那两个坐在小旅馆门口争吵得不可开交的醉汉之外就没什么人了。心灰意冷之下，托马斯走进了路边的一家驿站酒馆。所谓酒馆，不过是普通人家经过一番改造的客厅，里面加了个吧台，配了把长凳，再烧了个火炉，火还不旺。打算出行的人会来这里约马车夫，提前交代一下要去哪个镇、哪个村。托马斯并不抱多大希望。旅客一般是城里人，一般来说乡下人才会买木雕圣像。有个男人正站在柜台边，捧个玻璃杯在喝茶。男人个子不高，块头很大，头发乌黑浓密，要不是衣服款式豪气，完全不会引人注意。

"您要买耶稣像吗？"托马斯拿出一个雕像，直接伸到男人面前。托马斯并不擅长叫卖，他自己也很清楚这一点。问人家要不要买东西，在他看来跟乞讨没什么区别。

那个旅客将杯子放在柜台上，但并没有松手放开杯子。

"我是犹太人。我要这天主教的东西有什么用？"

"或许，有一天你会改信我们天主教啊。"托马斯说。这个犹太人狐疑地看着托马斯，想从他的眼神里打探他到底想干什么。

"那我送你一颗大卫之星吧，也许你以后会转信犹太教的。"

托马斯吓了一跳，吃惊的表情让男人大笑不已。不一会儿，托马斯也跟他一起大笑起来。

"拜托，买一个我雕的木像吧。在这个国家你绝对不会看到任何一个跟它一模一样的木像。"

"有什么特别之处吗？"

"我正在尝试使用一种新工艺。我们这儿大部分雕像都是比例失调的。不过，我手艺好，所以你看这个雕像很写实。"

托马斯怕这个犹太人也会像自己爸爸一样不理解，不过他刚才的那番话似乎有点奏效。犹太人伸手从胸前口袋里掏出一副眼镜。"那我就看看你说的那些个好东西。"说着便拿起一个身穿长袍的耶稣像，握住底座，一边转动一边看，前后左右都看了一遍。

"你说得没错。的确雕得很棒。不过你不该给它上色。"

"为什么？"

"颜料遮盖了木头天然的纹理，远看还以为是石膏雕像。这是一种作假。你该把雕刻材料原貌示人。你难道不喜欢木头吗？"

"可我雕的是圣像呀，不是吗？"

"干吗要把木头用颜料包裹起来，就好像光着身子的人非得穿上衣服一样？有时候，我总觉得立陶宛人怕裸体甚于怕恶魔。但是，最好的圣像实际上是那些乡下的露天雕像，长期风吹雨淋，油漆脱落才好。这样的雕像才有质感。"

"我的这件雕像没有质感吗？"

"有点儿。"

"您要不要再多看几个？"

"我的确是有时间再多看几个，不过别以为我会掏钱买。"

托马斯打开袋子，拿出三个饰以金色铁丝光圈的圣母马利亚像、两个耶稣像，其中一个身穿长袍，另一个半身裸露，还有一个肩扛童年耶稣的圣克里斯托福像，最后是一个手掌摊开、鸟停指尖的圣方济各像。

"不错。"犹太男子说，"看得出来你想用心做些与众不同的圣像，这样很好。我像你这么大的时候也做雕塑，不过我没做过几个圣像。"

"那您现在做什么？"

"还是做雕塑，不过不是在这儿。这儿没人对雕塑有兴趣。"

"那么，您住哪儿？"

"在巴黎。"

"法国？"

"巴黎就在法国呀。"

犹太人笑了，丝毫没有恶意。托马斯却有点不高兴。他不想被这个雕刻家当成乡下孩子。

"那你为什么又回到这里来呢？"托马斯问。

"我这次来，是去南方看望了父母，他们住在德鲁斯基宁凯。打仗以来我都没回来看过他们。"

"所以你说这是有可能实现的。"

"实现什么？"

"就是立陶宛人也可以成为雕塑家啊。"

"我是犹太人。也许这只有犹太人才能实现。我们习惯了出门奔波，所以我们也没把它当一回事。但是，一般来说，天主教徒出不了远门。你们的根在这里，要是让你们背井离乡，你们下半辈子都在想老家。"

"我可不是农民。我去过维尔纽斯的。"

"如果真想成为一个雕刻家，你还得接受培训。"

"我会想办法上培训班的。等我到了巴黎，我可能会来找你的。你叫什么名字？"

"雅各布·里普希茨①。"

---

① 人物原型取自雅克·里普希茨（Jacques Lipchitz，1891—1973），美国雕塑家，犹太裔，生于立陶宛，曾于法国巴黎学习雕刻艺术。

"如果我去了，你会帮我吧？"

"我都不认识你。为什么要帮你？"

"到时候你就可以说，是你这个伯乐发掘了我呀。"

雅各布笑了好一会儿，托马斯也跟着他一起笑。里普希茨终于收起了笑容，他擦了擦眼角的泪水，说："没问题，到了巴黎尽管来找我。"说完，他又转身喝他的那杯茶。

第一场严霜让所有的农民都高兴不已，满是泥浆的日子终于到头了。以往马车的车轴都会深陷到泥浆之中，而如今则是车轮碾过大路，声音大得就好像敲铜鼓一样。那年冬天特别冷，寒风肆虐，凛冽的寒风吹得湖泊和河流都结了冰，厚厚的一层"玻璃"也就成了龙虾和青蛙的保护盖。原来总有人为了过冬来钓龙虾、抓青蛙，现在它们可以躲过一劫了。天气一天比一天冷，天下生灵都不得不钻进地道，躲进山洞，或缩进屋里。到了夜里，一群接一群的山狼从光秃秃的丛林出来，嗅过谷仓的门，还在窗户外面留下了脚印。白鹳早已去了南方，只在斯登布拉斯家的屋顶上留了一个空鸟巢，里面灌满了雪。

一天早晨，一家人起来发现地上覆盖了一层细小的冰晶，有三十公分厚，在太阳下闪闪发光。身形大一点的农场犬在这茫茫一片中跳跃，而小一点的钻进其中就找不到了。安德鲁斯的眼镜也找不到了，因为全家人都冲到院子里，尽情享受这银装素裹的世界，混乱中，他的眼镜掉了。维达和珍妮娜笑了，然后帮他找眼镜。大家都在屋外嬉戏玩闹着，直到他们的邻居奇钦斯沿着门口的小路，费劲地走过来宣布一个消息：传闻有支真的部队就在附近。安德鲁斯和爱德华立马给马匹套上雪橇，和奇钦斯一块儿出发，去莫尔丁商讨如何保卫家园。

过了一阵，天气转暖，雪却越下越大。而后，天气突变，大哥和二哥从莫尔丁回来时已是傍晚时分，天空乌云密布，不久便下起雨来。但到午夜，天气又一下子变冷，淋过雨的雪冻住了。同一个星期，村子、农场遭遇两次暴风雪。现在，没有人再为雪欣喜若狂了，唯有保罗还要托马斯帮他一起堆雪人。

"你都十一岁了，"托马斯有点不耐烦，"你可以自己堆雪人的。"

"但是没你堆得好呀。"

一个雪人还不够，保罗想要组建一个雪人部队来守卫家园。托马斯答应了他的要求，在雪球上叠雪球，堆起大概的人形后便开始加工细节。有几个塑成了站岗的哨兵，怀里揣着树枝做的步枪；另几个塑成狙击兵，枪伸得很远，天气一回暖便会掉下来。里奥要是在家，是绝不会同意他们堆这些雪人的。不过他今天出门了，去争一个住在库里亚伊的舅舅留下的遗产，有点远。兄弟俩越堆越上瘾，院子里一下子堆了二十几个雪人兵。大白天的看这些雪人还真是有点滑稽，但是等到天黑，它们看上去就如真人一般，让人觉得很有安全感。

大家心里都记挂着那些当兵的人。已经好几个星期没有乔纳斯的消息了，天知道立陶宛的部队到底去了哪里。附近看到的都是外国兵，但是人们总摸不清他们到底想干什么。莫尔丁离中央政府远，这也是没办法改变的事实；且易攻难守。于是，村里的管理部门制定了一套自己的防御方案，其中一条是：在斯登布拉斯家门口的小路末梢，也就是小路和村里大路的交叉口，挖一个战壕。里奥要是在家，他一定会反对在这里挖这个战壕。但是爱德华和安德鲁斯想在眼见就要发生的大事中有所作为，于是挖战壕时就由兄弟二人来承担部分值班任务，其他人有空也都会过来帮忙。如果战壕受袭，则值班人员必须守住这个地方，直到消息能够送到村里，获得救兵支援。

元月的一个特别明亮的早晨，托马斯走出家门，一手拎着给战壕值班守卫的一桶汤和一布袋熟土豆，一手提着一把斧头，好让他们能多劈一些木头用来烤火。他穿过院子里的雪人部队。那些雪人现在看上去像是历经磨难的老兵，有几个手上的枪也已掉在地上。田地里刚又铺上了一层新雪，放眼望去几乎完整一片，除了门口小路上脚印连成的轨迹，那是两个哥哥一晚上来来回回踩出来的印子。这时，托马斯又发现另外一串脚印，方向是往猪棚去的。没有从猪棚离开的脚印。他放下汤桶和装满土豆的袋子，沿着脚印走过去。

接近猪棚的时候，托马斯大声吹起口哨，尽管每吸进一口冷空气，嗓子都会发疼。他想尽量多制造一些动静，以防突然吓到闯入者。此前有带枪的人受到惊吓，造成村里人一死一伤。苏联还占着什文乔尼斯①和罗基什基斯②，而立陶宛部队，这支由一群像他们家乔纳斯这样没啥武器装备可言的雇农组成的部队，按理应该在那两个地方挡住红军了。

托马斯在猪棚外闭着眼站了一会儿，以防踏进这黑黢黢的猪棚之后两眼一抹黑啥也看不见。他感受到手中斧子的重量。他开门的时候故意弄得很响，一边用脚重重地踢门，一边含糊地自言自语。一开始，他只听到猪的哼哼声，只闻到猪身上散发出来的一股臭气。但是肯定有人在这里，绝对不会错。那些猪都很不安，就在不远的暗处拱来拱去。

"你是猪国之王吗？"昏暗中传出一声大叫。

托马斯被吓得往后退了几步，握紧了手中的斧子。

"猪是没有国王的，"他应道，"猪都是民主派。"

说话那人发出一阵狂笑。"真是个哲学家！"格拉夫·蒙伯格，这个马上要消失的阶级的遗老，突然从黑暗中站了起来。身上那件古老的黑外套上沾了很多稻草和猪粪，整个人脏兮兮的。头戴一顶破边的毛毡帽，手戴厚厚的羊毛手套，脖子上松松垮垮地裹着一条围巾。围巾上方那双眼睛红得几乎闪光，喝过白兰地的嘴巴里吐出来的那股酒气比猪的臭味还要臭。

"啊，斯登布拉斯家的娃娃，"蒙伯格盯着他说，"你叫什么来着？"

"托马斯。"

"过来抱抱我吧，孩子。"

托马斯照做了。虽然苏联军队和立陶宛的民族主义者全都发誓要

① 什文乔尼斯（Svencionys），立陶宛首都维尔纽斯以北八十四公里的城市。
② 罗基什基斯（Rokiskis），立陶宛东北部城市。

除掉那些贵族绅士，但是老百姓长期以来的上尊下卑意识却很难一下子改掉。这个老伯爵身上比猪还臭，而且他还抱了这么久，托马斯都担心伯爵会不会就这么趴在自己肩上睡着了。过了许久，蒙伯格终于一把推开托马斯，目的是将他看个究竟。

"斧子，我知道了，"蒙伯格说，"你是不是雅各宾派^①的人，是不是来砍统治阶级的头的，嗯？为了伟大事业能够抛头颅洒热血的民主派？我是不是该解下围巾，干脆把脖子伸给你？"这老头在原地摇摇晃晃的。

"你在我这儿死不了，但你这么冷的天不该穿成这样就出门，你会直接冻成冰的。"

"我才没那么容易死。喝了一辈子的白兰地，我身子里也没什么血了。方圆三百里内，没人比我更耐冷。我能光脚走到华沙。住在这种烂泥地里，我就是在埋没我的优秀血统。我就是掉在猪圈里的珍珠，这一点猪都能证明。"

等这个老伯爵讲完就好像等基督复临一样。耶稣基督是会再度降临的，不过真等下去，不得等到老？托马斯打断他滔滔不绝的话："跟我来吧，我带你回家。"

"带我回家？我看上去像个老太婆吗？"老伯爵抖了下身子，从衣服上抖下好几根稻草。不过，猪粪还是粘在老地方。尽管如此，他还是允许托马斯搀起他的胳膊，两个人一起往外走。托马斯把斧子支在猪棚门边，走向刚才放在雪地里的汤桶。这时伯爵又说了起来，没完没了地说着，就好像安静的时候就该有人说话。

"就像待宰的羔羊。"他小声咕哝着。

"或许我应该找人去把你的儿子叫来。"托马斯说。

"我只会给我儿子丢脸。"

"哪有的事。"

---

① 雅各宾派，法国大革命时期激进派政治团体，主张恐怖统治，成员以小业主为主，也包括富有的资产者。

"是真的。那天我在自己家里吃饭,我转身问了我老婆一个问题。我说:'要是没了沙皇,我们要怎么活?'她就埋头喝汤。她就知道贪吃,连头都不抬一下。我现在总算是看明白了,脚下这块我踩了一辈子的硬土地,现在要换主人了。改变,改变,越变越糟啊。

"我有没有说过,有个德军上校在我们家吃过饭?上校和他的部队吃过我家的东西,跟我的儿子、我们家的继承人,客客气气地聊过天,那又怎么样?我还夸过死掉的沙皇,那又怎么样?那是我家的食物,我家的餐桌,我想说啥就说啥。

"'普鲁士皇帝比沙皇高贵多了。'我儿子说。他是想让那些当兵的知道,虽然我们家世代住在东欧,但我们还是纯正的德国血统。我承认也许他是对的。几代沙皇用了多少年都没能治理好俄国,他们还想统治其他国家,又能做出些啥呢?他们所做的一切不过是传播混乱。不过,我们现在也没有普鲁士皇帝了,一个统治者都没有了。"

"德国部队已经走了。"托马斯说。

"那我们就更糟糕了!"

"我还以为你不喜欢德国部队。"

"但至少他们带来了某种秩序。今天我决定亲身去体验一些民主,去调查研究一下民主。我喝了点白兰地,这样就更有力气去做我的研究了。我想要走到农民当中去,然后就发现你家房子周围都是兵。结果是雪人做的兵!真是笑死我了。"

"那是我给保罗做的雪人。"

"立陶宛军队估计也没比这雪人兵好到哪里去。我去了你家猪棚,躺在猪群之中。我对自己说,这就是各支部队互相残杀之后整个世界的模样。布尔什维克首先会消灭我这样的人,所有读过书的、有教养的人都会被砍头、枪决,或者一斧子下去,劈成两半。"

"谁说苏联军队一定会赢的?"托马斯问道。

"我儿子也是这么说的。他以为贝蒙德将军会来救我们。但贝蒙德将军是个什么货色?他不过是个叛徒,是个沙俄白军,柏林给了他钱。他的部队不过就是五万个不要命的人。贝蒙德除了在乡下到处放火烧农庄之外什么都不会。光是算一算他放火烧过的地方，差不多就可以赶上沙皇的统治面积了。"

"你就没有支持哪一派？"托马斯又问。

"我能有什么选择？再说了，还有那些该死的波兰人呢。还有那个自称元帅的毕苏斯基[①]。但那家伙算是个东西？世界大战前他只不过是一个强盗。你知道吗？我见过他一次。大战爆发前几年，我和几个有身份的人一起在奥古斯塔夫森林打猎，竟让我看见毕苏斯基坐在一间小茅屋里，没穿裤子。你知道为什么吗？他就一条裤子，刚洗了。就这么个人想要统治波兰？穷倒不是错，耶稣基督也曾经落魄。但是他的吃饭习惯有问题，不可原谅。这个毕苏斯基，他不喝汤，不吃蔬菜，也不吃水果。除了肉就是面包。我告诉你，这个人没耐性。吃饭跳过第一道菜，跳过最后一道菜，这种人肯定没什么耐性。"

托马斯取回放在雪地里的汤和土豆，然后领着蒙伯格伯爵走向战壕，战壕就在小路与大路的三岔路口，周围还有几棵树。老头一路自言自语，嘴里念念有词。给值班哨兵分完汤之后还要陪着这个老伯爵回庄园，托马斯真不乐意，因为天冷路又远。战壕是他和两个哥哥在雪地里挖出来的坑，周围还用雪垒起了一圈矮坝。当时，三兄弟一边挖，一边吵，争论不休的问题是究竟用多厚的雪才能挡住子弹。后来天气暖了一阵又降温，雪化了一阵又结成冰，三兄弟又为这个问题吵过一会儿。站在这个战壕上面，能够俯瞰整条大路，一直能看到一公里开外河谷处的森林。此时，战壕背面生了一堆小火，爱德华就在那儿堆了个雪枕并躺在上面。安德鲁斯边抽着烟，边和两个志愿兵聊天。这两个志愿兵身上有枪，露在外套口袋外面。他们是两个外地人，当过兵，自己也不知道怎么就流落到了莫尔丁。他们自告奋勇站起了岗。

---

① 约瑟夫·毕苏斯基（Józef Klemens Piłsudski, 1867—1935），波兰备受争议的政治家、军事家。早年参加波兰社会党的创立。1918—1922年任波兰国家元首，参加帝国主义国家对苏联的武装干涉。1926年5月发动军事政变，建立法西斯独裁统治（1926—1935）。

雪堆成的壕沟内侧靠着两支步枪。

"母亲让我给你们送吃的，"托马斯说，"不过土豆可能已经冷掉了。我来这儿的路上碰上了伯爵。"安德鲁斯和爱德华摘下帽子和蒙伯格伯爵握了握手。托马斯给两个外地兵介绍伯爵，两人心存警惕地看了他一眼，蒙伯格也不客气地回敬了一眼。爱德华伸手去摸胸袋里的木汤勺。大冬天值了差不多两天的岗哨，这让几个人冻得都手脚僵硬了，他们得防着叛乱的贝蒙德部队，或是波兰人，或是苏联军队，因为这些敌人就在附近。莫尔丁面临的威胁无处不在，却又无迹可寻。唯一的消息来源就只有出门的人从维尔纽斯或是华沙带回来的报纸，但那也是几天前的。村里也没有武器供给，除了村民自己家里原来就有的，就剩从撤退的德军那儿偷来的了。

托马斯曾听过村里的传言，说这两个在战壕站岗的外地人以前也在沙皇部队里待过：是立陶宛兵，立陶宛部队散了之后被困在俄国了。负责守卫莫尔丁的陆军中尉得知他们曾参过军，高兴得不得了，立马派他们到斯登布拉斯家负责的战壕站岗。其中一个叫利乌德的，长年痛苦地干咳，脖子上老是围着一条用来挡嘴的围巾，只有在抽烟的时候才会扯到一边。他似乎听命于他的同伴，同伴名字叫巴拉，这人就算在打仗时没有饭吃，也要用须蜡把胡须打理得卷曲精致。现在，细小的冰凌挂在他的胡须尖上，使他整张脸看上去就像是滑稽戏里的坏蛋。不过，这人的长相让人见了也不敢笑。

土豆真的已经冷掉了。托马斯把汤面上已经凝结的一层厚厚的油脂弄碎，然后用小杯舀了几碗递给他们。利乌德扯下裹嘴的围巾，搅了搅碎油块，让它们重新化化开，然后猛地往嘴里送进大半木勺的汤。

"烫，"他喊道，满嘴的汤都喷到了脚下的雪地上。"这么烫！你刚不是说土豆冷了吗？"

其他人都大笑起来。

"油结了冻就保温了。"爱德华说。

"小孩儿也该告诉我汤还是烫的。"

"我才不是小孩儿！"

"你多大？"

"十七。"

"还真不小了。都大到可以跟我们一样蹲在这儿守村了，怎么还在帮你妈送汤呢？"

"住嘴，利乌德。"胡子兵说道。

其他人都生怕烫到，小口地喝着汤。托马斯告诉他们，母亲建议大家去家里暖暖身子，两人一组换班去好了。

"这样也好。"安德鲁斯说。他取下眼镜，用戴着手套的手擦了擦嘴。"照现在这个情况看来，就算贝蒙德本人出现在大路上，我们也冻得没力气对付了。我们轮着休息吧。稍微睡会儿也不要紧的。"

"要是贝蒙德本人来了，"蒙伯格伯爵斩钉截铁地说，"你们这儿的每个人都要吓得屁滚尿流了。你们这个也叫战壕，小孩儿打雪仗用的战堡吧？扔个雪球还扛得住，几发子弹过来，你们就死翘翘了。虽说贝蒙德打仗不行，但是灭你们几个就是分分钟的事。还有，你们的增援部队呢？战略计划又在哪儿？你觉得村里靠这几把枪就能组个部队打仗了？猴子穿上教士服变不成牧师，乡巴佬扛把机枪也打不了仗。"

"这个傻子是谁？"巴拉一边问，一边吧唧吧唧地喝着汤。他胡子上的冰被汤的热气融化，一滴滴地滴了下来。

"我是蒙伯格伯爵。"老头回答道。他摘下帽子，深深地鞠了个躬："您是哪位？"

巴拉用手背擦了擦嘴和胡子，然后再回答：

"我是巴拉少校。要是不想惹麻烦，就赶紧回家睡觉去吧，老头。"

"少校，是吧？我看不过是布尔什维克暴发户吧。你别把我当农民赶走。是不是这世界还不够乱啊，现在居然还有立陶宛爱国者了！"

巴拉盯着这老伯爵，嘴里不紧不慢地嚼着一块冷掉的土豆。

"蒙伯格伯爵，"安德鲁斯说，"伯爵"二字叫得更响一点，一边拉住伯爵的胳膊，"让托马斯带你回家吧。这儿没你什么事儿。"

"没我什么事儿？难不成我不是这国家的公民？不是个上等贵族？我家三代效忠沙皇，对此我们一点都不觉得羞耻。"

"现在没沙皇了。"巴拉说道。

"所以这世界才会越来越糟。"

利乌德放下碗，站起身来："要我毙了他吗，少校？"

"坐下。"巴拉答道。

"咱们别听他瞎扯了。我真受不了地主说瞎话。"

"他年纪大了，"安德鲁斯说，试着缓解此刻的紧张气氛，"他老是喝多，总觉得自己还是个贵族。他就是给大家添乐，所以我们也就随他去了。他就是个傻瓜加酒鬼，但是如果少了他，我们村就没有傻子了，几乎每个村都有的那种傻子。"

"不要当自己比我强，小斯登布拉斯。"伯爵吼道。

"为什么他自称伯爵？"巴拉问道。

"冒充的，"安德鲁斯说，"他祖先是德国人。"

"你们别当我是空气，"蒙伯格说，"是我坚持让大家称我为伯爵的。"

"这种时候德国人还坚持自己的血统，还真是时候。"巴拉说道，"谁知道他是干什么的，说不定就是给贝蒙德效力的奸细。"

"谁给贝蒙德当奸细？"蒙伯格愤怒地喊着。

"要不然你怎么会对这个战壕这么感兴趣？要真是个伯爵，你现在就该藏起尾巴躲在地窖里，希望苏联军队千万不要打进来，然后像杀鱼一样把你给宰了。除非，你就是个奸细。"

"我只为我自己做事。"伯爵还嘴硬，但这一次他的声音有点颤抖。

"说到底，"巴拉接着说道，"像你这样的身份，能在立陶宛独立之后得到什么好处？临时政府一直在征募志愿兵，还承诺，只要愿意为国家卖命，国家就会分给他们土地。你觉得这些地都是哪儿来的？新政府会从你的领地里割出一两块地来给那些乡下小子。除非是雅各宾派掌权。不过，等到那时候，他们还会割了你的头，没收你所有的家产。"

"好了，好了，"安德鲁斯说，"这样说话太危险了。再说下去，跟我们一起睡觉的人都是敌人了。这老头是莫尔丁的公民，而我们要保卫莫尔丁。所以我们也要保卫这个老头。"

"可睡在一起的人真的会是敌人呀，"利乌德说，"我在俄国的时候，跟我同床睡的那些人原来都是白军的间谍。那些一起吃一起住的人竟然会背叛我们。"

"你给我闭嘴！"巴拉说着放下手中的碗。

"啊哈，"老伯爵笑道，"你们压根不是爱国者。"

"我跟你说过了，叫你给我安静点。"巴拉说道，本来还在喝汤的他突然站了起来。他伸手从口袋里掏出一把手枪，手臂垂在身侧。"回家去吧，老头。你的时间到头了。"

"你当我是个小孩吗？掏出手枪我就怕你了？你们这些人就是猪罢了，现在居然骑到我们头上来了。"

"蒙伯格伯爵。"甚少说话的爱德华开口了，大家都扭过头去看他。"回家，现在就去。"

伯爵张了张嘴，但这是他有生以来第一次什么都说不出来。

"什么都别说了，在你给自己也给我们惹麻烦之前，赶紧回家去。安德鲁斯，给他点喝的，让他有力气走路。"

安德鲁斯从大衣口袋里摸出一个玻璃细颈瓶，递给老伯爵。老头怀疑地看着他们几个。他一把抓过瓶子，拿到嘴边，一口气喝掉了半瓶，然后大口地喘着气。

"土酒，"他嘲弄地说，"农家自酿。民主派喝的酒。我喝了没瞎，真是走运。"他用问罪的眼神看着其他人。"我要回家去了。"他转过身，艰难地爬过战壕的边缘，顺着大路往河边走去，头顶冒着呼出来的白气。

"上帝保佑我们别遇上傻子，"安德鲁斯说，"他走错路了。"

是的，他真的走错了。那伯爵固执地挺起腰板走路，但这表面结成硬块的雪地偏偏跟他那端庄高贵的举止唱反调。有些地方雪块裂开了，他的一条腿就这么插在下面松软的雪里，一直到膝盖，半边身子陷了进去。战壕里的人都大笑起来，只有利乌德笑不出来——因为他已经围上了围巾，嘴巴被挡住了。

"蒙伯格伯爵，"托马斯大喊，"你走错路啦！"但这老伯爵好像没听到，还是跟跟跄跄地往山下走。

"你得去拦住他，"安德鲁斯说道，"他要是这么一路走下去，肯定会冻死在地里。"

"为什么要我去追他？"托马斯边问边爬上战壕的边缘。"蒙伯格伯爵，"他大声叫喊着，"你还说民主派是猪，可就连猪都知道要怎么回猪圈里去。"

"托马斯，"安德鲁斯说，"要是你还逗他，他是不会跟你回来的。"

那伯爵走了最多不到十米，一只脚又因为踩碎了雪块，陷在雪里拔不出来了。他挣扎了一会儿，听到有人在笑，便扭过头来看他们：

"没有我这样的人，你们肯定赢不了。猴群里要是没个猴王，那群小猴子都不知道该怎么活！"他冲着他们举起拳头。

"你们看他是不是做了个斯派格手势？"利乌德问道。斯派格手势就是握住拳，把大拇指伸到食指和中指之间。在整个东欧地区，这个手势最侮辱人。

子弹嗖的一声从托马斯耳边掠过，他还以为是一只愤怒的黄蜂从厚厚的雪里飞了出来。只见那伯爵直挺挺地倒下了。爱德华和安德鲁斯扑向利乌德，把他的手按在地上，夺过他手中的左轮手枪。他几乎一点儿也不反抗，只是大喊着："这种人死了也是活该。"

安德鲁斯和爱德华迅速起身跨过雪墙，托马斯也跟着他俩一起跑，跑到伯爵倒下的地方。爱德华将伯爵的身体翻过来，一股刺鼻的酒味直冲脑门。这老头面色苍白、表情扭曲。他早上没刮胡子，整个下巴都是厚厚的灰白胡子。他已经断了气。

爱德华在他左右脸颊上轻拍了几下，可他那半开半闭的眼皮既睁不开，也闭不上。爱德华摸了摸他的颈部，想看看他有没有脉搏。安德鲁斯和托马斯等着结果。"没有。"爱德华说。

"解开他的衣服，听听有没有心跳。"

爱德华照做了。"也没有。"

兄弟三人盯着这老头衣服敞开之后露出来的干瘪胸膛。上面没有任何伤痕。他们脱去他的大衣，撩起衬衣和夹克，看他的背，只见脊椎的右侧有一个子弹射的小孔，但伤口一点也没有流血。

"子弹去哪儿了？"托马斯问道。

"我也不知道，"安德鲁斯说，"可能卡在身体里面的某个部位吧。也许就在心脏里。"

"他死了吗？"

"没呼吸，没脉搏，也没心跳。"

不可能吧？托马斯心想。这老头半个小时前还靠自己搀扶着行走。一个人怎么会死得跟猪一样快？尽管普鲁士皇帝和沙皇都已下台，士兵也已全部死去，但是亲眼看到有人被打死，这还是第一次。

"把他的帽子捡起来。"爱德华说。托马斯照着哥哥的话捡起帽子。安德鲁斯给这老伯爵塞好衣服，扣好扣子，似乎在这个时候仪表得体还是很要紧的。老大和老二一人扛起那伯爵的一条胳膊，把他抬回了战壕。托马斯手拿着伯爵的帽子，紧跟着两个哥哥。

巴拉正通过双筒望远镜严密监视着外面的一举一动。利乌德又喝起汤来。

"我们运气不错，"巴拉说，"看来没人听到枪响。现在我们要做的就是把尸体处理掉。"

"那我们用雪橇拉他回去，"爱德华说，"他家在村子的另一边。"

"我的意思不是让你们把他运回家，"巴拉说，"我的意思是直接把尸体扔掉。"

"我们得去找村里当官的人，"爱德华说，"村长会给上面写份报告。得给他办一下临终圣事。"

"不许去找村长，也不用写报告，"巴拉说，"利乌德今天的确犯了蠢，但是我也不会让他因为杀了这么个垃圾玩意儿而被抓起来的。这家伙哪怕今天不死，迟早都会因为一张臭嘴而把自己害死的。"

"杀了人不能埋掉就了事了，"安德鲁斯说，"要是被抓到，你会被判谋杀罪而受绞刑的。"

"我们才不会被抓到。我们现在要做的就是什么都不说，然后把尸体处理掉。你们这个弟弟能守住秘密的吧？"

"你说的离题了，"安德鲁斯说，"不管法庭怎么判，你朋友都得承担后果。这不是由我们决定的。"

"离题，"巴拉嘲讽地模仿着安德鲁斯的语气，"你听我说，这种死人的事儿，最近这几年里，我跟利乌德见得多了。多死一个对我们来说根本不算什么。"

"可是，你为什么要一枪杀了他呢？"托马斯问道，"他只是个老人家而已。"

"从来没有人对我比完斯派格手势之后还能活命。"利乌德说道。他竖起碗，喝完了最后一口汤。

"埋尸太冷了，"巴拉有点自言自语地说道，"我们把尸体丢到河里去吧。"

河面上结了一层厚厚的冰。冰面上的洞已经挖了近半米深，托马斯用斧刃去够洞底都很难够得到。马儿在岸堤边不安地踩蹄，鼻孔里呼出的阵阵白气很快消失在这夜晚寒冷的空气里。马鞍上没有挂铃铛，两匹马身上拴着雪橇，伯爵那光溜溜的尸体就这么横在雪橇上，用毛毯掩着。他们已经烧了他身上所有的衣服，只留下了那双靴子。他们还把那烧黑的皮带扣和骨质纽扣一并扔进了河里。大家轮流用斧子凿洞：利乌德和爱德华已经干完了，现在坐在一边休息；剩下托马斯接着凿。安德鲁斯和巴拉则留在了战壕里。

"你们俩该把这洞凿宽点，"托马斯说。他凿一次喘一次。

"你能挖多深就挖多深。"利乌德说道。

一声一声有节奏的凿洞声使托马斯不去想很多事情。他凿着凿着，身子越来越热，不久就出汗了。他一停下来就会觉得冷。不过，再冷应该也冷不过那伯爵吧。他很想大笑一声，只要能释放一下自己的紧张心情就好。但是另外两个人肯定会觉得他疯魔了。

"我觉得不该把衣服都脱掉的。"爱德华说。

"等春天一到，要是尸体被冲到附近什么地方，人家看到衣服就知道他是谁了。如果只有单单一具尸体，等烂了一段时间之后，就不会有人认得出来。"利乌德说道。

"那至少也裹点什么吧。"

"绝对不行。我们不就是要尸体烂得谁都认不出来嘛。"利乌德已经穿上了伯爵的靴子，低下头美美地欣赏了一番。尽管巴拉反对，但利乌德当时偏要留下这双靴子。多数情况下，他都听巴拉的，但是这次他铁了心不肯放弃这双靴子。

终于有水从洞里溅了出来。但是水珠刚溅到托马斯的脸上和手上就即刻结了冰。

"你退下，"爱德华说，"剩下的我来搞定。"他用一根带尖头的铁杆用力地凿着洞底，而托马斯则用铲子一瓢瓢地舀出碎冰块。利乌德站在他们身后，正在卷一支烟，不过遇到了点麻烦。他的双手已经冻得无法把卷烟纸给卷整齐了，烟草也一直从手中掉下来。没办法，他只好用大拇指和另外三根手指捏住烟卷，用火柴去点火。然而，火柴的火光闪了一下就灭掉了。

就算是干这个活，爱德华还是像农民一样卖力，一丝不苟，省时高效，绝不在不必要的动作上浪费一丝力气。

"把尸体搬过来。"他终于做完了。停下手里的凿冰杆，他喘了一口气后说道："这洞已经够大了。"

利乌德又吸了两口自己胡乱卷好的烟，然后扔了烟蒂，转过身，朝雪橇走去。他掀开盖在伯爵身上的毛毯，随意地架起尸体的胳膊，一路拖了过来。

他尽力托举着尸体，想让尸体的脚先进到洞里，可那两条腿却一直分开晃，没有并到一起。这具尸体就像一个人体模型。托马斯感到一阵恶心。

"帮我把他的脚塞到洞里去。"利乌德命令道。

"还是头先进去比较好，这样肩膀这里才能刚刚好进去。"爱德华说。

"怎么处理尸体还轮不到你来教我。"利乌德提高嗓门说。

"那你就自己弄吧。"

"我自己会弄的。不过要是我的靴子就这么弄湿了，你们就等着挨打吧。我收拾完尸体就收拾你们。"

利乌德把尸体仰天扔在洞口，然后将伯爵的脚拖进洞里，直到水漫过他的膝盖，就好像去河里游泳的人要先把脚弄湿。

"要是他沉不下去，我就要用你的铁杆把他推到冰层下面去。"

"你拿去用吧。"爱德华说道。

利乌德把整具尸体往前移，然后从腋下把他托起再往水里推。伯爵的尸体慢慢地往下沉，可到屁股的时候竟然卡住了。利乌德整个人压在伯爵的肩膀上将尸体往下压，尸体的上半身便慢慢地下滑到水里。利乌德抬起尸体的手臂，以防肩膀也像屁股那样被卡住。

正当水快要漫过伯爵的胸口时，这老头却突然间复活了一般，两只胳膊挣脱了利乌德的手，一双手落在利乌德的靴子上，身体开始从洞里钻出来。

"耶稣保佑！圣母马利亚保佑！"利乌德大叫，"他要把靴子抢回去。"

爱德华和托马斯站在冰上一动不动，两个人仿佛冻住了一样。伯爵抓紧利乌德的靴子时，利乌德疯狂地在口袋里掏着他的左轮手枪。

"他要是还活着，"爱德华嚷道，"我不许你再杀他。"

"我就要杀了他，我就要！"利乌德尖叫道。就在他从口袋里拔出左轮手枪的那一刻,爱德华挥起手中的铁杆,砸在他的脑门上。利乌德倒在了冰地上。伯爵的手还紧紧地抓着他的靴子。利乌德的双脚开始颤得厉害,发出咔咔咔的声音,就像垂死之人发出的喉鸣。

伯爵似乎这才满意。他松开了手,离开被偷的靴子,毫无阻碍地向冰下滑去。

"快,托马斯,"爱德华叫着,"伯爵可能还活着,在水里。"

托马斯听话地跑上前,双臂浸到水中,一直没到肩膀处,然后伸手去捞。托马斯觉得自己的指尖碰到了什么东西,不过还来不及去抓就已经碰不到了。冬日里缓缓流淌的冰下流水已经冲走了伯爵的身体。托马斯从水里收回双臂,手套和袖口处的水一下子就结成了冰。他牙齿打着战,回过头去看爱德华。大哥正俯身摸利乌德的脖子,看看是否还有脉搏。但他已经没了脉搏。

兄弟俩蹲坐在冰面上,你看看我,我看看你。爱德华发现托马斯全身在发抖,就让他把湿衣服脱下来,换上利乌德的。他给托马斯卷了根烟,两人便默默地抽起烟来。但他们心里想的都是那个留在战壕里的巴拉。天气越来越冷,冰面上已经蹲不住了,于是他们便开始绕着雪橇打转取暖。那自家种的粗制烟草十分刺激嘴巴和喉咙,但是托马斯并没有感到不舒服。过了一会儿,爱德华又一次跪下来去摸利乌德的脉搏,想听听他有没有心跳,看他还有没有呼吸——但他确实既没了心跳,也没了呼吸。他们看了眼河面上的冰窟窿,洞口又薄薄地结上了一层冰。

"巴拉和安德鲁斯肯定还在等我们,"托马斯说,"他们俩其中一个可能会过来。我们怎么办?"

爱德华叹了叹气,心里想着该说什么。"我们都说要建立一个新世界,原来这就是新世界的样子。"许久之后,他开口说道,"来,我们把利乌德的衣服脱光,把他也扔到洞里去。然后我们还得想个法子,看看怎么出其不意地拿下巴拉。"

"要是只有我俩回去,巴拉没有看到利乌德,一定会起疑心的。

到时候就会有很多麻烦事儿。让我一个人回去吧，我替你都扛下来。"托马斯提议道。

爱德华看了弟弟好一会儿。"我是家里的老大，"他说，"我才是应该担当一切的那个人。"

天空中飘起了小雪，两人朝着利乌德的尸体走去。

从河边回来的这一路上，风雪一直刮得很急。穿过茫茫白雪，巴拉看到利乌德牵着马缰，而爱德华正从雪橇上跳下来，费力地往战壕慢慢走来。看来有情况！原本和安德鲁斯一同坐在火边的巴拉立马起身，走了出来。他的鼻子已经学会了感知危险。若非如此，他就不可能在两次前线战场和六次小规模战斗中保住自己的命。现在，他那鼻子又嗅到了什么不好的东西。那个小孩去哪里了？为什么是爱德华朝他走来而不是利乌德？正当巴拉要拔出左轮手枪之时，他突然感到胸口一阵莫名的压迫和剧痛。他听见了爱德华的枪声。

安德鲁斯震惊地眼看着大哥走向倒在地上的巴拉，并看着大哥朝巴拉的胸口又开了一枪。爱德华低头看了巴拉的尸体一会儿，然后抬头看向安德鲁斯。

兄弟三个实在想不出什么好的方案，所以只好死马当作活马医。就按安德鲁斯临时想到的办法来吧。把巴拉的尸体也扔到冰下，烧掉他所有的衣物，然后回家过一晚上，跟母亲说那两个兵会在战壕守夜，第二天早上坚持自己什么都不知情。至于这两个人到底去了哪里，从此以后没人知道了。说不定他们绑架老伯爵后跑了呢。

"我这辈子从来没撒过谎，"爱德华说，"难道现在开始我要撒谎了？"

"我想我们必须适应撒谎。"安德鲁斯说道。而后，他转向托马斯，说道："至于你，我只希望你闭上嘴什么都不要说就行了。"

燃　烧

（1919 年春）

　　朗金舅舅的儿子马特才十岁就夭亡了，开春第一天得了流感不治身亡。朗金家在考纳斯市①，正好有人顺路，所以朗金写给姐姐奥古斯蒂娜的信在第二天就到了。如果斯登布拉斯一家去参加葬礼，时间上肯定来得及。但是里奥·斯登布拉斯不同意，因为朗金家里的其他人也还病着，而且乡下的冰雪还没融化。为什么要自己给自己找麻烦呢？另外，里奥跟其他农民一样，对城市怀着一份天然的不信任，他觉得城里的每一个商人都在骗钱。还有，同样的一身打扮，在莫尔丁没人觉得不好看；但到了城里，人家好像一眼就能看出你是乡巴佬。

　　马特是朗金舅舅的独子，生前被家里人宠上天了。要么是因为精面粉做的面包吃多了，所以这孩子身体反而不好；要么是因为天气好的时候还穿鞋，所以他的脚像婴儿一样软绵绵的。但是里奥并非冷血无情。既然不去考纳斯了，一家人就在家给马特举行宗教仪式。他们为这个夭折的孩子做了一个小时的祷告，里奥甚至花钱请牧师为他做了个小弥撒。可惜时间没挑在星期天早上，不然可以少花些钱。

　　上帝和神灵肯定也注意到了这次里奥的花钱行为有点不同寻常。

---

① 考纳斯（Kaunas），立陶宛第二大城市，位于立陶宛中部。

还没到一个星期，慰问品就寄到家了——是一个包裹，上面写着"保罗收"。包裹外面包着深色牛皮纸，绑着绳子，看着格外别扭。全家人围成一圈欣赏这个包裹，派维达去外面找保罗。保罗拎着饲料桶回来了，头上长长的卷发缠结在一起。他半信半疑地看着家人。

"朗金舅舅寄了些东西给你。"维达带着鼓励的神情跟他说道。

"什么东西？"

"我们也不知道，装在包裹里，你打开让我们看看。"

"他为什么会送东西给我呢？"保罗知道村里人没有送礼物的习惯，除了偶尔会送给孩子一把坚果或糖。他从一个孩子的角度来猜想，觉得自己可能会收到一个硬币。有时候父亲和几个哥哥也会做些木头玩具来送给小孩子。保罗从来没有收到过包裹，也从来没有看见任何人收到过包裹。他站在门口，还是觉得难以置信。

"保罗解绳子的时候，你们其余人都站到后面，"里奥说道，"包裹里面可能仍有一些带病毒的空气。"他想了一会儿以后又说，"或许保罗应该先走到外面再打开包裹。"

"流感不是通过物体传染的。"安德鲁斯说。里奥对此嗤之以鼻，但是没有再说任何话。托马斯把自己的折叠小刀递给保罗，让他割断绳子。但是珍妮娜不想浪费绳子，所以她便解开绳子，其他人都站在周围。她解开绳结后退到了后面，让保罗来打开包装纸。保罗虽然仍有些犹豫，但还是放下饲料桶，向前一步，打开牛皮纸包装和里面的一层布包装，然后开心地抬头看着其他人。

"溜冰鞋！"他喊道，其他人又惊又喜，为他的幸运鼓掌。

"里面还有没有纸条？"妈妈问。

真有一张纸条。奥古斯蒂娜念道："每一次我看到这双溜冰鞋，我就会想起我那已经离开人世的可怜的马特。所以溜冰鞋就交给你了，你要健健康康的。另外，每次穿的时候，请都为你的表弟做个祷告。"

溜冰鞋用布包好了，而且上了油，以防生锈。保罗动手擦掉油脂，并检查了冰刀的刀刃。刀刃很锋利，估计表弟生前没穿过几次。

保罗的运气真好，今年冬天特别长。虽然春季都到了，但天还很冷，所以冰层的厚度还适合溜冰。

"我能现在就穿上鞋子去外面溜冰吗？"他问道。

"可以，"父亲宠溺地同意了，"但是不要以溜冰鞋为借口而忘记你应该做的家务活。"

保罗去河边试他的新礼物，其他人也散了，都去忙自己的事了。托马斯来到自己的木工车间，想要用之前在莫尔丁市场上买来的半圆凿试试手。做雕刻的好工具很难求，一是因为战争，二是因为附近没有人家需要做精细的装饰活儿。很幸运，他买到了一个十公分规格的半圆凿；更幸运的是，这把凿子的榉木柄几乎完好，只有末端因为原主人敲过而有一点点扁下去。他把凿放在磨刀石上做来回的弧形磨刀动作，将刀刃磨快，再用一块极小的滑石磨掉刀刃内侧的毛刺。工欲善其事，必先利其器，好的雕刻师会把自己的工具磨好，但是永远不会用磨刀轮来加工，因为高温会导致金属失去硬度。磨好之后，托马斯把新买的半圆凿卡进工具夹里，跟各种凿子、锉子、钻子、格条等工具夹排在一起，然后欣赏这些整整齐齐挂在木工桌上方的"个人收藏品"。他正要搬一块新锯下来的木块，这时，他听到了轻轻的敲门声，随后安德鲁斯走了进来。

木工车间里很温暖，安德鲁斯一进来眼镜就蒙上了一层白雾。他摘下眼镜，用围巾擦拭。他的手里拿着一本旧书，书页已从装订线上脱落了。托马斯能够感觉到今天的安德鲁斯有点犹豫。兄弟三人共同保守的秘密似乎在此刻交谈的每句话、每个词中呼之欲出，他们客客气气，一反常态。

"新得的书？"托马斯问道。

"是的。德瓦里奥尼斯去帕涅韦日斯镇看望一个表哥，在市场里发现了这本书。书很便宜，而且他觉得你可能会感兴趣。"

"关于什么的书？"

"研究立陶宛教堂木雕艺术的，但它是用德语写的。"

"我看不懂德语。"

"我知道。"

"而且书里能讲什么木雕呀？教堂雕像都是石膏像。"

"以前可并非如此，过去有很多木雕的，但是一些好的都被运到莫斯科去了。托马斯，你知道吗，咱们这里也有过文明，只是文明被彻底毁灭了。莫尔丁在中世纪是一个重要城镇，曾经有大庄园，但是庄园主人造反，所以这些庄园就被烧光了。"

"你说的这些跟我有什么关系呢？"

"我想说的重点是，几百年来，我们这里经历了太多的贫困，所以现在我们要自力更生。我们对自己的国家负有责任，我们有义务来保卫国家和自己不受侵略。"

"如果要我看看这些图片，我会很乐意的。但是救国这种事儿，你还是把心思花在爱德华身上吧。他以前倒是也关心过这类事情。"

"我们怎样才能帮到大哥呢？"安德鲁斯真想知道答案。

爱德华因为身负罪过而濒临崩溃。巴拉、利乌德和蒙伯格伯爵三人同时失踪，村里已经疑云四起。因为村民最后一次看到巴拉和利乌德是在斯登布拉斯家老大和老二负责的战壕里，所以疑点自然落在这兄弟二人身上。但是这兄弟俩的说辞很简单：他们从未见过蒙伯格伯爵；巴拉和利乌德那晚在战壕值夜班，第二天早上之前就无故离开了。

里奥本是为继承叔叔的部分遗产而去的，却空手而归。他一回来就冲到莫尔丁村里，宣布没有哪方力量有权把他家开辟成前线，谁愿意就让谁贡献自己家的土地和儿子吧。里奥命令儿子们把战壕给毁掉，兄弟几个只好无怨无悔地用雪把战壕填平了。

虽然里奥对村民大声怒斥，吓得人们不敢靠近，但是他也对自己的几个儿子起了疑心，所以反复问起。爱德华越来越消沉，比以前更不爱开口了。要是他真的经受不住压力承认了罪行，安德鲁斯和托马斯也会成为从犯。

托马斯看得出来，自己对那本书不感兴趣，安德鲁斯还是很失望的。但是托马斯不愿意假装感兴趣。过了一会儿，安德鲁斯找了把小凳子坐下，自己读起了书。

坐在河岸边穿溜冰鞋时，保罗忘了为他死去的表弟马特做祷告。天气仍然很冷，保罗哆哆嗦嗦绑鞋带的时候把手指头都弄痛了。但好在风把河面上的雪吹走了。保罗张开双臂，尝试着走向冰面。然而，他没走几步，他右脚的冰鞋就崴了，滑到了脚的旁侧。没有办法，保罗只好回到河边的木头上，脱下他的连指手套，把冰鞋弄好。

这次，鞋带倒是绑结实了，身体平衡却没有掌握好。不一会儿，保罗就一屁股坐在地上了。他哀怨地看着冰面，大部分冰面的颜色阴暗模糊，有些地方却如同水晶一般透明，清澈见底。溜冰这件事远比保罗想象中的要难。但是等着瞧吧！等学会了，他会从这条河一直滑到大海。据说，遇上特别冷的冬天，波罗的海会结一层实实的冰。然后他就能滑过大海，到达瑞典，或者爱尔兰。他也不知道爱尔兰是不是真的在波罗的海沿岸，但是应该不会太远吧。要是实在不能滑到爱尔兰，他到时候就脱下溜冰鞋走到爱尔兰。

走到冰面的中央，他再次站起来，摇摇晃晃地站了一会儿后，又一屁股坐在冰面上。尽管穿了两层棉裤和长长的冬大衣，但屁股上的尾椎骨还是很痛。他两手一撑，尝试着站了起来。这次起码不要直接就摔倒了。果然，他滑了几十公分，终于尝到了一些甜头。这还算不上真正的溜冰，但是至少让他知道了溜冰到底是怎么样一回事。他小心翼翼地展开双臂以保持平衡，眼睛盯着靴子下面突出来的冰鞋尖儿，开始往前迈小步子。还是不行。他只觉得身子下面的脚又滑飞了。不过，这次他还能控制自己，不让自己向前扑倒在地，而是用手撑地来减轻摔下去的力道。他笑了。今天只是一个开头，但是他迟早能学会溜冰。村里没有其他人有溜冰鞋。他要让大家大开眼界。保罗一边想一边微笑，然后透过冰面往下看——冰下竟然有一个吓人的屁股。

不可能吧。

他靠近看。是的，在十几公分厚的透明冰层下，真的有一个屁股。身上一丝不挂，两条腿一动不动，从水下顶着冰层，但是上半身看上去没有固定。这是个成年男人的后背，头发乌黑，双臂在水流中飘动，好像这个人正在和下游远处的某个人打招呼。保罗想要站起来，但是双脚不听使唤，所以再次倒在了冰面上。这次他的脸正好落在那个男人的脖颈上方。保罗看到了一颗又大又黑的痣，好像这个人能随时转过身来看他，然后一拳打破冰层，抓住他的脖子，把他拉进水里。

保罗像只螃蟹一样手脚并用地爬到满是积雪的岸上，然后穿着冰鞋踩着积雪一路跑回了家。

透过木工车间的窗户，托马斯看见保罗怪模怪样地往家跑。尽管还有点远，但他还是明白出大事了。于是他飞快地从安德鲁斯身边挤过去，跑到门外。保罗满脸的泪水已经结成了冰，所以托马斯就把他带到自己的木工车间，让他坐在火炉边。虽然保罗一边哭，一边抽鼻子，但托马斯和安德鲁斯还是听他讲完了事情的经过。

"让他留在这里。"安德鲁斯说完就去外头找爱德华。托马斯想尽办法让保罗平静下来。保罗这时只想扑进妈妈的怀里，但是托马斯坚持说，他必须先把溜冰鞋脱下来，坐在原地继续取暖，外面那么冷，要等身子热才能走出去。托马斯亲了亲这个小弟，给他擦了把脸，在火炉上架了一个白铁壶，又往火堆里加了些柴。透过窗户，托马斯看见两个哥哥正扛着斧头沿着小路往下走。爱德华还带上了铁杆。托马斯帮保罗解开溜冰鞋，给他倒了杯糖茶。但是时间一长，他就留不住保罗了。没办法，他只好把弟弟带进了家里。保罗一回家就又哭了，然后把自己所见又说了一遍。

里奥听完了整件事，说道："我们现在就去河边。"

"爱德华和安德鲁斯已经过去了。"托马斯回答说。

"如果他们真找到尸体，他们也会需要用雪橇将尸体搬送到这儿的。"

"等等。"托马斯说。

"为啥？"

"现在没必要套马,除非他俩真能找到什么东西。"

里奥好奇地看着托马斯。他还不习惯听老三提供意见,但是他这次感觉托马斯说得在理。

"像蒙伯格伯爵吗?"里奥转过身来问保罗。

保罗还在抽噎:"那个人没穿衣服。"

"是自杀,这么说来。"里奥说。他在额头上画了个十字,心想以自溺的方式自杀挺怪的。更常见的自杀方式是找棵树上吊。

要弄清楚尸体从哪里过来,这事儿不容易。这条河很长,源头在波兰,一路流向大海。1915 年春,俄国第二集团军战败后,河面上全都是已经泡胀的士兵尸体和战马尸体,这些尸体一路漂流了足有几公里。

门开了,安德鲁斯和爱德华走了进来,身上都是溅起的水花结成的冰。两人一言不发。

"那么,"里奥说,"你们发现了什么东西?"

爱德华喉咙里发出一声咕哝,然后摇了摇头。

"那么你们啥也没看见?"里奥问道。

"什么都没有。"

"带保罗去睡觉,"里奥说,"可能是脑膜炎刚刚发病。"

里奥·斯登布拉斯并不希望保罗说的东西传到别人那里。但由于珍妮娜和维达,这件事情在莫尔丁市场里流传开了。很快,人人都在讨论,并且保罗成了大家讨论的焦点。村民都说,保罗有找尸体的天赋。可能他天生就应该做牧师,因为就连死人都会告知保罗自己在什么地方。一个妇女因为丈夫失踪来到斯登布拉斯家,央求保罗像警犬一样到田里走一圈,因为她怀疑丈夫掉进了哪个井里。还有一个人丢了一枚金币,想让保罗帮忙寻找。但是,里奥·斯登布拉斯对来人一律劝退。他可不想让自己家不是因为什么好事而出名,可惜他要打的这场仗注定赢不了。

接下来的两天里,爱德华常常坐在保罗的床边,轻抚他的前额。

他怜惜这个小弟。都是自己犯的错，结果是弟弟来受罪。爱德华在心里一次又一次地琢磨那天夜里发生的事。他早该在利乌德开枪打死蒙伯格前先制服巴拉和利乌德，并把他们绑起来；他不该砸利乌德的脑袋，还砸那么重；就算是已经打死了两个人，他也应该找村里的民兵队长自首，哪怕坐牢也没关系。但是，现在一切都太迟了。安德鲁斯劝他，说他的所作所为都是必要手段。但是无论弟弟说什么，一切都无法洗刷自己犯下的罪行：他杀了两个人。他是坚强之人，但他还从来没有承受过如此重负。

冰下的水流不快，尸体停下来不动以后就很难再让它继续顺水漂下去。而且，爱德华担心尸体漂到河流转弯处会再次卡住。到那时候，莫尔丁所有的人都会知道发生了什么事情。至于上帝，他早已知晓。

保罗发现河中尸体的三天后，早饭时托马斯听到外面狗在叫，他抬头往外看。马蹄声从村里的大路转到家门口的小路上来了。一大早就有客人来访，这必有蹊跷，来人恐怕会带来坏消息。大家都还没来得及出去，门却被人一把推开了。原来是赫尔曼·蒙伯格快马加鞭而来。他已经满头大汗。赫尔曼又高又瘦，跟他父亲完全不同。儿子行为严谨，老子放荡不羁。

"看看你，"面对这位不速之客，奥古斯蒂娜·斯登布拉斯说道，"这么冷的天，你怎么可以弄得自己满身是汗呢！小心得流感或疟疾。快把大衣脱了，我去给你煮杯茶。"

赫尔曼·蒙伯格没有回答，也没有脱下大衣。

"坐。"里奥·斯登布拉斯说，他的口气既不像招待客人，也不像发号施令，而是介于两者之间。咱斯登布拉斯可不是什么没身份的农民。哪怕来个贵族乡绅，也不能把咱当成没身份的农民。赫尔曼·蒙伯格不情不愿地听话落座。"我来这里是想和你的儿子聊聊他看到的事情。"他说。小保罗一听这话就缩到一边去了。

"我们这位客人的父亲失踪了，"里奥对保罗说，"他想要知道你当时看见了什么。和大人说话要站直了。"

保罗听完站直了腰。

"你认识我父亲吧？"赫尔曼·蒙伯格说。

"认识。"

"那人是他吗？"

"我不知道。那人面朝下。"

"头发什么颜色？"

"我不确定。黑色吧，我觉得。"

"有没有白头发？"

"我不记得了。

赫尔曼·蒙伯格把手伸进马甲，掏出一个银卢布。

"你知道这个是什么吗？"他问保罗。

"知道。"

"把我想要知道的告诉我，那么这东西就归你了。"

"好的。"

"是年轻人的尸体还是老年人的？"

"我不知道。"

"尸体上有没有什么明显的特征？"

"他后背上方有一颗黑痣。在右侧，圆的，有铜板那么大。"

赫尔曼狠狠地盯着保罗。

"这样就差不多了吧？"里奥·斯登布拉斯语气坚定地说，"伯爵是不是也有这样的一颗痣？"

"我怎么会知道？"赫尔曼·蒙伯格把银币放回到自己口袋里。"我很少会看见我父亲没穿外套的样子。他不穿衬衫的时候更是从来都没见过。我知道我们家老爷子是个傻子，但他是我的父亲。要是我弄清是谁把他害死的，我一定会叫那人后悔。"

"把他害死？"里奥·斯登布拉斯问道。

"是的，当然。这里的人都不喜欢德国人。"

"没有人恨伯爵。你们家族在这里已经住好多年了。"

"但是现在看来我们住得还不够久，还没有久到获得你们这种人的尊敬。"

"你父亲该获得多少尊敬，我们就给他多少尊敬。"

"一想到这个地方有多野蛮，有多不服管教，我就痛心啊。"

"你父亲行为大意。"斯登布拉斯说道。

"你是说他是个酒鬼吧？"赫尔曼·蒙伯格说道，"说话不必拐弯抹角。他几乎喝光了我可以继承的所有家产。但是，这件事情很奇怪。"他把在座的人都环视一周。

"什么事情很奇怪？"

"那天晚上，三个人就这么凭空消失了，有人最后一次看到其中两个是在你们家这儿。当中必然有一定的联系。不管我父亲是被天使带进天堂，还是被魔鬼拖进地狱，人人都清楚的事就是，总有目击证人看到吧。是不是？"他问道，但是没有人说话。"难道没有一个人看到我父亲遭遇了什么事儿？"屋里仍然一片沉默。"你，那个小的，你叫什么名字？"

"保罗。"

"保罗，我父亲死的那天，你见过他吗？"

"没有。"

"你，下一个。"他对托马斯说，"你看见我父亲遭遇了什么事情吗？"

托马斯感觉到赫尔曼的眼睛里燃烧着怒火，他父亲的眼睛也一样灼热。他感觉到自己的脸开始发烫。赫尔曼·蒙伯格肯定会一个一个盘问过来，天知道爱德华会怎么回答。他用眼角的余光就能感觉到爱德华越来越紧张。托马斯于是转过身来问父亲："我有必要回答他的问题吗？我们之前已经被问过多少次了！"托马斯说，"蒙伯格伯爵走失了，另外两个人，那两个兵也跑了。可能他们仨是一起走的。说不定，那两人给他喝酒。现在，就咱们说话这会儿，他们正在华沙呢，就躺在一个酒馆的桌子底下。"托马斯鼓起了勇气，回瞪赫尔曼·蒙伯格的怒视。

"是的，我们家已经受够这样的盘问了，蒙伯格先生，"里奥说道，"别来打扰我们了。"

"别打扰？"赫尔曼·蒙伯格双手伸进腰间，好像腰里别了什么武器一样，不过，要么就是武器不见了，要么就是他决定放弃使用武器了。"这个国家哪儿都很恶心，但是你们家比哪里都恶心。你们如果要证明自己清白，就把我父亲找出来。"

"我们没必要证明任何事情。"里奥说道。

不过，为了安抚赫尔曼·蒙伯格，里奥还是帮忙组建了几个新的搜查小队，接下来的几天里都在冰上搜寻。但风雪像是偏偏要与他们作对，一场大风吹来了鹅毛大雪，厚厚的雪覆盖了冰面。尸体找不到了。

三月剩下的日子过得很慢，天气冷得让人受不住。四月的上半月也没好多少。白昼变长，黑夜变短，但仍然没有一丝春天的气息。最终，积雪不情愿地离开了大地，厚厚的冰层也不甘心地离开了河面，但到底没有露出原来被冰雪覆盖的秘密。不过，田野依然冰冷，一片黑色，一个个浅水坑到了清晨都会结上一层薄冰。这年春天，寒风刮过干枯的树枝，连大森林和灌木丛似乎都表示悲伤。本来，雪刚一化，冬麦就会开始变绿。但是，接连刮了几天寒风，再加上晚上仍有严霜，绿芽竟开始枯黄。这个春天，连地上的草也怕抬起头——只要一株嫩芽敢挺直身子，寒风就会再次将它吹倒。

到了该去田地里忙农活的时候了，农民已经等不及好天气了。他们穿上毛皮大衣，弓起背，开始耕田，哪怕鼻子很快就冻得通红。冷风来袭时，耕地的马也弓起身子挡风，耳朵往后耷拉。几个牧羊人围坐在一起。即使紧贴在灌木篱笆边上，也还要烤火取暖。羊群在舔光秃秃的地面。放牛的人够幸运，他们能脱下木屐，光脚在牛的尿液里取暖，可以取暖好几分钟呢。农家小孩再也关不住了，纷纷跑到门廊里、院子里。但是，一阵阵冷得刺骨的寒风又把他们赶回了家中。农家的院子一个个都好像有人把男女老少全清扫掉了一般，异常寂静。

斯登布拉斯家门口小路尽头的雪地壕沟遗址融化殆尽。苏联红军和保皇白军还在东边打仗。立陶宛军、波兰军、拉脱维亚军和德军也掺和其中。立陶宛临时政府还在全国范围内征召志愿兵，而波兰仍因为立陶宛政府不愿与之一起组建联合王国而表示生气。但是在莫尔丁，哪怕民兵队长再怎么发火，村里的民兵也不愿放哨站岗了。原来站过岗的已经厌了，何况田里的活儿还等着人做。他们没时间打仗。有些人觉得家里绳子不够用了，因为整个冬天好几个月都忙到没时间搓麻绳。对农民来说，春令时节农活这么赶，想玩政治的和打仗的就应该到城里玩他们的游戏去。

自从乔纳斯去当志愿兵后，玛丽亚一直没他的消息。邮政系统已经瘫痪了。托人送信全靠过路旅人的一时兴起，他们有时会在教区长宅邸给当地村民留下一些信件。

玛丽亚开始每天早上都去教堂做早间弥撒，这样她就能在经过教区长宅邸大门时问问管家是否有她的信件。通常，女管家只会摇摇头。但有两次这位丑老太太又一次去看了两个信封上的名字，害得玛丽亚的心都揪了起来。结果两次丑老太太最终都摇了摇头。

几周过去了，玛丽亚的祷告越发虔诚。遇上晴朗的早晨，阳光会透过教堂彩色玻璃窗，将一幅玫瑰图案投射在石板地上。这座乡村教堂只有一扇彩色玻璃窗户，其他窗户都是透明玻璃。透过透明玻璃窗可以看到，强烈的春日阳光照亮了画框上的金箔、烛台和两块马赛克拼图，使得教堂里面闪耀着金色的希望之光。如果在这样的教堂里面都找不到上帝——点了几百年的香火，这里的天花板都已经被熏黑了——那么还能在什么地方找到上帝呢？

在定期去做早间弥撒的妇女当中，玛丽亚是最年轻的一个。定期参加早弥撒的男人只有两个，一个是弹风琴的，而另一个是牧师本人。他嘴里念着拉丁文，缩着身子站在祭坛上，双臂互抱，在教堂的穿堂风里尽量保持温暖。至于风琴师，他喜欢通过风琴音管传送来自天堂的呼吸，让人感受到自己的存在。

走出教堂时，玛丽亚给了站在门口的老妇人一个戈比，以求福报。然后她前往教区长宅邸，得到的结果却还是苦瓜脸的女管家再一次的摇头。玛丽亚用头巾包紧了头，缩起身子裹紧坎肩外面的外套。这是快到四月底的一个早晨，但是天气仍然极其寒冷。她穿过村庄，一路走回斯登布拉斯家。她从复活节开始又在他们家工作。

经过一晚的霜冻，她鞋底下的车辙路仍然结着冰。一条黑狗隔着篱笆栅栏向她跑来。那是条杂交狗，叫得很凶，实际上很胆小。她从地上捡起一块石头向狗扔去，那狗立马就跳进院子里，跑回家里，叫个不停。

莫尔丁的多数房子都是茅草屋顶，但是住在莫尔丁中心地带的一些富裕家庭在打仗之前就将其改装成了木板屋顶。托马斯曾经告诉过她，在东普鲁士，过了边境线，只有很穷的人家才会住在茅草屋顶的房子里。安德鲁斯是一个德国通，精通很多德国的东西；而托马斯喜欢跟人讲自己听来的事，就好像是自己看来的一样。他说，在普鲁士，所有的房子都是砖墙，屋顶都盖了瓦片。玛丽亚问候了正在晾衣服和在井边打水的妇女，但是她并没有停下来聊天，因为这天的工作还没有开始。但仅仅是看到其他人，她就已经很开心了。之前在家天天与母亲大眼瞪小眼，现在出来看到人，着实能让人松口气。她哥哥菲利克斯比她母亲更让人受不了。他说话慢慢吞吞的。跟他相比，不善言辞的爱德华算是口才极好了。玛丽亚穿过整个村庄的时候，太阳已经高过树顶，带来了一丝暖意。或许春天终究是会回来的。这个冬天真的好长，不仅冷，还老是给人冬去春来的假希望，真让人受不了。

她从大路拐到斯登布拉斯家门口的小路上，看到路边种了树。她先看了一眼大路另一头，没准儿可以看到乔纳斯正向自己走来。谁说没有这种可能性呢？当兵的也有请假回家的。但是乔纳斯并没有出现在路上。看看房子那头，托马斯正坐在狭小的门廊下面，双脚搁在门前做台阶用的两块石头上，就像个小孩一样。他都这个年纪了，还坐在门廊上等她，已经不像话了，但她还是挺高兴的。

他站起来向她打招呼，有点羞怯，不像往常的样子，手里抓着帽子。他长大了，浓密的金发颜色变深了，但头发还是很长，盖住了前额。两颊没有了以前的红晕，嘴巴抿成一条直线。她笑着向他挥手，但是他没有挥手示意，而是依旧抓着帽子。

"玛丽亚，"等她走近，他说道，"我们需要谈谈。我们去田间走一走吧，好吗？"

"我从教堂过来走了一路，手都冻僵了。"她说道，"你摸一下看看。"她把自己的手放在他手上，对方手上传来的温度让她惊讶。"你父亲在里面吗？"

"是的。"

"你有话不想当着他的面跟我讲？"

"是的。"

"什么时候你才能学会跟他和平共处？为什么你老是要惹他生气呢？"虽然只是温柔的嗔怪，但她感觉到他的姿势都变僵了。她想轻轻地戳他肋骨，想逗他笑，想扯他的头发直到他求饶，只要能让他开心起来就好。

然而，她低头一看，看到他脚边有一个绿色的包，就在门廊上。她顿时认出来了，那是奥古斯蒂娜·斯登布拉斯在乔纳斯出发上战场前给他缝制的那个绿色帆布包。

她马上抬头去看托马斯，但是他不敢看她。

她的眼睛很快噙满泪水，尽管她的大脑还没有组织好语言，来说出心中已经知道的真相。托马斯身后的门嘎吱一声开了。有那么一瞬间，她仍然希望是乔纳斯从托马斯身后走出来，过来把她拥进怀里。

但走出来的是里奥·斯登布拉斯，胡子硬得像刺猬背上的尖刺。"玛丽亚，"他严肃地说道，"上帝的旨意已经完成。你要认命。"

玛丽亚需要靠着托马斯才能站稳。他干脆抱住她，抱得很紧。

"注意分寸。"里奥·斯登布拉斯说道，"把手放开，托马斯！别人看见了会怎么想？"

玛丽亚一个字也没听见。乔纳斯不在了，她自己也不复存在，她紧紧抓住托马斯，不让自己下坠。

四月快结束的时候，天气终于转好。维达·斯登布拉斯到了春天就变得喜气洋洋。她给闷闷不乐的姐姐珍妮娜念立陶宛诗人写的诗。珍妮娜心情也变好了，只是几乎没有表露出来。但是如果现在有人跟她说话，她一定不会像冬天那段时间那样动不动就发飙。奥古斯蒂娜·斯登布拉斯发现，自己在做日常家务的时候一次又一次地发呆，脑子里突然就浮现出少女时期的回忆，一种难以名状的快乐和忧郁同时涌上心头。大森林里的最后几堆积雪化成了泡影，不复存在。在阳光的亲吻下，树篱和丛林开始苏醒，草儿也开始从枯萎中复活。大鼠再次现身，寻找田头剩下的稻谷。臭貂到了夜间就围着鸡转，一点也不怕狗叫。乌鸦、喜鹊和猫头鹰叫得人人都听得到。老鼠和鼹鼠开始在泥土里打地洞。跳蚤和蚊子可不管什么身份地位，既叮咬穷人，也叮咬富人。蜜蜂在赶早盛开的花丛中嗡嗡地飞舞。蜘蛛在编织自己的捕猎网。

去年的那对白鹳鸟回到了斯登布拉斯家屋顶上面的鸟巢。它们用嘴卿卿我我，就像人类的妻子和丈夫相互打招呼。鸟巢需要修补，于是它们携来新树枝编织，累了就吃在小溪和河塘中养得肥肥的青蛙和蟾蜍。森林里，布谷鸟的叫声开始回荡。燕子也飞向天空，每到黎明破晓或夕阳西斜时就在莫尔丁教堂的尖塔顶上画出一道道流畅的弧线。到了春天的末尾，夜莺也来了，在其他鸟儿入睡时独自歌唱。

一天傍晚，斯登布拉斯家里的女眷已经做完手里的针线活上床睡觉了，父子几个还要最后抽一会儿烟。托马斯靠着窗檐，呼吸着春天的新鲜空气。

"把窗户关上，"他父亲说道，"晚上的空气不利于你的身体健康。"

"我在听夜莺歌唱。"托马斯说。

"你怎么说话像个娘们。"里奥说，"跳蚤都是趁天黑进门，等天亮跳到床上咬你。还有，要是有人透过窗户看见你，你就会被一枪打死。"

"为什么有人会这么做？"

"为什么不会？"里奥说。

托马斯已经困了，心里只想赶紧回到谷仓睡觉。他一到春天和夏天就习惯在那里的草堆上睡觉。但是，他和安德鲁斯已经养成了习惯，一定要等爱德华去睡之后两人才睡。

外面越是一片春意盎然，越是一片生机勃勃的景象，爱德华就越是一副垂头丧气的模样。春天的农活本来应该能够他让转移一下注意力，少去想发生在冬天的杀人事件。可是，两条人命搁在他心里的负担越来越重，哪怕看起来似乎尸体已经被河里的鱼吃了，骨头也已经沉到河床，成了小龙虾的食物。现在应该可以确定两个弟弟再也不会被当成杀人犯抓了。好像大家都差不多可以没事了，但是爱德华已经濒临精神崩溃，情况十分危险。

尽管玛丽亚悲伤心碎，但是农忙季节不等人，管你是男人还是女人，所以她还是回到斯登布拉斯家帮忙了。乔纳斯命丧他乡，这让玛丽亚很烦恼。时值花草茂盛的季节，有谁来照看他的坟墓呢？把乔纳斯的包带回来的人是请假回家路过这里的。关于乔纳斯的事儿，他几乎没有什么能讲的，况且他仅停留了一小时就要继续赶路。等那人离开之后，她才想起来自己还不知道他叫什么名字，也不知道乔纳斯是在哪里牺牲的，以及他的尸骨埋在何处。坟头会长出乱草，而且时间久了，土馒头会下沉，从此以后就与周围的荒野连成一片，再也分不清了。

她的未来随着乔纳斯的离世也烟消云散。她从小长大的家，那个穷得叮当响的地方，她以后也是回不去的，因为父母的家产都会留给菲利克斯，那个整日没好脸色的哥哥。家里总共只有四十多亩地，养活他自己的老婆孩子都有点难。到时候，他自己都要不停打短工来维持一家人的生计，当妹妹的怎么好意思再让他添个饭碗呢？自己注定只能一辈子给人做佣人了。在农村做女佣老得最快了。女佣要在外面干活，干活时间跟男人差不多长，风吹日晒，脸上皱纹长得快。到时候男人就不想看她们了。女佣要是没结婚，老了以后还能怎么生活？玛丽亚还从未考虑过老了以后的问题。或许她会像教堂门口的叫花子那样，一天到晚伸手要钱吧。

五月初，奥古斯蒂娜·斯登布拉斯叫玛丽亚去田地和树丛里找野生酸模，用来做酸模汤。虽然大自然的万物可能已经全部苏醒，但是对于农民来说，春天是一年中最难熬的季节，因为粮仓已经见空，地里的粮食又几乎都还没长，只能靠蘑菇和野菜度日了。

玛丽亚采了满满一篮酸模，但是在回家路上，她看到了大门上的圣乔治雕像。雕像旁就是乔纳斯去当兵前两人坐过的树桩。她悲从中来，难以自抑，不禁倒在草丛中。草丛很高，没人可以看见她在里面。篮子倒了，酸模撒了一地，但她却毫不在意。

托马斯也去了田里和林子里。他在看有没有好的木头可以带回家风干做雕刻。他随身带了自己的木槌——好木材用木槌一敲就会发出清脆的声音；烂掉的木头则声音沉闷，听起来感觉像在水里泡过，就像是醉酒之人发出的闷哼声。他此刻心情烦躁，没法集中心思做任何事情，哪怕是做木雕也不行。虽然平日里木雕会让他乐在其中，时间一晃就过去了，但是他也必须让大家看到自己在做事，否则父亲就会给他分配任务。暖风吹过脸颊，反而使他浑身疲惫和焦躁。他的双膝和双肘渴望舒展，他的双脚渴望走路，但是一起身他又非常疲惫。他不渴，但心里就是想要喝水；他不饿，但心里就是想吃东西。

他漫无目的地四处闲逛，木头敲得很重，尽管没必要那么用力。他什么木头都没捡，哪怕有些树枝敲起来声音很清脆。当他无意中发现玛丽亚时，她正坐在草丛中，双手捂着脸流泪。看到她这个样子，他吓坏了。于是他在她身边蹲下来，轻抚她的手。

周围的田地散发着小草和春花的芳香，灰色的蜜蜂在小花丛中飞舞，一群瓢虫在不远处盘旋。

"你怎么了，玛丽亚？"托马斯问道。好愚蠢的一个问题。她没有回答，只是开始用拳头打他。拳头并不痛，但是出乎托马斯的意料。当她再次用拳头打他时，他抓住了她的手腕。

"我再也没法离开这个地方了。"她说道。

"可你为什么要离开呢？"托马斯问道，"我们会照顾你的。"

"我想要过属于我自己的生活，但是像我这样的女人……女人多，男人少，轮不到我嫁啊。出去打仗的人有一半回不来，要么死了，要么给自己找到了新生活；活着回来的人，要么已经有女人了，要么成天喝酒。"

"我母亲喜欢你。"托马斯说道，"你可以一辈子跟我们生活在一起。等我父母过世以后，爱德华会留你的。"

她竭力想要挣脱双手，好像还想要打他，但是托马斯抓得很紧。他的手感觉到了她手腕传来的温暖，心里后悔自己害她难过了。他最后放开了她的手，坐在她身边，高高的草丛里。

"本来我自己也可以把你留在家里，要是我打算待在莫尔丁的话。"他说道。

玛丽亚用围裙擦了擦脸，用手把头发弄整齐。

"如果你打算住在莫尔丁，你是不是会把我当作女佣留下？"

"比女佣要好。"他说，心里并没有完全意识到自己话里的意思，但是就想给她说点承诺的话，让她心情好些。

"那样的话，即使你不打算留在这里，又有什么关系呢？你要去哪里呢？"

"离开这儿。"

"离开这儿去哪里呢？"

一直以来，离开这里的愿望在托马斯心里越来越强烈，就像水库水位不断上升，堤坝受到的压力越来越大，只是他几乎从来没有意识到这一点。他还没有想好到底要去哪个目的地。他在小酒馆和雅各布·里普希茨谈到过巴黎，但是巴黎很远很远，跟梦一样遥不可及。说自己想要去巴黎太可笑了。于是，托马斯就把脑子里想到的第一个远方地名拿来应付了。他侧身躺下，用一侧胳膊肘撑起上半身，玛丽亚也照着他的姿势跟他面对面侧身躺下。

"去维尔纽斯，"托马斯说，"那是个大城市。我和朗金舅舅去过那里。"

"苏联军队还控制着维尔纽斯。"玛丽亚说道，"也可能是波兰军队。那你是打算投靠这些人吗？"

"我不关心政治。"托马斯说道。

"我也不关心政治。"玛丽亚说，"乔纳斯也一样。"

亡故之人的名字给他们蒙上了一层阴霾。

"就算再难，我也会去维尔纽斯的。"托马斯说，"那里有一所艺术学院，我要去那里读书。"

"谁给你掏钱交学费，你父亲吗？"

"他不会的。但是我可以在晚上打工挣钱。我可以做搬运工，搬货物。"

"可我从没去过维尔纽斯。"

"哦，你会爱上这个城市的。那里有许多教堂，做弥撒的钟声响起时，就像整个城市一起在唱圣歌。你可以在一年中的每一个礼拜天去不同的教堂做弥撒。维尔纽斯大教堂山墙上有三个巨大的雕像，站得最高的是手举金色十字架的圣妇海伦，两边各站着圣卡济米拉斯和圣斯塔尼斯拉夫。"

"真是幸运的女人，有两个男人守护。"

"大教堂正面还有很多壁龛，里面的圣人雕像就更多了——有摩西、亚伯拉罕、马太、马可、路加和约翰。教堂的穹顶上有令人惊叹的精致雕刻，我们这儿可怜的莫尔丁教堂跟它没法比。"

"我还以为你喜欢我们的教堂。"

"我是喜欢。但是一旦你见过维尔纽斯，再来看我们自己的地方，感觉就不一样了。圣贝尔纳教堂有一个坚固的六角星形的天花板，形状就像折纸。石雕工艺高到令人难以置信。圣尼各老教堂的穹顶是交叉拱，一直连到唱诗席，上面都是雕花木梁。还有，圣米迦勒教堂的祭坛上有玫瑰花形的石雕和心形石雕。

"你什么时候去的维尔纽斯？"

"两年前。"

"你怎么记得这么多？"

"我还记得更多的东西呢。"

"告诉我一些教堂之外的事儿。教堂我已经听够了。"

"连教堂也不要听了？"

"我每天都为乔纳斯祈祷，但是一点用都没有啊。"

"在市政厅的正面有九个雕花装饰，花色都不一样：有剑，有拿盾牌的大主教，有船，有狮身鹰首兽……"

"停！"玛丽亚笑道，"我问你维尔纽斯怎么样，并不是要知道那里的建筑。那里的人是怎么样的？"

"那里人很多。有时候路上人太多了，路都走不过去。"

"我可不喜欢人多的地方。人一多我就觉得连呼吸的空气都不够。"

"但是那里的街上有各种各样的人，各种打扮，比基督降临节游行还好看呢。犹太人戴圆边帽，东正教牧师戴高帽子，有穿军装的，还有绅士身穿漂亮衣服，头戴高帽，手上拿着象牙手柄拐杖，坐在马车里四处跑。"

"但你跟那些人一点也不沾边啊。你能跟那样的人一起住在那样的城市里吗？"

"维尔纽斯也住了很多普通人啊。这正是这个城市的美丽之处。到了晚上，维尔纽斯的窗户灯光闪耀，就像蒙伯格伯爵家开舞会时一样。而且，好多好多窗户亮着灯，让人觉得好像站在星星堆里。朗金舅舅带我去维尔纽斯是为了赶那里的万圣节前夜的，所以他带我去了亚苏公墓。那个墓园占了两座小山和一个山谷，那天晚上点起来的蜡烛多得让人觉得死人也有自己的城市。"

他突然间停下来并看了看她，但是她原谅他这次提到了死亡。

"那就讲讲活人的事儿吧。"玛丽亚小声地说道。

"城市很大，步子再快也走不完，所以那里有公共马车——四匹马拉一辆车的那种。你就站在路边等着，等马车到了就上车，三个戈比就能去城里的任何地方。"

"听起来好神奇啊。"

"等我到那里去读书的时候，你可以来看我。"

"我才不去维尔纽斯。"

"为什么不去？"

"我怎么去那里？"

"先坐马车到考纳斯，然后再坐火车。"

"谁有钱坐火车呢？"

"我会寄钱给你的。"

玛丽亚笑了："你到了维尔纽斯就会挣到那么多钱吗？"

"可能一开始挣不到，但时间长了之后我会有钱的。"

"时间长了是指多长？"

"现在还不知道。"

"到了你有钱的时候，你就会有老婆孩子，然后你就会连我是谁都忘了。"

"我怎么会把你忘了？我小的时候就已经喜欢你了。"

话说出口的时候，托马斯脸红了。他其实是想说他从小就拿她当姐姐一样来喜欢。但看上去玛丽亚并不是这样理解的。所以当托马斯看着她那双棕色的眼睛时，他也不想解释自己到底是什么意思了。此刻，玛丽亚在芬芳的草地上斜躺着，就在自己身边，此时的她再也不是那个过去五年里在他们家打工的帮佣了。他的身体察觉到，她就是开春以后自己在不停寻找的东西。

托马斯伸出手，再次握住她的手腕。她没有表示反对，但是突然感到身体好像不会动了。

他向前探身去亲她，反正亲一下没有那么复杂吧。但是亲一下实在不够。于是他亲了一下又一下，到后来，他和她的唇贴在一起，贴了好久好久，到最后，他都快窒息了，只好停下来换一下气。她笑他，不过他没有因此生她的气。他要她，非常渴望，前所未有的一种渴望。

对于玛丽亚来说，托马斯同时具有了多重意味。他，让自己回忆起乔纳斯；他，会成为自己的一条出路——这条出路既不同于被打发回自己老家，也不同于继续在斯登布拉斯家做帮佣。另外，他，是个年轻的男人。

刚开始，她只让他隔着衣服亲昵，尽可能保持矜持。他俩都没有经验，所以亲热的时候笨手笨脚。但是，正如很多恋人最初都是经过几次的慌里慌张、手忙脚乱最后才找对路子，托马斯和玛丽亚也终于找到了正确的路子，在春天高高的草丛后面。

日子一天天过去，玛丽亚现在不得不提醒托马斯，跟家人在一起的时候，眼睛不要老是盯着她看。女人对这种事情的直觉很准，他俩必须小心。

但是，年轻男女刚刚觉醒的需求不是那么容易满足的。托马斯还是去找她，不管是在种完地后，还是在干完其他重活之后，一得空就偷偷去约会。他父亲骂他骂得比平时更勤了，说他懒，到了晚上人影都找不着，到了白天反而躺树下睡觉。但是，真相是托马斯晚上几乎没睡。他要与玛丽亚约会，一起说话，然后亲热到天快亮的时候。

托马斯的父亲会在天刚亮的时候把他叫醒。于是，一整天他都恍恍惚惚地干活，就好像在做梦一样。他暗暗跟自己说，今天晚上必须早睡。但是，等到了晚上，他又开始想她了。

他俩经常谈到远走高飞，但是没有做任何包含实际行动的计划。玛丽亚想要事无巨细地多了解维尔纽斯这个地方。她问他一个接一个的问题，他就编答案给她听，因为他能回答的就只有一点点。接着他忘记了自己之前编过的谎话，编了新的答案。她让他在莫尔丁找找关于维尔纽斯的书，但是他能找到的只有几本地理学旧书中的几个章节。他们一次又一次地推迟离家计划：因为在相互的怀抱里，他们已经远走高飞了。

七月初，贝蒙德的军队像一群蝗虫一样从天而降，突袭莫尔丁。这些特殊的自由军团已经老早放弃了攻打苏联红军的计划，尽管德国方面已经没有权利在原沙皇领地驻军，但是有人说这支部队就是柏林花钱在养的。在莫尔丁的集市里，人们讨论的话题转向了该部队的攻打计划。他们有可能会吞并立陶宛，甚至拉脱维亚，一直到西普鲁士，完成七百年前条顿骑士团的未竟之事。或许他们还会安插一个亲德代理政府。德国的几位亲王已经蠢蠢欲动，自荐去做立陶宛新公国的君主了。最不济，贝蒙德的军队也会形成一道防御战线，阻止苏联红军与德国境内的红军第五纵队残余力量会合，那帮斯巴达克斯党成员一直以来都迫切地想要拿下德国政权。

这些当兵的每天不是已经喝得酩酊大醉，就是准备来个一醉方休，要么就是醉后醒来，还头痛欲裂。他们策马奔腾，径直穿过农田，将作物踩碎在马蹄下。这年春天晚来，气温又低，第一批牧草才刚刚养到收割程度。面包对于一些农民来说原本就不够，现在看来，不到八月的收割季，燕麦是不会有收成的。贝蒙德的手下是批下三烂，穿的衣服是用沙俄部队和德军官兵的破制服拼凑起来的军装，还有怪异的异国元素——英国和法国部队的头盔，或者美国部队的绿色军装裤。为了确定是自己人，每个士兵都会佩戴画有希腊东正教十字标志的白色肩章，尽管这帮人干的事跟上帝一点儿都不沾边。

莫尔丁的村民们不知道这个军队想要得到什么东西，也不知道他们会待多久，但是显而易见，有一户人家因为这支部队的存在而获益。

蒙伯格庄园府邸的窗户里灯火通明。赫尔曼·蒙伯格正在招待贝蒙德和他的手下官员。他们一定是付了真金白银——不是德国马克，就是俄国卢布——因为负责上菜的妇人说，那天出现在宴席上的香槟与白兰地的数量惊人，似有魔法助力。看来真金总是能买来秘密。

全村上下，每个农民都仔细记录了自己所受的屈辱和损失，如果贝蒙德被打跑了，那么这笔债总是要有人来还的。赫尔曼·蒙伯格把自己的身家性命都当赌注押在了贝蒙德身上。如果苏联红军来了，他们会把他杀了；如果是波兰或立陶宛胜了，他们就会抢走他仅有的一点儿田地。只有贝蒙德能给他带来希望。

此时，立陶宛临时政府并非原地不动。东一处西一处的小支部队在远离前线的地方晃来晃去。另外，沦陷地区的武装小队到了晚上就不断袭扰贝蒙德的营地。目前唯一的问题是，贝蒙德是会留下来打还是撤到其他位置上去。

里奥·斯登布拉斯对政治漠不关心，他要做的是收割牧草。在农牧国家，干草就是财富。这草能多养几天当然更好，但是权衡一下利弊，这两天天气干燥也不错。他必须抓紧时间，赶在战火烧起来之前收割完牧草。他家也缺少劳力，因为许多雇工都去当兵打仗了。于是，莫尔丁有地的农民自发组织起来，成立联合互助队，组团协作加快收割制作干草，抽签决定谁家先割和谁家后收。大家一起辛苦劳作一天以后，心情各有不同。有的农民想到自家牧草已经收割完毕，收成已有保障，可以松一口气；而他的邻居，却因为自家的地要明天才能轮到，恐怕就要一夜无眠了。

里奥就这样过了一个不眠之夜。六月的夜晚并不长，但是几个小时的黑夜中，他躺在床上，眼皮就没合上过，一直祈祷着一定要出太阳。整个夜晚，他频频起床看天，因为万一下雨，晒制干草就快不了，而没晒干的草没法过冬，牛吃了会消化不良，草也会发黑或腐烂。凌晨两点半他就起床了。同时起床的还有他的妻子、两个女儿和玛丽亚，她们要给过来帮忙割草和翻晒的村民准备早饭。她们摆好啤酒，从藏酒的地方拿出两瓶伏特加，也为晚饭准备了同样分量的酒。然后，她们开始动手给前来帮忙的人做饭，在他们下地干活前做好大麦粥和土豆泥。家里仅剩的不多的土豆已经颜色发青，一些芽头都很长了。所以她们要点起煤油灯，把坏掉的部分削掉。

狗叫声传来，看来帮忙的人已经到了。爱德华、安德鲁斯和托马斯立即出门迎接，四男三女已经从大路拐弯走进门前的小路。安德鲁斯在黑暗中向他们打招呼，并在他们进屋吃早饭前给他们一人倒了一小杯伏特加。很快，屋子里就充满了欢声笑语。他们匆匆忙忙喝下加了蜜的甘菊茶，吃完大麦粥和颜色微微发青的土豆泥，就为了赶在黎明的第一缕曙光出来前尽快填饱肚子。奥古斯蒂娜倒酒很有分寸，分量足以使大伙开心，但又不至于过量，免得他们在开工前就犯困。

"天亮啦！"保罗大声叫道。他比别人起得迟，所以过来吃早饭时生怕东西都被吃光了，那自己就没东西可以填肚子了。

男的马上起身，走到院子里去拿大镰刀。妇女们和保罗在后面等着。他们过会儿要耙草，不过要先等这些男的在前面割完草。然后他们会抖松牧草，将其翻面，这样干草就容易晒干。男的要赶在太阳把露水晒干前割完草，不然割起来会更加费劲。他们跟随斯登布拉斯来到地里，身上仅穿了亚麻长款衬衫和内衣，因为尽管早晨温度低，但干起活来马上就会出一身汗。妇女们会迟一点下田，身穿直筒连衣长裙，这是外出女性可以穿的最少的衣服了。

割草工排成一排，爱德华排在头一个。他割草力气最大，担任割草带头人这个光荣的任务就交给他了。男人们用磨刀石把他们的镰刀最后再磨一次，等待爱德华开始动手割第一刈幅。不一会儿后，里奥开始割第二刈幅，余下的人也接上了，后一个与前一个保持几米的前后距离，左右则保持一步距离。每一个人都尽力把自己负责的区域全部收割干净，不让一根牧草能够站着逃过自己的镰刀和旁边工友的镰刀。斯登布拉斯家父子熟悉自家的田地，因此他们赤脚干活；而有些邻居害怕有蛇，也怕踩到自己没见过的根茬，所以穿着厚底亚麻拖鞋来护脚。他们同时还要提防小块的地下蜂巢，因为谁的包干区有蜂巢，谁就有权享用其中的蜂蜜，当然同时有权享受挖出蜂巢时的蜂蜇。一开始，大伙儿还不熟练，毕竟一大早手脚还僵硬，但是没多久他们就掌握了割草的节奏，引领的号令就是爱德华每次挥刀时发出的闷哼。

镰刀割草时发出的嗖嗖声和手里的拉拽感让大脑放空,令人颇为愉悦,也让皮肤冒出亮晶晶的汗珠。蚂蚱从草丛里跳了出来,就这么暴露在阳光下,感觉毫无防御之力,翅膀还是湿的,想飞也飞不远。蟋蟀和田鼠急忙逃进还没有割过的草丛,一会儿之后,可以用来掩护的草丛也消失了,只好再次逃跑。

一只野兔冲出草丛,老盖迪斯——排在第四位的割草人——伸出手去用镰刀的刀刃砍它,但是这兔子跳过镰刀,快得活像一个运动员。看到这一幕的人都笑了。

野兔蹦蹦跳跳地逃走,动作敏捷,托马斯一直盯着看,直到兔子差不多跳到了围栏边,他才擦掉了他挂在眼角的汗水,心里很感谢这片刻的休息。他排在割草队列的末位,和爱德华形成一头一尾。年轻小伙子一般都被安排在这个位置,因为嘴上没毛,办事不牢嘛。

一声枪响。

野兔绊倒在地,倒下的姿势好像在模仿运动员的身姿,只是它摔倒在地就再也动不了了。贝蒙德部队的一群士兵正走上村里的大路。一个没戴帽子、剃了光头以防长虱子的兵跑过来,一把抓住兔耳朵,把兔子提了起来。他身后的十几个兵欢呼起来。两个骑马军官当中有一个讽刺般地拍了拍戴手套的手。

"一群混蛋。"邻居奇钦斯说,"这些人连睡着的时候都能闻到伏特加。要是这些人拐进你们家门口的小路,那等我们干完活就别想还能有啥吃的喝的了。"

割草人在田里等着,看这群人会去哪里。果然,一半士兵在两个军官的带领下拐进了斯登布拉斯家的门前小路,而剩下的士兵等在岔路口,也就是原先的雪地战壕那个位置。

"你们几个先回去,尽量保住我们的午饭。"奇钦斯对斯登布拉斯父子说,"我们继续割草。"

等到里奥带着安德鲁斯和托马斯——这两个孩子不用父亲招呼就直接跟在后头——回到家时,院子里一个女眷都不在。由于爱德华不想和军队里的人打交道，遇到当兵的问任何问题，他都会感到浑身不自在，因此就留在地里，带领剩下的人继续割草。院子里有三个士兵，分散站着，抽着香烟。两个军官已经在房子里面了。里奥发现他们正坐在早餐桌边喝着茶和伏特加。里奥进去的时候，年轻的那个军官站起来，敬了个礼，把他带到桌子边。桌子上有一张地图摊开放着。年长的那个军官懒得抬头看一眼，只是端着玻璃杯继续小口喝茶。

"请看一下这张地图。"年轻的军官说道。他的年龄应该不会超过二十二岁，但是举手投足过度得体有礼，典型的少年装老成。

他向里奥指出地图上周围村庄的特别标注区域，好像这个农场的主人是初次到访的观光客。他着重说明斯登布拉斯农场所在区域的海拔高度，还不断询问里奥是否理解这个农场的战略意义。起先，里奥只是点头而已，对于此人竟敢将自己当成大字不识的农奴，他强忍心中不悦。后来他就开始烦了。

"我还有一整块地的牧草要割。"斯登布拉斯说，"我很欢迎各位留在我家吃个午饭。我老婆会很乐意给你们的手下做饭吃。"

年轻的军官神经质地用一根手指摸摸自己的右侧尖胡子，动作好像是在弄顺一簇不服帖的头发。他看看坐在桌边的年长军官，但是那人什么都不说。年轻军官回头看着斯登布拉斯。

"你不明白吗？我们要在两个小时内开始军事行动。"

"军事行动？"

"这个分水岭需要清空以做防御。我们接到的命令是在中午前要放火烧掉田地、树林和房屋。"

斯登布拉斯默默站着。年轻军官看了他一会儿，然后开始卷起地图。

"稍等。"斯登布拉斯说。

"什么事？"

"波兰军和立陶宛军还在追击苏联红军。你们在这个地方根本就没有啥敌人，除了一些游击队。很有可能不过是几个小孩儿闹着玩的。

没必要采取什么军事行动。"

"我是奉命行事。"年轻的军官说道。

"你是奉命来毁掉我的农场？为了啥？我碍着你们什么了？"斯登布拉斯的嗓门越来越大。

年轻的军官不停地看向年长军官。"我们对事不对人的。这是军事行动。我会以书面形式通知你。战争结束后我们会补偿你的。"

"那也得我们一家到那时还没饿死。"里奥吼道，"都快仲夏了。你现在把我的庄稼毁了，冬天还没过半我们就饿死了。你们到底是什么部队？你们干吗要对老百姓下手？"

有人一拳砸在餐桌上。两人都向那位年长军官看去。

"没把你一枪毙了就够你乐的了。"

"为什么要毙了我？"

那个军官又喝了口茶。"就因为你对德国人不敬。要不是我们，俄国沙皇还踩在你们头上呢。就给你们两个小时撤离。"

"我没钱，但是谷仓里有一点谷，"斯登布拉斯说。他现在是真急了，巴不得还能好好谈谈，"还有六匹马。你们可以拿走五匹，只要留下一匹给我耕地就好。"

"很遗憾，"年轻的军官说，"我们什么都不要。我会留两个兵在院子里。请你们不要考虑反抗。"

"你们这是在要我们的命啊！"奥古斯蒂娜·斯登布拉斯大声喊道。她原本一声不吭地站在做饭炉子边的角落里。"现在再去种地已经来不及了呀。你让我的孩子睡到哪儿去啊？"

两位军官什么也不说。年长的那位从餐桌边站了起来，偷偷地把一瓶没开封的伏特加塞进外套里。年轻的那位走到门口，回过头来再次面对里奥夫妇。

"请不要反抗，"他说，"我们的手下可以开枪。"

然后他俩就走了。

"他们说的不是真的吧？"奥古斯蒂娜说。她走上前握住丈夫的双手。

"没有时间哭了。"他说，同时抽出一只手来给她擦泪。多年以来，这还是他头一次这么温柔地轻抚她的脸。"听好。"他不得不停下手里的动作，让自己镇定下来，"现在不要想了。把能救的都救下来。托马斯，把马车拉到院子里。玛丽亚，跑一趟地里，快，叫他们都回家。"

奥古斯蒂娜还要去握里奥的手，但是他把她推了回来。现在是立即行动的时候，要难过以后有的是时间。

里奥和安德鲁斯出门来到院子时，原本过来帮忙割草的几位女邻居正在痛哭。地里干活的男人已经停止了割草，他们看着玛丽亚，看她赤脚跑过田地，向他们奔过来，给他们带来消息。

里奥见过闹旱灾，也见过闹水灾，但是当他听到自己的房子和田地必须被放火烧掉时，就好像有人告诉他空气就要着火了一样。

"先看牲口！"里奥大喊，他和安德鲁斯跑到棚舍，一把推开所有的门。"留下母马，叫托马斯拴到马车上。"

"那其他马弄到哪里去？"

"放了它们。"

里奥不愿去想当初搭建围栏安装水槽时付出的辛苦劳动，还有建造棚舍时付出的劳动，因为根本没有时间去想。

一匹接着一匹，安德鲁斯把马都牵出棚舍，拍打马臀，把它们赶走。还不习惯自由的马儿仅仅跑了十几米就回头看他，等在那儿。

"走，走！"他叫道，一边跑过去，一边挥着双手。爱德华从地里赶来，气喘吁吁地站在二弟身边。

"这是上帝的旨意。"他说，"就是为了那几条人命。"

里奥在谷仓里看见了他们，于是叫道："爱德华，找个桶装黑麦种子，装满后埋到院子外面。埋深点。托马斯，把母马拴在马车上，牵到你妈那里装家用物件。去找保罗，让他把鸭子尽快从家里赶走。你把马拴好以后，交给你妈妈，然后沿着小路往大路走，走到你们挖过战壕的位置。我们现在得挖条新的壕沟了。"

两个士兵坐在井沿上，一边抽烟，一边看他们全家慌里慌张地收拾。几头猪拒绝被人驱赶，它们发出长而尖的叫声，以示反抗。而遭到保罗轰赶的鸭子，因为保罗赶得那么急而伤了自尊，很不开心，摇摇摆摆地走了。房门外面，原来经过仔细漂白和熨烫的精美亚麻毛巾和桌布现在堆在一起，旁边还堆了原先都挂在烟囱上的火腿和腊肠。有一个士兵走过来，把五六条熏肠从线上扯下来拿走了。珍妮娜什么也没说。那个兵用刺刀将熏肠切成片，与他的朋友分着吃。

奥古斯蒂娜想要托马斯留下来，让他把物品搬到马车上。但是托马斯穿过院子，去他的木工车间了。他打算把风干的木料扔到院子里，因为院子里没长草，木料不会着火。他还打算卷走所有的雕刻工具，再去帮母亲和姐妹装车。但是，他还没开始把木料扔到门外，他的父亲就出现在门口的过道里。

"别傻了，还有更重要的东西要收。"

"对我来说没这些重要。"托马斯说，几乎头也没抬。

"木料不能当饭吃。回到房子里去帮忙。"

托马斯本打算就此罢休，但是又有一块品相上好的风干橡木让他心动。他正要伸出双手去拿，他父亲一下打在他的肩上。木料掉到了地上。他父亲还要赤手打他后背，但托马斯跑出小屋去了院子。

"这辈子就听我一次吧！"里奥大声喊道，他在木工车间里又多站了一会儿，确保托马斯回到了房子里。

马车已经装满了七零八落的家用物品：铁制的壶和罐，包在毛巾里的杯和碗，几袋面粉，几瓮亚麻种子，锡壶装的灯油，一件丧服，几碗蜂蜜，还有枕头。母亲已经带上了家里所有的《玫瑰经》念珠，都缠在手腕上了，这么多串珠子非常碍事，都影响她继续往车上装东西了。

突然，那两个兵站直了身子眺望远方，引得托马斯也停下来侧耳倾听。有枪声。可能临时政府派出的军队正在赶往这边。或许事情还有转机。他朝枪声传来的远处望去。

"没时间了！没时间了！"

他父亲盯着他，托马斯只好跳上马车，坐到马车的座位上。"沿小路往下走，你哥他们已经在那里了。你也一起挖。"

母亲捧着又一堆亚麻衣物出现在门口，但是父亲把她拉走了。

"没时间了，现在跑到壕沟里去。"

"我还没有把所有的东西都带走。"

"我们要先救自己的命。快走！"他拽着她穿过院子，甚至不准她再看最后一眼。玛丽亚和两姐妹跟在后面。

在小路和村里大路的岔路口，安德鲁斯和爱德华已经砍倒了一棵老橡树，然后在倒下的树干上堆好泥土，充当掩体墙。

贝蒙德军团的那两个军官再次过来时，壕沟还没有完工。年长那位没理他们，但年轻那位骑马经过的时候朝他们点了点头。

那些兵果然按照军官之前说的办了。二十多个人散布到农场的各个地方，其中一个走进屋子里，出来时手里拿着一个火把。那火把就是用奥古斯蒂娜早上做早饭的炉火点燃的。另外几个兵也点燃了手上的火把。两个兵各自用火把引了几次火，点着了屋顶的茅草。在茅草低垂至不及一个人身高的檐角，火势变大，一团火舌蹿过屋顶，直接烧到另一头屋檐。士兵分头行动，分成几路点火，放火烧了房子、棚舍、粮仓、托马斯的木工车间，以及其他的搭建小屋。

火已经烧到鸟巢，里面还有幼鸟在嗷嗷待哺，但是白鹳爸爸和白鹳妈妈不会叫，此时想喊也喊不出声来，于是只好叩击长嘴，发出啪嗒啪嗒的声音。鸟爸爸和鸟妈妈站在屋顶，扇动翅膀，好像是要竭力拍走火焰，结果却把火焰扇得更旺了。过了不久，鸟爸爸和鸟妈妈飞了起来，在燃烧的屋顶上空盘旋，它们绕着鸟巢飞啊飞啊，鸟宝宝在下面不断地尖叫。

相比之下，田地不太容易放着火。诚然，最近几天都没雨水，草上的晨露也已经干了，这时的田地应该很容易点燃的。但是点了一次又一次，火焰还没成形就被风吹灭了。几个兵尝试着在上风口点草，或许风可以助燃。饶是如此，他们还是得费一番力气，在不同位置挥动外套来加猛火势。燕麦和黑麦更难点着，不过这些人已经有了一些经验，最后当官的和当兵的总算都完成了任务。一排低矮的火焰墙一路烧去，烧完了黑麦，烧完了燕麦，烧完了牧草。热气越来越大，所以等火焰墙烧到菜园的时候，菜地里的土豆、胡萝卜、莳萝和甜菜，只要是长在地面上的部分，全都烧着了。

托马斯一家从壕沟往外看，看见他们自己家的屋顶消失在浓烟中。很快，鸟巢和白鹳雏鸟烧完了，火焰烧到了房子里面。透过窗户，火势变得清晰可见，玻璃从窗框里飞出，好像被人吹了好大一口气吹跑了。

"耶稣基督、圣母马利亚和圣若瑟。"奥古斯蒂娜一次又一次地吟诵，十指交叉，握在胸前。看到自己将几个孩子拉扯大的家烧成一条火焰高柱，奥古斯蒂娜急得团团转。火中的房子散发出一股很浓的松脂香，使里奥想起了自己的童年——那时候房子才刚刚盖好，闻起来还有新刨木材的味道。

爱德华注视着熊熊火光，眼泪尽情地往下流。他是这个农场的继承人，所以他有权比几个弟弟更加悲伤。但是实际上，让他哭得这么彻底的，并不是愤怒或悲哀，而是高兴。自从蒙伯格伯爵被人打死而自己又把巴拉和利乌德打死之后，他已经认识到上帝制定的规则明白无误。爱德华如果不向牧师告解，坦白自己的罪过，他就会在地狱接受火刑。但是他不能告解。如果告解，几个弟弟会受到牵连。

但是，现在这场大火洗清了他的罪行。这是上帝对他的公正惩罚。只要他受到了惩罚，他就获得了自由。

尽管托马斯内心为失去家园而感到难过，但他几乎是目不转睛地欣赏这场大火的惊人之美。被大火吞噬的房子曾经为他遮风挡雨，也曾经把他困在其中，让他无法逃脱。他曾以为，有些束缚他的东西永远都不会变，他也永远无法找到挣脱这个家的勇气。但是，这场家庭的灾难意味着现在一切都有可能。

他感觉有一只手滑进了自己的手里。

玛丽亚正纵情哭泣，跟其他人一样哭得稀里哗啦，就像烧掉的是她的农场，她的家。她紧紧握着他的手，但他只想把她的手拿开。

托马斯的妈妈发出一声哀嚎。玛丽亚把他的手放下了。

"圣像！"她说，"我忘了把圣像带出来！不拿出来的话，圣像会烧成灰的。"

那里有圣方济各像，他伸出一只手，圣迹之鸟停在他的指尖。有圣母马利亚像，她头戴圣冠，圣心被七支圣剑刺穿。有圣克里斯托福像，他肩扛圣婴耶稣。还有六尊面容忧愁的耶稣基督像、一尊施洗约翰像和一尊圣卡西米尔像。这些雕像原本都放在起居室的搁架上，等人来买。从此，圣迹的时代不复存在，因为此刻所有的圣像，就连耶稣基督本尊，都正被大火吞噬。

托马斯深吸一口气，他似乎可以闻到木雕圣像燃烧时有肉身火化的味道。朝远处望去，他看见赫尔曼·蒙伯格坐在马背上，正在看火。这位伯爵的儿子摘下帽子，挥帽致意。

季 末

（1919 年夏）

托马斯站在莫尔丁村外那尊风格独特的圣母马利亚木雕旁，但是这一次他对雕像没有任何兴趣。骄阳似火，他不禁脱下帽子，擦擦额头。母亲派他去买瓶浓缩醋，因为家里人早上出去钓鱼，收获不少。两个哥哥一个早上共抓到了六条鲤鱼和两条狗鱼，加起来快有二十公斤了。奥古斯蒂娜打算用水稀释浓缩醋，鱼烧熟后用这种自制醋浸泡，可以保存一周甚至更久。

托马斯望着大路，希望没人经过这里看见自己闲逛。母亲让他跑腿，他正求之不得呢——父亲恨不得托马斯和他的兄弟姐妹每分每秒都在收拾烧毁后的农场。当托马斯看见玛丽亚穿过一块块田地，手上挎着一个篮子向他走来时，他感觉到心怦怦直跳。待她走近，他真想一把抱住她。就怕会有人看见。

大火过后，里奥就叫她回自己家去了。里奥没有余钱可以继续付她工资，不过他告诉玛丽亚，如果她找不到其他工作，可以在次年春天回来帮忙。玛丽亚不在身边，这种痛苦的滋味之前还真想不到。从来没人跟托马斯说过什么是相思之苦。托马斯以前都觉得谈恋爱的人都很傻，要么看见对方就笑，要么看见对方就害羞，却没想到自己也成了这样一个傻瓜。他也从来没有想过，几天看不到玛丽亚，这日子过得会有多空虚。

当她走近时，她看着他，神情犹豫。她仔细打量着他的衣服和他的脸，仿佛不认识他了。他冲着她微笑。

"我真想亲你一下。"他说。

她没有回以微笑。

"不行，光天化日的。"

"我们去林子里吧。"他一边说，一边拉起她的手。

"不行。有人会看见的。"

"我要你。"

"我知道。但是现在不行。每次开头只是说亲几下，亲到后来就会干什么，咱俩都知道。咱们还是一起走，去街上吧。"

烈日当空，路面干燥。两人的脚步踩得尘土飞起，将他俩围在其中。好几次，托马斯想要和玛丽亚讲话，但是她要么回以只言片语，要么干脆一言不发。托马斯试了几次就放弃了。他们走过大路的一处拐角，遇见一个小男孩。他牵着缰绳，牵着一头四处吃草的牛走过路边的沟渠。小孩穿着破旧不堪的土布罩衫，下摆才刚刚过膝，全身脏兮兮的，光着脚，手上拿着一根赶牛的枝条。靠近他俩的时候，小孩没说话，只是伸出一只手。玛丽亚给了他一个戈比，然后和托马斯继续走路。

"看到这样的小孩我就难过。"玛丽亚说。

托马斯没有说话。田里和路边到处都有小孩在放牛放羊，男孩女孩都有，他们年纪太小，还做不了别的事，就只能从早到晚管管牲口。

托马斯原以为玛丽亚会问一些关于农场的事儿，但她没有提起这个话题。这让他很开心，因为他一想到那个地方就感到厌烦。他伸手握住她的胳膊，看着她。他们互相凝视，好像都在对方眼里寻找什么。

"你爱我吗？"她问道。

听她这么问，托马斯有点不悦，但还是点了点头。

"你想永远和我在一起吗？"她问道。

"日日夜夜，分分秒秒。"

"我一直都在想维尔纽斯的事儿，"玛丽亚说，"咱们现在得有所行动。这个地方没有我们俩的未来。要是你父亲发现了咱们的事儿，看他不打死我们！他还会禁止我们俩见面。"

"我都这么大了，他不会打我的，而且你也不在我们家干活了。"

"这不是重点。如果你真的爱我，我们就得做好计划，马上离开这里。"

"好，很快就走。但是现在还不行。我不想在大家艰难的时候甩手走人。另外，维尔纽斯现在还没回到立陶宛手里。"

"我还以为你真不关心政治。"

"我是不关心政治，但是我关心维尔纽斯啊。而且我发现，不跨越波兰的前线，我们就到不了维尔纽斯。我们不妨再等等，看看庄稼收割之后情况会怎么样。"

"我再也不能跟我妈一起住下去了，她快把我逼疯了。我得赶紧再找一户人家去干活，所以我可能会去很远的地方。"她把胳膊抽了回来，继续往前走。

天气这么热的时候很难考虑事情。托马斯真想找个阴凉地，两个人可以凉快一下，说不定还能亲热一次。他现在可没法集中思想考虑未来，所以他希望玛丽亚可以下次再讲这个话题。

"你现在有钱吗？"玛丽亚突然问道。

"我有，但是让我爸用来买重建房子的材料了。你有吗？"

"我有几个银卢布，是我爸爸在临死前给我的。这些钱足够我们去维尔纽斯。"

"你没有在听吗？维尔纽斯还在打仗。"

"维尔纽斯，考纳斯，无论什么地方，只要离开这里就好。"

"必须是能让我学习艺术的地方。"

玛丽亚沮丧地拍打她的围裙。"对你来说哪个更重要，和我一起离开还是学艺术？"

"我不明白你为什么要这样问我。我想要成为艺术家，雕刻家，如果你爱我，你也应该同样爱我的理想。"

"但是你总得考虑我们离开以后要住哪里、吃什么吧。你有想过那些问题吗？"

"当然想过。我会白天上学，晚上工作。你说过你也会去工作的。"

"但是我们住哪儿呢？"

"我们租一个房间。"

"一起住吗？"

"总比分开住便宜吧。"

"但是如果我们不结婚，没有人会租房子给我们的。"

"那我们一到那儿就结婚。但是我们能不能再等等？我有义务先帮家里重建家园。等我还清了这笔债，我就自由了。你以前可以等乔纳斯，那现在我们也可以多等上一阵儿吧。今年冬天我还不能跟你一起住，是挺难熬的，但是或许我可以在那之前挣些钱。春天再走会好些。"

"我想要早点离开这里。"

"我也想早点，但是现在还真的没办法走。"

两人继续走路。托马斯几次想跟玛丽亚说话，但是一直走到莫尔丁街上，她都几乎不肯再说一个字。到了分开的时候，她也不同意和他再次相见。

托马斯买完浓缩醋，在莫尔丁闲逛到不敢不回家为止。他饶有兴致地看着街上的陌生人，碰上自己和家人相识的人就寒暄几句，乐在其中。蒙伯格庄园遭遇的悲惨命运仍是大家能够多聊一会儿的话题。原来，贝蒙德军团已经从莫尔丁撤军，逃到其他地区继续烧杀抢掠。此后，古老华丽的蒙伯格庄园就被一场大火烧毁了里面的一切。究竟是谁放的火，谁也不知道，反正就是莫尔丁的一个英雄。赫尔曼·蒙伯格和他的母亲在起火那晚就逃走了，从此再也没有回来过。因为这个，这位无名英雄就更加受人尊敬了。莫尔丁当地委员会暂时收押了蒙伯格家的土地，直至土地被再次分配。至于土地之上的农具和其他的一切，则全部被分散到了莫尔丁村里村外的各户人家，与他们新的安身处所融为一体了。于是，这家门上装了个新的门环，那家塌掉的墙体补上了黄色的砖，还有人家窗台上点了一对高高的蜡烛，不说你都知道蜡烛下面肯定是一副新的烛台。

玛丽亚走到莫尔丁街上后，就去了村子的另一头，去找一家特别的店。沿街那些栅栏坏了，还没有修好。几只鸡蹲在窗栏上，小心翼翼地防着底下那几条躲在房子背阴处喘气的狗。那些狗瘦得皮包骨头，一副闷闷不乐的表情。有些窗户破了，就用油纸补了补。几个男人站在酒馆的门口，看着她一路走过去。

玛丽亚总算是走到了这家寒酸的店铺。能让人看出店铺的唯一标志是窗玻璃后面放着的一瓶灯油。她走了进去。里面很黑，闻起来很臭，气味来自一桶没加盖的鲱鱼，以及熏鱼、锯木、皮革、灯油和樟脑。但是屋里卖的货并不多。一根火腿筒骨的圆头用细绳挂在天花板的挂钩上，从骨头的干燥程度可以看出，从割下最后一片火腿到现在已经有一段时间了。柜台上有一小堆葛缕子①风味的硬白奶酪，这种奶酪经久耐放，因此没人知道这些东西是不是在沙皇退位前就已经堆在那里了。

表情严厉的店主坐在椅子上，懒得站起来。她屁股也不挪一下，只管自己抽烟斗，用一双凶巴巴、亮灼灼的眼睛观察玛丽亚。

"早上好！"玛丽亚说，"我想买琥珀。"

"我不卖珠宝首饰。"那女人回答时清了清嗓子。

"我心里想的也不是珠宝首饰。"

"那你心里想的是啥？"

---

① 葛缕子，多年生草本植物，原产于欧洲和亚洲温带地区，可食用，味道像小茴香。

女店主等她回答，但是玛丽亚不说话。"我不卖大块琥珀，"女店主终于说道，"只有琥珀粉末。那是你想要的吗？"

玛丽亚点了点头。

"你要多少？"

她没有想过这个问题，便说："我不知道。"

"按份数卖的，一般人只要一份。"

"那我就买一份吧。"

女人在柜台后面蹲下身，起身时手上拿着一个纸包。玛丽亚付完钱后，店主会意地看着玛丽亚，然后问她是否还需要紫杉树枝，说店里有。玛丽亚摇了摇头，她这次就先买琥珀，如果她到时候还需要紫杉树枝，她会再来的。

刚走出莫尔丁的街道，托马斯就在十字路口碰到了"流浪果树专家"。这是个四处为家的乡下老头，有人当他是个流浪的骗子，也有人说他是年长的智者，就看各人自己的想法。里奥·斯登布拉斯持的是后一种观点。托马斯还小的时候，这位剪果树的老人每年夏天都会在他们家住上一两个星期，年年都来。他每次都戴着同一顶棕色帽子，穿着同一件补过的外套，背着同样的一个包。他手上拿着一根拐杖，每走两步就会往前一晃，然后再次站稳，仿佛长路漫漫，他却硬要让自己向前进。他的白胡子已经碰到了他的腰带，脸上没胡子的部位满是皱纹。他的鼻子年轻时受过伤，扭曲成小小一团，看起来就像一个破损的小壁球。他的眼睛为蓝灰色，那是年纪大了后才会出现的褪色现象。

他算是挨家挨户上门做买卖的流浪商贩中的一个。其他的流浪商贩有收旧衣服或者用肥皂换破衣服的；有裁缝和补鞋匠，上门干活的时候就住上一个星期；有吉卜赛人，每年都会走同一条路线；有补锅匠；还有要饭的，打扮成圣徒，上门念几句祈福的话。这位老果树工则靠沿途照料果树这门手艺为生。他的手很神奇。苹果树、樱桃树和花楸树就算到了春天不再发芽开花，经他一治，也能起死回生。

他知道怎样用这些树的果实酿成果酒和烈性酒。他很了解蜜蜂，所以没有蜜蜂会蜇他。他能打开蜂房，丝毫无惧地把手伸进去。他能通过观察蜜蜂蓄蜜来猜测过去与预测未来。如果蜂巢形状像"舌头"，那就说明村里有人在说东家的坏话；要么就是东家自己骂人，被蜜蜂听到了。如果蜂巢形状像有点长的盒子，那就说明不久就会有棺材抬过这户人家的门槛。

这老头极为虔诚，每次进房间时都会向四个角落里看不见的神弯腰致敬。但他并非一直温和待人。尽管如此，莫尔丁村里村外的孩子都很喜欢这个老头，因为他给这里枯燥乏味、永无休止的乡村节奏带来了变化。

"欢迎，小斯登布拉斯！"老头说，"我正要去你家呢。你刚从莫尔丁回来？"

"给我妈买醋来着。我家捉了近二十公斤鱼。"

"哦，欢迎来到这个世界，春之祭刚刚结束。"老人家说，"上帝恩赐夏之喜。你是个聪明小伙子，托马斯·斯登布拉斯，但是天天劳作的强壮身躯才是上帝赐予的最好礼物。看看我们，别人喝酸奶吃黄油，我们吃一点点他们吃剩的乳清和脱脂乳就身强体健。感谢上帝给我们带来的每一片香肠和熏猪肉！哦，你有多幸运啊，小托马斯。数数你的福泽。抬头看一下太阳，它正在万里无云的天上闪闪发光。

"看看太阳炽热的火焰是如何将春之花晒干，如何将春之花环变成牛之草的。我们的花草有一些已经长满皱纹，弯下腰肢，就像个干瘪的老太婆。你是否记得，近来夜莺是如何歌唱，云雀是如何双宿双飞的？鸟巢里的幼鸟已经长大，已经高飞觅食，创造新世界。圣大卫说过，我们只不过是田地里的野草。我们开花，我们枯萎，我们归为尘土。"

托马斯想要把自己家已经烧毁的遭遇告诉老人。但是老人只顾讲，无暇听。

"听着，小斯登布拉斯，我包里带了一些很好的树苗，都用潮湿的苔藓仔仔细细包好了。是苹果，金黄的那种苹果，是我从大户人家的树上剪下的嫁接条。最近这一年，我走遍了整个国家，我看到一个个庄园人去楼空，绅士贵族四散逃命。有些人害怕苏联红军，还有些人说新政府也好不到哪里去。等一场场大火烧过来，谁知道那些伯爵的果园还能扛多久？在一些果园里，我看到了神奇的树，有些树比我还要老得多。于是我在每棵树上都剪下了一枝嫁接条。我们不能依靠苹果籽，因为苹果生的孩子长大以后搞不好比男人、女人生的孩子还要难预测。"

"没必要过度宠爱小孩，就像放任生长对苹果树没好处一样。小孩也好，苹果树也好，都需要纠正。我看到有农民太爱惜自家的苹果树，舍不得修剪，结果枝条相互缠绕，结出的苹果反而形状不好，而且果实过密。我看到有些果树已经得了病，肯定活不长。但是有人偏偏继续留着这些树。其实这些树必须砍掉，而且要把木头全部烧掉，才能防止真菌和腐烂病扩散。大自然是一个神奇的老师，但许多农民是笨蛋，是上课不听的差生，是蠢货，就是他们自己的行为带来了毁灭。"

老人不让托马斯插一句话。要不是托马斯抓住他的肩，老人就会走过头，错过去斯登布拉斯家的那条小路了。他太沉浸在苹果论中，等他回过神来，才发现自己已经站在斯登布拉斯家房子的废墟之上。

木头建造的房子被烧毁了，外搭的小屋和谷仓也被烧了，剩下的残垣断壁已被拆除夷平。但是，烧黑的篱笆柱和栏杆依然竖在那里，就像某个战场的一圈边界线，尽管这里压根没有发生过任何战争。托马斯和老果树工所站的地方比周围地势稍微高点，地面之上一点建筑都没有了，好像魔鬼曾经亲自出马炸毁了原来的房子。现在，这地方仅有一组简易披屋，几个简易帐篷，还有一堆造房子的材料。

老人惊呆了，站着一动不动。托马斯扶着他，带他来到最近的那间披屋。母亲和两个姐姐站在那里，旁边生了一堆火，火上架了一口锅，正在煮东西。为了做这个简易锅炉，父亲把三根铁棒折成三角形，顶部用一个链子绑好。每次做饭，就往锅里倒些水，然后就是手头有啥能吃的就放啥，通常都是煮点大麦粥和荞麦粥，有时也会用一早挖来的土豆和葱做汤，最近几天煮的是抓来的鱼。邻居们大多慷慨相助，但有几个还在担心战争远未结束，因而不敢过度大方。

如果说老头被托马斯一家的不幸遭遇吓到了，那么托马斯的母亲受到惊吓的程度才叫严重。只见她一边不停地搅拌锅里的东西，一边抬头看他俩，但是竟然没有注意到老头。

"浓缩醋买来了吗？"她问儿子。

"买了。"

"我应该把醋直接喝了，这样家里就可以少一张嘴吃饭。少了我一个，你们的日子会更好过些。"

老人在她面前跪下。

"向至高无上的上帝致敬。"他说。

但是奥古斯蒂娜没有回应。她低头看着老人。她的头上包了围巾，只露出一张脸，一只手用一把勺子不停地搅锅里的东西，另一只手的手指不停拨弄着念珠。

"你们家里原来不是放了一尊保护你们免受火灾的圣弗洛里安雕像吗？"他跪着问道。

"那个叛徒！他就站在搁架上，眼睁睁地看着房子烧起来，一点都没有施展法力来创造圣迹。咱家的圣像雕刻师，托马斯，把他雕出来是为了保佑我们平安。但是，圣弗洛里安雕像跟其他圣像一起，都烧掉了！"

听到有马车拐进了他们家门前的小路，大伙都扭头看去。老人趁机站起来拍掉膝盖上的泥土。里奥·斯登布拉斯又拉来了一车木材，重建房子用的。爱德华、安德鲁斯和保罗跟在车旁。爱德华肩上背着一把斧子，袖子卷起，步伐矫健有力。而里奥则全然不同，瘫坐在马车上，一副耷肩缩头的样子。

"向至高无上的上帝致敬！"当马车停下，老头向父子四人打招呼，然后再次跪倒在地。

"在地上平安归与他所喜悦的人！"爱德华边说边伸手把他扶起来。

"你看看我们家都遭了啥罪呀。"里奥坐在车里说，"我们现在自己都苦死了，恐怕没法留你下来帮忙。一起吃个中饭吧，吃完就继续赶路找下一户人家。明年再来我们家这里吧。"

"等一下，父亲。"爱德华说，他转身又问老人，"您有果苗吗？"

老人点了点头。

"有没有接穗？"

老人又点了点头。

"那在我们家住一段时间吧，帮我们安排新果园。父亲，家里添一个盘子多一张嘴算什么？他那双手经验那么丰富，会把上帝的恩泽带给新树的。"

大火当天，爱德华寻见了上帝。在托马斯看来，大哥不但找到了上帝，而且相当虔诚。爱德华不但开心地承担起重建农场的重任，还给几个弟弟分配了很多劳动。他同时告诫他们，要心怀对上帝的敬爱之情来认真劳作。要不是看在他现在心情好转了，大家终于可以松口气了，不然才不愿意做那么多事。但大哥现在的做法真的很让人讨厌。

爱德华正在建造一个新世界，这个新世界要远胜于已经一去不复返的茅草屋旧世界。他不得不在父母面前尽量抑制自己的兴奋之情，毕竟父母在经历这场大火之后精神已经大不如前了。母亲成天把念珠拿在手上，一边用大拇指翻动珠子，一边喃喃念叨着圣母马利亚。只要手头的工作不影响念经，她就会念个不停。父亲开始衰老，他回忆自己的童年经历，讲过去的美好时光，讲那时候的男人女人都安分守己，各司其职。对于里奥和奥古斯蒂娜来说，没有什么新房能够弥补老房子烧毁之痛，没有什么新种的田地能够让他们忘记这年春天被大火侵蚀的家园。

爱德华确信上帝想要建立一个新世界，所以他打算新建一个现代化的农场。安德鲁斯写信到柯尼斯堡①，讨来一些关于农业科技的书。科学种植将提高农作物的产量。旁人只会想到养几头猪给餐桌上加碗肉，或者养一两头用于产奶的奶牛，但是爱德华的野心比这大，他要着眼未来。既然普鲁士人喜欢吃鸭，爱德华就打算修个比家里原来的小池子要大得多的池塘，这样就可以养几百只鸭子。另外，国家刚刚从分崩离析的沙皇帝国中独立出来，会需要大量的糖，所以他们家打算种甜菜。虽然附近没有甜菜厂，但东普鲁士总会有个收购甜菜的市场。

随着夏天一步步让位，秋天逐渐临近，爱德华开始喜欢上唱歌了。他们在重建家园：新房子的地基已经造好；木材也已经切割、刨平；造谷仓和简易棚舍的木料已经足够了；牧草田也已经重新种好了。到了九月，家里就能囤好干草，而且数量不会比今年六月本来可以囤好的量少，尽管今年错过了一次干草收割季。燕麦当时已经青了，因此，尽管贝蒙特军团费了好大精力放火，但是燕麦田并没有受到严重的破坏。尽管父亲觉得贷款不是很好，但爱德华还是说服父亲与考纳斯的一家银行签下了一个两分三厘利息的贷款，这样就有钱买重建的材料了。

"银行比贝蒙特的军队更可怕。明年夏天还没过完，咱们这儿就要归银行了。"里奥说。

"那就少借点。"爱德华说，"而且要早点还清。"

家园被烧之后又过了几个星期，他们找回了一头公猪和一头怀孕的母猪。这两头猪竟然逃过了强盗部队的抓捕。他们打算把公猪宰了，招待过来帮忙重建新房的邻居，再把母猪养起来，下一窝猪仔。

爱德华一手搂过老果树工的肩膀，开始带他四处走，先看了挖好的地基沟，新房就打算造在这个位置。

---

① 柯尼斯堡（Königsberg），位于波兰和立陶宛之间，临波罗的海，曾属于普鲁士，现在改名为加里宁格勒（Kaliningrad），属于俄罗斯，盛产琥珀。

"你看下面。"爱德华说，"看到什么了吗？"

"石头。"老人说。

"大不大？"

"非常大。"

老人就像一个特别配合的客人，看到主人家里有任何拿得出手的好东西，他都知道该怎么表示赞叹。

"正是。搬了好几公里路才搬到这里。我们要在这里打个扎实的地基，不能再用树枝加泥那种土方法了，不能再造那种过了几年就会沉降到泥地下面的房子了。这幢房子一定要造得结实牢固，而且一两个星期就能造好。我们要铺油漆木地板，屋顶要铺瓦片。"

"我只要原来的老房子就够了。"他的母亲站在火堆边嘟哝。她绞拧双手，仿佛规划未来让她心惊肉跳。"你讲的东西过头了。你那么傲慢，会得罪上帝的。"

"你母亲说得对。"里奥说，"你这叫一步就想要登天。茅草屋顶又没什么不好，木板屋顶也行，如果你有时间整木头盖板的话。"

"但是外面的普鲁士人是这样造房子的。为什么我们的房子就一定要比他们的差呢？"

爱德华指出新的外屋打算造在哪些位置。他想在圆木砌的墙体外面包上木板，让房子看起来很现代化。他还想让托马斯雕刻装饰横板，装在屋顶的十字横梁上。窗板也要装饰一下。

"但是你打算想什么办法来完成这么多计划呢？"老人问道，"秋天近了，冬天也不远了。"

"我们有足够的干活好手。"爱德华说，"虽然秋天会少一个安德鲁斯。他要去希奥利艾①教高中。但是保罗可以干一些活儿了。另外，父亲还很有力气。而且还有母亲和两个妹妹。我们还可以指望咱们的托马斯。冬天到来之前，我们可以把他练出来，让他双肩再宽些，腰

---

① 希奥利艾（Šiauliai），立陶宛第四大城市。

背更壮些。"爱德华亲热地拍了下托马斯的背。"我们会把你培养成农民。或者培养成一头骡子。"说完他就笑了。

"我才不要当骡子呢。我宁愿等夜校重新开课以后回夜校去读书。"

"明年或后年你就有时间去上课啦。也就一两年时间，能有多大关系？"

托马斯可等不了那么久，他打算早点离开这里。爱德华的这番话让他心里不是滋味，脸上也就明显缺乏兴致了。他转身走开了。

"不要这么敏感！"爱德华对着他的背影喊道。

"我只是再去看看还有没有其他凿子丢了。"托马斯说。这个借口很烂，大家都明白。

他走到原来的谷仓和木工车间的老位置，拉出深埋在焦土里的干草叉。凿子的神秘失踪到现在还是个谜。大火之后，托马斯没找到几把凿子。为了找到其他凿子，他每隔一阵子就去翻灰土。他那些雕刻工具的木柄虽然早已被火烧没了，但是细锉刀、粗锉刀和半圆凿都在，埋在废墟里的某个位置。这次他仔细翻找了半个小时，仍旧一无所获。不过，这也没关系。反正爱德华是不会给他时间搞雕刻的。

玛丽亚到了自己家里。房子很小很脏，已经深陷在土里，门口挖了一条沟才能把门打开。茅草屋顶长满了地衣，方木砌的墙已经年久发黑。她母亲有一个菜园，种了几棵苹果树，但是菜园里的草还不够喂一头奶牛。一只山羊拴在墙上的铁圈上，铁圈固定在砌墙的方木缝里。玛丽亚环视了一圈，看母亲和哥哥是否在附近，然后打开门大声呼唤他俩的名字。两人都不在。她打开做饭的火炉，吹了吹剩余的炉灰，看看是否还有火。还有一些火苗。她把余火弄进一口很重的长柄煎锅下，堆成一堆，然后把煎锅放在破餐桌上。

她打开围裙口袋里的小纸包，借着从矮窗进来的光线看里面的东西。是一把碎琥珀，摊开正好一手掌。有些碎片呈深棕色，看着像木头碎片；其他碎片颜色浅些，是很浅的黄，几乎可以算是白色。玛丽亚把琥珀放在鼻子边，闻了闻，但是闻不出什么味道。

她没有多少时间，因为她哥哥和母亲随时都可能回家。她撮了一大撮琥珀碎屑，撒到还没灭掉的炉灰上。琥珀着了，蹿起火苗，她迅速将其吹灭，因为她要的就只是琥珀烟。一种远古松脂的味道冉冉升起。它来自远古的森林。玛丽亚将琥珀烟深深吸入，直至肺里，状似多日抽不到烟的老烟枪，接着呼气，然后再吸入。她静静地等待一会儿，努力体会吸入的琥珀烟是否在体内起了作用。她感觉有点头晕，赶紧用手指撑住桌面，以免摔倒。

她一次又一次地把琥珀碎屑撒进炉灰里，然后吸入烟。烧掉一半碎屑之后，她找来一块毛巾，盖在头上，垂到面前，避免琥珀烟浪费。等到整包碎琥珀都烧完之后，她终于放松下来，坐着休息。尽管是正午时分，但房子里头还是很暗。窗户已经够小了，还被过低的屋檐挡住了光线。她感觉体内好像没有什么变化，于是往炉子里加了些柴火，切了一点洋葱，用黄油煎炸，以盖住松脂的味道。洋葱气味很冲，害得她满眼是泪。

一个星期过去了，建房的材料越来越多，叠成大堆小堆。安德鲁斯把马车拆了，改成两组轮轴配车轮。安德鲁斯、爱德华和托马斯到树林里砍树，砍下旁枝和树顶，再把树干搬到车轴上，把马车加长到差不多九米长。回到农场，爱德华要求把圆木四面刨平，因为他认为只有"野蛮"人家才会只刨木头的两面。日复一日，父子几人两两轮班，来回拉动长锯，锯下木板，用来遮挡方木砌成的墙体，使房子看起来很现代，就像爱德华在安德鲁斯书里看到过的那种现代房子。爱德华要求木板的其中一面刨得很光滑。油漆是找一个来自帕莱莫纳斯的商人买的，漆的颜色是莫尔丁村里村外都没看见过的一款深绿色。玻璃商人带来了切割好的格窗玻璃，木匠用帆布顶搭了个临时木工车间，在那里制作窗框——爱德华要求新房的采光跟贵族庄园一样好。从铁匠那里买来的一盒盒钉子用防水布盖好，以防受潮。还有沙堆和亚麻粗糠堆，也都做好了防风措施，到时候要倒进天花板和屋顶之间的隔层，用来隔热。

里奥指挥着三兄弟从河边挖来黏土，用来做烤炉。黏土需要清洗，除去里面的沙石，接着还要搅拌揉捏，就像处理面团一样。奥古斯蒂娜、维达、珍妮娜拿来柳树枝，编成穹顶状，放在新房的地基里面。做成长圆形的柳枝穹顶要在其中一头顶部留一个洞口。接着珍妮娜和维达把湿黏土填进柳条里，做成约九十公分厚，一头封闭，一头开口。母女三人在穹顶上面加了一个平台，白天可以用来放置需要保温的食物，到了冬天，晚上就可以在上面睡觉。出于安全考虑，她们在黏土里嵌入了一个小小的铁十字架。为了双重保险，她们还请来牧师在烤炉上洒上圣水，以防历史重演。里奥在黏土结构内部烧了堆柴火，连烧三天。等火烧完冷却，柳枝已经烧没了，黏土已经烧硬了。爱德华已经走了两天，回来的时候带了一马车蓝色瓷砖，用来给烤炉贴面。他还带来了新的合页和一扇画有黎明之门圣女像的铁质烤炉门。烤炉造好以后将横跨新房的其中两个房间，开口的一头在厨房，这里可以烤面包，另一头在父母卧室，方便取暖。

每一项工程都造价不低，所以大家就一边奢侈一边节约。一方面靠着借钱加讨债，买了建房的材料；另一方面，吃穿用度能省则省。

新房计划造两个进出大门，分别设置在房子前后。一头安排六个房间，供日常使用。另一头安排四个房间，其中一间作客厅，可以接待四十个客人。因为爱德华想要加入教堂团体会，所以事成之后就需要一个能招待客人的房间。爱德华本来想造一幢两层楼房，但是里奥不同意。他认为家里地够多，如果爱德华实在想要造个大房子的话，他可以多造几间，何必再造一层。爱德华还真的扩大了建房面积，惹得里奥边走边唠叨，说老大行事也太鲁莽了。烤炉做那么大，永远都不可能烤那么大的面包，所以你看，现在还要另外再添置两个价格昂贵的炉灶。买了炉灶，又要多弄两个烟囱。

黏土烧制的瓦片由马车送到，必须小心轻放以免打碎。这下就不用再担心烟囱里冒出的火星会点着茅草屋顶或木头屋顶板了。而里奥看到要买这么多东西，做这么多改变，心里吓坏了，但是看到有钱的地主和住在莫尔丁中心的人都来参观爱德华的工程，他又感到很自豪。

不过，造房子的工程非常折磨人，而且爱德华催得很紧，所以大家倍感辛苦。田地和牲口也需要有人看护，所以在饭后除了抽口烟之外，没有任何闲暇时间。托马斯几乎没有时间去想玛丽亚。好在领到任务以后，他还是从劳动中体会到了价值感和满足感。他分配到的第一个任务是给房子前后两扇大门的楣板雕花。他用一把很小的锁孔锯雕出了郁金香叶子。这个图案设计要和窗板、装饰门框、廊柱呼应。

他差不多快要完成楣板顶部曲线的时候，老果树工走过来看他工作。

"干得真好，托马斯！"他说。

"自己能做啥就做啥呗。"

"比起干其他活，你做木雕的时候更认真。叫你犁地挖坑搬东西时，你总是第一个去吃饭；但是叫你做雕刻时，你是最后一个走到饭桌的。"

"这种活对我来说都不算真正的工作。只要天不暗下去，我会一直干下去。我觉得干这个跟雕圣像一样让我感到愉快。"

"以后有时间了，你还会继续雕圣像吗？"

"不会。我已经不爱雕圣像了。"

托马斯停下来擦了把前额，再抬头看看老果树工。他原来以为老人会震惊，但老人只是若有所思地捋了一下自己长长的白胡子。

"那你以后打算干什么？"

"我打算等打完仗，等房子造好，就去维尔纽斯的艺术学校上课。"

"我的手艺还有人赏识的时候，我去过很多大户人家的房子。有几户私宅比我见过的许多乡村教堂还要大。这些宅子屋里屋外都有雕像，还有画像，人物逼真得让人忍不住想要和画中的伯爵握手。"

"我也想去看看你见过的东西。"托马斯说。

"我一直向大自然学习，但是我也一直向人学习。不管是树，还是人，都是在特定的环境中才能更好地成长。人和树一样，连根拔起不容易，离开家乡也很难。没有哪一棵树想要修理分枝，想被砍掉主枝，但这两个步骤是必要步骤。"

托马斯不知道该如何去接老人的话，便回去干活了。

盖房会聚会当日，有五六个邻居过来帮忙造房子，妇人们则来帮忙煮饭，孩子们就在旁边看热闹。几个主妇围在火堆边，用亚麻布铺了两张桌子。孩子们四处跑动，躲来躲去，避免在大人造房子的时候挡路碍事。主事的木匠独占一张工作台，坐在那里发号施令，干得少，说得多。不过，等其他人忙完走了，就有的他忙了。他要留下来安装窗户。

这样的日子里，连奥古斯蒂娜也似乎没有原来那么愁苦了。她指导其他主妇怎样做饭，叫女儿继续用力搅动饭勺，防止烧的东西粘锅，还要把已经铺得整整齐齐的桌布再拉拉平。老果树工完成了科学果园种植的任务，嫁接了七个不同品种的苹果，既有黄苹果，也有红苹果。各个品种适合不同的用途，有的可以直接吃，有的宜烹煮，有的适合做果酱，还有的能发酵做酒。他种了一小片醋栗，给李子树和樱桃树的种子坑催了芽，还种了几棵梨树。

天还没有完全暗，新墙已经砌好，屋顶上最后一个椽子也已经固定。尽管还有很多活尚未完成，但是房子已经粗具规模，就差安装屋顶、固定墙体饰木板、刷油漆，以及安装窗户了。几个妇人扎了一个橡树叶花环，要钉到前屋椽子的最高点上，也就是两块楣板交叉的地方，据说这个习俗能给新房带来好运。爱德华和安德鲁斯爬到椽子交叉位置，把花环钉在椽子上，站在下面的男男女女不断拍手鼓掌。接着爱德华放下一根绳索，他的父亲把一瓶伏特加绑在下端。爱德华吊起酒瓶，喝掉一口后递给二弟。然后，兄弟俩把几乎还是满的一整瓶伏特加往下面的男人堆里一抛——要是这个动作出现差错，准会惹父亲发飙。还好托马斯接住了酒瓶，在欢呼声中高高地举起酒瓶。他喝了一口，再把酒瓶往下传。还站在屋顶椽子上的兄弟二人正要下来加入底下的聚会时，爱德华忽然看到不远处的大路上好像来了什么人。

"等一下。"他对下面的人喊。他伸长脖子定睛去看。此时天光已经开始暗下来了。站在下面的人群慌了一下，毕竟贝蒙德军队走了还没多久，而且谁知道会不会又有哪支军队过来取而代之。"是俩女的！"他最后喊道，所有的人都松了一口气。"一个还在打另一个。等等！他们拐到小路这个方向来了。"

底下的男男女女都笑了，他们转身去看外面的小路。这时，第一瓶伏特加已经喝光了，大家开始传第二瓶。

外面那两个女人正在上演一出好戏呢。老的拖着少的，沿着小路走来，一路不停打那个少的。托马斯伸长了脖子，以便看得更清楚些。

那个正在挨打的是玛丽亚。

她要奋力逃脱她母亲的追打，两条辫子甩得前后乱跳，下半截脸上都是鼻血。

玛丽亚的妈妈叫瑞玛。她把女儿拖到院子里，大伙都已经等在那里了。瑞玛刚松开手，想要开口，玛丽亚就拼命要往小路逃。别看瑞玛年纪不小，她跑得可比同岁数的人快多了。不一会儿，瑞玛就追上去抓住了女儿，一拳砸在她头上，把她打翻在地上。然后，瑞玛转身面对其他人。只见这大妈头戴围巾，双手叉腰，脚踩女儿。

"里奥·斯登布拉斯！"她叫道，叫得里奥向前走出一步，"看看你们家的人给我家带来了什么不光彩的事。"

"什么事不光彩？"

"这个可怜的姑娘怀孕了，怀的是你儿子的种。"

爱德华和安德鲁斯互相看了一眼，立马明白这事儿跟对方无关，然后他们转向托马斯。托马斯不敢回看他们一眼。

"你说是我哪个儿子干的这种好事？"里奥·斯登布拉斯咆哮道。

"托马斯。"

里奥看了看托马斯，瞬间明白来人所言不虚。托马斯脸上根本藏不住心事。要不是有这么多人在看，里奥老早就把这个老三一拳打倒在地了。不过，他还是要为自己家的人说上几句。

"你没有证据可别乱泼脏水。"他说，"你女儿可是见到男人就会自己送上门的货色。她就是个淫妇。谁知道她肚子里的是谁的种？"

"你是说你儿子没有睡过我女儿？"

"可能睡过吧。不过就算如此，睡过她的也不止他一个人吧。"人群中的男人都笑了，而那些人的老婆叫他们不要笑。

"既然我女儿到你们家来工作，我的理解是她就要由你负责。"瑞玛强调道，"做人该怎么做，她也都是在你家学的，因为她来这里的时候还小。她跟我说她当你是亲爹一样敬重，但你听听你是怎么说话的。你应该为你自己感到羞耻。"

他的确感到羞耻。但是这个女人今天这样杀来，他也是没办法才说这么难听的话。

"到房子里来，我们私下说。你把女儿带进来，我也把托马斯带进来。"他转身向院子里的邻居们说，"大伙儿就留在这里吃饭喝酒吧。这是个小问题，我们会自己处理好的。"

其他人虽然心里不乐意，但还是各自回到餐桌边。主人家都已经把土豆和猪肉烧好了请自己吃，把伏特加买来了请自己喝，放着这么好的东西不吃不喝，那自己也太傻了吧。只是那几个会演奏乐器的人并没有动手给琴弓上松香，也没有打开手风琴的箱子——眼看别人家里都出事儿了还继续吃喝，这尚且能理解；但是在这样的气氛中演奏音乐，那就太没眼力见了。

屋顶还没有盖好的房子里闻起来有一股很浓的木头锯过的味道，地板和墙板在黄昏的最后一点光线里呈现出淡黄色。通过墙上开好的窗洞，他们可以看到四周的田地，还可以看到邻居们都已经坐下来吃饭了。斯登布拉斯没有看他儿子一眼，只是上下打量着玛丽亚，好像她是自己上当受骗买来的一匹马。

"把你脸上的血擦干。"他说。玛丽亚拉起围裙的一角擦掉了嘴角边的血渍。里奥·斯登布拉斯转向瑞玛。她直直地盯着他的眼睛，努力不让自己得意地笑出来。

"我们家已经够多灾多难了。"里奥说。看不出他到底在跟谁说话，因为他不想跟这个女人直接对话，不然她还真以为自己有脸了。他是实在没辙了。"现在你给我们家又带来了一个灾难。这种事还能有什么好结果？老婆子，你想要什么？是要钱吗？"

她举起右手食指，强调她要说的话。

"你这是什么话？我要的是我女儿的体面！多亏了你儿子，现在太晚了。事情已经发生，无法挽回。你儿子让她丢了脸。我想要的很简单，就是让他们结婚。"

"你肯定她怀孕了？"

"是的。"

斯登布拉斯刷地瞪向托马斯。

"托马斯，孩子是你的吗？"

"我想是的。"

"你不能确定吗？"

托马斯明白他的父亲在给他机会否认。这是他逃脱的机会。他低下头看着新铺的木地板。

"我确定是我的。对不起。"

他父亲点了点头，考虑了一会儿之后又开口了。

"你还没意识到你对不起的是谁呢。以后你就知道你对不起的是你这一辈子。玛丽亚，至于你，你该为自己感到羞耻。你比我儿子大两岁。一个女人的义务是保护自己，不要让毛头小伙子靠得太近。你以为你会得到我家的一块地？别想了。你们两个都只能给爱德华打工，一直到老死的那一天。你们俩只能吃其他人吃剩的面包屑——陈年土豆和羊头就是特别剩给你们两个的。咱们这个教区所有人都会在背后嘲笑你们。你们会没钱送孩子上学。这就是你们俩给自己办的好事。

"至于你，老婆子，把你的女儿带回家去。她会有人来娶的，但是她会活着一天就后悔一天的。这样的婚姻我见多了，男的到后来会因为日子不好过而厌恶女的，生出来的孽种一天到晚哭，把他烦死。管它呢。事情都发生了。你们两个女的，给我从另一扇门出去，回你们自己家里去，我还有客人要招呼。托马斯，你别到客人那里去给我丢人现眼，也不要在我面前晃。今天晚上，你最好让我眼不见心不烦。"

里奥出门，走到院子里。院子里一点光都没有。其他人还在那里吃饭。

"这算什么宴会？葬礼吗？"他喊道，"爱德华，点个大火堆。盖蒂斯，就这么忙着填饱肚子，没空给咱们来点音乐吗？奥古斯蒂娜，给我倒杯伏特加，也给盖蒂斯倒上一杯，给他鼓鼓劲，他可是有任务的。我想要听音乐，听人唱歌。我还想看人跳舞。"

瑞玛走向后门时向托马斯招了招手。

"过来送你的未婚妻回家吧，小伙子。"

托马斯不知道自己还能有什么选择。前门外面的院子里，大家正在举行宴会，可是刚刚这里还是自己的家，转眼已经与自己无关。他能闻到食物的香味，听到音乐奏起，但他落到如此田地，要跟一个可怜的老婆子和她的女儿从后门偷偷溜出去。他几乎无法理解刚才发生的事情，而瑞玛也没给他多少时间考虑。他们沿着小路往前走，背后传来手风琴和小提琴的合奏，还有男声二重唱的歌声响起。

托马斯看着玛丽亚，她的脸上仍有干结的血污。

"我亲爱的，"瑞玛说，"未来的丈母娘看到你脸色这么难看，心情可不好。我就这么不配当你的丈母娘吗？你应该感谢我。我儿子菲利克斯发现这事以后，原来打算过来揍你的，但我不让。我说先试试我的方法，现在你也看见事情的结果很圆满。你一定很喜欢玛丽亚吧？"

伴随着越来越暗的天色，他们走下坡。玛丽亚没有去看托马斯，托马斯也巴不得她没有看自己。他觉得非常对不住她，但是觉得更加对不住自己。没有月光，但是天空开始繁星闪烁。星星的亮光还不足以照亮他们的路，所以一路显得阴森恐怖。夜莺要么出于季节原因而飞走了，要么也知道此刻需要保持安静。三人身后，手风琴和小提琴还在欢快地弹奏，篝火蹿出一串串火焰，火星飞到了天空里。

"小孩子永远都不懂怎样安排好自己的事情，"瑞玛说，"要不然还要爹妈干吗？别看你爸还在那里蹦跶，但他已经是钓钩上的鱼了，而且这钩子还不浅。你不要担心你爸。等你们娃娃生下来以后，他的心就会融化的，到时候我再去劝劝他，看他会不会对你们再大方一点。"

西边的天空颜色变暗，成了深紫色。头顶上的天空除了星星之外一片漆黑。那晚有彗星从天空划过，好像天空中上演了一场烟火大会。

"我想要和托马斯说几句。"玛丽亚说，她的声音发颤，但是语气很坚定。

"讲吧，我不会打断你说话的。"

"妈，我想和他单独聊聊。"

"噢，好的，女人上了年纪就已经习惯被人扔在一边。我在前面走，但不会离你们太远。这条路上可能会有小偷，小偷只要一眨眼工夫就能杀了我。"

玛丽亚一直等到她母亲走到听不到他俩说话。此时的天色已经完全暗了。托马斯隐约听到身后有什么声音，但是回头一看什么也没有。肯定是什么夜行动物在路上吧，他想。慢慢地，他俩往前走。

"你恨我吗？"玛丽亚终于开口问道。

"我恨刚刚发生的事情。"托马斯说。他们走着，没有身体的接触。"为什么你不把怀孕的事情告诉我？我几个礼拜都没看见你了。"

"我有次想跟你说的，就是那回在大路上碰到你的时候。"

"那你为什么不说？"

"我以为我可以想办法解决的，但是没有成功。"

"你想了什么办法？"

"孩子生下来之前可以想些方法打掉孩子。那些方法我已经全部都试过了。"

"你妈妈是怎么发现的？"

"我试了最后一个方法。热水泡紫杉木。味道很恶心，但肚里的孩子不肯下来。我当时太恶心了，就忘了把树枝扔掉，然后就被我妈发现了。"

"你一个人做了这些事情，都没有告诉我？"

"是的。"她说，"咱们还能做什么，现在？"她问道，在说最后一个字的时候声音都变了。"我无法想象让你待在这里，或者要你放弃你的雕塑。"

托马斯抓住她的手。"咱们还是得走。"他说道。

"咱们要去哪里？"

"可能去考纳斯，然后等仗打完了，我们就去维尔纽斯。我有个舅舅在考纳斯，他可能会帮我。或许考纳斯也有艺术学校，我也可以找个师父。"

"如果没有家人帮助，等孩子要生的时候，事情会很不好办的。"

"要不你先留在这里，等我先去考纳斯找好住的地方。"他说。这几句话说出以后就像落入池塘的石头。他在等对方的回应。"你听到我说的话了吗？"

"听到了。"

"你觉得怎么样？"

"我觉得我到了考纳斯以后是不会给你带来麻烦的。我想我宁愿跟你一起走，也不想在这里等你。"

"我也宁愿带你一起走。但是如果我先过去，找到一份工作，找好住的地方，那个时候你再过去找我，你和孩子都会更舒服一些。如果我在那里工作一段时间，我就能寄钱给你，让你雇个好点的产婆，甚至雇个护士。"

"但是，那样我就只能自己管自己了。"

"你妈会在你身边的呀。"

"我不想和她有任何关系。"玛丽亚吐了一口口水，她接着问，"要是我把孩子打掉会怎么样？如果没有孩子，你还会带我走吗？"

"要不是因为有孩子，我现在就带你走。但是你觉得这事儿可能吗？"

"我可以试试其他法子。但是现在大家都知道了这事，我要是再把孩子打掉的话，我就死无葬身之地了。所以不管怎么说，我们都应该一起走。"

"你说的就是我一直想做的。人家要看笑话，就让他们看咱俩父母的笑话，是吧？我爸和你妈到时候就管不着我们了。那咱俩就自由了。"

他们听见身后的大路上有声音传来。

"是谁？"托马斯喊道。

"是我，是我。"一个老人的声音传来。过了一会儿，他俩才看清，原来是老果树工。

"你一直跟在我们后面吗？"托马斯一把抓住老人的衬衫。

"是的。"老人答道，神情坦然自若。

"那么你一直在偷听我们说话？"

"听到了一些事情。"

"你偷听我们说话是为了什么？"玛丽亚问道。

老人叹了口气，没有马上回答问题。他把托马斯的手从自己的衬衫上松开，最后用柔和的声音说："或许我们应该继续向前走，这样你妈就不会走回来。"

老人开始往前走，他们两个跟在后面。虽已到了季末，但夏季还是夏季。天气很温暖，没有什么虫子。然而，总有一些东西，比如草木逐渐开始成熟，或者从远处吹来冷风，使得天气发生了一些变化，让人感觉秋天很快就要来了。

"我想告诉你们俩，大自然不像人们想象的那样善良温和，那是人的一厢情愿，尤其是城里人的一厢情愿。"老人说，"托马斯，你说说看，世界上最具攻击性的鸟是哪种鸟？"

"我现在没有耐心听什么大自然的课。"

"我给你上这堂课是有目的的。"

"乌鸦。"托马斯信口一说。

"回答正确。而且乌鸦还是最聪明的鸟。自从农民的谷物播下以后，乌鸦就会一直偷吃。它还会飞到鸡棚门口偷吃小鸡。偏偏乌鸦还很难抓，也很难弄死。但是，你以前有没有爬到树上去掏过乌鸦蛋？"

"有啊。我还小的时候，有邻居花钱雇我去摔鸟窝里的乌鸦蛋，这样乌鸦就会走了。"

"乌鸦会攻击你吗？"

"不会。他们就停在旁边，一边叫，一边扑腾翅膀，但是他们不会攻击我。"

"是的。这就是乌鸦的智慧，因为乌鸦知道，以后下蛋的机会还多着呢。"

"你想说明什么？"

"把孩子打掉不是一种犯罪，尤其是在你们还这么年轻的时候。"

"但是我已经试过所有的办法了。"玛丽亚说。

"还有其他的方法。"

"那你知道是什么方法？"

"这得看情况。孩子动得多吗？"

"我还没有感觉到胎动。"

"你怀孕多长时间了？"

"我不清楚。三个月，可能四个月。"

"会不会不止四个月？"

"再久也不会久多少日子。"

"这就是问题所在。你虽然已经试过各种方法了，但是这些方法只是对一两个月的胎儿起作用。拖到现在，你的问题更严重了，所以你需要药性很强的药。"

"你有办法吗？"

"有。但是你必须自己确定你是真的想要试这个方法。下狠药总是有风险的。所以，玛丽亚，你要回答我，你愿意为了摆脱这个胎儿的束缚而冒险一试吗？"

"如果托马斯答应带我走的话，我愿意一试。"

"到底是多大的风险？"托马斯问。

"非常大。"老人说。

"我们怎么试？"玛丽亚问。

托马斯苦苦思考。他们俩现在不能再留在这里了。他们需要离开这里。但是如果玛丽亚生了，孩子会妨碍他们过新生活。

"把孩子打掉。"托马斯说。

"所以你承诺会带我跟你一起走？不会把我扔下？"

"咱们要去新的世界生活。咱们会离开这里。考纳斯，维尔纽斯，去哪里又有什么关系呢？谁说到了那里以后就停下不走了？还可以去法国巴黎，或者加拿大。"

玛丽亚一把抱住他。"或许去美国？"她问道。

"小伙子，就此道别吧，回到你的家里去。我和玛丽亚会讨论这个问题的。"

托马斯把玛丽亚拥进怀里。

"我有点怕。"玛丽亚说。

"如果你不愿意的话，那还是别试了。"

"但是如果现在没有孩子，咱俩的日子会好过些。你说呢？"

"没错。"

"然后我们一有机会就结婚吧。"

"到了没人管我们闲事的地方，我们就结婚。考纳斯，或者半路的一个镇上。"

他们相互吻别。托马斯能够感觉到她在颤抖，或者是他自己的身体在颤抖。玛丽亚强迫自己离开他的怀抱，用手盖住他的双唇，不让他开口说话。然后她转过身去，毅然决然地跟着老人走了。

月亮还没升起，但是托马斯的眼睛似乎已经稍稍适应了黑夜。不论什么原因，他这才注意到老人带了包裹，提着拐杖，看上去好像他已经准备再次上路了。但是，尽管托马斯已经适应了周围的黑暗，他还是不能一直看清他们的背影。终于，他们消失在路上的黑暗中。

托马斯回到家以后，一直远远地躲着院子里的宴会。直到邻居们都回家了，家里人也准备睡觉了，他才偷偷爬进归他使用的简易帐篷里。整晚，他都在希望和绝望中辗转反侧。后来，既然再躺下去也没用，他就干脆起身收拾行李。也许玛丽亚能够顺利堕胎，然后捎话过来叫他一起私奔。他得提前做好准备。他在黑暗中翻找，找到一身换洗衣物。他还找到了一些雕刻的工具，但是他找不到钱，哪怕是一个硬币——父亲把钱藏在他自己的床头了。他在堆放食物的地方找了找，找到了半根面包、一些肉和熟土豆，然后把所有物件全部塞进了一个枕套。他一路走到河边的矮树丛里，把包裹绑在一根隐蔽的树枝上，路上行人都不会看到。尽管整个过程他都神经紧张，但是干完这些他是真的累死了。所以回到帐篷，他还是在临时床铺上很不踏实地睡了一个小时。

阳光把他的脸晒热的时候，他在帆布帐篷里醒了过来。城里人以为农民早起都是因为习惯，或者是因为要早起干活，但其实真正的原因是苍蝇。经过了一个晚上的禁食，到了天亮它们又开始要叮咬进食了。对于一个农家子弟来说，一觉睡过黎明是很稀罕的事，尤其是在还有许多活等着做的夏天。托马斯伸伸懒腰，用手赶掉苍蝇。

有个男的在新房子前大喊：

"托马斯·斯登布拉斯在哪里？我有话跟他说。"

托马斯从帐篷中钻了出来，几个兄弟也从各自睡觉的地方走了出来。

来人是菲利克斯，玛丽亚的哥哥。这人身材魁梧。

"啥事？"爱德华问。

"玛丽亚就要死了。"菲利克斯说。

"什么？她病了吗？"爱德华问。

"她自己把自己害得只差一口气了。"菲利克斯看着托马斯说，"我妈都已经为她安排好后事了。你答应跟她结婚了，是不是？"

托马斯心头涌上一股罪恶感，但是他知道不能表露出来。"是的。"

"昨晚你跟她说了什么？什么话让她这么绝望？"

"没有。"托马斯说，"我说我会跟她结婚的。"

"她找了一瓶浓缩醋，今天早上不知什么时候喝了下去。"

"浓缩醋喝了会死人？"爱德华说。

"这东西会烧了你的肠子，但是只要别睡过去，就死不掉。我妈还在努力让她保持清醒，还想救她。你必须跟我走。"

托马斯跟着他走了。

他们经过的田地里，黑麦熟了，麦穗已经低下了头，等待收割。托马斯还有好多问题想要问菲利克斯，想知道到底发生了什么。但是菲利克斯的表情令人生畏，寒气逼人，托马斯只好跟着他快步往前走，独自想着心事。

到了那里，两个小女孩正在院子里玩耍，应该是屋里的产婆带过来的女儿。托马斯害怕走进去，但是菲利克斯已经低头避开门上的横梁，要他一起进门。整个小房子气味瘆人，夹杂着呕吐物、醋和血的味道。玛丽亚正在床上痛苦呻吟，她母亲跪在一旁，手上拿着一个碗。

"我叫她喝水再吐，可她已经咽不下任何东西了。我觉得她可能已经认不出我了。托马斯，请你好好地看着她的眼睛。让她再喝点水。"

床单上满是血和醋。玛丽亚脸色惨白，眼睛睁好大，满是恐惧之情，脖子上有一条一条的血痕，是她喉咙烧伤的时候自己抓破的。

托马斯靠近她说："玛丽亚，听我说，你需要喝水，水会救活你的。"

但是他看出来玛丽亚没有认出自己。她还要去抓喉咙，但是他一把抓住了她的手腕。玛丽亚放弃了。她的头垂了下来，眼睛转了转，发出可怜的呻吟。

他不相信玛丽亚要死了。这个夏天，当他将她拥在怀里的时候，他才第一次感觉到自己真正活着。是她唤醒了自己的内心，让自己想要离开这里。没有了她，他该怎么办呢？虽然内心不愿意，但他不禁想起他俩最后说的那些话语。只有剪果树的老人知道他俩最后说了些什么，而现在他已经走了。

"马利亚，圣母马利亚，宽恕我们吧！"她妈妈哭道。

"你扶着她，我再给她灌点水下去。"菲利克斯说。

但结果只是弄湿了床单，她咽不下任何东西，一点点都咽不下。她呛水了，但是吐出来的是血和醋。

托马斯几乎没有注意到房间的另一边也有动静。几个妇人在那里，一个是产婆，还有两个是村里的其他干瘪的老太婆，都是因为懂药会治病才请过来的。但是她们治不了玛丽亚的病。

"为什么没有请牧师过来？"托马斯问玛丽亚的妈妈。

"我们不敢去请，牧师不会为一个自杀的人上门的。"

"她需要牧师。我去请。"托马斯说。

"牧师只要进来就会闻到醋味，就会知道是自杀。而且，要是你现在走开的话，可能会来不及见她最后一面。"产婆小声说道。

没有人去请牧师。玛丽亚躺下不动的时候，托马斯就在房间里走过来走过去，玛丽亚开始折腾时，他就回到她的身边。后来，大家就不再给玛丽亚灌水了。菲利克斯走到外头去抽烟，随后又回到房间里。

玛丽亚轻轻动了一下。她比之前安静了。托马斯觉得她的症状可能是发烧。说不定危险已经过去了。

"她要睡过去了。"中年妇女尖声说道，"如果你不想她死，就必须让她保持清醒。"

托马斯摇了摇玛丽亚。她的眼睛睁开了一会儿。他看着她的眼睛，想知道她是否还认得自己。

"玛丽亚，不要睡，为了我。我爱你。为了我活下去。"他说。但是，仿佛这是预设的结果——只要他说爱她，她就会万劫不复。她闭上了眼睛。

这之后，他们再也没能把她唤醒。就这样，她静静地躺了六个小时。天还没黑，她就死了。妇人们开始唱哀歌，而她的妈妈哭倒在地上。

托马斯跌跌撞撞地迈出低矮的门槛，地面上全是踩灭的烟蒂。太阳还很亮，刺伤了他的双眼。他不能留在那里了。他必须离开。

他走了一百多米远的时候，菲利克斯从房子里出来，站在门口朝他大吼。

"我要杀了你，为玛丽亚的死！"他大喊。他又同样喊了一次，但是没有跟过来。

托马斯还在回家的路上，保罗来了。托马斯就和他一起走回家。这个孩子最近长得很快，很快就能长得和托马斯一样高了。

"玛丽亚的事，我很难过。"他说。

"都怪那个剪果树的，我要让那老头知道什么叫难过。"托马斯跟弟弟解释发生了什么事情。

"我觉得你不应该怪罪他。"他听完说道。

"但是，是他叫玛丽亚喝醋的。"

"可能是他说的，但是他没有强迫玛丽亚喝，是她自己喝的。无论任何，你应该与安德鲁斯和爱德华谈谈。他们会跟你在大路上碰面。"

"为什么？"

"不知道。他们只是叫我先过来找你。"

斯登布拉斯家在河对岸的那条大路，想要到达那里，需要经过一片矮树林。安德鲁斯和爱德华已经等在那里，坐在路边等他。爱德华在抽烟斗，安德鲁斯则用一个烟嘴抽香烟。安德鲁斯把烟嘴里的烟蒂抽出来，捻灭还有余火的烟灰，把剩下的烟丝省下来，以后可以卷成香烟。他把烟丝塞进外套的口袋里。

"怎么了？"托马斯和保罗走近时，安德鲁斯问。

"她死了。"

安德鲁斯点点头。爱德华站在那里，双臂交叉在胸前。"愿上帝让她的灵魂安息。"他说。

"节哀，托马斯，但是她活下去的机会确实不大。"安德鲁斯说，"农民都以为喝了浓缩醋的人一旦睡着就会死，但是情况并非如此。如果摄入量够多，酸醋会使人昏迷。你也是无能为力的。"

"这是意外。我都打算和她结婚了。"

安德鲁斯对此点头表示认可，但是他的神情还不足以让人相信他是真的认可托马斯的说法。

"安德鲁斯和我一直在想我们应该怎么安排你的事。"爱德华说。

"安排什么？"

"你不能回家了。父亲去莫尔丁找牧师了，想要花钱给玛丽亚做一场弥撒，但是老牧师对自杀的立场很坚决。到时候四周邻里都在，都会讨论这个事情，所以父亲气炸了。更不用说菲利克斯了。你最好还是离开一阵子。你可以去南方，去塞奈找彼得拉斯叔叔，他住在波兰边界。"

"但是我要多久才能回来？"

"就一段时间。可能一两年，可能再长点。我抄下了父亲另一个兄弟的地址，尼克德莫斯叔叔，在加拿大。我们还小的时候，那时你还在襁褓里，他给我们家寄过一些加元，陆陆续续地。他应该是个大方的人。你就把这个地址带上吧，说不定到时候有用。"

"家里不会有钱供你去上学的。"最后，爱德华说道，"咱们都面对现实吧。我再怎么逼你，你都不会是当农民的料。我把你的包带来了，还有你的一些工具和雕像。"

"我这里有一些钱给你。"安德鲁斯说。

"多少？"

"20个银卢布。这笔钱够你去很远的地方了，尽管还不能跨洋去美国或加拿大。"

他抬头看着两个哥哥。在民间故事里，哥哥总是想方设法骗取弟弟应得的遗产，但是托马斯也没有什么应得的遗产。玛丽亚死了，他已经一无所有，只有一肚子伤心，但是伤心无济于事。

"这可能是你的一次机会。"保罗说，"可能是你一直都在等待的机会。"托马斯狠狠地盯着这个弟弟。保罗也盯着他，眼神没有躲避。

幕 间

（奥古斯塔夫森林，1921 年）

托马斯小心翼翼地把脚探入前面的苔藓地，希望能摸索到坚实的地面。刚才，有块地方看着踩上去没问题，结果害他一下陷了进去，恶臭的泥沼一直没到膝盖。环顾四周，森林里到处都是高大的橡树，有立着的，也有倒下的。还有一小丛一小丛的白桦树，在黄昏中犹如细长的幽灵。苔藓从树上垂下，在林间地面生长。杂草和地衣之下，溪水流淌，只闻水声。林中的小径错综复杂，容易迷路，尤其是到了晚上。从前，当地人在水下修路，将这种淹在水里的石头路称为"库尔格林达"，意为穿过河与沼泽的秘密通道。熟悉情况的人或许能够蹚水通过这些浅滩，但是不熟悉路的闯入者准会直接陷入淤泥，身上如果背了武器，就会完全陷进去淹死。但是，当初修路的人早已过世，这些通道也早已被人遗忘。因此，托马斯每走一步都要十分小心。

夜行动物开始活动，树叶沙沙作响，但是托马斯告诉自己没什么好怕的。他的祖先就是在这样的丛林里藏身的。他的祖先用辛苦劳作换回自由生活，摆脱沙皇和德皇的独裁统治，远离人命不如牲口值钱的土豪劣绅的庄园。托马斯若是经验再多点，就应该趁天黑之前搭个帐篷过夜。现在倒好，都没找着哪里有干燥地方可以歇脚睡觉。

　　突然，他感觉脚下一滑，向前一扑，跌入了一个深潭。死水的臭味直冲鼻孔。才没一会儿，他就整个人从头到脚都沉到了水下。身上背的行李太重，他费了好大劲才重新露出水面。然后，他紧紧拉住岸边的树根一步一步往前行进。他终于从泥潭中脱身，喘着粗气，用力抹去脸上的浮藻。他摸了下胸前的口袋。糟糕！防水雨布不知道什么时候已经打开了，身上的火柴全都湿了。这下，晚上就无法点篝火了。

　　过去的两年里，他跟着彼得拉斯叔叔干农活，肩膀练宽了，脸上也不再有以往的稚气，眼角多了些少年已知愁滋味的皱纹。现在，没人再叫他小孩。在叔叔的农场，他也必须像在自己家里一样勤快干活。好在，他的叔叔为人和蔼，所以托马斯觉得自己比以前要自由些。他还是想去维尔纽斯，但一直以来出于各种原因没去成。那时，恰逢波兰、苏联红军及立陶宛三方在南方你打我、我打你，打个没完。等到最近的一场仗打完，叔叔的农场就算在立陶宛境内了。托马斯在叔叔家住了很长时间，超过了最初的打算，一直到忙完 1921 年的收割季。当然，叔叔还是愿意让他一直住下去的，只要托马斯自己想住。

　　叔叔热爱读书，是个乡村知识分子，他鼓励托马斯读书自学。白天，体力劳动使托马斯没时间想心事，真是万幸。晚上，他喜欢看书带来的专心时刻。但是，有时候虽然手里捧着书，想家的念头却使他一个字都读不进去。虽然在从小长大的家里他从未开心过，但是兄弟之间的亲密无间和母亲多多少少匀给自己的一份关心，至少让他觉得舒服。他不想父亲，但想玛丽亚。

　　有时，尽管他叔叔就在身边，他还是会因为想到玛丽亚而感到喉咙发紧，眼眶湿润。有一次，他叔叔感到有点不对劲，就探身过去用烟斗敲敲他的膝盖——他这个书呆子农民觉得这个动作最能表示关心了。但是，托马斯无法忍受这样的关心。这样，思念的闸门反而会彻底打开，一发不可收。于是他扔下书，逃到外面去。

　　夜复一夜，他都与彼得拉斯的藏书为伴，沉浸在文字中。文字为他打开了通往外面的世界的大门。好几个月过去，他开始思索摆在自己面前的道路。家是肯定不回了，想想凶巴巴的父亲，想想教区里那些无法接纳自己这段历史的村民，想想菲利克斯还在尘土飞扬的大路上回荡的那声怒吼。托马斯还是打算去上艺术学校，这也是以前就有的打算，就算维尔纽斯现在属于波兰地界。不过，干吗非得在维尔纽斯这个范围之内选呢？假如要去学艺术、做雕刻，他也可以去波兰的克拉科夫试试，甚至可以去法国巴黎闯闯——只要胆子够大就行。他擅长学习语言，早就能很流利地说波兰语和俄语了。在叔叔家，他又开始学其他语言，尤其是法语和英语，这些对他来说又新奇又好玩。不过，光是坐在叔叔家的起居室看看书本，没个正经的老师教，这两门语言还是挺难学的。

两年过去，托马斯还是会想起玛丽亚，但已经没有原先那么痛彻心扉了。她要是还在，也会希望自己能充分施展才能吧。托马斯开始把玛丽亚之死放下，觉得这不过是一连串不幸事件中的最后一件。只是自己一日不离开立陶宛，这些事件就会如影随行，令他无法忘记。他回想起自己在老伯爵之死，以及在奶奶之死中所起的作用，发现自己竟处于循环之中，并且无法控制一切。托马斯暗下决心，从此要自己掌握命运，绝不能任其摆布。

严格地说，波兰和立陶宛仍处于交战状态。所以，托马斯必须找个没什么人知道的地方通过两国边境线上的缺口，通过之后还得避开边境警察的防线。彼得拉斯叔叔给了他一点钱当作工资，还给了他两块硬干酪，以及一条黑面包。这条黑面包的分量跟墓碑石一样重，大小也跟墓碑石差不多，装了满满一个背包。幸好，托马斯掉入泥潭时，没有因为背了这条沉重的黑面包而淹死。

托马斯迅速脱下衣服拧干。他没有换洗衣服，只能再把这身衣服穿回去。九月的夜晚凉飕飕的，但是气温还没有低到能把蚊子全部赶跑。那些蚊子大得跟蜜蜂一样。

托马斯拿出小刀，割了片黑面包。面包并没有因为刚才浸到臭水池中而发软。他又掰了一小块和黑面包一样硬的干酪。然后，他慢慢咀嚼，直到面包和干酪在嘴里软化，能够下咽为止。身边只有刚才自己掉进去过的池子有水，但是想想也喝不下去。此时，一只猫头鹰开始发出怪异的叫声，蚊子无情地折磨着托马斯，特别喜欢叮他耳朵后面和脚踝上暴露在外的部位。他打算一吃完东西就马上用湿毯子把自己裹起来睡觉，一直睡到天亮，然后继续西行，去克拉科夫，那是比维尔纽斯更大的梦想。

等他裹好毯子，裹得严严实实以防蚊子叮咬，托马斯发觉夜晚森林里的声音比刚才越发清晰在耳了。小动物在枝叶丛中哗哗作响，说不定马上就有大家伙会来。已经好久没人见到过熊了，但是如果世上还有熊，那就肯定在这片丛林里。或许会有狼群过来，发现像香肠卷一样裹在毯子里的自己。或许会有野牛过来，把他踩扁。他想竭力说服自己这些念头太可笑，但是夜晚的丛林容不得一丝玩笑。他才睡过去一小会儿，一只特别毒的蚊子就在他的腕部叮了一口，直接就把人痛醒了。

托马斯骂了几句。正要倒头继续睡时，他好像听到了有人在唱歌，他侧耳倾听。有时候，夜间牛蛙的叫声像是酒鬼在唱歌，但这个声音不是牛蛙的声音。这是人的声音。

他坐了起来，心想：难道是幽灵在唱歌？几百年来，形形色色的部队在此丧生。要是有人感兴趣，用把铲子就可以挖出拿破仑军队、德国军队、波兰军队、立陶宛军队、沙皇军队、苏联红军等各支部队制服的黄铜纽扣。害怕归害怕，但好奇心还是占了上风。托马斯干脆收起毯子，放进背包。他先前泡了水，身上还没干，所以在夜雾中感到冷飕飕的。

他只能缓慢且小心地向前移动，一是为了避开沼泽，二是为了避免发出响声。他在荆棘丛里摸索着前进，荆棘划破了手和脸。他爬过裸露的树根，树根很硬，硌得身上疼。歌声停歇的时候，他也停下来，听声音去哪儿了。声音来自哪个方向似乎很明确，但他在黑暗中还是转了好几次方向。很快，他自己也不知道他是从哪里开始寻找的，只依稀知道自己要朝哪里去。他心里盘算，既然已经迷路，情况还能糟到哪里去？

他离歌声越来越近。听旋律，他听出来其中一首是《两个好兄弟》，尽管这首歌不是用立陶宛语而是用波兰语唱的。走着走着，他终于看到树丛深处有束白光。他手脚并用——像士兵在带刺的铁丝网下匍匐前进一样爬过去，想到声音的源头去看个究竟。按理，他应该脱下背包，爬起来声音会更轻。可是，包里的东西是他的全部家当，他不想在这么漆黑的地方把包给弄丢了。

林中有块砍伐后的空地，空地有一头点了堆篝火，火烧得很高。火堆边还设了个烤肉架，两个人正在火堆旁翻烤一只去了头的雄鹿。鹿头就绑在旁边的一棵树上，鹿头下面的树干上有道血迹。距火堆不远处有几张长木桌，二十来个穿着军大衣的人围坐在那里，有些人的手枪就放在身前的桌上。旁边还有一堆步枪，一袋袋物品扔了满地。这些人都坐在树墩上，或者倒地的圆木上。其中一张长桌的一头有个人在弹奏簧风琴，其他人在一旁有说有笑，还有人跟着音乐唱了起来。他们用水罐、碗、玻璃杯喝啤酒，有的甚至直接拿着酒瓶喝伏特加。只有一个人坐在椅子上。那是把大椅子，做了雕饰，椅背很高。这人大方脸，满脸肉，唇上的大胡子又黑又密，盖住了整张嘴，眉毛也很浓密；额头很高，发际线已经微微后移，一头黑发向上向后梳成大背头，更加凸显了高额头。他穿了件厚重的军大衣，以防夜晚露水寒气入侵，右手夹了支没抽完的烟。有时，他会跟其他人一起哼几句歌，但多数时候，他就坐着看别人。他的椅子边还有一张小桌，桌子上有只牛角杯，杯子里啤酒倒得刚刚好，泡泡正好满到杯口。但是他没有喝。尽管他看起来好像和别人一样唱歌喝酒、乐在其中，但他和手下的哨兵一样头脑清醒。

托马斯已经吃了两天的面包和干酪，烤肉的香味使他馋虫拱动。另外，这几桌树下酒席看起来好喜庆，开心得像在举办乡村喜宴。他也想找人围着篝火聊天、喝酒、唱歌，心痒得忍不住越走越近。突然，身上的背包折断了一根低垂的干树枝，发出咔嚓一声。他以为这些人只顾唱歌喝酒，或许不会听到。但他显然是想多了。这些人可是军人，军人的脑子里时刻都有一根弦是紧绷的，如果遇到埋伏随时都要做出反应。不一会儿，这些兵就已经把他拿下。他们死死擒住他的胳膊，把他往前拖，还给他上了手铐，防止他逃跑。这些人个个手劲很大，表情凶狠，看上去像是要马上把他撕成碎片，刚刚的欢乐氛围早已烟消云散。

"把他带过来。"坐在木头宝座上的人发话了。他都不用大声喊。那些手下马上乖乖从命，一刻都不耽误，就像皇家宫廷侍卫一样服帖，他们都知道自己的前途掌握在谁的手里。

"把包里的东西都倒出来，看看他有没有带武器。"他们倒翻背包，倒出来面包、干酪、托马斯的雕刻工具，还有一双备用皮鞋。"再搜一下口袋。"他们只搜出了些硬币和一把自制折叠刀。

大胡子用波兰语问他："你从哪里来？"

"莫尔丁旁边的一个农场。"

"很远啊。深更半夜，你鬼鬼祟祟地在林子里干吗？"

"我在找前程。"

所有的人都笑了起来。

"元帅大人，此人要么是特务，要么就是刺客。就让我趁晚饭之前带人把他埋了吧。"

大胡子笑了，说道："可能吧，但我还从来没看到过哪个刺客行刺时还要带这么多上好的农家面包。"元帅弯下腰，想要掰块面包。两个手下看到，立马伸手去拿面包条，其中一个还用刺刀割了一大块。元帅先嗅了下面包，然后咬了一口，若有所思地嚼了起来。

"兄弟们，还真没别的东西比得上立陶宛的面包！我要和立陶宛结盟，面包是其中半个原因。我知道你们一定不服气。在你们眼里，什么东西都是波兰的最好，你们都认为咱们自己的面包不比立陶宛的逊色，甚至还要更好。但是，我告诉你们，立陶宛面包有一点特别不一样，闻起来有往日光辉岁月的味道，或许吧。立陶宛人居然不想与我们结成联合王国。这是他们的损失。不过我真的很怀念他们的面包。"

一些士兵点头赞同，但有两三个年长的别过头，看来是听腻了。很明显，这是元帅最喜欢说的话题之一。

他解释道："我们就在这片林子里给了你们立陶宛部队一个小小的教训。这个教训，他们不会一下子就忘记的。你怎么看这件事？"

"我都不知道您说的是什么事。这也不是我关心的事呀。"

元帅仔细地端详着他，想了解这个年轻人。

"那你到底在找什么前程啊？"他问道。

"我想当个雕刻家。"

士兵们再次放声大笑起来。尽管元帅自己也微微一笑，但他还是让手下不要起哄。

"为什么不行啊？谁能说这个年轻人将来一定不会出人头地？多年前，就是在这片林子里，我还要藏起来不能见人。我就一条裤子，还洗掉了。所以说这个地方不错，特别适合躲起来休养生息，恢复力气，然后再次出击。这叫自舔伤口，只为重整旗鼓嘛。我就是从这片林子里出去以后，终获荣耀的。说不定，将来他也会获得荣耀。"

"我还是认为他是个间谍。"其中一个手下说道，"慎重起见，还是把他杀了吧"。

"有可能。年轻人，你叫什么名字？"

"托马斯·斯登布拉斯。"

"斯登布拉斯？自己编的姓吧？"

"我为什么要这样编个姓出来？行不更名，坐不改姓。"

"你怎么证明呢？"

"我的名字就刻在那把折叠刀的刀柄上。"

元帅让手下验证一下。他仔细地看了看刀，又转过头去看托马斯。

"你一定是个什么征兆。若非如此，命运给我发的牌也太怪了。我来这里不是为了装什么上流贵族，到林子里来狩猎。我来这里是有目的的。我是来找丛林野牛的，用波兰语讲是'祖博尔'①，用立陶宛语讲是'斯登布拉斯'②。我想来看看打完仗之后还有没有野牛活下来。你就是我找到的'祖博尔'。所以我觉得，找到你是天意。但是，我怎么做才能确保没有弄错呢？"元帅握住下巴，端详着托马斯，问道："你说你想做雕刻师？"

"是的。"

元帅用吸完的烟点了一支新的，然后把烟蒂扔了。一个兵条件反射似的立即用脚把烟蒂踩灭。"年轻人，咱俩定个协议。我呢，给你吃些肉，再喝杯啤酒。今晚，你就给我雕个野牛。如果你真有点本事，我再考虑一下怎么处置你；但如果你骗我，我就一枪毙了你。"

他拍了拍托马斯的肩，好像他刚刚不过是开了个不错的玩笑。他的手下用欢呼表示对此游戏的兴趣。

他们让托马斯坐在火堆旁，这样他穿着湿衣服也不会受凉。水汽开始从他的夹克衫和裤子上冉冉升起。一个年纪和他相仿的兵坐在他旁边的地上，一边和别人一起喝酒唱歌，一边留意托马斯的举动。

雕一个丛林野牛？这能有多难？虽然他从来没看到过野牛，但是他以前在学校里见过很多野牛的图片。他于是拿起工具，敲了敲某个兵抛给他的那块木头，看看它是否适合雕刻。这块木头够大够重够结实，十分适合雕野牛。托马斯把这块木头拿在手上转来转去，斟酌着如何下手才能最好地表现野牛的力量。最后，他决定按木材的纹理线雕刻野牛的身体，在树枝分权的纹理曲线处雕野牛的肩膀。

篝火的光线不够好，托马斯必须靠得足够近才能看清，但是离火太近了就会太热，一会儿就汗流不止，爆裂的柴灰从他面前呼啸飞过。但托马斯知道自己该做什么。一个小时以后，野牛逐渐成形，马上就

① 欧洲野牛（Zubr）的波兰语发音。
② 欧洲野牛（Stumbras）的立陶宛语发音。

要从木料中奋蹄而出。有人在他身边放了杯啤酒，他就喝这杯啤酒。后来，他停下来，有人给他送来一大块鹿前腿肉，装在木头盘子里。他自己带来的一片硬面包也放在鹿肉边上。因为饿了，再加上肉香扑鼻，他拿起就吃，但他真正关心的还是手里的木雕活儿。他几乎没发现身边的人一个一个都趴在桌子上醉倒睡着了，只有那几个哨兵还在掐自己的皮肉，扇自己的耳光，防止自己睡过去。

他原先决定雕刻到最后阶段就在牛角周围雕几撮卷毛，如同野牛长了金毛。这是他在彼得拉斯叔叔的书上看到的野牛形象。于是，他开始细致地在木头上雕些打旋的线条。过了很久很久，天快破晓时，他才发现身边站了个人。

"你把野牛带到理发店去了吗？"

原来是元帅，他正站在托马斯身边，低头细看野牛。他手里还拿了瓶烈酒。

"我想雕些卷毛，让它看起来更具希腊色彩。"托马斯说。

"你在做啥呀？祖博尔是北方动物，简单粗野但是雄壮倔强。来，尝尝这酒。"

他把手中的酒塞给托马斯，托马斯一看酒瓶子里的草叶就认出了这是什么酒。这么香的好东西，他喝了满满一大口，咽了下去。不过，他马上呛了起来。这酒真是烧喉咙。元帅大笑起来。

"这个味道就是伏特加里泡的野牛草的味道，也叫茅香。这种草只长在野牛拉屎的地方。这个国家到处都是一大片一大片的野牛草，但是现在野牛都去哪里了？全没了。有人说德国人没东西吃时，就用机枪扫射野牛，把野牛都杀光了。这些德国笨蛋！现在告诉我，这是什么味道，这种伏特加还有什么味道？"

"不是牛粪的味道。"

"当然不是，他们不会用牛粪泡酒的，哪怕真有牛粪味。我的小朋友，这是泥土的味道。是这个国家的淤泥、沼泽、泥潭，以及我们刚才所遇到的迷雾的味道。起初，我来这个森林是为了找立陶宛最后一头丛林野牛的，结果却找到了你，立陶宛的斯登布拉斯，波兰的祖博尔，野牛之名。告诉我，你到底是个什么征兆？"

"我不是什么征兆。我只是个找出路的雕刻师，还没走到克拉科夫，或是巴黎。"

"呸，什么破巴黎。你到了巴黎也不会找到你想要的东西的。留在这里吧。你的名字对我很吉利。再说，你一个斯登布拉斯公牛跑到巴黎能做什么？不正是应了那句老话，公牛闯进瓷器店①，笨手笨脚净闯祸。到了那里你就真绝种了。相信我。巴黎那地方我看透了。"

"你去过巴黎？"

"当然去过。没什么值得看的。香榭丽舍大道上到处是喝着咖啡或白兰地的纨绔子弟。西方已经够堕落了，而巴黎是西方最堕落的城市。你如果去那里，就会堕入欲望的蜘蛛网，永无脱身之日。那里只有放荡的女人、害人的毒品、追名逐利的幻觉。所有的一切都会诱惑你，最终泯灭你的良善。忘了巴黎吧。历史总是周而复始、循环往复的。现在，西方的时代已经过去。我们需要新人来创造新的时代，需要行动果敢、把握当下的乡野村夫。这样的人就应该来自像这里这样的地方。这里是欧洲的地理心脏。你就是属于这个地方的。"

元帅说完了。他拿起木雕仔细研究起来。

"还没雕好呢。"托马斯说。

元帅笑得痰都出来了。他把痰吐了，又点了支烟。"不，已经雕完了。要是我把它还给你，我猜你不把它弄成啥希腊玩意儿是不会罢休的。你会把它雕成人身牛头怪物的。我喜欢它现在这个样子。"

"我可以走了吗？"

"不行。你要跟我一起回华沙。我来这里是要找丛林野牛。好不容易找到了一头，我是绝不会放它走的。"

元帅的随行人员从通向林中的一条道路上走过去。那里停了两辆

---

① 英语习语，原文为a bull in a china shop，形容（在需要细心和技巧的工作中）莽撞而笨拙的人。

小汽车，还有好几匹马和五六辆四轮马车。几名车夫和已经集合的仆人等在一边。两个兵和一个平民在草坪上的一张桌子旁给元帅做简报，桌上的咖啡在料峭的晨间空气中升起白色水汽。鹿头和其他野味都被堆放进了马车中。托马斯不知道自己该干什么，只好跟其他人一起一边干等着，一边跺脚取暖。等了好久，元帅终于从桌边站起来，跟那几个人握手告别，走向汽车。勤务兵早已打开了车门，扶门等在一旁。

"请问，"托马斯用波兰语叫道，"我该怎么办？"

站在旁边的士兵见托马斯这么无礼，就推了他一下。元帅却打了个手势，表示无妨，还招手叫托马斯过去。

"会有人照管你的，年轻人。你碰上好运了，这种事一辈子最多也只能发生一次。我还指望你给我带来好运呢。来，像野牛一样叫一声给我听听。"

托马斯看着他，疑惑不解。

"别介意，我是开玩笑的。去，坐到马车上去。所有的事都已经安排好了。"

元帅转身进了车，勤务兵砰地把门关上。汽车开走了。一个士兵招手示意，叫托马斯上马车。托马斯跨过马车后面胡乱堆放的野兔和鹿肉，进了马车。所有的随行人员都向前行进，汽车在最前面，后面跟着马，最后是马车，托马斯就坐在最后的那辆马车中。驼背的乡下车夫朝马吆喝了一声，托马斯的华沙之旅就开始了。

他们用了三天多时间到达华沙，接着还要穿过华沙的中心地带。托马斯一直以为维尔纽斯已经好得不得了了，可是维尔纽斯跟华沙相比，只能算是小城镇。车夫不爱说话，但是看到托马斯进了城以后觉得啥都新奇的模样，他也笑了。他们一直朝南行进，穿过华沙，直到城里的一幢幢砖石建筑变成城郊的一间间木屋。后来，一间间木屋中间开始出现空地。最后，一片片农场进入视野，分布在马路两旁。这时，车夫拐弯转入了一个木头建筑群，驶进一扇大门，门上的木牌上写着：斯佩科夫斯基教堂工厂。

　　已经有人等在那里了。工头塔得乌什·斯瓦内克站在一座巨大的木工车间前，戴着黑沿帽，围着皮围裙，长得魁梧结实，不输给任何一个壮实的农民。托马斯已经连续坐了三天多的马车，全身都不会动了。斯瓦内克向他伸出手。

　　"你一定是要来的木匠了，"他说，"欢迎来到新家。"

　　托马斯看了看四周的木建筑群，发现这个地方跟他想象的有点不一样。但是，这也许是个起步的好地方。

第二部分 巴黎画派

（法国、加拿大、1926年）

　　人生来性空乎。人之质皆习自万物，而物本无质。以性空之身生于此善恶不分之世，而能以诚实之道终其一生并功成名就。此乃我辈中完人楷模方能成就之德也，绝非常人能成之事。

——井原西鹤

　　我们将从波希米亚艺术开始谈起，虽不出名，人却极多。艺术的道路上已经人潮涌动，危机重重，但每天还是有人挤破头皮要进来。

——亨利·米尔热

一

托马斯站在巴黎塞纳河的艺术桥上，素描本倚靠在栏杆上。他逐一画下巴黎乱糟糟的城市景观——各种屋顶、阳台、烟囱管帽，以及尖塔。他的目光在西堤岛①和画纸之间不断切换。在他左右两岸的滨河道路上，来往汽车沿河飞驰，车上的挡风玻璃反射着阳光，使他眼里景物的边缘闪闪发光，一道道亮光时有时无。他来到这个城市还不算久。遇到这样的场景时，他不仅能看到巴黎之景，还能看到他自己也在这巴黎之景中。

托马斯真想用画笔来捕捉照在西堤岛上的这片金光。身后落日就像舞台上的聚光灯一样，斜斜泼洒下这片金光。但是他没钱买颜料。他攒下的钱花得很快，现在在他所有的家当只够买一支铅笔。

一些路过的行人已经竖起了衣领以抵御寒风，但是托马斯身上只有一件单薄的夹克外套，再加马甲和领带。他不冷。在东欧老家时，冬天的风刮得比这里刺骨多了。相较于立陶宛、波兰，巴黎可以说没有天气的变化，只有光线的切换。风吹来源自海岸的变化，巴黎的天

---

① 西堤岛（Cite Island），又译西岱岛，巴黎市中心塞纳河中的两座岛屿之一，岛上有著名的巴黎圣母院等景点。

空变幻莫测。现在，他眼前的西堤岛仍然光线明亮，可是乌云正迅速从两边滚滚而来。新桥两岸已经陷入黑暗。他得赶紧画了。

虽然托马斯的手还是跟以前一样闲不下来，但是在华沙教堂工厂工作多年，他的手指已经长满老茧，力道十足，因为在那工厂里干活，就算你已经学徒期满，也要抬粗板、搬重石。他的肩膀和胸膛更宽了。夹克衫已经不够大了，纽扣还勉强扣得上，只是布料可能随时会绷破。他的头发比小时候黑了。要是不抹润发油，额头上的那撮卷发还是会塌下来。不过他没钱买润发油，也没这兴趣。

尽管他在教堂工厂学了很多技工知识，但他还是想成为一个真正的雕刻师。他觉得自己二十四岁都已经算是学生里的老人了，所以特别渴望弥补之前浪费的时间。不过，他没想到，要想接受美术方面的科班教育还挺麻烦的，比自己预料的要难。他现在所站位置的右手边是艺术桥；走到头，桥下的马拉凯滨河路上就是美术学院，他很想到那里去学习。可是，这个美术学院按学年招生，不开半年班。除此之外，他还要通过比赛获奖才能获取入学资格，并且要筹钱付学费。来巴黎已经几个月了，托马斯头一次如此强烈地感受到钱的重要性。现在，他几乎没什么钱付下个月的房租，更别说解决吃饭问题了。

塞纳河上空仅留的一道亮白此时已经越来越窄，托马斯面前的西堤岛很快就要暗到看不清，那就画不了了。他只好加快手里的动作。

托马斯的左手边是卢浮宫，这座雄伟壮观的石头建筑使他狂喜，但同时也令他绝望。卢浮宫博物馆之大是他见所未见的，不但装得下众多王公贵胄的府邸，甚至也装得下东欧国王的宫殿。不但装得下，还绰绰有余。他已经探索各个不同的展厅好几天了，里面的展品之多，一双眼睛根本看不过来。他知道其中一些古希腊和古罗马的雕塑，因为这些雕塑的复制品广为流传。但是，来自其他文化的雕刻作品，他之前根本没有见过，比如说讲究对称但又妙不可言的埃及雕像《杜伊夫人》。这座雕像让他第一次意识到，世上还有其他传统艺术，自己竟然一无所知，实在惭愧。在他漫游各大展厅的时候，他无意中听到别人漫不经心地谈到一些艺术大师，如达·芬奇、乔托·迪·邦多纳。有些大师他以前在书中读到过，他也曾在华沙教堂工厂里看到过这些大师作品的复制品。但是，还有很多艺术大师的名字他都是头一回听说。为了提高自己的法语水平，同时也为了扩充自己的艺术知识，他就在各个旅游团的边上转悠，听别人的导游的讲解。

卢浮宫内许多大师作品的周围都会站着许多学生，他们被允许在现场临摹。虽然他相信自己在雕刻木头、石头等方面一点也不亚于别人，但是这些学生个个看起来动作都那么娴熟，运笔比他强多了，是他这辈子都赶不上的水平。不过，或许有一天他能赶上，只要自己再稍稍进修一下。但前提是要有钱，而现在就差先找份工作了。

巴黎人来人往、人声鼎沸，但是外人来了后往往会感到困惑。托马斯发现各种语言都有人说。他在城里遇到过的搬运工、劳工、出租车司机，有的说俄语，有的说波兰语，还有依地语、德语、罗马语和其他各种语言。东欧人像洪水般源源不断地涌入巴黎：有的乘火车来，有的徒步进城。他们来找工作，找光明前途。他也看到很多英国人和美国人，他们往往边走边笑。这些人一般很有钱，常常醉醺醺的，带着鼓鼓的钱包来到巴黎。人流如波涛一样从世界各地涌入巴黎，在这个城市里翻腾，拍打出泡沫，就算是才子也照样会淹没其中。

他感觉后面好像有人。

"要快，小伙子。光线就要没了。"

话音刚落，天空中仅剩的最后一道亮白已经被乌云遮挡。托马斯看到身边站了一个中年男人，头戴帽子，身穿雨衣，嘴边叼着个烟斗，手里还拿了本美术作品集。这人正盯着他的素描本看。

"如果去上几节美术课，你会发现自己的透视图技法可以提高不少。"

托马斯还没有回答，那男的就继续赶路了。托马斯看他穿过马路，走进了美术学院。托马斯很郁闷，朝塞纳河里吐了口痰，收起了素描本。既然光线没了，那不如回家吧。他沿着刚才那人走过的路，走到美术学院，经过那里以后改走波拿巴街，再走很长一段路才能回到他的出租屋里。他和两个朋友合租了一间画室兼公寓，位置在十五区的商业街附近，远离巴黎的漂亮豪宅区。

他没钱乘电车，不过他也不介意步行。他喜欢看到城市这么大，人这么多，大街上车开得这么快。但是此刻他饿了。一路上，各家餐馆飘出来的咖啡香味打断了他的愉悦，使他再也没心情陶醉于眼前的一切。为了逃离咖啡的诱惑，他飞快地跑过各家餐馆，一眼都不敢往里看。整条街好像都在跟他空荡荡的胃唱反调——经过一家面包店时，面包的香味使他快要昏厥；有一家熟食店正在煮卷心菜和腊肠；还有一家乳制品店，店里的奶酪跟美女的手臂一样诱人——就连鱼店门前的人行道上飘着的鱼腥味也能使他联想到鲱鱼配酸奶油和洋葱的味道。他只好跑得再快一点。

跟巴黎比，华沙小得简直就是个村庄了，不过他也没怎么逛过华沙，因为教堂工厂里的活永远干不完，他根本没多少空闲时间。刚进工厂的时候，他完全被那里的一切吸引了：车间很大很大，生产的工艺制品源源不断，有画框，有质量一般的宗教画，还有堆满仓库的石膏圣像。他很喜欢跟技工一起工作，因为可以在一旁看到精美的木材纹理，或者是他们手中做工特别考究的工具。

托马斯知道，别的学徒对自己持敬畏之心，毕竟他的后台是约瑟夫·毕苏斯基元帅。他一心期待着元帅发出下一个指示，但是这个指示一直没有到来。一晃几年过去了，他几乎已经忘了元帅，适应了新的生活。他在语言方面颇有天资，所以一有闲暇，他就继续学习英语和法语。语法书是问书贩买的，那人每两个星期就会用自行车驮着满满一车货物来一次教堂工厂。托马斯还自己雕刻拐杖，然后拿去市场上卖，赚些外快。他说服自己，教堂工厂里获得的培训对他实现自己的雕刻梦不无裨益，所以自己在华沙也并非毫无意义，因此他充分利用了这段时光。他甚至开始上门拜访一位画框工艺老师傅，并和他的女儿一起喝茶，那女孩子比自己小几岁。就在他已经放弃希望的多年后，有一日元帅出乎意料地将他召回，不然的话，托马斯可能已经习惯了在华沙的平凡生活，没准也混成了厂里的老师傅。

一个兵骑马来到教堂工厂，另外还多带了一匹已经配了马鞍的马。虽然托马斯不再是新学徒了，但他还是住在单身工人住的集体宿舍里。那个兵没有下马，直接喊着要见托马斯，等托马斯出来后就让他站在满是泥巴的院子里说话。

"毕苏斯基元帅要马上见你。"那个士兵说。

虽然被冷落多年，心里老早就不高兴了，但是这次传召还是让托马斯心跳得厉害。

"先让我进去换件衣服。"他说。

"没时间了。元帅现在就要见你。"

"我都等了他这么多年，现在就让他等我五分钟，我要去换件衬衫洗个手。"

他们骑马经过贝尔韦德宫①，进入华沙城。自从元帅向政府请辞后，他就不住贝尔韦德宫了。毕苏斯基元帅确实对波兰有建国之恩，波兰人民也确实对元帅感恩戴德，但现在他们还是决定抛开元帅自己执政。就这样，元帅不再是万人关注的中心人物了。他心中愤愤不平，时不时对政局发表一些感言。

托马斯骑马进入一片非常高档的住宅区，走过枝繁叶茂的罗兹大道，来到一座布置了大量栏杆和雕像的府邸。房子外面的私家车道上停了四辆汽车和六匹马，还有几个闲聊的卫兵。二人到达之后，托马斯下了马，发现几个卫兵马上不说话了。托马斯觉得应该有什么事正在发生。这房子可不像什么退休老人住的地方。房子里面好不热闹，响声嗡嗡。这时，一个勤务兵把托马斯带进一间内室，元帅正在里面专注地研究桌上的一幅地图，两个将军则站在他的背后看地图。元帅抬起头看见托马斯，一时间想不起来为什么他会进来，随即笑了起来，

---

① 贝尔韦德宫（the Belvedere Palace），1945—1952年为约瑟夫·毕苏斯基元帅的官邸，1989—1994年为波兰总统官邸。

并伸手拿了支烟。

"你终于来了，我的'斯登布拉斯'，我的立陶宛野牛。你的气色看起来不错啊。我今天时间有限。但是刚刚发生了重要事件，我有必要把你叫来，让你知晓。"

托马斯的脑袋转了又转，彼此矛盾的想法都快打起来了——他既想告诉元帅自己过去几年都是怎么过的，又想让他知道自己感觉被抛弃了。但是，现在站在自己面前的就是这位大人物，而大人物哪有那么多时间？

"野牛先生，在这个国家你终于可以找到同伴了。"托马斯看着他，困惑不已。"经过长期艰难的协商谈判，我们从柏林动物园收到了一对处于生育期的丛林野牛。我本来不是很确定他们能成功生育，但是母牛刚刚生了小野牛。所以说，我们波兰的民族精神已经回到了奥古斯塔夫森林，回到了波兰。"

两位将军听了元帅的话，都露出看似已经忍了很久的痛苦表情，好像这个话题元帅经常提起，他俩实在遭罪不浅。

"小'斯登布拉斯'，波兰的压力过去都是由你在背负。现在，你肩上的压力可以放下了。"

"这么说，我之前都是你的幸运符啦？"托马斯问道。

"是的。"

"那我真希望，我们俩的运气这几年来都是越来越好。"

整个房间顿时静了下来。

"你是觉得我委屈你了吗？"元帅问道。大人物一般都容不下别人如此放肆，但眼前这位大元帅却选择对此冒犯一笑了之。

"这么多年了，也没等到您的一句话。"

"但你又不是被关押的囚犯。你本来就可以想走就走的。记住今天学的东西，路是要靠自己去走出来的。不过，别在意，我马上就要转运了，小伙子。那咱俩就来考虑一下你的前途问题吧。我呢，也没有真把你忘了，不过是在等待时机而已。我记得你想学艺术，现在时机成熟了，我送你去克拉科夫的美术学校上学。"

很早之前，托马斯不知道有多少次梦想去克拉科夫的这所好学校。但是，现在他读了那么多书，长了那么多见识，已经不那么容易满足了。

"我想去巴黎。"他说。

"巴黎？那个鬼地方？你忘了亚当·米茨凯维奇①说过的话了吗？'我还能用我业已疲惫的心灵吗？在这巴黎的大街上，我满心只有诅咒、谎言、悔恨和争吵！'"

元帅露出满意的神情，好像律师刚刚说完无懈可击的辩词一般。但是，托马斯无动于衷。

"不管怎样，我仍然想去巴黎。"

元帅旁边的一个人拍了拍元帅的肩，好像在提醒他还有要事需要商量。但是，元帅对他置之不理。他身子向前倾了倾，温和地说道："年轻人，你是头立陶宛野牛。你不能全盘接受现代文明的开化，不然你也失去了原有的一切宝贵品质。我已经替你在克拉科夫找了个好去处。我们国家需要自己的艺术人士留在本国。"

"我意已决。我就要去巴黎。"

"不用谈了。"元帅说道。他掐灭烟，低头看地图，又开始和身边的人谈论起来。本次会面结束。

回到教堂工厂，托马斯把自己的行李打包，数了数仅有的那点积蓄。他收到了一叠文件，其中包括一张去克拉科夫的单程票，一张叫他按季度领取补贴的通知书，以及一些来自克拉科夫美术学院的文件。换作几个月以前，他会因此欢天喜地。可是突然之间，这些东西对他来说变得远远不够了。托马斯要去太阳系的正中心，他不要在某个外围的行星轨道上自我满足。

他到克拉科夫后，只在那里待了一个季度，就为了领到第一次补

---

① 亚当·米茨凯维奇（Adam Mickiewicz，1798—1855），波兰浪漫主义的代表诗人，重要作品有《歌谣和传奇》等。

贴。他买了张去巴黎的三等车票，把这笔钱差不多花光了。

尽管已经被沿街的食物诱惑得受不了，托马斯还是一路忍住诱惑，好不容易回到了商业街，然后拐入迪亚布洛廷巷。要走到住处还要通过一扇双开门，经过那个正在打盹的看门人——马蒂尼太太。她此刻正坐在木椅上，头上裹了块头巾，头巾打了花结。她睡得很踏实，就像睡在自己的床上一样。托马斯通过一段鹅卵石过道，那过道昏暗得像个洞窟，高度只能通过一个骑马的人。最后他来到一幢老宅的庭院里。他租的画室是他们三个人自己搭起来的，就在院子里的鹅卵石路上，背靠墙，面朝进来的通道。白天，画室光线充足，光线通过天窗和整面墙的磨砂玻璃进入房间。画室内部十分简陋，没做隔间，只放了两张床，三个人只能轮流睡觉。还有两张桌子、两条板凳和一个做饭的炉子。这就是他们三人工作学习和生活起居的全部空间。

他到家时，看到两个室友面对面坐在桌子两头各自画画。时至下午，画室里的光线很差，虽然窗户很大，天花板上还长长地吊了一个电灯泡。

阿方斯也是立陶宛人，他来自希奥利艾市。托马斯来巴黎的第一天在一座桥下遇到了他。当时，托马斯认出了阿方斯嘴里嚼着的又白又硬的立陶宛干酪。就这样，他们成了朋友。阿方斯出身教堂执事家庭，生性保守安静，他把祖先一丝不苟的性格像烙印一样继承了下来。他又高又瘦，站直了就像一只鹤。不过，他因为没钱配近视眼镜，所以大多数时候为了看清楚而弯着腰画画。这时，他弯腰驼背的形象就如一张满弓，再弯点儿就会弓折弦断。

另外一个室友叫索雷尔。托马斯是在美术学院的接待处跟他初次相遇的。那时候，索雷尔正在和那里的门房争执。索雷尔很瘦，下巴有撮微卷的山羊须，上唇蓄着八字须，还戴了副圆框眼镜。他自认为戴了这副眼镜就像托洛茨基①了。

---

① 列夫·达维多维奇·托洛茨基（Aet Datougvture Tpoykw，1879—1940），俄国革命理论家，布尔什维克革命早期领导人之一。

"我跟你说，我帮不了你。"门房当时说，"你不可能一来就拿到入学通知。报名是有流程的。你必须在六月份提交一份作品集，然后等评审委员会打分。学校十月份才开学。"

"现在连复活节都还没到呢。"索雷尔吼道，"从现在到十月份这段时间叫我干什么呢！"

"这是你的事。"

"我画画非常有天赋，而且是大老远从罗马尼亚走到这里的。今天早上我才走到巴黎的奥尔良门，然后我没歇一下就直奔这里，茶都没喝过一口。就凭我这么辛苦过来，总能网开一面吧。"

"我们这个美术学院受法国政府和法国人民资助，经费都是全国人民的血汗钱。你算什么东西，跑到这里就想插队，还大言不惭要打破规则，给你破格录取？"

托马斯来之前从没想过要进这个美术学院这么难，自己居然有可能进不了。

"天才不用遵守规则。"索雷尔说，"天才必须找到与众不同的表达方式。"

"你现在唯一能做的就是用你的天才能力走出这个地方。如果六月之前再让我见到你，那你就麻烦大了。"门房说。

这时，托马斯也了解了想咨询的内容，所以就跟着索雷尔出来，到了庭院。索雷尔站在石板上，还在生刚才那人的气。

"你真有你自己说的这么牛吗？"托马斯问道。他的法语跟索雷尔的一样，都带有很浓的口音，不过，他还是能够清楚表达想法的。

"何止啊！看这个。"说着，他蹲在石板上，从口袋里拿了支葡萄藤炭笔出来，很快就勾勒出一个肥肥的双下巴男人：穿着劣质衣服，光秃秃的脑袋上还有几根稀疏的头发。这不就是刚才那个门房吗？

"你叫什么名字？"索雷尔问。

"托马斯。"

"你也会画画吗？"

"是的。"

"那你证明下吧。"索雷尔说着就把炭笔递给托马斯。

托马斯熟练地用炭笔画出了一个瘦削的胡子男，拳头举得老高，一看就知道正在发怒。索雷尔看出这幅漫画画的就是他自己，大笑起来。

索雷尔是罗马尼亚人，来自喀尔巴阡山脉的高地。他一直以来都不适应低海拔地区的空气密度，总是有点醉氧症状。他老家的生活很艰苦，大多数兄弟姐妹在能开口说话前就夭折了。但他活了下来，他说，因为自己是世上最强的人。遇到食物短缺，他坚持认为自己可以靠吃鹅卵石维生。唯一的问题是怎么把石头拉出来。

托马斯进门时，索雷尔和阿方斯都抬起头来看他。他俩的形象反差很大，这强烈对比都可以去演一出音乐剧了：索雷尔步伐轻盈，脾气暴躁，留着胡子；阿方斯则像个稚气未脱的大男孩，好像还处在极易尴尬的年纪。

阿方斯挺直弯弓一样的背，坐直了看着托马斯。

"出了什么事？"他问。

"这么明显吗？"

"你的情绪都写在脸上。"

托马斯就把那个美术老师在艺术桥上对他说的话告诉了他们。"如果我有钱，我就去上美术课。"托马斯说着就一屁股坐在了床上。

"你就为这事烦恼？"索雷尔说，"你说谁会在乎什么透视图啊？别这么脆弱，不然你怎么在这个城市混下去啊？"

"索雷尔说得对。"阿方斯说，"你需要的是耐心，并且要不断练习。"

"我什么时候说需要耐心了？"索雷尔说道，"你要大胆地创作，要有原创精神。但最重要的是，你要蔑视那些蠢货，不然你会被他们愚蠢的思想传染。"

托马斯举起双手，大笑道："你们一个说要快，另一个却说要慢慢来。如果我把你们的意见加起来，那就折中了。"

"中庸！"索雷尔喷出这个字眼，"巴黎以外的那些小地方到处充满了中产阶级的中庸。如果你要中庸，你就应该待在华沙。如果没来巴黎，我就可以在布加勒斯特^①做美术老师。那些追求中庸之道的人根本用不着费心来这里。"

索雷尔低头看托马斯放在桌上的素描本，翻到托马斯今天画的素描，仔细研究起来。

"怎么样？"坐在床上的托马斯问道。

"很有潜力。"

托马斯叹了口气。

"别灰心。我说有潜力，就是真的有潜力。我的眼光很准，而且从来都不说假话。"说着，他把托马斯的素描本盖上，又问道："你有没有带回来什么吃的？"

托马斯说："一路上我都在找吃的，但是今天没人发食物。"

他们俩都看向阿方斯。

阿方斯此刻正放松身体坐在凳子上，双臂交叉在胸前。

"怎么？我就一定要请客吃饭？"

索雷尔和托马斯继续看着他。

"哈哈！你们一个生气，一个灰心。今天晚上有你们俩作陪还有什么好玩的？得了得了，我请你们每人喝杯酒，再加块三明治。但是地方由我来挑。"

阿方斯带着这两个朋友走了很长一段弯弯曲曲的路，最终到了荣军院的东面，都快回到托马斯今天下午画画的地方了。两个伙伴已经开始嚷嚷说饿死了，阿方斯才找到他要找的地方。

这家餐馆名叫"桑瑟叶"^②，位置在街角。餐馆在路边人行道上设了

---

① 布加勒斯特（Bucharest），罗马尼亚最大的城市，以及政治、经济、文化中心。

② 桑瑟叶，法语chancelier的音译，意思为一等秘书、负责官员、总理、大臣等。

小桌子，其中十张已经有人坐了，有男有女。有的在看报纸，有的在抽烟，有的在喝酒。这家店的椅子不稳，桌子黏糊糊的，好在东西都不贵。服务员上上下下打量了他们一下，态度极其傲慢——巴黎的餐馆服务员都已经将目空一切修炼到炉火纯青的地步了。他们仨点了三杯普通葡萄酒和三份火腿三明治。服务员端来食物的时候要求他们马上结账——巴黎羞辱没钱外国人的方法一套一套的，这也是其中一招。

阿方斯小饮一口，扮个鬼脸并说道："在老家的时候，我总梦想能喝到葡萄酒。我还以为葡萄酒一定跟花蜜一样甜，但是现在真喝到了，却发现这东西居然是酸的。"

"等你有了钱，买了好酒，你会喜欢上喝葡萄酒的。"索雷尔说。

"不一定吧。一两杯伏特加更对我的胃口。只是，要喝伏特加，我们还得找家俄国餐馆。"

托马斯觉得面前的三明治已经算是大餐了。巴黎餐馆餐食的分量都不大，他常常吃不饱。但是，眼前的三明治挺新鲜的。面包皮很脆，咬的时候要小心，以防划伤嘴角。辛辣的芥末酱随着食物咽下之后依然满口余香，让他产生了错觉，还以为这三明治比实际分量大。他慢慢地嚼着三明治，酒杯里留点葡萄酒，省得服务员过来问他要不要继续点单，因为这样会很尴尬。

索雷尔用肘轻推了下托马斯，说道："那边有个女孩正看着你呢。"

"什么？"托马斯朝索雷尔指的阳台方向瞟了一眼，"没有吧，她没在看我。"

他们说的这个女孩戴了一顶淑女钟形帽，帽子下面浅棕色的卷发围成了一圈，像蕾丝花边一样装点了她的脸庞。她的眉毛画得细细的，睫毛很长，一双黑色的眼睛明亮深邃，好像充满了好奇。如果要托马斯用一个词来形容她，他一定会选"婀娜"。她手指细长，指甲没有涂过颜色，上半身纤瘦，腿型饱满匀称。她穿了一件驼色大衣，没有扣上，里面穿了一件简单的白色女式衬衫，还有一件短外套和一条短裙，跟大衣很搭。虽然她画的眉毛有点夸张，但是指甲却干净朴素。光看眼睛，应该是个知识女性，再看身材，这么苗条，像是时尚的人。这样一个女人立即引起了托马斯的好奇心。

索雷尔一边用手指卷了一根香烟，一边用手肘推了下托马斯的腋下，说："喂，她绝对是在看你。"

"那我该干啥呢？"托马斯问。

"你就朝她笑一下，看她会不会对你笑。"

"放过她吧。"阿方斯说。

"我只是叫他对她笑一笑，又没有叫他把她扛走。"

"外地人到了巴黎必须低调，别让人注意自己。"阿方斯说，"他们老是在想办法把外国人驱逐出境。"

托马斯虽然在听两人争辩，但心里已经听不到他们的说话内容了。他等着那女孩再次抬头，终于等到两人目光碰到一起。他朝她笑了笑。那女孩的唇角也泛起了一丝笑意。托马斯拿起酒杯，起身朝她的桌子走去。他抽出一把椅子坐在她身旁，她也没有反对。

托马斯用结结巴巴的法语说道："我叫托马斯·斯登布拉斯。你怎么称呼？"

"珍妮·史密斯。"

在说"珍妮"的时候，她按法语人名的发音把重音落在了最后一个音节"妮"上，但是在说"史密斯"时，她用的是英语姓氏的发音方式。

"你是英国人？"

"我爸爸是，但我妈妈不是。我是法国人。如果你喜欢法国名字，你就可以叫我热纳维耶芙。"

等她说完，托马斯不知道自己接下去该讲些什么了。他的身边已经好久没有女人相伴了。在华沙工厂集体宿舍度过的那几年好像在服兵役：同事之间，关系好的时候兄弟情深，闹翻的时候就会在酒后拳脚相向。托马斯在华沙追求过一个女孩。那女孩跟玛丽亚差不多，也是乡下女孩，很容易理解和沟通。而眼前的这个女孩看起来如此具有世俗烟火气——英法混血，衣着时髦，一个人坐在餐馆里。珍妮用期待的眼神看着他，慢慢意识到他们谈话的停顿稍微有点太长了。最后，她问道："你是搞艺术的吧？"

托马斯很高兴自己看起来像个艺术家，而不是农民或者工人什么的。

"没错，我是搞艺术的，但还是个学生。"

"真糟。"

"你这是什么意思？"托马斯涨红了脸，语无伦次道。

"一般学生没有钱，但起码还有希望找到工作；而艺术系的学生既没钱，也找不到工作。"

看托马斯不说话，珍妮接着说："我的话是不是伤到你的自尊心了？不要难过。我刚才看你坐在那里，觉得你挺帅，跟你那两个滑稽的朋友相比。这样讲会不会让你觉得好点？"她伸手握住托马斯的手臂，没有拿开。

"那，近看又如何呢？"

她仔细地观察了他一下。

"你长得不错！"她说，"虽然你的法语不是很好，但是看长相还算过得去。"

"只能算'过得去'？"他笑着说。

"难道这还不够吗？"

"我希望评价会更高点。"他说。

"那我长得怎么样？"珍妮问。

"要是我没觉得你也算'过得去'，我也不会坐在这里了。"

"不错！"她说，然后喝了一小口咖啡，等他继续讲。没了刚开始的羞怯之后，托马斯竭力逗趣，表示自己也会开玩笑。

"让我给你露一手，也许你对我的评价会更高些。"托马斯说。

"你打算给我画肖像吗？"

"我没有随身携带油画颜料。"

"给我画素描？"

"比素描好点。"

托马斯把服务员叫过来，要他上一瓶水和一整条短棍面包，面包不要切片。刚开始，服务员不怎么领会，但最后还是照做了。

"你肯定饿了。"珍妮笑着说。

"我是很饿，但我更愿把这条面包供奉在艺术的祭坛上。"

托马斯谢过服务员，付了钱。

"现在，让我好好看看你。"托马斯说着就挪了挪椅子，到桌子对面坐下。

他把面包撕成两半，用勺子将中间的软面包芯子舀出，再把手指在水瓶中浸湿，开始揉搓软面包芯子。随后，托马斯从这个揉好的面团中扯了一小块儿，压平，将它在左手手心里捏成蘑菇伞状，暂时放在桌上。接下来，他将另一半面包中的面包芯舀出，同样揉搓成面团，再把这个面团搓成球状，并加上了一段脖子。然后，他用珍妮的咖啡匙在面团上雕刻眼睛、嘴巴和翘鼻。完成以后，托马斯把蘑菇伞罩在头像雕塑上，做成钟形女帽。他把这个雕塑递给珍妮时，坐在隔壁桌的男人见了拍手叫好。

"怎么样？"托马斯问道。

"很好。"

"比'过得去'更好吧？"

"远远不止。"

耍帅成功的托马斯沾沾自喜，早把钱的问题抛诸脑后，叫了两杯葡萄酒。"我可以给你再做一个。"托马斯说得情绪高涨，"我可以用黏土或石膏给你做一个胸部以上的半身像，可以保存更久。"

"就给我的胸做？"珍妮低声逗他，"你是不是很熟悉女人的身体？从艺术角度，我是说。"

从来没有哪个女人跟他说过这么挑逗的话，他顿时觉得初到巴黎时的那种快乐又回来了。哪怕此生没别的什么成就，人生能有这么一刻他也觉得这趟巴黎来值了。

"女人的身体我是熟悉。"托马斯说，"只是最近有点生疏了。我需要一堂复习课程。"

"等夏天到了，你可以去海边，看看那些泳装美女。"

"但是夏天还远着呢。"

"唉。"

珍妮看了看表，换上认真的口吻，说道："我得走了。上班要迟到了。"然后一口喝光杯里的葡萄酒。

"你在哪里工作？"

"我在女神游乐厅跳舞。"

"那是什么地方？"

她被逗乐了，朝他笑了下，站起来，扣好短上装和大衣外套。"那是一个特殊的音乐剧场。"

"我想去看你跳舞。"托马斯说着也站了起来。

珍妮停下来，想了一会儿，然后说："我想这应该可以安排一下。来吧，我们得赶紧了。"

二

　　两个小时后，托马斯不知不觉发现自己到了那么高的地方，竟然身处女神游乐厅屋顶的椽子中间，趴在连接舞台两侧的主梁上。主梁两侧没有护栏，一不小心就有可能摔到舞台上。托马斯四周都是绳索，有的打了结，有的垂直悬挂，有的挽成环，全都穿过滑轮，吊着幕布、背景和道具。托马斯所处位置的下面一层是升降式工作挑台，掩藏在舞台两侧后面。挑台上有五六个工人正在忙，有的负责给绳子打结或者松扣，有的负责拉绳子，有的在奇怪的机器上转动手柄。

　　托马斯周围的横梁上挂着一些钩子，一部分用来支撑幕布和背景，一部分用来固定滑轮和绞盘，那是给挑台上的工作人员操控绳索用的。托马斯头顶上面还大有空间，舞台背景可以像纸牌一样吊起，紧贴在一起，藏到观众看不到的高度。头顶快碰到的地方还有一根大梁，上面用螺栓固定了各种电动机。再上面一点还有第三根大梁，上面放置了一个巨型金属郁金香，带盖子，内部安装了镜面。郁金香由四根金属线缆吊起，线缆直连天花板。

　　刚才，珍妮跟门卫说了很多好话才让托马斯进门，但是门卫警告托马斯一定不要引人注意，不然大家都会惹祸上身，因为戴瓦尔经理如果知道有人违反规定，准会大发雷霆。

"你今天冒这么大的险。"珍妮拉着他的手穿过舞台侧面的时候，托马斯对她说。

"有时，冒险也挺有意思。"

"你为什么要为我冒险？"

"为什么不呢？我喜欢你长这么好看。"

"你刚才不是说我长得仅仅过得去而已嘛。"

"刚刚的一个小时里面，我越来越喜欢你了。你可以在演出结束后报答我。我们待会去舞厅，跳跳舞，放松一下。"托马斯听到这里没说话，但是珍妮好像会读心术一样，她说："不要担心，那地方不贵。如果你忘记带钱了，我就请你。"珍妮在他的脸颊上亲了一下就走了，走之前要托马斯爬到橡子上去。

托马斯之前从未听说过音乐厅，也没去过剧院。在强光的照耀下，他感觉身体热烘烘的，很舒服。而且，在橡子上，他可以鸟瞰整个舞台，一场精彩节目正在上演。演出的节目有小狗杂技，有喜剧脱口秀——就是说得太快了，托马斯听不懂。还有魔术表演和唱歌。底下的节目轮番上演，速度快得惊人，没有哪一出节目时间长到让观众心生厌倦。

他最喜欢的几个场景是活人扮的静态画面。舞台上，扮成农民的演员演绎着丰收的场景。他们身着宽袖衬衫，手持木制道具镰刀。随着乐池管弦乐队演奏的音乐，手里镰刀舞动，扫过机械操控的道具牧草，牧草像波浪般乖乖落地。接着，一队少女肩扛草耙上台了，但是她们根本没干农活，上台以后就跟男人一起跳起丰收的舞蹈。她们的脸上涂了层厚厚的胭脂，脸蛋看起来好像复活节蛋糕店橱窗里的杏仁糖霜苹果。

灯光暗了几秒，托马斯感到有什么落在了他身上。一开始，他以为是一群小虫子，就拼命想把它们掸掉，但是这些东西根本就不动。灯光再次亮起后，他才发现舞台上的场景是下雪的冬天，而飘落的雪花是棉花做的。结冰的池塘边上有很多雪人。远景是一间画出来的农舍，缕缕炊烟从农舍的烟囱上冒出。雪停了，珍妮所在的舞蹈队——"蒂勒女郎"舞蹈团——穿着假溜冰鞋旋转着进入舞台。

溜冰场景结束后，舞台再次暗下来。托马斯发现自己周围那些滑轮开始转动，绳子开始此起彼伏，一阵眼花缭乱之后，下面的舞台背景就动起来了。黑暗中，舞台上慢慢出现曙光，此时的场景变成了一片丛林。几个黑人男子安静地唱着歌，一个白人探险家躺在树下睡着了，一个黑人女子从这棵树上爬下来。托马斯认出了这场节目里的明星，就是这位美国人，名叫约瑟芬·贝克①，整个巴黎的报亭都有她的海报。她的手腕和手臂都套了金环，脖子上挂了三条贝壳项链。脚上穿了双黄金拖鞋，腰上穿的裙子好像是用香蕉做的。托马斯看到这条短裙就想放声大笑。尤其是约瑟芬跳舞时，那些香蕉也会上下弹跳。托马斯笑出声的时候，观众们也都笑了。这条裙子很早就出名了，已经成了她的招牌道具，也是这场表演的亮点。

约瑟芬·贝克的手臂和腿都修长光滑，肌肉健美但又不像运动员那样过于发达。她头上抹了亮晶晶的发油，头发梳得服服帖帖，只留一绺卷发垂于前额。她在台上扮演熟睡中的白人冒险家的梦中女郎。她先跳了一段激烈的快舞，然后舞步变得性感起来，接着又变成半蹲伏状，突然摆动双腿开始了一段美式舞蹈——查尔斯顿舞。这种舞步很搞笑，是一种快乐的舞蹈动作，也是令整个节目变得有趣的关键部分。在华沙时，托马斯听说过这种舞，但从来不曾有幸欣赏到。

幕间休息后，表演在仲夏夜的篝火中又开始了。在场景更替的暗灯时刻，托马斯全神贯注地看着舞台一角出现的场景——一个消防员戴着镀铬头盔，坐在舞台侧面微弱的灯光里，腿上坐了个合唱团的女孩。正当托马斯好奇这个场景是不是演出的布景时，他觉察到自己所趴的大梁发出了奇怪的震感，感觉有人顺着梯子爬了上来。但他已经

① 约瑟芬·贝克（Josephine Baker, 1906—1975），生于美国，美国黑人舞蹈家、歌唱家，曾赴法国巴黎女神游乐厅表演，并红遍法国。

来不及逃走或躲起来了。

上来的人竟然是约瑟芬·贝克。此刻她站在舞台灯罩之上，即使周围光线很暗，她黝黑的皮肤也在微微泛光。她没穿那条香蕉裙，只穿了拖鞋和一条丝绸流苏的小短裙。不知道是没看到托马斯，还是因为要专心表演而选择视而不见，她径直爬进那朵大大的金属郁金香中。她蹲伏在花里，其中一条连在花上的缆绳慢慢动起来，随即郁金香的盖子合上了。

下面的舞台上亮起了新的背景，是一幅春天的花园。巨大的纸制花朵构成一轮新月出现在观众面前。乐池中吹起了小号，郁金香开始从天花板下降。郁金香用三对缆绳吊着，其中两对缆绳吊着花的两侧，另一对吊着花的盖子。郁金香顺着上好了油的滑轮往下降，快要着地时，郁金香的盖子和正面都打开了，藏在镜面花蕊中的约瑟芬出现在观众面前。原来她要演的是迎着太阳开放的一朵春之花。她身后的纸制花朵都开放了，每一朵花里都有一名舞蹈演员，珍妮也在其中。约瑟芬·贝克站起身子，跳起了舞蹈，节奏之快，动作之猛，近乎癫痫发作。托马斯看得着迷。这支春之舞不像刚才的查尔斯顿舞，一点也不幽默，只有狂放和纵情，抽搐与痉挛，动作如机械一般毫无章法与律动。但是，观众却因这支舞崇拜她，为她呐喊，为她加油。舞蹈结束后，约瑟芬回到郁金香里面，花盖又合上了。滑轮无声转动，约瑟芬缓缓回到上空。

突然，托马斯头顶上方的一个马达发出了一阵刺耳的吱吱嘎嘎声。郁金香的一侧停止上升，完全不会动了。这侧的一对缆绳开始松弛，但是另一侧还在上升。花蕊里面传出了闷声的尖叫。用不了多久，整朵郁金香就会向一侧倾倒，约瑟芬·贝克也会从里面掉出来，摔到近九米之下的舞台上。吊着的盖子有点掀开了，托马斯看到里面有双手在疯狂乱抓，想找个能抓的东西。

"快给我停下缆绳，你们会害死她的！"一个人从舞台侧面大喊道，管弦乐队也停止了演奏。约瑟芬·贝克从里面爬出来，抓住了一根缆绳。

"里面根本没东西能让我抓着。"她用具有浓重口音的法语大叫着。确实，里面只有镜子，很滑。托马斯抬头看上面，发现上面一个拉缆绳的电动机坏了。此时，几个男的从舞台侧面跑到舞台中央，高举双臂，准备在约瑟芬掉下来时把她接住。观众席中，传来了几个女人的尖叫声。那些男的，不管是观众席里的，还是在舞台侧面和乐池的，都以为自己的办法最好，全都在那里指手画脚地嚷嚷。

剧场老板保罗·戴瓦尔先生也在舞台上，站在员工的旁边。他大声发号施令，但是因为剧院里的骚动，别人根本无法听到他的号令。托马斯在大梁上，眼睛一直着急地看着约瑟芬，约瑟芬此时也正着急地看着他。但是她离自己太远了，够不到。

托马斯朝四周扫视一圈，发现旁边有个很大的绳栓，上面套了一卷绳子。说时迟那时快，他解开一长段绳子，回到约瑟芬的上方，把绳子的一头垂下去给她。托马斯自己则单臂抱住了身边的一根横梁，抵住自己的身体。

"你抓！"他用自己会说的那一点点英语大声叫道。约瑟芬注视着他的眼睛，思虑半刻。如果此时离开自己所在的郁金香，风险还是有的，但是眼前此人眼神镇定，表情自信，所以她决定照做了。绳子上突然多了一个人的重量，拽得托马斯人向前坠。为了防止摔下去，他只能向后仰。

慢慢地，慢慢地，托马斯用双手把绳子一节一节往下放。约瑟芬的分量出乎意料地重。绳子的摩擦使他两手发烫，但是他绝不能松手。最终，约瑟芬降到了足够低的位置，戴瓦尔先生和五六个舞台工作人员能够伸手将她托住。

约瑟芬没忘记自己是个演员，她给了头顶上空的托马斯一个飞吻，自然而然地骑坐到一个工作人员的肩上。她被带到了台前，接受观众此时愉悦的掌声。只有戴瓦尔先生迟疑了一会，指了指还在上面的托马斯，勾了勾手指，示意他下来。英雄救美这一幕第二天肯定会见报，但到时候戴瓦尔跟记者复述事情经过时，他自己肯定会变成那个在大梁上勇敢救美的英雄。

幕布拉了起来。托马斯从大梁上下来时，舞台工作人员和舞蹈团的那些女孩正手忙脚乱地准备下一个节目。戴瓦尔先生等在原地。这人长得肉嘟嘟的，穿着条纹裤和马甲，还系了男用围巾。他发际线明显靠后，剩下的头发往后梳，还抹了发油，显得油光闪闪。他摸了好几回头发，确保发型不乱。

"你不是我们这里的工作人员。你是谁？"他问道，语气咄咄逼人。

"我是偷偷溜进来看表演的。"托马斯尴尬地回答。听了这话，戴瓦尔先生的脸上浮现了一丝不悦的表情。这时，珍妮不知从哪里冒了出来，身上穿着带有满身亮晶晶小圆片的表演服。虽然舞台侧面光线很暗，但她还是全身闪闪发光。

"戴瓦尔先生，都是我不好。他是我未婚夫，从来没看过这里的表演。"

戴瓦尔突然对她发起了火："因为这事，我就应该把你炒了。你知道咱们这里的规矩。"

"但是戴瓦尔先生，这个人刚才救了约瑟芬·贝克一命。你应该感谢他。他叫托马斯·斯登布拉斯，是来这里找工作的。"

戴瓦尔犹豫了一会儿，想想今天真是不幸中的万幸，终于改了主意。他笑了笑，向托马斯伸出手。托马斯跟他握了手，感觉这人指尖上有层黏糊糊的发油。

"你今天做得很好，斯登布拉斯先生。我对你的印象不错。约瑟芬·贝克在我们剧场的地位无人能取代，我非常感激你。既然你想到我们这里工作，那你告诉我，你有什么手艺？"

"他会雕刻。"珍妮说。

"雕刻？我要个雕刻师来干什么用啊？"

"我木工活做得很好。"

"木工'做得很好'，还不是一般般。哦？我正好要找个好木匠，他得懂如何操控绳子。好，你星期二到后台工作坊报到吧。现在，我先给你找个更好的位置，让你欣赏完剩下的节目。"

在后台化妆间，托马斯得到了好几分钟的热情接待，大家把他当作跟约瑟芬·贝克齐名的明星一样来欢迎。每到一处，都会有人轻拍他的背、和他握手，头戴羽毛、没穿上衣的女人经过他身边时都会来亲他一下。他感觉自己被一大波崇拜者包围着，飘飘然进了其中一个化妆间。两个女人给他穿上了他从未穿过的高档西装。其中一个女人用湿布给他洗脸，另一个则在他头上抹了发油，梳成大背头。随后，他走出化妆间，走进了舞台左前方专为节目监制提供的包厢，里面还有瓶香槟。这时，戴瓦尔从门外探进脑袋。

"你来啦，年轻人。尽兴看表演吧。我太忙了，所以没法陪你，但是我想让你知道我很感谢你。"

他探身进来，脑袋都快贴到托马斯的耳朵上了。托马斯闻到了他身上浓郁的古龙香水味。"约瑟芬·贝克小姐也很感激你，她请你在演出结束后到剧场后门跟她碰一面。年轻人，你今天走运啦。"

戴瓦尔跟过道里的人打了个招呼，就过去聊天了。

比起趴在大梁上看，坐在舞台前看戏的效果不知道要好多少。整个舞台表演亦真亦幻。没有了绳子、滑轮、舞台工作人员、剧场经理这些因素分散注意力，眼前的一幕幕一时之间感觉真伪莫辨。托马斯从来也没见过剧场里那么亮的灯。三原色灯光和耀斑很吸引人，但也非常刺眼。演出的最后一幕叫"在金桥下"，背景幕是大桥之下的金山，场景是喷水的喷泉和上下三排女人。连他见过的教堂都没有这么挥霍无度地用金子来装饰。

托马斯初到巴黎时，在桥底下住过几个晚上，所以，这个场景对他来说根本没有道理。不过，虽然画面如此荒谬，但看上去似乎没人因此遇到麻烦。托马斯坐在那里，看到舞台如此奢华，想到自己竟然命运突变，一时大为吃惊。索雷尔说得没错，这香槟是真的比普通葡萄酒更好喝。想到这里，他感到一阵开心。眼前这一切已经超出了自己来巴黎之前的期待，好太多了。

演出结束后，托马斯还是坐在原地，一直等到人群全部散去。他实在舍不得离开这里。清洁工拿着扫把开始打扫主过道，引座员在座位下张望，看看有没有观众掉了钱或钱包。最后，托马斯还是起身去了后台。虽然演出结束了，但后台还是十分热闹。一张张舞台背景靠在墙边：有各种图案，城堡、森林、餐厅以及豪华饭店等等。墙角堆了一座山似的染色鸵鸟毛：最底下的是红色羽毛，然后依次是橙色、黄色、绿色、蓝色，好像各种颜色的鸟儿都将羽衣留在了这里。

托马斯站的位置在剧场后门的里边。后门开着，看守的门卫个子不高，但是态度非常坚定。他此刻正面朝门外大街，双臂交叉，头上戴了顶帽子，帽舌拉得很低，差点盖住了眼睛。后门外面是狭窄的索朗尼亚街，街上挤满了过来追星的男票友、崇拜者。这群人不管有钱没钱，都是看了演出之后就对明星爱得死去活来的。珍妮·史密斯走到托马斯身边，抱住他，在他的嘴唇上吻了一下。

"我第一眼在餐馆外面看到你的时候，就知道你不会令我失望的。你看看你现在这身打扮。"

这时，托马斯真希望自己能做出一个夸张的舞台手势，把手伸进口袋，从银质烟盒里拿出一支香烟，递给珍妮。但是，现在他口袋空空，就连自己带来的那点可怜的烟丝和卷烟纸都还在换下来的那身旧衣服里，落在化妆间了。

"你还真是灰姑娘坐马车——穷小子穿金装了。"珍妮说，"但是现在已经过了午夜，所以我们得在灰姑娘变成南瓜前把你送回家。"

"是灰姑娘的马车会变成南瓜吧。"

珍妮耸耸肩。她已经换回了之前来剧院上班时的那套衣服，跟托马斯刚刚见过的跳舞女郎形象差别很大。此时的她眼里因为开心而闪闪发光。

"我希望你是真的会干木工活。"珍妮说。其他演员穿着便服陆陆续续经过他俩，走出了剧场后门。

"我会。"托马斯说，"感谢你把我弄进剧院。这个地方真是……"他想找个恰当的法语形容词，但是找不到。

"棒极了？"

"正是。"

"这是历史最悠久、演出最精彩的音乐厅之一。一天晚上，莫里斯·舍瓦利耶[1] 为了抢情人密斯丹格苔，就在这条街上跟人赤手空拳打了一架。四十年前，马内[2] 在这里的酒吧画了一个女孩的肖像。以前连妓女都来站票区，但是戴瓦尔先生把她们都赶了出去。他要提升剧场的格调，坚持品位高尚。科莱特[3] 有时候会来这里看表演。"

对于珍妮提到的名字，托马斯一个也不知道，但是他想这些人肯定都是大腕级人物。

"那约瑟芬·贝克呢？"

"她是我们这里新来的明星。有人说，她来巴黎是因为美国人不喜欢黑人。而在巴黎，不管什么肤色的女人，男人都喜欢。打完仗以后，巴黎人都对美国人青睐有加，并喜欢上了爵士舞。她既是美国人，又会跳爵士舞。"珍妮看他听得出神，就停了下来，说道："让我猜猜。你一定也爱上她了吧？"

"我都不认识她。但是戴瓦尔先生让我在这里等她，说她要来谢我。"

"我敢保证她一定想感谢你，不过她也应该谢谢我才对。"

托马斯听到身后有声响，回头一看，发现约瑟芬·贝克和另外两个女人一起向他走来。

---

[1] 莫里斯·舍瓦利耶（Maurice Chevalier，1888—1972），又译为莫里斯·切瓦力亚，法国演员、卡巴莱歌手，演过《璇宫艳史》等电影。

[2] 爱德华·马内（Édouard Manet，1832—1883），十九世纪印象主义的奠基人之一，作品有《吹短笛的男孩》《女神游乐厅的吧台》等。

[3] 西多妮-加布里埃尔·科莱特（Sidonie-Gabrielle Colette，1873—1954），法国女作家，作品有《吉吉》《谢里宝贝》等。

她看起来精神焕发，整个人的状态好像是已经休息过了，现在想去找找乐子。她眼睛明亮又淘气，身上穿了件白色长款冬大衣，头上戴了一顶白色钟形女帽，帽子下面露出她的标志性卷发。她的怀里抱了一把尤克里里。托马斯看到这么小的吉他就笑了。约瑟芬听到笑声，目光就落到了托马斯身上，还朝他报以微笑。这一眼这一笑也太有魔力了。等她收起笑容扭头继续跟别人聊天时，托马斯甚至都感到了一阵心痛。

"这位男士就是你的救命恩人。"她的一个朋友说。约瑟芬张开手臂，拥抱托马斯，然后在他两边脸颊上各亲了一下。近看之下她是如此光彩照人，托马斯只觉得目眩神迷。约瑟芬亲完后就把他放开了，但他还是呆呆地站在那里不说话。约瑟芬想必早已习惯了自己这身魅力的杀伤效果，看到托马斯发呆成这样也毫不在意。她拉起他的手，再次看他的眼睛。

"你叫什么名字？"

"托马斯。"

"我刚才让戴瓦尔先生好好关照你一下。他照办了没有？"

"是的，他还给了我一份工作。"

她高兴地笑起来，好像没什么事能让她如此开心了。

"现在是我报答的时候了。我们先走到外面去吧。"

"我还有个朋友。"托马斯弱弱地说，但是约瑟芬根本没有看珍妮。

"这里人实在是太多了。"约瑟芬说完就挽起托马斯的胳膊，带他走出门外。托马斯没有回头。

剧场外面的索朗尼亚街上，男人们齐声叹息，然后又各喊各的明星。票友、崇拜者的队伍更加庞大了，二十个人在等约瑟芬，还有十多个人在等其他女演员。约瑟芬的每个崇拜者都大声叫着她的名字，想要引起她的注意。好多人手里举着花束，其中一个人从后面把花束抛了过来，刚好落到约瑟芬的脚下，但是约瑟芬根本没有注意到，一脚踩了上去。

"谁有车？"她问崇拜者们。十几个人都说有。她挑了个头发抹过发油的年轻人。她一手挽着这个年轻人，另一手挽着托马斯，根本不管其他崇拜者的抱怨。他们走出人群，崇拜者们见她经过身边，个个发出不满的嘟哝。

那年轻人的车和司机都是问他父母要来的。

"去'大公爵'。"约瑟芬说了地点。司机点点头，他们三人坐进车里。

年轻人见约瑟芬选了自己，一开始还高兴地笑，但是见托马斯一直跟着，心里就不太乐意了。他用流利的英语跟约瑟芬说了几句，然后又探身向前，隔着约瑟芬，跟托马斯讲话。

这人说的都是英语，托马斯听不懂他在讲什么，但是他的语气已经再明显不过了。

"好啦，都给我友善点。"约瑟芬用法语说道，"我们是出来寻开心的。"

汽车开过几条林荫大道，然后小心地开过了几条小点儿的马路，最后来到皮加勒区——体验巴黎夜生活的好地方。"大公爵"是个很小的酒吧。那里的明星兼经理——美国黑人女歌手布丽克托普早已站在门外，迎接他们的到来。

"你跑到哪里去了呀？"布丽克托普问道。这个女歌手比约瑟芬年纪要大，问话的语气好像是个大姐或妈妈。她一头红发，经营的这个酒吧名气越来越大，吸引了好多移居法国的外国人——当然也吸引了不少法国人。约瑟芬每晚都会来这里唱唱歌跳跳舞，纯粹是为了找乐子，但正好也给这个酒吧增加了吸引力。"好多客人都等着你呢。"布丽克托普说，"我在你的桌上放了个奶酪鸡蛋卷，不过现在凉了。"

"你最好马上再帮我做一个。我快饿死了，就算给我整匹马，我都能吃完。"约瑟芬说，"做成甜的——我想吃甜品！"

酒吧里的桌子不多，最多十张出头。吧台也不大，只能坐下五六个人。不过，这么小的吧台前面却已经挤了近百人。乐队正在演奏，整个屋子香烟袅袅，连空气都成了蓝色。舞池中有四对男女正在跳舞，身子贴着身子。约瑟芬的桌子只有一个座位，托马斯和那个年轻人都没地方可以坐下。进了酒吧以后，约瑟芬似乎已经忘记自己还带了这两个人。她只管自己坐下，津津有味地吃着鸡蛋卷。没等第二个鸡蛋卷上来，她就已经起身来到了舞池，伴着其他客人的欢呼声跳起了舞。一个男人跳到她身边，跟她共舞。两个人跳起了已经风靡欧洲的查尔斯顿舞。

一起坐车过来的年轻人靠近托马斯，警告他说："这不是你该来的地方。"因为离得近，托马斯闻到了他身上的古龙香水味——凋谢的花朵散发的味道。

托马斯问道；"那车，是你妈挑的还是你爸挑的？"

约瑟芬突然出现在他俩身边，说道："两位小哥哥，拜托别这么幼稚。托马斯今天救了我一命。今晚要不是他，我可能已经躺在棺材里了。"

约瑟芬回到座位，又开始吃起来。一份香草鸡蛋卷刚刚已经上桌了。看到她这么能吃，托马斯很惊奇。约瑟芬抬头看着这两个人，像个老师一样摇摇手指。那个年轻人决定摆出高贵的样儿，不再与没钱的人一般见识，托马斯看他态度缓和，也就不再生气了。

这个法国青年在酒吧的一个角落给自己和托马斯找了个地方，开始自我介绍。他叫安托万·高蒂尔，现在还在学法律，但是他讨厌法律，不过他更讨厌的是要给他爸工作。他爸开了巴黎最大的玻璃加工厂，发了财。

约瑟芬活跃在整个酒吧里，到处聊天说笑，亲吻男男女女。有时，她也会转到安托万和托马斯那里，给他俩其中一个亲上一口。她甚至有一次拉着安托万走进舞池跳舞。但是安托万跳得不好，所以她马上撇下他，换了个舞伴。托马斯和安托万吃饭喝酒，费用都是安托万出的。作为回报，托马斯就听安托万诉苦，听他抱怨那些称不上问题的问题，比如父母给的零花钱不够多啦，或者父母成天逼他读书啦什么的。

整个晚上，托马斯一边听安托万的废话，一边观察约瑟芬跳舞。这女人可真是精力充沛啊。来之前已经在剧场工作了好几个小时，现在居然又连续跳了好几个小时的舞。跳着跳着，她突然间就眼皮下垂了。托马斯看出来她是想睡了。她走过来，到了托马斯和安托万站的地方。

"安托万，"她说，"我要付一笔钱。你有没有带钱？"

"当然有。"安托万说着就从口袋里拿出一张一千法郎的钞票，夹在手指间，问道："我要把钱付给谁啊？"

"我。"

她从安托万指缝里一把拿过钱，在他脸上轻轻吻了下。然后她挽起托马斯的胳膊，让安托万在里面等会儿，就和托马斯走到了酒吧外面的街上。这时，天已经蒙蒙亮了，清洁工已经开始上班，清扫经过一晚留在人行道上的空香烟盒和狗屎。

"你把这钱拿去。"约瑟芬站在人行道上对托马斯说。

托马斯听了这话难受得后背都绷紧了，他慢慢摇头。男人绝不会从女人那里拿钱。约瑟芬的脸上掠过一丝恼怒。她不管，还是把钱塞到了托马斯的胸口衣袋里。

"托马斯，这就是我欠你的。"说完，她勉强挤出一个疲惫的笑容。安托万还在酒吧门口等她。她撇下托马斯，朝安托万走去。

"来吧，亲爱的。我们回家吧。我累死了。"她走到里面去取外套。

托马斯本可以追上去，坚持把钱还给约瑟芬。或者，他也可以把钱直接还给安托万，这家伙正得意地在一旁看着呢。他思虑片刻。这笔钱对于安托万而言不算什么。托马斯虽然有自己的骄傲，但是他想到了美术课，他可以用这钱去交学费。所以，他耸了耸肩，转身走了。

托马斯从没来过皮加勒区，但是找一条路回到熟悉的区域还是容易的。他只要一直走下坡，走到河边就行了。天还很早，但是已经有些亮起来了，开水果店和杂货店的已经在忙着摆放货物了。前一晚虽然下了点雨，但今天是巴黎少有的大晴天。太阳出来了，光芒万丈，碧空如洗，充满了希望，大街上路面还是湿的，闪闪发光，跟刚擦过的皮鞋一样闪亮。不过，对托马斯来说，这么生气勃勃的大街小巷，也比不上昨晚那几幕精彩演出的一半。

托马斯回家后，发现索雷尔和阿方斯各自睡在画室的两张床上。托马斯在阿方斯的小床边坐下，心里很想把他俩叫醒，跟他们细数自己的奇遇，但最终还是决定忍住不讲了。他心里略感内疚，脱掉衣服，用毯子把自己裹起来，找了一张工作台躺下。他累坏了，只是从磨砂玻璃墙照进来的阳光很刺眼，害得他好一会儿才睡着。

三

　　既然手头上有了笔钱，还找到了一份工作，托马斯就开始四处物色合适的私立美术学校。蒙帕纳斯区有很多学校，其中科拉罗西学院名气很好，朱利安学院也一样。但是，卡雷尔学院不但离托马斯的住所比较近，而且还有一个重要优势，那就是这里的学费最低。托马斯还是必须省着点花钱，因为一千法郎虽然不算少，但终归会有用完的一天。也说不清是出于什么原因，他没有跟两位朋友讲这笔钱的事。该说的时候没说，这事儿就成了没机会说的秘密。托马斯不免感到有些内疚。

　　卡雷尔因为在世纪之交时画了几幅吉卜赛人画像而变得小有名气，尤其受到英国人的欢迎。他开了这所学校，就是为了将名气变现。他自己的艺术生涯大概在毕加索的《亚威农少女》画成之时已经戛然而止，从此再无起色。但是，传闻此人十分善于从零开始培养美术人才，让学生打下扎实的基础。学生凭此基础便可学成出师，自成气候。

　　卡雷尔心情好的时候，会给学生讲些关于世纪之交时——那时的餐馆里坐的都是瑞典人和德国人——波希米亚人的有趣故事，逗学生一乐。但他平时往往不苟言笑，对学生很严格。现在，他正用最苛刻的眼光翻阅着托马斯的素描本。托马斯一言不发，看着这位须发全白的老画家翻页。卡雷尔戴了一顶白色绒线帽，穿了件干净的男士罩衫，神情就像是在检查托马斯是否具备艺术灵魂。最后，卡雷尔把素描本合上了。

"你确实有一点点天赋。"卡雷尔说，"但是，因为你从来没有接受过正规的美术教育，现在已经养成了一些不良习惯。如果不加以纠正，你肯定最多只能搞搞商业美术。我想这应该不是你想要的吧。"

"不是，我想成为一个雕刻家。"

"很好。但你是真心有此理想吗？"

"真心的。"

"那么，你必须先从画静物和泥塑模型开始。我会一星期检查一次你的作业，并进行修改。"

这样的学习过程简直就是炼狱，而且没有确定刑期，不知何时才能结束。在接下来的三个星期里，托马斯就一直和另外两个年龄不到二十岁的初学者在画室画画。他很想念两位合租室友，但是他没把自己在卡雷尔学院学习的事告诉他们。

美术学院里的教室空间大、通风好，房顶很高，还开了北窗——这都是美术教室的必备条件。墙壁本来是深红色的，但由于长年累月的污垢和烟熏，现在已经变成黑墙。几十年来，一批又一批学生在上面涂鸦，墙上到处都是肖像画、人体躯干图和不知所云的格言警句，还有一幅画得特别好的美女之脚。也不知道是谁，对其欣赏有加，还在画上盖了一块玻璃。旁边一个教室在做石雕和抛光，灰尘飘到这间画室，浮在空气中。

托马斯去女神游乐厅上班的第一天就到处找珍妮，最后在通向化妆间的楼梯口找到了她。她穿着拖鞋，身上穿了彩排用的紧身衬衫和短裙，用一块丝巾包了头发。托马斯喊她的名字，她只是看了看他，并没有把手从栏杆上收回来。

"呦呦呦，这不是穿回普通衣服的灰姑娘吗？你那身漂亮的西装去哪了？"

"我还掉了。"

"真可惜。"她开始往楼梯上走。

"珍妮。"他叫道。

"干什么？"她根本没有回头。

"昨晚，可刺激了！"

"用不着告诉我发生了什么事。昨晚，我打不到车，只好走路回家。"在托马斯开口前，她继续往楼上走。此后，每次托马斯碰到她想跟她打招呼时，她都假装没看到，哪怕肯对他说话，所讲的话也很难听。

即使如此，他还是很喜欢游乐厅的工作。有几天，他上早班，制作新的幕景或是维修房子；其他几天，他就上晚班，负责在演出现场随叫随到，以应对突发状况。这里的工作跟以前他在华沙教堂工厂的工作差不多。他会做些大相框，安装到背景幕里。剧中人物——比如说穿着盔甲的骑士——站在相框里。从远处看，真人看上去就跟装饰画没什么两样。但在剧中的关键时刻，相框里的人会突然伸出手拿起一杯酒。这种"画中人"变"活人"的场景总是很受观众的欢迎。托马斯多才多艺，很快得到了剧场制作总监的赏识。不出几天，托马斯就被委以其他任务。除了原先的工作，托马斯还要负责石膏半身像制作和背景幕布绘制。

和托马斯一起干活的同事里既有法国人也有外国人，其中大部分是意大利人。那些人无论是对精彩的演出还是对女演员，都没多少兴趣，甚至还有点冷嘲热讽。托马斯表面上跟他们的态度没啥两样，但实际上对女神游乐厅还是一直充满热情与好奇的。

约瑟芬·贝克除了表演时间外，很少待在游乐厅。哪怕是轮到她表演了，她有时也会在演奏序曲时才到场，然后就在舞台侧面直接换演出服。英雄救美那晚之后，托马斯再次见到她时，看到她对自己露出灿烂的微笑，还跟自己聊了几句，他心里可美了。但是日子一久，托马斯发现约瑟芬对每个人都这样。他希望自己能比其他人多得到约瑟芬的一些关注，但是他根本想不出行之有效的方法。

女神游乐厅里到处都有奇怪的小房间和隐蔽角落。比方说，舞台下有个很大很暗的坑，坑里有个水力升降梯，功率大到可以抬起一个游泳池。剧场里还有好几道暗门，一直连到屋顶，方便演出明星直接降落到观众席上方。

剧场员工数量达到了五百人，内部也分阶层等级。其中一个区分等级的方法就是看化妆间。化妆间所在的大楼是个 U 形建筑，绕天井半圈，玻璃做顶，窗外安装了几部消防梯，由于楼内楼梯狭窄人多，演员常用消防梯上下舞台。他们有时也走消防梯互相串门。化妆间的百叶窗打开说明欢迎来访，百叶窗关闭则表示闭门谢客、请勿打扰。

演员等级越低，所用化妆间的楼层越高。那些只负责好看、别的啥都不行的花瓶演员当然使用楼层最高的化妆间。伴舞演员，像珍妮这样的，就在第四层。以此类推，目前最大牌的明星使用二楼化妆间。而在一楼的舞台侧面，有个大明星密斯丹格苔的专用小化妆间，尽管她已经有段时间不在这里工作了，但那还是她的专属房间，他人不得使用。

一天晚上，托马斯从女神游乐厅下班回来，刚穿过拱门过道，走到庭院里的画室，就看到阿方斯和索雷尔坐在桌子旁边，桌上还有半瓶伏特加。

"快进来！"阿方斯说道，嗓门有点响得过头。他起身迎接托马斯，拉他到桌边坐下，好像托马斯是来做客的。这个高个小伙子脸色通红，两眼神采奕奕。相比之下，索雷尔就没那么有兴致。只见他坐在桌子边，一只手托着下巴，嘴里叼着烟斗，眼里含笑。

"你来得太巧了。"阿方斯说，"再晚一小时，你就错过跟我们一起庆祝的机会了。"

"庆祝什么啊？"

"我们俩也要跟你一样成为劳动阶级了。今天，真的是非常非常走运。"

那天下午，美术学院的卡雷尔老师对托马斯说话有点凶，所以托马斯本来心情不太好。不过他为了不扫二人的兴，还是佯装高兴。阿方斯拿来一个空的果酱罐，给托马斯倒上半杯酒。为了补上少喝的量，托马斯干脆一饮而尽，享受酒过喉咙的灼烧快感。

"那么，你们找到了什么工作？"托马斯问道。

"我很荣幸，"索雷尔说，"找到了一份搬运土豆的工作，在蒙帕纳斯火车站，负责把袋装土豆搬上火车。"

"你听起来好像有点不是很满意。"

"那你就错了。我非常非常高兴。别的人要从火车上把一包包煤卸下来。比起搬煤包，土豆要干净得多了。而且我还可以偷偷拿几个土豆藏到衣服口袋里，回来可以给咱们当晚餐。"

"那你呢？"托马斯问阿方斯。

"我只能跟你说，我的工作工资不错。"

"这话是什么意思啊？"托马斯问。

索雷尔回答他说："他不会告诉我们他在哪里工作。这是个秘密。我已经跟他磨了一个晚上，但他就是不说。"

"好了，说出来吧。"托马斯说，"我们是你的朋友。你到底找了什么见不得人的工作，不能告诉我们啊？"

阿方斯带着醉意笑笑，但他就是不肯松口。

"既然我们仨都有工作了，那我们就都有钱可以正式去上学了。"阿方斯说，"我们先去考察一下有哪些美术学校，同时开始创作。"

托马斯没吭声，只是看着已经见底的果酱罐。阿方斯看到后，又把酒给他满上。看他如此友好，托马斯觉得自己的事不能再瞒下去了。

"我要坦白一件事，我要忏悔。"他说。

"非常好。"索雷尔摆起架子说道，"我们愿意当一回听你忏悔的神父。但是，如果你真要忏悔，必须在艺术教堂里进行。你身上有没有布条带子之类的东西？"他喝醉了，就想玩游戏，不过他坚持要托马斯按规矩忏悔。

"有没有什么东西？"

"把你靴子上的鞋带解了。如果不按规矩办事，我们无法赦免你的罪恶。"

"你醉了。"托马斯说，不过还是把鞋带解下来，递给了索雷尔。索雷尔把这两根鞋带绑在了一起。

"阿方斯今天乱花钱，买了把新雕刻刀。"索雷尔说，"把那把刻刀给我。"

那把雕刻刀外观就像一把弯折的螺丝刀，刀尖磨成斜角，非常锋利。阿方斯为入手了第一件艺术装备而感到骄傲，他老早就在刀柄上刻好了自己名字的首字母。索雷尔用托马斯那两根已经打过结的鞋带的一头绑住刻刀，另一头则绑住自己的油画笔，然后把鞋带挂到自己的脖子上，把刻刀和画笔一左一右挂在胸前。

阿方斯和托马斯都笑出了声。

"我就是艺术教堂里的神父。这是我的圣带。现在，我可以听你忏悔了。说吧，我的孩子。"

托马斯笑着拍了拍他的胸膛。

"神父，我有罪。"

"你当然有罪，玩艺术就是罪。你还有什么其他的罪？你多久没忏悔了？"

"我从来没在艺术教堂里忏悔过。"

"哦，你才刚刚皈依我教。很好。继续忏悔。"

"我犯了色欲之罪。"

"在巴黎，色欲不是罪。还有别的罪吗？"

"在女神游乐厅，我惹一个女孩生气了，我挺喜欢她的。"

"这事我管不了，没法原谅你。你要找那女孩本人，寻求她的原谅。"

托马斯收起了笑容。

"我已经在上美术课了。"

阿方斯用犀利的眼神看他，问道："什么？在哪里上？"

托马斯跟他们说了卡雷尔学院的事。

"你怎么会有钱呢？"阿方斯问。

托马斯说了约瑟芬·贝克给他一千法郎的事。

"你之前为什么要瞒着我们？"阿方斯问。

"因为我觉得这事挺尴尬的。"

"你是怕我会向你要钱吗？"阿方斯问，"我只要别饿死，根本不在乎钱多钱少。那你为什么不说美术学校的事儿呢？这才是我们关心的东西！"

"别说教了！"索雷尔说。"我才是今天的神父。我宣布，我宽恕托马斯犯下的所有过错。"

"我认为这已经不好玩了。"阿方斯说。

索雷尔还击道："谁说我在逗你们玩了？我宽恕托马斯，是因为他做了正确的事。你还想怎么样，难道我们三个非得一起飞黄腾达吗？这是不可能的。成功也好，失败也罢，都是我们各自的造化。"

"我们坐在一起吃饭喝酒，就要互帮互助，团结一心。"阿方斯诚挚地说，"如果我们当中有一个人走了运，他就应该帮帮另外两个。"

索雷尔嘲讽地哼了一声。

阿方斯对托马斯说："至少跟我们说说那个学校怎么样吧。"托马斯向他们描述了那个美术学校和卡雷尔老师，而且非常坦率地说卡雷尔对自己的学习情况还不是很满意。

托马斯刚讲完，索雷尔就大声说："你这人怎么这样？为什么一受到批评就这么垂头丧气的？"

"被批评的感觉很不好。"

"不好就不好嘛，你要把这种刺痛的感觉铭记在心，让它成为鞭策你的动力。如果有人给你指出一个错误，你以后就不要再犯了。我们要学会虚心地接受别人的指教，提升自己的能力，日后才会大获成功。到那时，我们就能靠名字卖作品，而不是靠卖作品攒名气。"

索雷尔扔掉脖子上的"圣带"，喝完杯中剩下的伏特加。

"我来巴黎并不是为了名利。"阿方斯说，"我来这里就是为了艺术。只要能靠艺术填饱肚子，我就心满意足了。"

"就算让你到偏远学校去教美术，你也愿意吗？"索雷尔问道。

"教书又不是丢人的事。"

"教书也不是光荣的事啊。"

"有人把'光荣'二字看得太重了。"

"有人把'谦逊'二字看得太重了。"

每次上晚班，托马斯都会想办法去每个节目现场瞄一眼。在女神游乐厅工作了三个月后，他在舞台侧面找到了一个不会被人注意的地方，看到了此前从未见识过的场景。整个舞台布景中，有一个错综复杂的绳网。戴瓦尔先生特别喜欢让托马斯负责这些绳子，因为他认为整个剧场只有托马斯是这方面的行家。舞台的帷幕拉开以后，低处照来一道蓝光，照亮了绳网，网中睡了许多男男女女，加起来共有十多个，全都缠了具有艺术风格的腰布。舞台灯光越来越亮，这些人醒过来，又开始了被囚禁的一天。乐队奏起了贝多芬的《奴隶曲》，这些被束缚的人意识到了身上的枷锁，开始无声地缓慢上下起伏，满脸痛苦神色。

托马斯觉得眼角余光似乎看到有什么东西轻轻在动。他抬头一看，发现珍妮站在横跨舞台的空中桥梁上，她也在看同一场表演。她的脸很白，迎着灯光，就像黑暗中的珠宝一般熠熠生辉。托马斯很好奇她怎么会在那里，因为舞台总监要求什么人该在什么位置，禁止非必要人员进入不该进入的位置。相应地，闲杂人员必须出去，就像一个舞台布景只有相应的造型才能进入似的。

珍妮丝毫没察觉有人在看她，正好方便托马斯如痴如醉地抬头欣赏她。她神情极度忘我，双手交叉扶在栏杆上，非常专注地细看台上的表演。看她的表情，托马斯知道，此时他俩有一样的想法。托马斯看着珍妮，觉得心中有一条无形的感情长线正向她不断延伸。那长线碰到她时，珍妮肯定是感觉到了什么——因为她向下看了看托马斯，尽管托马斯半个身子都被幕布挡住了。托马斯向珍妮轻轻招了招手，可她没有反应。托马斯不知道她是没看见还是故意不理他。没多久，珍妮走下空中桥梁，走到了对面的舞台侧面。

托马斯暗想，她不搭理自己没什么大不了的。珍妮不过是二十个"蒂勒女郎"中的一个。除了这二十个，团里至少还有四十多个漂亮女孩，更别说那几个引座员了，不也挺可爱的吗？还有那些在票房卖票的售票员，也很年轻。不过，其他的女孩虽然各有各的魅力之处，却没有一个具备珍妮的幽默和聪慧。尽管托马斯暗自思忖，但他还是不自觉地走上了去化妆间的楼梯，希望能再看珍妮一眼。结果，她已经走了。

接下来的几天，托马斯越来越想找到珍妮，但她好像在游乐厅里消失了一般。有演出时，她不可能不在台上，但是每次等托马斯去舞台侧面找她时，她都好像永远不会出现在那里。要是托马斯在索朗尼亚街上的剧场后门等她，她不是比托马斯早到，就是晚到，等托马斯等不下去了才赶到。她的朋友都说不知道她在哪里，真是不可思议。托马斯走遍了女神游乐厅的角角落落，希望能再次跟她碰面。

连续两天没见到珍妮之后，托马斯打算去看她在舞台上的表演。她的步伐好像比其他舞蹈演员更轻盈，每一次跳跃都像在空中飞翔。托马斯在老家根本没有见过这种轻盈，老家那边的人最看重的品质就是遇事波澜不惊。如果她继续这么拒绝跟自己见面，托马斯也无计可施了。

珍妮表演完后，托马斯就去了舞台下面的道具车间。他拿起漆刷给演出要用的半身像上色。这是个设计新颖的雕塑，是玛丽·安托瓦妮特[1]的半身像。为了能更好地聚光，雕像要刷成白色的。这个任务不

---

① 玛丽·安托瓦妮特（Marie Antoinette, 1755—1793），法国国王路易十六的妻子，据说生活极度奢靡，死于法国大革命。

算重，但是托马斯花了好长时间来做准备。起先，他找不到白色涂料罐，后来又找不到钉子来开罐，等到罐子打开后，他又找不到合适的刷子。他在车间里四处找刷子，找着找着，托马斯才明白，自己原来根本无心工作。于是，他又上楼去找珍妮，想着这次非找到她不可。

演出已经全部结束，楼梯上满是上上下下的演员。有些人已经换上了便服。托马斯碰到了手中牵着雪纳瑞狗的训犬师，遇到了两个杂技演员，后来终于见到了一个"蒂勒女郎"。

"珍妮还在楼上化妆间吗？"托马斯问。

"我没注意。"

他跑上楼梯，敲门问道："珍妮在吗？"

另一个舞蹈演员开门说："我去看一下。"

化妆间不是很大，所以她也不用走很远去找。但是这女的把门关上了。托马斯只好等在门外，心想也许找人要花点时间。最后，门又开了。

"珍妮不在。"

"她走了吗？"

"我不知道，但是她不在这里。"

"你确定？"

她瞟了托马斯一眼就把门关上了。托马斯在楼梯上等，看着各个演员离开。一开始很多人下楼，一个接一个，后来又三三两两地走了几个。最后，只有一个人走下楼梯，是个伴唱女演员。

"你认识珍妮吗？'蒂勒女郎'团里的。"托马斯问。

"认识。"

"她还在楼上化妆间吗？"

"我想是的。她刚才还在跟她的朋友聊天。"

托马斯不想让珍妮再躲着自己了。他走到二楼化妆间，来到化妆间窗外的天井救火梯，爬到了四楼。他数了数全都关闭的百叶窗，想要确定其中哪间是"蒂勒女郎"的化妆间。最后，他锁定目标，敲了敲百叶窗。

"是谁啊?"里面一个人问道。百叶窗是关着的,托马斯不知道那个人到底是谁。

"托马斯。"

"珍妮已经走了。"

"你是谁?"

"我是特蕾莎。"

他从来也没听说过哪个"蒂勒女郎"叫特蕾莎。况且这个声音听着有点熟。

"那你能帮我带个口信给珍妮吗?"

"你说吧。"

他犹豫了一会儿,觉得心里想说的话隔着百叶窗说不出口。

"请告诉她,我想见她。"

"你还是自己告诉她吧。"

"但我不知道她在哪里。"

"那就等明天再说吧。"

托马斯叹着气说:"那还要等好久啊。"

"别傻了。不就几个小时而已嘛。"

"几个小时对于恋爱中的人来说太久,等不到头。"托马斯说。

这句话就这么不知不觉冒了出来。话一出口,连托马斯自己也吓了一跳。他等了一会,不见里面有什么回应,只好悻悻下楼了。到二楼时,他听到那扇百叶窗打开了。他尽量往后仰头,还是不能完全看到珍妮。珍妮已经从窗户探出了头。

"隔着百叶窗说爱情,你到底想干什么啊?"她问。

"我也没有其他办法让你听到啊!"

"过去几个星期,我无数次经过你的身旁,也没听见你的爱有说出来过啊。"

珍妮的头缩了回去,但她没关百叶窗。托马斯也没听到关窗的声音，却看到一个个脑袋从其他化妆间的窗户里探出来，看着他。

"喂！你这家伙！"托马斯发现正对面有个胖子跟他讲话，"你以为嘴上说句'我爱你'，她就会投怀送抱吗？"

"为什么不呢？"

"她能从中得到什么？"

"我啊！"

那人打量了一下托马斯。看他的表情，就知道他对托马斯的印象不怎么样。他大概五十几岁，有双下巴，是个喜剧演员，不过他的喜剧表演托马斯从来没有看懂过，尽管在剧场经常见到他。那个人边打着领带边说：

"你不可能光靠嘴巴说'爱你'，就俘获女人的芳心。"喜剧演员说，"你要跟她说甜言蜜语。你要告诉她，她就是天上的太阳。"

"什么啊？"

"天上的太阳。"

"但她不是太阳。"

"你这个笨蛋！你到底想不想追到她啊？"

"当然想啦。"

"那就跟她说，她是天上的太阳。"

"你要我学你说话吗？"

"没错。首先，让她听到。大声叫她的名字。"

托马斯不知道自己怎么会这么听话，居然照做了。他大声呼喊珍妮的名字，叫了好几遍。窗户里是伸出来几个脑袋，不过，都是别人的窗户。是另外几个演员探出窗户来看热闹。

"她不肯出来。"托马斯说。

"她当然不肯出来。但是她在听呢。现在告诉她，她就是天上的太阳。"

托马斯用奇怪的眼神看了看这个人，但他还是甘心受教，乖乖照做了，尽管他对这门语言还不熟悉。

"珍妮，你就是天上的太阳。"

"白痴！不要说得跟个傻子似的。你要发自内心地说这句话。"

"珍妮！"托马斯大声呼喊，但是珍妮没出来。喜剧演员说一句，他就学一句："我放眼东方，珍妮就是那朝阳。"

一盆肥皂水从珍妮的窗户里飞出来，刚好泼在仰面抬头的托马斯脸上，他躲闪不及。托马斯甩甩头，擦了下脸，看到珍妮从房里走出来。

"你把我当什么人了，你以为我是喜剧里的角色吗？"

正在打领带的喜剧演员甩甩头，摘下眼镜。他抬头大声对珍妮说："《罗密欧和朱丽叶》不是喜剧，是一出悲剧。"

托马斯抬头看看珍妮，她和喜剧演员都在笑他呢。

"现在，我还是你的太阳吗？还是说，我是暴风雨来临前的乌云？"珍妮大声说。

"巴黎的天空变幻莫测，我还是希望你能成为我的太阳。"

"虽然谈不上像大鼻子情圣，但你确实有点小聪明。"喜剧演员评价道。

"别跟我装诗人了，托马斯。你的法语还没好到那个程度，再说你也没有吟诗作赋的才情。"

"不做诗人，那我应该做什么人？"

"就做你自己吧，如果你的真情实意能让我高兴起来，我可以考虑一下跟你交往。"

"我还欠你一样东西。"

"我来猜猜看。你想说，如果没有我，你不可能找到这份工作。"

"比这重要。"

"那你说。"

"我们第一次见面那天，我答应用比面包更耐用的材料给你做个半身像。我现在有钱买黏土了，我想兑现一下那天的承诺。"

"你是想让我坐下来给你当模特吧？"

"是的。"

"我不知道能不能答应你。你之前做得太过分了。"

"我是无心的。"

"不管你有心无心，你那回真的太让我生气了。"

"珍妮，别给脸不要脸。"一个女演员从窗户里喊出来，"有这么个爱你的人在窗子下面向你求爱。你就行行好，你也交出你的心吧。"

"我把心交出来了，要是他害我心碎了怎么办？"

"每个人总有心碎的时候。"一个歌舞女郎从另一个窗户里喊道，"说不定他的心也会碎的。"

珍妮考虑了一会，说道："你根本就不了解我，怎么可以说爱我呢？"

"我爱我认识的你，而且我渴望深入了解你。"从各个窗户里传来鼓掌声。"珍妮，你出来见我一下吧。第一次在露天餐馆见到你时，我就爱上了你。我现在想起来了。"

"我怎么知道你会不会再次忘记你什么时候开始爱上了我？"

"我只知道我会尽力做到最好。"

折腾了这么久，似乎差不多够了。只听珍妮朝下面喊道："到后门去等我。"

托马斯在索朗尼亚街上的出口处等珍妮，看到门卫坐在凳子上盯着自己，他也没有放在心上。珍妮走下最后几级楼梯，小心翼翼地走向托马斯。她一靠近，托马斯就紧紧地抱住她，不停地在她两边脸上亲吻。

"谢谢你，给了我第二次机会。"

"竟然给了你两次机会，你是挺幸运的。走吧，我们离开这个地方。"

珍妮带托马斯去了拐角处的一家餐馆，就在女神游乐厅前门马路对面。餐馆所在的建筑利用地处两条马路夹角的地形，设计成了楔形熨斗式大楼，餐馆在大楼的楔形尖角处。八年前，妓女被女神游乐厅赶了出来。如今，她们就在这个餐馆接客。这时，店里只剩下一个喝得烂醉、不省人事的中年男人，一个老妓女还在想方设法把他弄醒。

"这地方的确挺糟的。"珍妮说，"不过已经这么晚了，附近别的店都关门了。"

"在哪儿我都不介意。我们先坐下吧。"

他们在窗边坐了下来。珍妮刚刚把一只手搁在桌上，托马斯就一把握住了她的手。她的手好温暖啊。

"你今天穿的衣服跟我们第一次见面时一样。"托马斯说。

"因为舞蹈演员的工资买不起很多衣服啊。"

"我不是这个意思。我只是觉得好像又回到咱俩第一次见面的那个场景，而且现在你不用着急去上班。那时我看到你的时候，你正朝着我笑。"

"是的。"

"你为什么要对我笑呢？"

"我想笑就笑，想皱眉就皱眉。我乐意。"

"我那天看你，是因为你很美。那你为什么也在看我？"

"你是想要我也夸夸你吧？"

"不是。"

"我那天不就说过了吗，远看，你已经够帅了。但是，我也觉得你这人非常严肃，眉头锁那么紧，好像心事很重的样子。"

"所以那天其实你是在笑我？"

"没错。我当时想，你应该是个无聊的德国人，开头就谈哲学的那种。但是那个面包雕塑确实挺好玩的，所以我想你还是有救的。"

"我想跟你说一件事。"

"什么事？"

托马斯凑上去，贴到她的耳边，像是要讲悄悄话的样子，然后在她耳垂上温柔地亲了一下。本来还想在耳廓上继续亲，但是被珍妮的帽子挡住了，珍妮对于这个举动没有躲避。

"我当初来巴黎，目的就是成为艺术家。"托马斯贴着珍妮的耳朵说，"那时我想艺术就是我的生命，我的一切追求。但是现在，我的视线已经无法离开你了。"

他说完坐直身子，靠到自己的椅背上，结果却发现服务员就在他身边。

"两杯咖啡，两杯白兰地。"珍妮说，然后服务员就走了。珍妮满脸通红，看上去不再有刚才的自信，也不再有讽刺的意味。过了一会儿，她问："你为什么想成为一个艺术家？"

托马斯没有回答，只是笑，珍妮也跟着一块笑起来。这种问题哪有答案？托马斯还是回答道："我不是想要变成艺术家。我生来就是要做艺术的。艺术是我的人生必需。"他捧起珍妮的脸庞，珍妮没有拒绝。托马斯正想亲她时，服务员又站到了他身旁。

"继续吧。"服务员说，"我可以等一下的。"

托马斯先是试探性地跟珍妮嘴唇相碰，然后跟她唇唇相贴，这种紧紧相贴的感觉令人很愉悦。但是，他没忘记旁边还站了个服务员，所以又坐直身子靠回椅背。

"这也叫吻吗？"服务员问道，然后放下咖啡和白兰地回柜台了。

托马斯和珍妮又亲了起来。

"我怎么觉得我们俩可能都有淹死的危险。"珍妮说。

他们边抽烟边聊天边喝酒，相互轻抚，给对方点烟，隔一会儿又亲吻一下。他们有说也说不完的话，说得飞快，好像要把浪费的时间补回来。对他们来说，时间真的不够，因为连这间餐馆也要打烊了。他俩走到外面的大街上，托马斯还不想和珍妮分开。他们站在人行道上紧紧相拥，这回珍妮对托马斯的热情拥抱回以同样的热情。

"你有钱吗？"珍妮问。

"有三四个法郎。"

"我比你多一点，但也多不了几块。这钱不够打车去我的住所。我们只能走回去了。"

"我会把你抱在怀里，然后一起飞过去。"

他俩肩并肩，互相依偎着，穿过一条条寂静的街，来到河边，又沿着滨河路，走到圣米歇尔大道，最后来到医学院街上珍妮住的旅馆。

珍妮住的地方叫皮埃尔旅馆。佩雷斯先生正在前台值班。他伏在前台大桌子上看书，桌上放了一盏小灯照明。他抬起头，从眼镜上方看着进来的这两个人。

"能帮我拿一下钥匙吗？"

"当然可以，但是我有话想跟你说一下。"

佩雷斯先生把珍妮叫到一边，托马斯后退几步站到了前门边上，让他们私聊。

"没事儿吧？"珍妮说完过来时，托马斯问她。

"没什么非急着办不可的事儿。"她说，"跟我上楼吧。"

托马斯跟着珍妮上了旋转楼梯去六楼。好不容易走到六楼，他们看到平台那里站了个男人，倚在珍妮门外，抽着烟。那人个子挺高，面容青春有朝气，一头卷发，脖子上戴了个牧师衣领。

"托马斯，"珍妮介绍道，"这位是弗莱德神父，'蒂勒女郎'舞蹈团的随团牧师。"

托马斯不自觉地就和他握了手。他发现这人穿了一件黑色长款大衣，前面敞开，特意露出牧师衣领。这人眼里忧心忡忡的。

"这位是谁？"弗莱德问。

"女神游乐厅的一个朋友。你来这里干什么啊，弗莱德？现在都快凌晨三点了。"

"舞蹈团的一个姐妹有麻烦，我想找你谈谈她的事。"

"我现在没工夫。佩雷斯先生不可能放你上楼的吧？"

"全靠这个牧师衣领呀。"

"这叫滥用身份，你这坏小子。我现在不得不请你走。"

"我明天能来上课吗？"

"明天我不太方便。"

"那我什么时候能来？"

"以后再说吧。现在回去睡觉吧，弗莱德。不管有什么问题，我们下次见面时再说。"

弗莱德点点头，跟珍妮握了下手，然后匆匆走下楼。珍妮把钥匙插入钥匙孔。

"你给他上什么课啊？"托马斯问。

"英语课。"

"但是，他不是英国国教牧师吗？那他怎么还要找你学英语呢？"

珍妮打开门请托马斯进去。她的房间很小，里面只有一把椅子。她叫托马斯坐椅子，自己坐在床上。她从靠墙放的桌子上拿了瓶白兰地，但因为只有一个杯子，所以她和托马斯共用这个杯子。托马斯尽量表现得放松些，但是自从看到刚才那个男的，他就觉得心里不舒服，怎么都笑不出来。

"你给他上英语课，收多少钱啊？"

"他是我们的随团牧师，我当然是免费教他的。"

"我也不介意找你学一点英语。"托马斯说。

"那我也会免费教你的。"

"你真大方。"

"我怎么发现这句话好像在讽刺我。过来，坐到我旁边吧。我们现在就不要谈这个话题了。"

天快亮的时候，托马斯躺在珍妮旁边，翻来覆去睡不着。他观察着珍妮的睡颜。要不是怕吵醒她，他早就把她抱在怀里了。她睡着的时候好像也带着一丝微笑。托马斯吻了下自己的食指指尖，然后用这根手指轻抚珍妮的嘴角。

托马斯起床走到窗边去吸烟。他一边卷香烟，一边回头看床上的珍妮。她侧身睡着，一头蓬松的卷发。他已经好久没有爱过人了，太久太久。既然现在让他遇到了珍妮这么好的女人，他一定要好好照顾她。

卷完烟，他打开房间的对开窗，探出窗外点火柴。窗子下面是医学院的旧庭院和手术室，现在改造成了装饰艺术学院的工作室。学校外面就是卢森堡公园。他有时经过那里，会看到很多小孩在公园喷泉旁玩。

很快天就要亮了。托马斯抽完一根烟，把没灭的烟头丢到了下面的街上。

他发现刚才向里打开的两扇窗玻璃上布满了露珠，于是回头看着珍妮，用手指在玻璃上勾画睡梦中的她。他觉得这样给珍妮画肖像很有趣，所以在六块玻璃上都画上了珍妮。但是等到她醒来的时候，太阳已经把露珠晒干。除了附着在玻璃上的灰尘里尚有一丝丝几乎不可见的人形轮廓，手指描绘的这几幅珍妮画像几乎没有在窗上留下任何痕迹。

四

几个月过去了，迪亚布洛廷巷子的三人合租画室里堆满了三人各自的工具和作品。阿方斯原来只有一把刻刀，现在多了二十四把不同厚度的刻刀，还有一堆用于蚀刻和雕刻的铜板。画室里的画笔多了好几倍，很多已经干了，倒插在咖啡罐里，其余的浸在松节油里。松节油气味熏人，所以珍妮能不来这里就绝不踏进半步。颜料管堆放在桌子的一头，有的盖子找不到了，有的盖子没有拧紧，导致各种颜料流到调色板和桌面上。画纸、铅笔、炭块和炭笔跟果酱瓶、烟盒和饼干盒混放在一起。索雷尔买来了油画布，框在画架上。托马斯需要买很多黏土和熟石膏，还要买一些模特支架和制作雕塑骨架用的线管。托马斯不做木雕了，但是画室里放了好几块大石头，因为他做石雕了。如果另外两个人嫌他吵，嫌灰尘大，他就在画室外面的院子里雕，其他时间都在画室里雕。

阿方斯有时为了在桌子上腾出位置喝汤，会把颜料管推到一旁，这样一来就遮住了凿子。而托马斯为了找自己的凿子，就要移开一堆堆的白报纸，结果白报纸又盖住了索雷尔新买来的调色板。这么多东西不断移来移去，最终结果就成了这个样子：半身像躺在脸盆里，果酱倒在调色板上（因为有人要用空瓶），袜子全都找不到了（因为要洗调色刀的时候手头正好有袜子）。

但是托马斯没有原来想的那样开心。他在女神游乐厅制作布景的时候反而更加轻松自在。走到街上时，他看见木匠和石匠边工作边吹哨子；在女神游乐厅里上班时，他发现那些意大利工人也是边工作边唱歌。然而，他认识的那些美术生里却没有一个吹口哨或唱歌的，至少他们在认真工作时都不会这样。从事艺术这一行往往会伴随某种程度的心绪不宁，好像艺术工作者总在寻找一样他们永远无法真正找到的东西。托马斯觉得自己就是这样的人。他知道索雷尔也是这样的人，因为他有时会在油画布上画一层又一层，画到油画布厚得不行了，再全部刮掉，重新开始。阿方斯是他们三人当中最冷静、最自信的那一个，那是因为刻在铜板上的线条很难修改——尽管阿方斯也会犯错，有时为了修改错误还得把部分铜板重新抛光。

托马斯很烦恼，因为他对自己的能力还不够自信。在巴黎这个地方，有技术的手工艺人有很多，有决心的艺术家也有很多。这么多厉害的人物让托马斯觉得，当初在立陶宛（在老家，自己的那点手艺放眼整个教区无人能敌）觉得自己命中注定就是要从事艺术工作的，那样坚定的信念现在看来似乎有点没那么符合现实了。他很少产生这样的疑虑，除了有一次跟索雷尔暗示自己有点失去信心了。那天，索雷尔正在油画布上画一幅乡村风景画。

"你在老家有没有好好听牧师布道？"索雷尔问道，眼睛却不看托马斯。

"当然有。"

"那就记住这句话。'被召的人多，选上的人少'。你来到巴黎，只能算是无数个'被召'的其中一个，现在你必须想尽办法让自己成为'选上'的其中一个。"

"你说得没错，但是方法呢？"

索雷尔转过身对着他说："难就难在方法上。但是只要我们想，方法总是会有的。在想出方法之前，你要做到能学什么就学什么。"

托马斯及两位室友系统全面地练习卡雷尔给他们布置的美术基本功。他们学素描、绘画，掌握透视技法并加强练习，还反复练美术的各个分支，包括版画制作、雕刻、镶嵌技术等等。尽管托马斯、索雷尔和阿方斯在学生当中年纪最大，刚开始时感觉自己像留级的差生，但是毕竟他们仨比其他人更有人生阅历，所以不久后他们成了大家公认的师兄。现在，他们也不再惦记去巴黎美术学院学习的事情了。

卡雷尔教人物素描比别的学校要晚得多，因为他认为人体素描是美术学习的最高阶段。另外一个原因是，他不愿掏钱支付模特费用，因为请模特可比碗里放些苹果和橙子贵多了。所以他等了整整六个月，正好凑齐了一个班，才总算有钱请模特了。上人体素描课的第一天，卡雷尔的大画室里坐了足足二十四个学生，大家抢着在讲台周围找光线最好的位置，并摆好画架。教室里乱成一锅粥。托马斯迟到了，看见阿方斯和索雷尔并排站在一起。阿方斯正用小刀削铅笔，一支接着一支。

"你等下到底要用到几支铅笔？"索雷尔一开口就没好气儿。

"我不知道。我只想准备充分点。"

"你怎么就爱瞎忙活。"

"你给我闭嘴吧。"

"如果你还要发出噪声，就给我换个地方。你削铅笔的声音就像老鼠在啃地板。"索雷尔说。

"你要是不喜欢听，就换地方。"

索雷尔迅速抱起画纸、粉笔和铅笔。"这次是我去讲台另一边，但是下次该你挪地方！"

两人吃饭喝酒时可以称兄道弟，但是碰上学习方面的事，就互不迁就，掐得厉害。其中一个哪怕有一点点小习惯让对方看不顺眼，最后都会惹得对方很生气。

托马斯见索雷尔换地方了，就占了他的位置。

"你怎么了？"托马斯用立陶宛语低声问道。

阿方斯还在继续削他的铅笔。

"我以前从没看过裸体女人。就算不小心看到，我也会避开不看。"

他弄断了刚削的那支铅笔的笔芯，然后重新削起来。

"你今天可不能不看了呀。"托马斯用温和的语气说道。

"我知道。"

卡雷尔老师走进画室，依然是一顶白帽加一脸白胡子。但是他今天牵了一个人的手进来，是跟在他身后的模特。女模特穿了一双拖鞋和一件长袍，长袍在腰上打了个结。卡雷尔在讲台的阶梯边停下，亲热地拍了拍模特的手，然后面向学生说道：

"你们先在画纸正中画几个线条，固定模特位置。把这些线条想象成骨架，在骨架上面添加模特身体。咱们开始先画几个短时姿势，每个姿势不超过三十秒。用炭笔，快速下笔。要抓住姿态要点。第二阶段，我们来画时间稍微长点的姿势。最后画一个时长半小时的姿势。最后一个姿势你们可以用铅笔来画，画好用水粉颜料来复绘。到现在为止，我已经教过你们，画的时候务必精确谨慎，但是有些同学画静物慢得连水果都烂在篮子里了。现在不能这样画了。现在大家要进入更高层次。在这个摩登社会，你们要学会快速反应。等你们画好以后，我会回来点评作业。"

女模特大概二十五六岁，黑发编成一根长辫，盘在头顶，避免盖住双肩。她脱掉长袍，放在讲台下面的椅子上，然后脱掉拖鞋，走过三个台阶，站到平台上，整个过程如同行云流水。不过等她摆好姿势以后，她就静止如雕像，就连皮肤也如雪花石膏般洁白。学生几乎没有时间来思考她到底算不算美丽。托马斯还没完全反应过来，她就已经换了一个姿势。其他学生快速翻过第一张白报纸，紧接着开始画第二张。

托马斯手握炭笔在纸上飞速勾勒。她居然又换了个姿势！根本没时间重画一条线。只能快速翻到下一张纸，马上画下一个姿势。模特一会儿交叉双臂，一会儿侧脸看向一边，一会儿又进入下一个姿势。托马斯还没来得及完成前一幅略图就得画下一幅了。但谢天谢地，模特换姿势的速度终于开始慢下来了。不过每次时间还是很紧。

托马斯很久之前就学了如何用硬性的方法观察事物，即先用眼，再用脑，最后再用手，才能清楚无误地抓住事物的纲要。不过，他现在必须跳过有意识思考这个中间环节。他必须清空自己的脑袋。他必须建立起眼和手之间的直接联系。后来，当模特放慢频率到五分钟一个姿势时，他才有时间看了看旁边的阿方斯。他跟其他人一样拼命地画着，但他竟然没有抬头去看模特。

模特拿来一个沙漏，将其倒过来，用于固定姿势计时。这回托马斯感觉时间好像完全够用了。之前的一段快节奏练习似乎已经烧光了焦虑情绪，现在可以开始好好画了。模特坐了下来，一个胳膊肘向后靠在椅背上。托马斯用铅笔迅速地画下了那个姿势。

固定姿势完成之后，模特走下讲台，穿上长袍、拖鞋，去了另一个画室。

托马斯觉得自己最后一个姿势完成得不错，心里很开心。他兴致盎然地在脸部加了些细节描绘。正在那时，卡雷尔进来了，开始检查各个学生的作业。卡雷尔似乎一直以来都对托马斯的作业不太满意，但是这次托马斯画的是人体素描，而人体是做过雕塑的人最擅长的主题，所以他满怀希望地认为自己的才能这次会脱颖而出。

"太僵直了。"卡雷尔说。

这几个字无疑给了他当头一棒。"您是什么意思？"

"太死板了。你把她画得像冰上的鱼那样生硬。问题出在这里，就这个肩膀。"卡雷尔拿过托马斯手中的铅笔，在托马斯刚才小心翼翼画上的线条之后添了几笔，画得又快又准。经过他的修改，这幅素描立即变得柔和起来。托马斯感觉自己的脸上火辣辣的。

"看到了没有？"卡雷尔说。

"看到了。"

接着卡雷尔就去看阿方斯。

"这是什么？"卡雷尔问道。

阿方斯刚刚是不敢看模特，现在他是不敢看卡雷尔了。

"这是我的素描。"

"我当然知道这是你的素描。你今天画的素描都画成这样了吗？为什么不画胸部和阴部？"

"我刚才想集中注意力画轮廓。"

"可是你也画了鼻子和眼睛呀。"

"我速度慢，来不及画完。"

"画胸部又不需要多长时间，小伙子。你看我怎么画。"

卡雷尔拿过铅笔，只画了一条线，弯了两个弯，就勾勒出了胸部。"如果没有胸部和阴部，这就不是女人了。"卡雷尔说道，然后亲切地推了下阿方斯的肩膀。一些学生放声大笑。卡雷尔继续点评其他学生。他来到索雷尔边上，仔细检查着索雷尔画的固定姿势素描图，然后翻了翻前面的几张画纸，看了几张快速素描图。他边看边低声赞许。

"继续保持这个良好的学习状态。"卡雷尔说道，五六个学生听了羡慕得撅起了嘴。索雷尔因为赢得同学的崇拜而开始暗自得意。每次得到卡雷尔的表扬，索雷尔在这个画室的名气就多涨一分。

卡雷尔今天的课上完了。如果学生愿意，他们可以在画室继续学一会儿，纯属自愿。要是老师这天心情好，他会叫其中一个学生去咖啡店帮他买一杯咖啡。如果能帮老师架画布，或者筛石膏粉，那是非常荣幸之事。

索雷尔慢悠悠地向托马斯和阿方斯走来，一脸得意。

"恭喜恭喜。"托马斯勉强说道。

"你们要不要看看我的素描？"

"赶紧拿过来吧。"

托马斯胸中满腔不悦，但是竭力克制。索雷尔拿来他的素描纸，固定到画架上。他一边一张接一张地翻着，一边看托马斯和阿方斯有什么反应。虽然托马斯不想承认，但是这些画确实很棒。倒也不是说他和阿方斯画的模特不如索雷尔画的那么栩栩如生，而是索雷尔的画中的确流露出一份自信。这种信心似乎会掐住你的脖子并告诉你："我懂我在做什么。"有些画作在画的时候一气呵成，线条如此流畅，进一步证明了索雷尔的实力。索雷尔的那份自信就像来自魔鬼，托马斯觉得索雷尔简直就是魔鬼本尊。

"好了，轮到我看你画的画了。"索雷尔说，托马斯就拿给他看。索雷尔没有多说，但时不时低声咕哝。这家伙现在鹤立鸡群了，就自以为高人一等，生怕别人不知道，说话举止越来越像卡雷尔了。"轮到你了。"索雷尔对阿方斯说。

"以后再看吧。"

"难为情了？"

"也许吧。"

"傻子。再难为情下去，你都可以给人做老婆了。"

索雷尔收拾好自己的东西走了，托马斯替阿方斯摇头叹气。

"你就没正眼看过模特一眼，是不是？"托马斯用立陶宛语问他。

"我怎么敢看啊？我试了好几次，但我的头不听脖子的话，我的眼睛也不听我指挥。"

阿方斯抬头看着托马斯。

"你只是害羞而已，能克服的。"托马斯说。

"在老家，我已经画得很好了。我画人物画得可像了，都把画的人看哭了。"

"我们这些人在老家都算出色了，但这里是巴黎。"

"谁说画画的人一定要会画裸体？又没有人会不穿衣服走到人多的地方满地跑。每个人多少都穿点啥的吧。就算是伊甸园里的亚当，也会因为光着身子而感到难为情吧。"

托马斯笑了。

"不要笑我。衣着端庄应该是一种美德吧。"

"你听我说，裸体人像跟光着身子的女人是不能相提并论的。如果你遇到一个女人在洗澡，这就是光着身子的女人，她也不想被很多人看到。裸体人像只是女性身份的一种表达方式，就是表示'女人'这个概念。模特脱掉长袍走上讲台后，你就要把她当成你要表现的对象。"

"你的意思是把她当成一盘水果？"阿方斯问。

"也不完全是这样。她身上确实有种情欲的意味，而你只需把它融入作品之中就好了。"

"好。我懂了。"阿方斯说。他已经收拾好他的粉笔和铅笔。他只是表面镇定，眼里其实还有委屈神色。

"我说的意思你真懂了吗？"托马斯问道。

"我不懂。裸体人像的特殊之处就是她没穿衣服。这就是她和一盘水果的不同之处。这就是下流。"

难道真的可以做到眼睁睁地看着一个没穿衣服的女人，心里却只是把她当成一组组的平面几何图，把她看成如何运笔将其表现的对象吗？尽管托马斯今天画得很快，但是当他看见模特脱掉衣服，身体里面还是有什么东西被唤起。每次在女神游乐厅工作时也一样，总有什么东西被唤起。但是在巴黎，这份渴望是可以用言语明说的。如果来巴黎不是为了听从自己的欲望，为什么还会有这么多人纷纷来巴黎呢？

"你就不能根据想象画一下'胸部和阴部'，就是卡雷尔说的这些东西？那样你就不会这么尴尬了。"托马斯问。

"我的想象中没有胸部，也没有阴部。"阿方斯关上自己的画具箱子，傲然地看了一眼托马斯，然后转身大步走出了卡雷尔的画室。

看来教堂里的牧师对阿方斯的教育是完全到位的。他的羞耻心居然比欲望还要更强烈。托马斯在画室多待了一阵儿，不过接下来的时间也没有什么可学了。老师和同学都出去了，只有女模特还在那儿，已经穿好了衣服，正用指缝筛一桶干石膏。石膏需筛成细粉，否则加水之后就会凝固结块，很难去掉。托马斯在华沙教堂工厂工作的时候，哪个学徒懒，哪个学徒认真，一眼就能分辨出来。懒惰学徒手里出来的雕像，鼻子、手指，甚至整个手臂都会从圣像上脱落下来，原因是石膏结块，而且没有手工挑出石膏块。一般来说，模特不用参与备料过程。可是你看她，已经把一头长长的乌发用头巾裹好，还穿了一身蓝色工作罩衣，上面沾上了石膏灰。

"其他人都去哪了？"托马斯问。

"去吃中饭了。"

"你难道还不去吃？"

"我平时不吃中饭的。"

"为什么不吃啊？"

"因为我正在减肥。现代女人都要瘦，否则没人要。"

可她够瘦了，甚至可能太瘦了。

"因为没钱吗？"他问道。

"一天只够吃一顿好的。这钱就省下来吃晚饭了，如果我饿着肚子去睡觉，我会睡不着的。"

托马斯以前饿肚子的日子也不少。

"其实你应该中饭吃得多点。晚上饿着没什么关系，因为睡着之后就会忘记饥饿。但是白天如果饿肚子，没办法忘记啊。"他说。

托马斯把手伸进口袋，想看看今天带出来多少钱。

"可惜我只有四法郎。如果钱再多点，我就可以请你出去吃了。"

"四法郎！够我们两个吃了。"

"就这点钱我们能去哪吃呢？"

"要是你请客的话，我就带你去那个地方。先等我一会儿，让我弄完这些干石膏，我马上跟你去。"

托马斯走出学校，一边抽着烟，一边等她。

　　卡雷尔的美术学校位于雅维尔路上的一处庭院。院子里本来没有路，走的人多了，就走出来一条小路。托马斯站在庭院的开放式大门边上晒太阳。正值午饭时间，院子里面很安静，麻雀叽叽喳喳地在窗沿和篱笆杆子之间飞来飞去。雅维尔街没啥风景，平常也不够安静。附近有家煤炭经销厂，离美术学校所在的院子就隔了三扇大门。那里大卡车和手推车进进出出，天天都是满天灰尘，黑乎乎一片。隔壁院子是一家汽车修理厂。隔壁的隔壁是各种小型修理店，一些专修发动机，其他的则专修工业机械。一天到晚，各种机器马达一会儿轰隆隆发动了，一会儿就没声儿且动不了了。再隔壁是家洗衣店，里面冒出来的蒸汽绵绵不断。整条街到处弥漫着煤炭味儿、机油味儿和汽油味儿，还有长期潮湿的空气带来的霉菌味儿。

　　模特出来的时候已经换上了一条蓝色短款连衣裙，拎了一套美术作品集。托马斯扔掉烟头。"我们一起去吃饭，可我都还不知道你叫什么名字呢。"

　　"埃丝特尔·斯托克斯。"她做了自我介绍。托马斯也把自己的名字告诉她。"要是你不介意多走几步，我就带你去看些你没看过的东西，你一定会感谢我的。"

　　"我请你吃饭，结果我还要感谢你？"

　　"对啊，因为我会带你四处看看。"

　　"你要给我看什么？"

　　"一个非同寻常的画室。我当初刚到巴黎时，要是有人能带我四处看看，熟悉环境就好了。可惜没有这样的人。快点。"

　　托马斯不知道应该以什么身份跟这位女人相处。她有点冷淡，像是独居太久之人，但是内心又有火花在闪耀。她带他来到丹兹克路。路上到处都是从屠宰场过来吃饭的屠夫，他们坐在小餐馆里，身上的围裙溅满了血渍。她继续带他往里走，走到丹兹克路时路分叉成两条。其中一条叫丹兹克巷，两条路中间夹了一座孤岛式的圆形建筑，外观特别，有三层楼高，楼前有道铁门。入口通道两侧立了一对女像柱，花园里也随处放置了很多雕像。一男一女正坐在房子外面的长凳上喝咖啡。

"这里就是拉卢什。"埃丝特尔说。

"'拉卢什'？就是蜂巢吗？"

"没错，因为房子是圆形建筑，里面住了很多玩艺术的，每天忙得跟蜜蜂一样嗡嗡嗡的。我有一段时间也住在这里，还在这里创作。"

"那你为什么不住了呢？"

"一开始住这里比睡大街要好，但是这里的床虱实在是多得叫人受不了，比任何地方都多。我把床脚泡在水罐里，可是这些可恶的吸血臭虫居然爬到天花板，再掉到我身上。"

"这里适合创作吗？"

"好处是很便宜，但讨厌的是整个早晨都充斥着马路对面杀牛的惨叫声。另外，到了晚上，楼里一直都有伤了心的模特在哭，有人弹吉他，还有犹太人聊天说个没完。"

"犹太人？"

"住在这里的大多是犹太人。他们来自俄国和波兰，过来的时候只会说四个字，'丹兹克路'。"

"我在老家立陶宛认识了一个犹太人。他说，要是我来巴黎，我可以去找他。"

"他叫什么名字？"

"雅各布·里普希茨。你认识吗？"

"当然，我听说过他。可他在巴黎把名字改成了'雅克'。我来这里时他刚搬走。他那时候已经扬名立万，这种小地方就住不下他这位大神了。"

"你说他成了大神？"

"对啊，靠作品成为成功人士了呀。"

这么一个个子不高、外貌毫不起眼的过路人，多年以前还在莫尔丁的小餐馆里吃饭，现在竟然已经在巴黎成了大腕。要是有人可以成功，其他人为什么不可以呢？然而，托马斯想起一个钟头前卡雷尔给他批改的作业，刚刚燃起的雄心壮志一下子又熄灭了。

"你在巴黎见到他了吗？"

"还没有。"托马斯仔细观察这座楼。这是一栋圆形建筑，所以他猜里面的工作室应该都是楔形的，数量可以超过一百间。

"这栋楼建好已经有二十多年了。"埃丝特尔给他介绍，"这里住过一阵儿的艺术工作者全部加起来应该有两千了吧，但是最后成功的寥寥无几。"

"里普希茨是其中一个。那其他还有谁？"

"莫迪利亚尼①。但是他已经死了。所以，这么算下来，成功的概率只有千分之一。"

"你是在打击我的学习积极性吗？如果你真有这个目的，你做到了。"

"这栋楼就是一堂生动的课。它告诉你，要想成功，办法就是在众生当中脱颖而出，引人注目。"

"那你找到路子了吗？"

"要是找到了，我就不会像这样跟你站在这里了。我曾认识的一个搞艺术的说过，离开拉卢什艺术村的人不是出名了就是死掉了。"

"但你既没出名，也没死啊。"

"现在是还没死。但是再不吃东西，我马上就死了。"她说着说着就笑了。

两人都已经饿坏了。于是飞快地走完维钦托利路，经过蒙帕纳斯墓园，来到蒙帕纳斯大街附近的首乡街，最后到了一个店名叫"罗莎莉家"的小餐馆。餐馆女老板曾经给多情画家布格罗当过模特，不过那是二十年前的事了。后来她渐渐容颜衰老，当不了模特了，就开了这个餐馆，专门给艺术界人士提供餐食——因为她爱上了这个圈子。

① 阿美迪欧·莫迪利亚尼（Amedeo Modigliani，1884—1920），意大利表现主义画家与雕塑家，犹太人。

餐馆不大，只有四张大理石台面桌子，每张桌子配六把藤凳。他俩走进这家烟雾缭绕的餐馆，来得还算巧，刚好两个空位。

罗莎莉在厨房听到有人进来，就往小小的餐厅里看了看。这女人又老又丑，长了个鹰钩鼻，头上包了一条黑色头巾，以防止头发掉进饭菜。

"你们是来吃饭的吧？"她问道。

"是啊。"埃丝特尔回答道，还向罗莎莉露出楚楚可怜、饥饿难耐的表情。但是罗莎莉见多了饿肚子的艺术家。

"你之前欠的账不还一点儿，今天别想吃饭。"

"我只有两个法郎。"

"那也行。放这里吧。"

托马斯把钱递给埃丝特尔。罗莎莉接过钱后把钱塞进围裙口袋里，又回厨房去了。

"现在我们只剩下两法郎可以平分了。"托马斯低声说道。

"这女老板就是刀子嘴，喜欢时不时地来几句。你等着看，我们今天肯定有饭吃。等下吃完以后，要是你给她另外那两个法郎，她就会很满意的。现在我们去看一下黑板上还剩下什么吃的。"

门边有一张小桌子，上面有一些苹果、橘子、胡萝卜，还有两根黄瓜和各种意式干酪。桌子边上有一块黑板，上面写了一排蔬菜汤名和意大利菜名。这些汤名托马斯倒是认识的，但是那些意大利菜他从未听说过。黑板上本来有"意式烩炖小牛腿"，但已经画掉了。还有千层面和番茄肉酱饺子，以及两款葡萄酒——弗拉斯卡帝白葡萄酒和基安蒂红葡萄酒。正如埃丝特尔所料，罗莎莉给了他们每人一碗汤，还有一篮面包，两小瓶半斤装的白葡萄酒。埃丝特尔推荐托马斯吃肉酱饺子，他表示赞同，因为他对没吃过的东西向来都是来者不拒。

端上来的蔬菜汤看着并不像蔬菜汤，倒像是褐色菜蓉浓汤，因为这汤是用搅拌机打碎过的。不过，汤的味道很足，而且稍稍减轻了托马斯腹中的饥饿感。其他顾客都吃得很欢。对他们而言，填饱肚子才是正事。大多数人都只顾看着盘子里的东西。其中几个男的，还有一两个女的，手上、指甲上还有衣服上都溅上了颜料，一看就知道这些人是干啥的。餐馆墙壁上贴了好多幅画，都是画在纸上的，只有其中一两幅是裱过的。埃丝特尔看见托马斯正在细看墙上作品。

"看看你右边墙角里的那幅小风景画。"

托马斯找到了那幅画。

"那是我画的。我欠了老板好多饭钱，她让我拿这个抵一部分。"

"你也会画画？"

"是啊。很意外吗？"

"我以为你只是模特。"

"模特只是我的谋生手段。"

"哦，所以画画是你的业余爱好喽？"

埃丝特尔放下勺子，满脸不悦地看着托马斯："我画画不只是因为业余爱好。你给我记住这句话。"

托马斯向她道歉。他在一些美术学校见过女学生，也知道有些画室只向女性开放。但是他从没听说过这世上真的有很多女画家。女画家中似乎从来没有特别成功的。

"我知道你脑子里在想什么。要是你敢说出来，我就把这把叉子扎在你的手上。"埃丝特尔说。

托马斯知道她在开玩笑。但他还是把手从桌上缩回来，搁到腿上。

罗莎莉端着两盘肉酱饺子过来了。

"再跟我说说你是怎么用画来换餐食的。"托马斯说。

"罗莎莉只有跟你很熟时才会同意你用作品来交换餐食。要是给她什么她都接受的话，她就不用赚钱了。她去买食材时，肉店老板和面包店老板才不会要那些艺术作品呢。"

"你似乎对这里很熟了。你来巴黎多久了？"

"有五年了吧。"

托马斯想了想她的处境。她来巴黎都那么久了，到现在连一天两顿饭的钱还赚不到。想到这，他不禁一阵后怕。而埃丝特尔又一次看破了他的心思。

"至少在这里我可以自由画画。"她说道。

"难道在老家你就不能自由画画吗？"

"我老家那里没人画画。你都想象不出来世界上怎么还有这样的地方吧。我家在加拿大边远地区——那里没有画笔刷，没有颜料，唯一能刷的东西是墙上的油漆，甚至连油漆也不好买。那里甚至没有正规学校，只有伐木场商店后面有间房子可以用来上课。小孩子在那里学怎么找零钱。没有老师，只有那些妈妈在轮流教孩子。"

邻桌有个男的，他一个人靠墙坐着，喝完一杯酒又叫了一杯。他留了胡子，头上好多白发，发际线已经后退到太阳穴上面。他穿了一件衬衫，领子大得有些突兀。罗莎莉走到他身边，无可奈何地摇了摇头。这人明显已经喝醉了，但她还是给他加了酒。

"那个男的是一位成功画家，他叫莫里斯·郁特里洛[①]。他的妈妈也很有名。"埃丝特尔小声说道。

"要是他真这么成功，那他还在这里干什么？"

"因为他把所有的钱都拿来喝酒了。"

可是，托马斯怎么看都觉得这人看上去就像个不识字的苦力，还是运气背到家的那种。

"跟我讲讲你老家是什么样，我一想到加拿大，就只想到下雪。"托马斯对埃丝特尔说。

"加拿大就是啥也没有的地方，真的是什么也没有。"

"那我能明白了，因为我的老家也跟这差不多。"

"我家在安大略湖北部的一个镇上，离多伦多一百多公里。但是我家那个地方连条进去的路也没有，人们都是坐船进去的。小的如独

---

① 莫里斯·郁特里洛（Maurice Utrillo，1883—1955），法国画家，以巴黎街景景物画著称。

木舟，大的如湖船，都是去伐木场运输木材的。我们那地方叫慕斯科卡伐木场，那里是慕斯科卡河流到乔治亚湾的入口。这个地方你有没有听说过？"

托马斯摇了摇头。

"那里没有村镇，只有一个伐木场，几间房子，还有一家伐木场小店。伐木场后面就是走不完的森林，林子很深很深。所以，我小时候以为穿过那个林子要用一辈子的时间。我家就在很狭长的一条小路上，背靠森林，面朝跟大海一样宽广的湖。"

她吃完意式饺子，开始抽烟。接着把烟搁在烟灰缸上，喝了一小口葡萄酒。

"我十七岁那年，一个古怪的男人乘独木舟去了我们那个伐木场生活区。那时候，像我们那种边远林区出过几个怪胎，我都见过。有人因为在丛林里面的猎人小屋住了太长时间而发了疯，我见过。还有人被有毒的黑苍蝇逼疯，我也见过。他这人虽然怪，但是跟边远林区的人完全不一样。一天，我看见他坐在我父亲的院子里，坐在一把折叠凳上，摆好了画架，手里在画画，画的是我那天早上晾在绳子上的衣服。"

"我当时不知道该说什么。我之前没见过什么画家，而且我也不喜欢他画我晒出来的内衣——毕竟内衣又不是什么正经东西。但他说的话很有说服力。"她回忆起这段往事，不禁笑了。"他在我们那儿住了两个礼拜，我一直在观察他。起先我老指出他哪里画错了，他也不生气。他还跟我解释他眼里看到的景物。我听了以后很着迷，而且他对我很有耐心，跟我讲他做的是什么事情。"

"他教我用不同的角度看事物，看那些寻常事物，比如晾在绳子上的衣服。还有其他东西。在湖面上，就在离岸边不远处，有一堆木板，是有一年湖面结冰前从一艘汽船上掉下的。这些木板结冰后就嵌在了湖面上，等到了春天就沉到湖底了。这种东西我们那儿的人都懒得去捞。对当地人来说，这些木板不就是每天看到的垃圾吗？但是，他对那片水域的色彩很感兴趣。他喜欢木头的深褐色，还有湖水纯净的蓝。两种颜色互相映衬。我就想看他是怎么画的。我还想让他教我画画。"

"他教你了吗？"

"教了一点点。他跟我说，要是去多伦多，我可以去找他。后来我去了，但是他对我并不是很欢迎。我当时都不知道该怎么办了，我一心只想画画。多伦多是有一所美术学校，可是学费很贵，我什么也不懂，人生地不熟的。"

"那你为什么来巴黎？"

"他后来不想教我了，可是又不让我离开。他是男的，而且能说会道。他说欧洲已死，要他去画那些臭气熏天的人造河，还不如下地狱。他也不会鼓励别人去画那种东西。他受过教育，而我没有受过教育。是他让我如饥似渴地热爱学习。后来我觉得在多伦多已经没有东西可学了，我便开始攒来巴黎的路费。"

"那你父母怎么说呢？"

"我父母什么'怎么说'？"

"他们同意你来巴黎吗？"

"当然不同意了。但他们又能做什么呢？我妈在那个伐木场寂寞得差点喝酒喝死，而我爸跟她差不了多少。"

"你有想过回家吗？"他问道。

"有时候我会想起湖水的光影变化，还有森林的气息。我也想念加拿大餐馆里的饭菜，分量那么大。还有，那里的生活是那么安逸。但那些东西都已经过去了，想也没有用。巴黎才是好地方，好太多了。我永远都不会回去了。"她抽完烟，将烟蒂弄灭，"说说你自己吧。"

"我老家跟这里简直就是两个世界。我不能回去。"

埃丝特尔拿起一片面包，蘸了点番茄酱。托马斯觉得自己应该还是喜欢刚才吃的那份意式饺子，不过也不敢完全确定。饺子皮吃到嘴里感觉滑溜溜的，但里面的馅儿味道还是不错的。这么多东西都是头一回吃，也不知道该如何评价其味道——尤其是番茄，来巴黎前他从未吃过。托马斯想喝咖啡，可是罗莎莉的店里不提供咖啡——因为她怕咖啡会让顾客吃完饭赖着不走，她可是只负责客人吃饱——想喝咖啡的人可以到别处去喝。

这时，餐馆的门开了。一个男孩进来，走到郁特里洛的身边。

"这是给你的。"男孩说，然后他递给郁特里洛一小包东西。郁特里洛打开包装纸，拿出来一样东西，看起来像是块扁扁的红色糖锭，大概有五六个平方厘米这么大。他把这东西塞进嘴里后开始吮吸。男孩走后，罗莎莉锁上门，因为午饭时间已过，她不再招待新顾客了。

"卡雷尔喜欢你朋友的作业。"埃丝特尔说。

"可他也没明着夸吧。"

"他从不夸奖人。教人画画已经把他累死了，但我可以看出来他喜欢你那个朋友的作业。"

"我以为那时你已经没在我们画室了呀。"

"没错，我那时站在门口看你们。要是你能把我介绍给你那个朋友，我会很高兴的。"

托马斯心里酸溜溜的，微微有点失落。虽然他已经有了珍妮，跟珍妮在一起也很开心，但是今天花了钱请一个女人吃饭，而这个女人却只对自己朋友感兴趣，这种滋味儿可不好受。

"他这人很难相处，他只会让你不开心。"

埃丝特尔拍了拍托马斯的手背，然后指了指郁特里洛。只见他把"糖锭"跟口水吐到酒杯里，然后用手指放到杯里搅拌。

"好恶心。"托马斯说。

"不要这么快下结论。"

郁特里洛此时手指已经蘸上了红色"糖锭"，开始用红红的手指在旁边的墙上画画。原来这块"糖锭"是块干制透明水彩颜料。他用指尖画了一棵简单的树和一个湖，湖边有一名裸女。罗莎莉也进来了，一直看他画完为止。

"画得不错。不过我希望你没有打算用这么一幅画来付你的酒钱。"她说。

"不，我有钱买酒，这是小费。"郁特里洛说道。

突然，餐馆的门把手发出咔哒咔哒的响声。罗莎莉正要说餐馆已经打烊、下午休息，但一看来人，立刻迎接他进来。

进来的这位男子有一股强大的气场，虽然他的身高体格普普通通。此人穿了一件雨衣，敞开套在身上，里面穿了西装，系了领带，嘴里叼着一根没抽完的烟；嘴上一把大胡子，看样子该修剪了；再看他眼睛，就知道此人经常熬夜，衣服也换得不勤。看他外表，年纪绝对不会低于五十。他一进来就引起全场一阵骚动，托马斯推测这个人来头不小。奇怪的是，埃丝特尔忽然脸色一沉，目光故意转向别处。不过，这个人认出了埃丝特尔，露出奇怪一笑。他经过埃丝特尔身边时，还拍了拍她的肩膀，算是问候。然后，他直接走向郁特里洛。

"你妈和你爸都在找你。"

"他们可以去死了。"

"别别别，这样说自己父母算什么？"

"我爸已经死了。"

"好吧，那就是你的继父吧。他们叫我派所有警察去各家餐馆找你。"

"我还要喝一杯再走。"郁特里洛闷闷不乐地说。

"你可不能再喝下去了。罗莎莉，他今天喝了多少？"

"我没数过。"

"真糟。好了，莫里斯，站起来直接回家去。我半小时后会去看你。要是你没在床上睡觉，你今晚就睡在监狱里吧。起立！走！"

郁特里洛站起身来，乖乖听话回去了。其他顾客大多也跟在他后面出去了。埃丝特尔也想要站起来，但这个男人做了个手势，示意她待在原地别动。

"要我给你倒杯葡萄酒吗？"罗莎莉问这个人。

"一杯干邑白兰地和一杯咖啡。"

"我们店里没有咖啡。"

"那就白兰地吧。"

他走到埃丝特尔和托马斯旁边，居高临下地看着他俩。他看埃丝特尔纹丝不动，丝毫没有要打招呼的意思，就弯下腰，在她两边脸上各亲了一下。

"亲爱的。"他说。

"托马斯，给你介绍一下，这位是扎马隆警长。"

托马斯站起身，跟他握了握手。扎马隆上下打量了托马斯好一会儿，才在埃丝特尔身边坐下。

"那么，亲爱的，你最近都没走歪门邪道吧？"

"别用对待郁特里洛的方式来让我难堪。"

"我才不会呢。至于郁特里洛，咱们这个区的人都知道他以前干过什么事，不是吗？"他看看托马斯，但托马斯不知道他所说的是什么事。"他妈嫁给了他最好的朋友，所以他的继父跟他一样年轻。这破事好像让他挺烦的。"扎马隆解释道。

扎马隆转过头来看埃丝特尔。

"最近画了什么好作品？"

埃丝特尔脸上终于有了笑意："我画夹里带了几张画在纸上的新作。你要看吗？"

"当然要看。"

等罗莎莉擦掉桌上的面包屑后，埃丝特尔打开了画夹。扎马隆开始翻阅这些水彩作品。里面都是风景画，全都浓墨重彩。就在扎马隆用挑剔的眼光细看这些作品时，托马斯重新看了一眼埃丝特尔，那眼神真的是刮目相看的那种。

"如果真想帮我，你可以买几幅回去。"

扎马隆对着其中一幅认真看了好长时间，最后他还是叹了口气。

"你说得太迟了。昨天虽然是发薪水的日子，但昨晚我在牌桌上实在是运气很背。今天早上我就穷得叮当响，跟发工资前一样了。可惜啊，我现在没钱买。"

"我还不知道警察居然也收藏艺术品。"托马斯说。

"收藏艺术品的警察是不多，我是其中一个，我的朋友。所以我被分配到蒙帕纳斯区来管这些搞艺术的。这些人是国家的宝贵财富，但是对待这些人必须像管孩子一样好好管教，对待他们手段一定要硬。"

"这幅画只要五十法郎你就可以拿走。"埃丝特尔说。

"亲爱的，哪怕你说只要五法郎，我也是一样的回答。我昨晚真的输得精光了，这个月我买烟还要赊账呢。"

扎马隆向后靠在椅背上，看着托马斯问："换你了。你叫托马斯，对吧？我猜你也是玩艺术的，不然你不会来这里。跟我说说你的来头吧。"

托马斯跟他说自己今年刚来巴黎，平时在卡雷尔那儿学习，在女神游乐厅上班。

"都是正当体面的地方。那我就不用要求你出示居住证明了。埃丝特尔把她的事都告诉你了吗？"扎马隆问道。

"是的。"

"她说什么了？"

"说她是从加拿大来的。"

"那倒是真的。但她最近四五年里做过的事呢？她可不是一直都是做模特的。"

"我不想提起以前的事。"埃丝特尔说着站了起来。

"你确实不该回到以前。她有段时间误入歧途，弄得自己都不知道自己该干什么了。有个警察把她带到了警局，帮她重拾对艺术的追求。这个警察认为她还不该单枪匹马去闯荡，但她非要出去闯。她到底成功了没有，到现在还没有一个定论。"

"我得走了。"埃丝特尔说，"托马斯，谢谢你的午饭。下回在卡雷尔的地方见。"然后她问扎马隆："我现在可以走了吗？"

"当然，我又没有拦你。"扎马隆说。

她收拾好画夹，扬长而去，留下托马斯跟警察一起待在这个餐馆里，想走也走不了。埃丝特尔离开后，扎马隆若有所思地小口喝着白兰地。过了一会儿，他向前靠近托马斯，好像他们已经是多年的朋友了。"你看我像个正常人吗？"他问道。

"是的。"

"我身上没有让女人讨厌的东西吧？"

"我不会用女人的眼光来看你，但我觉得你很正常。"

"那为什么埃丝特尔不让我跟她亲近呢？"

托马斯没有答案，扎马隆只能低头喝闷酒。

接下来的星期一，女神游乐厅全体员工都休息。托马斯穿过整座城市去圣米歇尔大道，来到珍妮的宾馆。走这段路必然要经过蒙帕纳斯区。巴黎各区都有各自独特的氛围，圣米歇尔大道尽管离蒙帕纳斯区不远，拐个弯就到，却一点都不像蒙帕纳斯那般光鲜亮丽。蒙帕纳斯区有很多英式酒吧，还有时髦的艺术家。他们本来待在蒙马特区，但由于战后太多游客跑到蒙马特区，因此这些搞艺术的都搬到这个新发展起来的蒙帕纳斯区了。

托马斯并不是不喜欢时髦的餐馆，只是他没钱去那种地方消费，况且他自认为没有资格进那种地方。他跟其他人一样渴望在希莱克特[①]餐厅喝威士忌，但是真要去也得等到他凭自己的能力成为大师之时。目前，他觉得还是在圣米歇尔大道周围吃饭比较自在：一是因为珍妮住在附近；二是因为这条街上的人都跟自己差不多，都是来自韩国、日本、北非或东欧的外国留学生和移民。

法国真心要将西方文化带给世界人民，所以张开怀抱欢迎来自世界各地的能人英才。这些人因此纷纷来到圣米歇尔大道和附近的索邦

---

① 英语Select的音译，巴黎著名餐厅，海明威经常去这家酒吧喝酒。

大学。不过，法国这次并没有张开怀抱欢迎世界各地的女人，所以圣米歇尔大道上的咖啡馆里的女人大多是本地人。这些本地女人同样热情地向外国留学生张开了怀抱。

这个区的年轻女人经常一整个下午就喝咖啡，希望在日落前能得到某个男人的邀请。她们不说自己是妓女，而是爱情艺术研究生。她们把这份工作当成兴趣爱好，而非全职劳动。她们要求的报酬就是在餐馆吃一顿，或者买双长筒袜，也有要求帮她们支付一周房租的。有时警察会来搅和，将她们注册登记成全职妓女。如果那样，她们就惨了，因为她们常常会被警察转手介绍给皮条客，而警察则可从中分一杯羹。

托马斯在医学路转过弯，马上就觉得这里的周围环境与刚才路过的地方不一样了。这条街很小，跟那些小地方的小巷一样静悄悄的。左边是一道白墙，墙后是一个应用艺术学院，右边就是圣皮埃尔旅馆。佩雷斯先生正在前台埋头看书。

"你在看什么？"托马斯问他。

"我今天在看一个年轻人写的文章。他是个高中生，还没搞懂笛卡儿[①]。我看这人没前途了。笛卡儿之于哲学正如莫扎特之于音乐，都是顶级大师啊。大师的东西你不懂，你在这个领域就没戏了。"

托马斯从没听说过笛卡儿，但他喜欢来这样的地方。人人嘴里都能随便蹦出个这样的名人大腕的名字，好像这也成了他新生活中必学的内容。不管是在老家，还是在华沙，知识分子自视清高，凡事必比普通人先进，不但要知识渊博，而且要道德高尚、行为有礼。既成知识分子，就不能以醉酒之相示人，也不能下酒馆。然而，生活在巴黎的乐趣就在于，高雅追求与低俗享乐并不对立。

托马斯走到顶楼去找珍妮。巴黎最便宜的房间都在顶楼。如果有人问托马斯，巴黎和老家的农场最大的不同之处是什么，托马斯准会

---

① 勒内·笛卡儿（René Descartes, 1596—1650），法国哲学家、数学家、物理学家。

说在巴黎的生活中垂直维度的活动多一点，而老家农场的生活都是水平维度的活动。小时候，他的活动范围是一片片的田野。即使后来到了华沙，他的工作地点也都是在贴地的平房里面。然而在巴黎，一切活动都是螺旋上下。你去看朋友在不在家，螺旋上楼；敲门以后没人开门，螺旋下楼；就算有人给你开门，好，先聊会儿天，糟糕，没有火柴点烟，螺旋下楼，再螺旋上楼；这还没完，上楼后发现面包还没买，再下楼，再上楼。再结实的腿，再大的肺活量，几趟顶楼爬下来也扛不住了呀。

托马斯敲了敲门，珍妮叫他进来。她正坐在床上看书，身上穿了件红色佩斯利花纹家居服，长枕头竖起来垫在后面当靠背。她的头发还是湿的，但是那些卷发非要坚持己见，早已不服帖地翘了起来。托马斯看到她翻开的书页，知道她正在读诗。本来想问问她读的是谁的作品，但是一看到她的光脚丫，立刻就改了主意。他把画夹放在地上，坐到床边。珍妮扔了条床单盖住了脚。

"你干吗要盖住脚？"

"舞蹈演员就靠一双脚谋生，所以脚跟工人的手一样粗糙难看。"

"那你就一直藏着脚吧。"托马斯说。

托马斯扫了一眼小桌子，看到还有一本书，是一本英语语法书，没合上。

"你英语怎么这么好？"

"因为我爸经常用英语跟我说话。他是研究语言学的。"

"你是不是又在给弗莱德神父上英语课了？"

"为什么对我们的随团牧师这么感兴趣？"

"我还在为弗莱德神父这事烦恼呢。你们舞蹈团配一个随团牧师，这事根本就讲不通嘛。如果你们有人要见牧师，为什么不去教堂找牧师呢？"

"这对宣传有好处。女神游乐厅对有些人来说还是有点像不正经的地方，剧团里配个牧师，可以让姑娘们听起来更加像贞洁玉女。"

托马斯看向窗外。窗没关，坐在床上向天上看，只能看到巴黎典型的蓝灰色天空。"前几天，我跟一个很漂亮的加拿大女人一起吃了顿午饭。一个模特，身材真的很棒。"他说。

"模特就只会撩男人。"

"我们在一家餐馆吃了饭，有个痴情种警察在追她，但她看上别人了。"

"你吗？"

"尽管说出来丢脸，但她看上的真不是我。她要我给她和索雷尔牵红线。"

珍妮笑了："如果你觉得这个姑娘人不错，最好别把她介绍给索雷尔。"

"你就这么嫌弃索雷尔？"

"他是偏执狂，心里只装了一件事。"

"他的艺术事业？"

"不是，是他自己。"

"搞艺术真的很难，珍妮。为了成功，你必须什么事都赶在别人前面。"

"哪个行业不是这样的？要想成功都必须努力奋斗。"

"但是总有人做得比别人更出色。索雷尔身上就有一些品质是我可望而不可即的。"

"他身上有些东西你不用去学，越少越好。如果你老是跟他比，你只会更加痛苦。你得适时放松一下。"

"如果你想介绍他们认识，就找个晚上带他们去舞厅。这条街上刚好有家新开的舞厅，真的很便宜。"

"我还不知道他们会不会跳舞呢。"

"不会跳，可以听音乐啊，那里有支新来的阿根廷乐队。"

"那就听你的。"

托马斯又看了一眼那本语法书。"我也会点英语。我想多学一点，你答应过要教我的。"

珍妮总算放下了手里的诗集，看着他。"说几句英语试试看。"

"'To be, or not to be?'" [①]托马斯说。

"我想想就知道你要说这句。总共就六个单音节词。你知道下一句是什么吗？"

托马斯说了下半句，珍妮听了开始大笑。"你发音好傻。"

"所以才让你来教我呀。"

等到一个大家都有空的晚上，珍妮带着托马斯、阿方斯、索雷尔以及埃丝特尔到了圣米歇尔大道上的一个新舞厅。说是新舞厅，实际上是家老舞厅，不过现在换了新老板。舞厅内天花板很高，虽然已经做了不少装潢，但仍给人感觉像是个谷仓。其中一面墙的旁边设置了一个吧台，红色仿皮软凳和桌子都用钉子固定在地板上，防止打架斗殴时有人搬起来砸人。有一面墙整面都安装了镜子。舞厅中央挂了一盏威尼斯风格的玻璃球形灯，从灯到四个角落悬挂了四条彩色纸带。舞厅里一股陈年烟味。舞厅最里面的墙上有一个悬空露台，要上去的人只能爬一个架在舞池里的长梯。有四个男的穿着圆下摆泡泡袖衬衣，一个接一个地爬上梯子。

"这个梯子是干吗用的？"

"每跳一场舞，老板就能赚一场舞的钱，所以他不想乐队有片刻休息。他们爬上去之后，他就把梯子拿走，让他们整个晚上都在上面演奏。"

索雷尔环顾舞厅一圈。最近他在卡雷尔那里一直得到表扬，把他傲得对很多事情都看不顺眼，不管是吃喝方面还是音乐方面。如果去的地方他喜欢，他就能带活整场气氛；如果去的地方他看不上，他就甩脸色，早早离开，让同行的伙伴都很扫兴。珍妮照样我行我素，对索雷尔的各种态度都无所谓，该怎么快活就怎么快活。托马斯也想做

---

① 这是莎士比亚名句的上半句，意思是"生存还是毁灭"。它的下半句为"that is a question"。

到像珍妮这样无所谓，但他还是希望索雷尔能因为埃丝特尔而喜欢今天的安排。

他们每人点了一瓶啤酒。

舞厅里人越来越多，空气里已经充满了浓浓的烟味。来跳舞的大多数是工薪阶层，男的穿夹克衫，戴平顶帽，帽子还故意歪着戴，扮成街头混混的样子。女的身穿背带短裙，腿上套双经过缝补的长筒袜，有些头上戴花，有些胸口戴花。几乎每个女的都把刘海的卷发压平贴在前额。这里偶尔也有一两个来体验贫民生活的法国绅士。巴黎的外国人不太喜欢缪赛特舞。

"为什么这种舞叫缪赛特舞？"阿方斯问。

"缪赛特是一种风笛。世纪之交时，来自奥弗涅的移民在举办本族人集体活动的时候会演奏这种缪赛特风笛。后来，意大利移民带来了手风琴，风笛就渐渐不用了，但缪赛特这个名字保留了下来。"珍妮说道。

托马斯打量了一下埃丝特尔今天的打扮。她今天穿的蓝裙子就是上周跟他一起吃午饭时穿的那件，长发披肩，在一头乌黑长发和一对红唇的映衬下，皮肤显得特别白。来跳舞前，她先到珍妮住的旅馆与大家会合。在迷你旅馆大堂里，索雷尔将她上下打量了一番，还当她是讲台上的模特。打量完，他就转移视线，不再看她了。埃丝特尔没说几句话，除了偶尔跟珍妮交流两句。大家坐在一起，气氛有点让人窒息。但是阿方斯看上去毫不在意，他只顾看乐队演奏，看跳舞的男女。他会毫无意识地盯着一处发呆。有一次，阿方斯盯着对面的一个女孩太长时间，那人的男朋友吃醋了，远远地朝他挥拳头。不过，阿方斯只是耸了耸肩，表示歉意。

珍妮拿出一个小钱包，倒出一堆十生丁[①]硬币到桌上。

"你们要去跳舞时，拿两个付给收银员。还有，埃丝特尔，要是

---

① 生丁(centime)，2002年以前的法国货币单位，100生丁=1法郎。

有男人在吧台请你喝酒，不要接受。"

"这我懂。"埃丝特尔说。

珍妮又跟托马斯交代一番。"如果我跟其他男人跳舞，你绝对不能吃醋。如果男人请女人跳缪赛特舞，女人没有权利拒绝，不过条件是舞资得由男人来付。"

手风琴、竖笛、吉他加低音提琴，四个乐器组成的乐队开始演奏一曲波尔卡舞曲。没过一会儿，一个男人过来拍了拍埃丝特尔的肩，她就起身跟他跳舞去了。一个提着篮子的服务员立即跑过来，这男的就掏出两个十生丁硬币，放进收银篮子里。波尔卡舞曲已经流行了十年，托马斯在老家就会跳了。所以他搂着珍妮一起跳舞，跟大家一起跳快三步，时不时地与舞池里的其他人互相擦到。珍妮和托马斯一连跳了三支舞，而埃丝特尔也根本没空坐下来休息，因为接连三个男人都邀请她做舞伴。

"你真的是太抢手了。"珍妮对埃丝特尔说。埃丝特尔一只手拿着杯子小口喝着啤酒，另一只手给自己扇风。

"这些舞我都会跳，这应该是其中一个原因吧。"她说。

"你要不要跟我一起跳舞？"珍妮问阿方斯。

"我不跳舞的。我天生不会跳舞。不过别替我担心。我可以听音乐，看热闹。再说，今晚轮到我熬夜，我不想太累。"

"我可以一直跳舞跳到脚断掉为止。跳舞让我感觉自己很有活力。你爱跳舞吗？"她问索雷尔，想要让他少一些胆怯。

"我有时候会跳一下，但也要看有没有适合我的音乐。"

珍妮和托马斯坐在一边，休息了两支舞的时间，但总有男的接二连三地过来拍埃丝特尔的肩，所以她已经连续跳舞跳了一个小时了。舞厅营业到这个时候，屋里的烟味已经重得难以想象，屋内的热气让跳舞的人汗流浃背。

那边别人跳舞跳得热火朝天，这边阿方斯微笑而坐，东看西看，自得其乐。而索雷尔只是盯着啤酒杯，偶尔抬头看几眼。托马斯几次观察埃丝特尔的脸色，看她是否失望，但她在各色男人的怀抱中跳舞，快活得不得了，哪怕在舞池里稍作休息的时候好心情也不减半分。

到十一点之前，大家已经跳了狐步舞、华尔兹、爪哇舞，还有每晚必跳的查尔斯顿舞。这时，手风琴乐手奏出一声夸张长叹，表示探戈舞即将开始。

"来吧。"索雷尔对埃丝特尔说。他拉起她的手，把她带进舞池。托马斯不敢跳探戈，因为探戈是舞林高手和社交达人的专属舞。他不安地看着他们俩跳。索雷尔个子不高，进入舞池开始跳舞之后特别像托洛茨基，其相似程度令人吃惊，也相当好笑。埃丝特尔比索雷尔高一点，这次特意穿了平底鞋，尽量缩小两人的身高差距。收银员出现在他俩身边时，索雷尔打手势示意他去自己的桌子拿钱。珍妮拿出二十生丁，扔进他的收银篮子。桌子上的硬币已经明显少了很多。

只见索雷尔一把抓住埃丝特尔，紧贴自己的胸膛，把她抱进怀里，又突然把她一把推开，好像她说了什么令人生厌的话。

"他在干什么？"托马斯问。

"一种阿帕希舞①，他居然会跳这舞，太让我吃惊了。这舞只有高手才能跳好。"珍妮说。

埃丝特尔靠近索雷尔，一只手搭在他肩上，又用另一只手把他推开。

"这看起来有点像吵架。"阿方斯说。

"这舞就是要这样跳。这舞就是要在探戈曲的伴奏之下表现恋人之间的争吵，有时候会很激烈。"

埃丝特尔和索雷尔一会儿拥抱，一会儿相互推搡，两个动作不断交替进行。其他一些跳舞的人都退到一边欣赏他们跳舞。

"他可真会跳舞。"托马斯说。

"他其实根本不懂舞步，但他临场发挥得很好。你要不要也试试

---

① 阿帕希舞：男女分别化装成强盗及其情妇的一种剧烈舞蹈。

看？"珍妮说。

"我不行。"

"来嘛，我们不跳阿帕希舞，就来一段简单的探戈舞。我会帮你的。"

托马斯跳探戈还没有差劲到摔倒在地，但是跟索雷尔相比确实不够自信。舞池里有些人跳得非常夸张：有些女人被舞伴用力甩出，甩到两人指尖与指尖分离时又转回舞伴怀抱；有些女人向后弯腰，直到腰背与地板几乎平行。跳完一支舞对托马斯来说已经够呛了，但埃丝特尔和索雷尔接着又跳了一支狐步舞和另外一支探戈舞，才回到自己的座位。托马斯看到这两人之间没有一句交流，但事实是索雷尔带埃丝特尔回来时已经牵上了她的手。

"真棒！"珍妮说。

索雷尔没理她，直接跟托马斯说话。

"你今晚就去珍妮那里过夜吧。"说完，他转身带埃丝特尔离开了。埃丝特尔没说话，但她出门时转过头对他们高兴地挥了挥手。

"狂妄自大的混蛋。"托马斯骂道。

"别不高兴。"珍妮劝他说，"这就是你所希望的结果，不是吗？再说，我那里的床垫舒服多了。"

五

时间一个星期接一个星期流逝，转眼就几个月过去了，作品在托马斯租的画室里越堆越满。他做了十来个大小不一的黏土模型，有的放在桌上，有的放在架子上，有的直接躺在地上的角落里。他做了一些在卢浮宫看到的大型雕像的缩小版复制品，这些作品难度很高。他做是做完了，但是质量好坏不一。他做了个《等待磨难的玛息阿》，质量还算合格。还做了个《萨莫色雷斯岛的胜利女神》，结果翅膀掉了。最后做的是《克罗敦的米洛像》，但是他已经没有心思去完成了，因为卡雷尔对这个作品根本没兴趣。托马斯看着这个画室，越来越觉得这样下去没有意义。所以，为了避免看到自己的那些雕塑，他干脆在女神游乐厅加班。

阿方斯知道自己没法观察模特，就从卡雷尔的学校退学了。即使他已经跟埃丝特尔熟络了，但在埃丝特尔脱掉衣服后，他还是不能看她；就连她穿上衣服后，他也几乎不敢直视她。埃丝特尔尽量用轻松、友爱的语气跟他说话，让他心里放松下来，结果只能算是略有成效。只要有她在的场合，阿方斯就没法做到完全轻松自在。一直到他退出卡雷尔的学习班，换了个学版画的学校时，他才真的感觉无忧无虑了。

在新的学校里，他的同学有学平印的，有学蚀刻的，也有学刻板的。好多人竟然跟他一样，都不好意思看模特。

埃丝特尔因为自己住的那栋楼要拆，一下子没地方住了。索雷尔同意让她搬进来跟他们一起住。一个女人住在男人堆中，情况就变复杂了，原本三个好兄弟的友好相处模式也随之发生了变化。埃丝特尔承担了房租的四分之一。这本是好事，毕竟减少了三个人的开支。但问题是她也占据了画室活动空间的四分之一，减少了大家的活动空间。埃丝特尔也画画，她带来了画架和画布。三个男人的各种工具和作品本来就堆得一团糟，现在更乱了。照现在这个样子，托马斯有时甚至觉得自己反倒成外人了。他想要搬到珍妮那去，可珍妮坚持要继续独立生活。

本来索雷尔和埃丝特尔这对甜蜜鸳鸯就已经给托马斯造成了诸多不便，再加上现在索雷尔在卡雷尔的地方越学越好，这让托马斯更加受不了。托马斯向来都认为自己不是一个爱嫉妒的人，以前也没有遇到什么能引起他的嫉妒之心的事。然而，索雷尔偏偏是个给点阳光就灿烂的主儿，一得到表扬就特别爱夸耀。只要卡雷尔老师对自己的作业说了什么肯定性的评语，索雷尔就会得意地去看托马斯。托马斯只能竭力装出替朋友感到开心的表情，只是装得很累，因为假笑的时候，连嘴角的笑肌都会发酸。索雷尔偏偏还一直看着他，等着看他的神情会不会有所变化。这个过程演变成了一种互相盯人的游戏。最近，托马斯开始有点不想玩下去了。

托马斯回想第一次见到索雷尔时，这个罗马尼亚人画画时落笔很重，画法简直诡异，手法难看，但遒劲有力。托马斯欣赏他的这种风格，认为这正是索雷尔性格的自然流露。可是，他的这种风格到了卡雷尔这里以后开始变了。画面背景变成了一个个几何平面，与画面前景中的表现主义题材形成强烈对比。因此，他的作品背景静止奇特，像戏剧舞台布景；而前景扭曲缠绕，充满能量。这种反差形成了一种张力，吸引着看画者的兴趣——托马斯也不例外。

卡雷尔老师邀请索雷尔每周去一次他的私人画室，与他共同创作。学校的其他学生开始或多或少崇拜索雷尔，有钱点的同学会请他喝酒，还让他带上埃丝特尔。埃丝特尔性格活泼，喜欢人多的场合。很快，大家就抢着邀请两人参加聚会。他们俩若来上课，连教室都显得特别明亮；他们要是没来，其他学生就会问托马斯他们几时能来。

索雷尔本来就有绘画天赋，现在从卡雷尔的课堂里学到了不少艺术知识，再加上在巴黎大街小巷上耳濡目染各种东西，已经形成了自己的独特风格。眼看索雷尔如此突飞猛进，托马斯觉得自己毫无起色。他已经学了不少雕塑技巧，也做了很多黏土模型，但结果并不尽如人意。他有次给珍妮做了个半身像，可卡雷尔老师说这个作品过于希腊化了。他建议托马斯多多学习罗丹①、马约尔②的作品。但托马斯觉得罗丹的作品过于激烈，马约尔的人体画又过于静态。他急于找到一种适合自己的风格，但越是心急就越难专心探索，越难专心就越心急，情况越来越糟，他也日益消沉。

心里的这份苦，他羞于跟人诉说，唯一的倾吐对象就是珍妮。有时，在珍妮住的旅馆里，两人并排躺在床上。他会看向窗外，心里只觉得有一种莫名的失望向自己袭来，连空气里都弥漫着这种失望。珍妮则会慵懒地轻抚着他的头发，告诉他一切梦想都会实现的。他必须继续努力学习，消化和吸收老师教授的知识，直到所学技巧信手拈来。为此，他必须心平气和、耐心等候。

有一天，见托马斯特别郁闷，珍妮就向他指出，最厉害的艺术家身上都有一种说不清的吸引他人的特质。约瑟芬·贝克就有这样的特质，她的气场能撑起整个舞台，能让整个巴黎为之癫狂。珍妮虽不甘心，但也只能承认，自己绝无可能获得约瑟芬的这种特质。所以，托

---

① 奥古斯特·罗丹（Auguste Rodin，1840—1917），法国雕塑家，代表作有《思想者》《青铜时代》《加莱义民》《巴尔扎克》等。

② 阿里斯蒂德·马约尔（Aristide Maillol，1861—1944），法国雕塑家，与其老师罗丹齐名。代表作有《河流》《大气》《地中海》等。

马斯可以认真学习、努力创作，但是他也可能跟珍妮一样，永远没法获得这种特质。

真是一语惊醒梦中人。托马斯坐起来，面对着珍妮。

"既然如此，你为什么还会跟我在一起？"托马斯说，"既然我身上没有你说的这种魔力……"

"托马斯，对不起。"珍妮立即道歉，然后用单肘撑起上半身，"但我爱你，因为你就是你。追求艺术的你是你，其他方面的你也是你——就像热爱跳舞的我是我，其他方面的我也是我一样。我爱你不是爱你的职业，而是爱你这个人。成功的方式不是只有一种，有些人可以一夜成名，有些人却可能大器晚成。你可能需要一步一步探索，才能逐渐形成广受欢迎的艺术风格；你也可能遇到一个会帮你一把的贵人；或者碰到什么特别的好运气也说不定。"

托马斯并没有从中得到安慰。他从床上跳下来，走到床对面的木头椅子坐下，说："但是你看到约瑟芬·贝克尔站在舞台中央的时候，不生气、不嫉妒？难道你不想站在她那个位置吗？"

"我当然想。人有欲望没错，但是如果欲望找不到发泄的渠道，有这样的欲望又有何用？要是老是念念不忘无法满足的欲望，就会变得怨天尤人。"

"你认为我是在怨天尤人？"

"当然没有。可生活中还有很多美好的事，年少时不好好把握，以后会遗憾的。"

"小时候，"托马斯突兀地说道，"我是没办法，喜欢雕刻却只能私下偷偷练习。但我好歹是走出来了。后来到了华沙，我开始忘了我的艺术梦，因为这个世界联手要我安于现状。只要我每天在车间工作，跟其他工人、学徒一起吃饭、抽烟，他们就视我为同类。可要是我多花些时间雕刻，那么就连那些有手艺的工匠都要笑我。要是我还继续待在华沙，我这辈子就要这么虚度过去了。现在你也跟我说些同样的事——要安于现状，要知足常乐，要埋头工作，要放松娱乐！要是我都听了这些话，还是一事无成呢？那时我还能拥有什么？"

"嘘，亲爱的。你这是在折磨你自己。"珍妮也下了床，跪在他前面，伸手将他的脸捧在手里，看着他的眼睛说道，"就算真像你说的，到最后一事无成，你仍然还拥有我的爱啊。我的爱还不够吗？"

托马斯甩掉她的手，站起来看向窗外，看巴黎的各式屋顶。过了好久，他终于平复心情，回到床上去了。

托马斯坐在画室里抽烟，忽然阿方斯鼻子里哼了一声，咳了几下，从小床上坐了起来。他看了看托马斯，又看了看表，然后起床去庭院里上厕所。回来后，他在脸盆里洗了把脸，梳了下头。

"你这么早起来干什么？"托马斯问道。

"我要去版画工作室。"

"你没睡几个小时吧。"

"我晚上去上夜班前会再睡会儿的。"

阿方斯用洞悉一切的眼神看着托马斯："你今天早上脸色很差，出了什么事吗？"

托马斯讨厌自己跟个透明人一样，什么心事都藏不住，便答道："我没事。"

"喂，要不跟我一起去版画工作室吧？"

"谢谢，但还是算了。做版画我不行。"

"我觉得你最好能找个人陪陪你。"

"珍妮等会儿会在餐厅等我一起吃早饭。今天我就跟她在一起。"

"带她一起来我工作室看看，她还从来没看过我学的东西。"

阿方斯发出这么友好的邀请，托马斯心动了。珍妮在餐馆跟他们碰面后，也同意改变原先的约会计划。

阿方斯所在的版画学习班位于格勒奈尔街，在一栋楼的次顶层，离他们的住所和卡雷尔的学校都不远。教室有一个舞厅那么大，沿河墙上有一排窗户，可以俯瞰塞纳河。教室的一头放了几台大型印刷机，安装了几个不同尺寸的洗涤槽和蚀刻专用的酸洗池，还有一些工作凳和工作台。阿方斯他们三人走进教室时，五六个人跟他打招呼。他就向一些同学介绍托马斯和珍妮，还跟其他人招招手。托马斯看出来为什么阿方斯喜欢这里的氛围了。他在这里能跟大家平等相处，相互尊重；可是在卡雷尔的学校，大家却笑他有点滑稽。

"你能给我上堂雕版课吗？"珍妮问道。

阿方斯见她对版画感兴趣，开心地笑了。

他从包里拿出有四本书拼起来那么大的一块铜板，把铜板放在工作台的厚玻璃上。接着，他打开一卷包裹布，里面放着雕刻刀、刮刀、抛光器等各种凿板工具。阿方斯雕版的时候喜欢把工具都收拾得井井有条。每把工具的圆木柄上都刻了一个漂亮的"A"字，这样就不会和其他学生的工具搞混。

"现在你要看仔细了。"阿方斯说，"我用右手手掌握住雕刻刀，左手抓住铜板。接着，我右手持雕刻刀往一个方向用力，左手转动铜板。我右手在雕刻刀上使的劲就这样在铜板上形成一段线条。这样，我的力量就在金属上得到了体现。铜板雕刻这种技术能将我的部分身心直接表现在铜板上，这也是我最喜欢版画的原因之一。版画跟雕塑中的刀工有点相似。因此，相较于素描和绘画中的欺骗性线条，版画的刀工更加诚实。"

"要是刻错了你怎么修改呢？"托马斯问。

"最好一开始就要做到不犯错误。可要是真刻错了，我就用刮刀去掉严重的问题。"

阿方斯正在做一个同事的半身像版画。这个同事是西班牙人，留了一大把八字胡，头发乌黑，盖过了前额，头上戴了一顶制服帽。

"你不先画草图就直接刻了吗？"珍妮问。

"他很厉害的。"一个路过的同事说，"他都是直接在铜板上刻的。"

尽管托马斯刚开始没多少兴趣，但是看了阿方斯做的事后，他也着了迷。版画所用的技巧跟他所用的技巧很不一样。他是真服了阿方斯的高超技艺。他不禁想起自己曾经对待阿方斯的态度，当时有点学索雷尔的样，对阿方斯也是冷嘲热讽的。想到自己以前竟然如此小看了阿方斯的才能，他为自己感到羞愧。

"这块铜板其实本来就差不多完工了。"阿方斯说，"我刚刚不过是加了几条线，给你们俩看看我的工作是什么样的。"

阿方斯拿起铜板，用墨水擦拭，再把余墨清理掉，墨就留在了铜板上用刻刀刻出的线条里。他已经提前一天把纸浸湿，确保纸里面的水分分布均匀。他把铜板放在纸边，准备印刷。

铜板印刷机是一台在两个滚轴之间来回移动的钢床。阿方斯先铺上一张白报纸，然后在纸上放置刻好的铜板，雕刻的一面朝上，最后盖上浸湿的纸。他又在浸湿的纸上铺了三层毛毡，并检查铜板印刷机上的压力设置。

"你也来，珍妮。你可以帮我转这个手柄，就能做出第一张版画了。"

珍妮照着做。她转动了一个大手柄，铜板、毛毡和纸就在滚轴间动了起来。

"现在你来这边。"阿方斯说，"提起毛毡和纸。"他递给珍妮两张折好的纸板。珍妮又照做了。她从铜板上提起纸，把纸转移到印刷机旁的工作台上，翻了个面。那一刻她惊呆了。阿方斯看到了她脸上的表情，笑出了声。

"就是这样，你看，这就是铜板印刷的魔力。图案一下子就全印好了。"

"而且方向正好相反。"珍妮说。

"没错。印刷多了就习惯了。我刻铜板的时候，必须时刻提醒自己我刻的是镜像图案。"

托马斯仔细观察图案。他可以看出，阿方斯雕刻的线条有粗有细，线条之间的空隙有大有小，胡须线条精细，排列紧密，几乎跟真的一样。肖像脸庞清瘦，颧骨很高，用的是类似的细线条。只是分成几条短线段，以表现出脸颊的凹陷感。

"阿方斯，真的是太精美了。"托马斯夸赞道。他拍了拍阿方斯的背。阿方斯脸上洋溢着开心的笑容。

"我认为你可以做一名好老师了。"珍妮说。

"可能他不想成为老师呢。"托马斯说，担心阿方斯会觉得受到羞辱。但是阿方斯似乎对珍妮的建议毫不介意。他还轻轻抱了一下珍妮，虽然动作有点不太自然。

等六块铜板全部印好时，已经过了中午，其他人都出去吃饭了。临近月末，他们三个人都没钱一天出去吃两顿。所以，在阿方斯把吸墨纸夹在图版中间并全部包好之后，他们回到了自己的处所。等下午三点商店重新营业后，他们买了些吃的当迟来的午饭。

当托马斯、珍妮和阿方斯三人提着面包、黄油、干酪、葡萄酒、纸包火腿片回来时，他们发现埃丝特尔和索雷尔已经从美术学校回来了。他们正在炉上的锅里炖鸡，里面还放了一些蔬菜。空气里到处飘着韭葱、萝卜、干月桂叶、葡萄酒和鸡肉的浓郁香味。埃丝特尔用一条蓝色围巾把一头长发从后面扎起来，站在灶台边上，看上就像一位干练的中产家庭主妇。

"啊，哦，"索雷尔看见他们进来时说，"食物的香味招来了吃白食的。"

"快坐下喝杯酒。"埃丝特尔招呼大家，"如果你们还没饿死，那就等一会儿，今天的鸡够我们大家吃了。这只鸡好老，我看它可能一千年前就给法国的查理大帝下过蛋吧？我都炖了两小时了，还是没酥软。"

"我们也买了些吃的。"阿方斯说。

"那就真办成庆功宴了。"索雷尔说。"我们有第一道菜，第二道菜，就差一道甜点了。"

"我有一罐山莓酱。"埃丝特尔说，"我们可以用面包加果酱作甜点。"

"真的可以吃大餐了。"索雷尔说。等大家把吃的全部摆在桌上后，满满一桌还真像一个小型宴会。

"我们有事要庆祝。"珍妮说,"来,阿方斯,给大家看看你的新作。"

"拿一张出来,我们洒点酒上去。"托马斯说。

"洒酒上去?"埃丝特尔问道。

"这是我们家乡的一个传统。不管什么时候得到一件新东西,用酒给它洗礼可以带来好运。"

"难道不会弄坏新东西吗?"

"虽说是洒酒,其实不过是一种比喻的说法。我们都把酒洒进喉咙里了。现在唯一的问题是,洒酒仪式通常需要用烈酒,不用葡萄酒,但是在法国……"

"等一下,"阿方斯说,"我有样东西可能可以派上用场。"他从床下掏出一个大袋子,从袋子里拿出一瓶伏特加。

"这是我用第一笔工资买的,我存着这瓶酒就是为了庆祝。看样子今天该开这瓶酒了。"阿方斯拔掉瓶塞,开始往空果酱罐里倒酒。

"不用给我倒了。"埃丝特尔说,"我喝不了那么烈的酒。"

"我可以喝。"珍妮说,"但是我们喝之前先给他们看看你的新作。"

"你们确定要看吗?"

阿方斯一般要人家多哄几次才放得开,不过他这次看起来很开心,直接就打开了画夹,擦干净桌子,然后摆出了他的作品《西班牙人》的其中一幅。索雷尔和埃丝特尔站过来看这幅作品,仔细端详。

"很好看。"埃丝特尔说。

"我们为这幅作品举杯庆贺吧。"索雷尔说道。他举起杯子,直接喝掉了半杯伏特加。托马斯回头看阿方斯,看看他有没有生气,因为按规矩应该是酒主人才有资格邀请别人喝酒。但索雷尔是罗马尼亚人,或许罗马尼亚的规矩和立陶宛的规矩不一样吧。阿方斯对托马斯和珍妮点了点头,他们仨也跟索雷尔一样各自喝了半杯酒。

托马斯意识到了气氛的紧张,正打算说点什么来活跃一下沉默的氛围时，珍妮先开口了。

"看这些精细的线条。"她说道，试图让索雷尔在埃丝特尔称赞之后也说点什么赞扬的话。"你们有没有看出来这些线条的表现力？"

"这工艺技术真的很棒。"

"你这句夸人的话还不如不夸吧。"埃丝特尔说。

"我们还是吃东西吧。"索雷尔说，"切点面包。第一杯酒空肚子喝比较好，因为酒精能够直接上头。但最后还是要吃点东西下去，肚子里光有酒肯定不行。"

他兀自坐下，开始为自己做三明治。

"听着，我的朋友。"阿方斯说，"你现在让人很不舒服。为什么你不评价一下我的作品呢？"

"如果你要我说，那我就实话实说了。"索雷尔一边说，一边嚼着面包。

"我当然要听实话了。"

索雷尔把嘴里的面包咽了下去，又喝了点葡萄酒，说："那我开始说了。你的版画技术很棒。可喜可贺！至于肖像画，从老式技法来看也不错。所以再次祝贺！不过，我不明白的一点是，你有必要学版画吗？铜板雕刻是珠宝商做的事情啊。做铜板印刷应该是技术工人，而不是艺术家吧。你有听说过哪个做版画的成名了？"

"阿尔布雷希特·丢勒[①]就是其中一个。还有个伦勃朗[②]。"

"的确。但这都是几百年前的事了，现在做版画的名家还有谁？"

"毕加索和马蒂斯是其中两个。"阿方斯立即反驳。

"版画只是他们的副业罢了。这项技术已经过时了，你这样子下去是永远不会出名的。"索雷尔看看自己已经喝空的伏特加酒杯，开始

---

① 阿尔布雷希特·丢勒（Albrecht Dürer，1471—1528），德国画家、版画家及木版画设计家。代表作有《手》等。

② 伦勃朗·哈尔门松·凡·赖恩（Rembrandt Harmenszoon van Rijn，1606—1669），荷兰画家，作品包括油画、蚀版画和素描。代表作有《夜巡》等。

喝起了葡萄酒。他的表情看起来就像是他自认为已经赢了这场争论。

"我从来没想过要出名，我只是想做出优秀的版画。比起画布上的颜料，我更喜欢纸上油墨的光洁。我只要在自己工作的版画工作室出名，那就足够了。"

"哦，阿方斯，在沙龙和画廊出名才算真的出名。你还要让画商、大街小巷和各家报纸知道你的名字。你必须从买家的角度去考虑问题。每个人都想买到一幅与众不同的画，真正独一无二的作品，以此来提升自己的社会地位。买家是不会深层考虑问题的。对他们来说，画家才是艺术家，版画印刷人就是工匠。"

"那是愚蠢的偏见。"

"但你必须适应现实世界，而不是让现实世界来适应你。"

"索雷尔，"埃丝特尔说，"你这样说话太过分了。"

"或许吧，但至少在巴黎这个城市我将以艺术家的身份出名。难道不比到死还是个无名之辈强？看！我现在已经小有名气了。用不了多长时间，我就有足够的油画来办一场个人展了。我已经是卡雷尔的得意门生了。"

"因为你巴结卡雷尔。"托马斯用几乎听不到的声音嘀咕。

索雷尔噌的一下转过来看着托马斯。"就算我巴结他又怎么啦？他不也在巴结我吗？我们俩这叫你来我往，互相得利。他会帮我办个展，我的作品会开始畅销。到那时，你仔细看着！我关注这个世界，关注我们这个时代。而你，阿方斯，你选择离开时代大潮，走入艺术的旋涡，进去就是死水一潭。还有你，托马斯，你就一直沉迷于你的伤心难过吧。"

托马斯感到一阵剧痛，仿佛索雷尔这话一脚踢中了自己的腹部。索雷尔把杯里的葡萄酒喝完，又给自己倒了伏特加。

"现在你又要怪我破坏了你的兴致吧？"他说，"但这是你要我讲的，不要怪我。"

"埃丝特尔，"阿方斯说，"你也这么认为吗？"

埃丝特尔叹了叹气，说："我不会像他说的那么残忍，但恐怕他说的是对的。"

"我不这样认为。"阿方斯说，"我相信作品本身比艺术家更重要。没人知道巴黎圣母院正面的牧首雕像是谁的手笔，但这些作品就能代表其创作者。托马斯，你怎么认为？"阿方斯看上去眼泪都快出来了。

"我以前跟你想的一样，但现在恐怕我开始认同索雷尔的想法了。"

"你说过你喜欢我的《西班牙人》版画！"

"我是说过。那件作品真的很棒，但我不能确定它会不会给你带来声誉。"

"要是我说我根本就不在乎什么声誉呢？"

"那我就敬佩你。"托马斯说。

"归根结底，衡量一个艺术家成功与否，就看他的作品是否畅销。"索雷尔说。

"那你为什么不做商业艺术呢？"阿方斯问道，"看看保罗·科林，他做约瑟芬·贝克的海报。现在他的作品满大街都可以看到，他靠这个肯定日子过得美滋滋的。"

"真正的成功是你能做你喜欢做的事，而且在有生之年还能靠这个赚钱。我应该要比你们俩更早成功，因为我的动力更足。"

"你是动力足，没错。"托马斯说，"但动力足并不表示你水平更高。"

"我会证明给你看的。"

阿方斯大笑，说道："是吗？那我们是不是应该到五十岁时再见面，看看到底谁成功了？"

"不，没必要等那么久。我跟你们打赌，我们中谁最先卖出作品就举办一场派对。办一场真正的派对——要请很多人，要有音乐，还要有酒。另外，我说的作品是一件像样的作品，不能是明信片大小的素描。你们认为怎样，打不打赌？"

"反正怎么样都没多少损失。"托马斯说,"如果我第一个卖出去第一件作品,我会因此而开心;如果是你们俩当中第一个卖出去第一件作品,我也可以有吃有喝。"

"那就这么定了。"索雷尔说,"我们三个中谁第一个卖掉作品,这个人就要为另外两个举办一场派对。"三人握手表示同意。

"那我呢?"埃丝特尔问。

"你是女的。"索雷尔说。

"她可以加入这场打赌,索雷尔。埃丝特尔,你也算其中一个。"托马斯说。

打完赌时,他们已经吃完了火腿、奶酪和面包。这时鸡也已经酥得差不多了,因为再酥也酥不到哪儿去了。他们又开始谈论其他话题。但是因为前面这场谈话,这鸡吃起来也不香了。除了索雷尔,其他人都吃得不太开心。阿方斯把他的《西班牙人》版画放回画夹,以后再也不想看了。

晚饭后,托马斯和珍妮起身要去工作了。阿方斯跟他们来到庭院。他把托马斯拉到一边:

"我刚才有话想跟你谈。"

"咱们不是今天一整天都在一起吗,还有什么没说的?"

"但珍妮一直跟我们在一起。我要说的这件事是个隐私。我希望你今晚演出结束后,在我便餐时间过来找我。我们在圣保罗莱恩斯街的餐馆一起吃个饭,大概两点半左右。"

"明天不行吗?"

"可以,但就怕索雷尔或埃丝特尔到时候也会在家。我也不想当着他们的面谈这件事。"

托马斯答应到时候去见阿方斯。

去女神游乐厅的路上,托马斯微微有了醉意,但酒精并没让他心情好起来。他虽然耳朵在听珍妮滔滔不绝地讲话,但是脑子并没注意她在讲什么。他跟着一大波演出人员从后门走进剧场,一方面觉得心烦意乱，另一方面又觉得昏昏欲睡。珍妮匆匆吻了他一下，就急忙上楼去化妆间了。托马斯听到乐池那边有两个小提琴师和一个萨克斯管乐手在捣鼓美国音乐家约翰·柯川的《再见黑鸟》，但没有奏出那曲子里面的美国味道。

托马斯在剧场入口处逗留了一会儿，正巧约瑟芬·贝克进来。这让他的心情暂时好了一会儿。约瑟芬走到哪儿都自带一圈光环。今天走在她前面的是她的新经纪人，大家都叫他贝比托·阿巴第诺伯爵。他抽烟用烟嘴，戴一个单片眼镜，嘴上胡子上过蜡，看上去很翘。他穿了晚礼服，应该是打算演出结束后出门赴约。约瑟芬也曾说过，贝比托是个"零"钱伯爵，账上存款为零，传闻他在遇到约瑟芬之前就是专门吃软饭的。现在是他在帮约瑟芬打理演出事业。不过，谁都不知道这人到底是在帮她节省挥霍的开销，还是在帮他自己敛财。

托马斯下楼走到自己的车间，但是手头并没有急事要做。他拿出一块油石，排好需要打磨的凿子。他将凿子的刃口紧贴油石，按圆形路线有规律地来回打磨，这个动作终于让他在这一天里第一次感受到了平静。他把一件件工具全都贴在油石上来回打磨，磨了很长时间，虽然真正磨刀其实用不了这么久。他把手伸进夹克口袋，掏出从立陶宛带来的折叠刀，也用油石打磨刀刃。手握这把折叠刀的感觉也很不错。

还没放下刀，他就开始在做舞台背景用剩的废木里东摸西找，找到了一块手感不错的松木，长宽都有三十公分左右。他把木块放到工作台上，用橡皮锤和凿子粗略做出一个形状，然后再用小刀和凿子在草稿上继续雕刻。

他雕刻的手感还在。他很少考虑手头要刻的物体的形状，只是模糊记得舞台上不同场景的配乐。他没刻意去想，随便按照自己的心情创作，结果做出了一个以前在立陶宛老家做了无数次的传统"忧虑的耶稣"像，连他自己都惊呆了。领班过来布置任务时，他已经大致完成了这件作品。突然被领班看到自己把时间浪费在这种老式的乡下雕刻上，他觉得怪不好意思的，就匆忙把雕像塞进车间后面的一个布袋里。

圣保罗莱恩斯街的餐馆就在同名的街上，位于住宅区的马路拐角处。这地方属于犹太人的聚集区，所以不太像是那种深夜餐馆。这地方长期以来都是巴黎的落后地区：房子都老了，悄无声息地逐渐坍塌；人行道很狭窄，路上的石板已经破损，也没人去修。从前的豪华宅子现在被分隔成了密密麻麻的小间，住的都是送货的脚夫、洗衣的女工和很多经商不成的商人，总之都是工薪阶级和穷人。这样的人哪怕会抱怨住宅区的餐馆开到半夜，投诉下来也没什么效果。

托马斯一把推开餐馆的门。这门已经变形，刮到了地面。餐馆很大，也很简陋，里面只有二十多张廉价桌椅，还有一张磨损严重的木制吧台，上面有很多缺口。五六个警察站在吧台旁边，享受着夜班的休息时间。托马斯进来时，这些警察都不说话了，好像他们刚刚讲的话题不想让人听到。托马斯在罗莎莉餐馆见过的扎马隆警长也在其中。扎马隆用焦黄的手指夹着一根香烟，神色疲惫，就像上次见面时一样。他脸色苍白，眼袋发黑，头发乱蓬蓬的，看来有段时间没有梳头了。

"我认识你。"扎马隆说，用焦黄的手指指了指托马斯。

"是的，我见过你。当时还有埃丝特尔，那个加拿大女人。"

扎马隆犹豫了一下，好像在考虑有没有不在场证明。"埃丝特尔。啊，我怎么会忘记呢。她搭上了个罗马尼亚人，叫索雷尔。"

"你怎么知道的？"

"我是警察。警察就该什么都知道。"

"这里不是你的管辖范围，不是吗？"

"为什么不是我的管辖范围？你是搞艺术的，不是吗？哪里能看到搞艺术的人，哪里就能看到我。跟我说说，埃丝特尔现在幸福吗？"

"他们俩看起来够幸福了。"

"那可真不错。"扎马隆语气不悦，"你来这里做什么？"

"我跟朋友约了在这里见面。他这会儿休息，可以出来吃饭。但是我没找到他。"

"你朋友是做什么的？"

"我不知道。"

扎马隆找酒吧招待员问情况。

"我想我应该知道你们可以在哪里找到这个朋友。他们那帮人在杰恩特街工作，离这儿就隔了几条街，在圣安东尼街的对面。"

"但你是怎么知道的？"托马斯问道。

"你去我说的那个地方吧，他肯定在那。"

"那我应该去那条街的具体哪个位置呢？"

"你去了就知道了。"酒吧招待员说，脸上带着笑。

扎马隆警长连句道别话也没说。

托马斯走出餐馆那扇差点推不开的门，按照酒吧招待说的方向走。大街上静悄悄的。这地方不像阿勒区或蒙马特区这种夜生活丰富的区域。圣安托万大街上倒是有一些车辆和行人，但是拐到杰恩特街后，周围再次变得悄无声息。这时，托马斯听到一阵有节奏的喘粗气声和重击声，他的各个感官都似乎受到了攻击。

不远处亮着几盏强光弧形灯，其中一盏沿着街道照过来。托马斯感到一阵晃眼，只得用手遮在眼前。他只能辨认出那边站了几个人和几匹马，还有一台庞大的机器发出吱吱咯咯的声音——是抽吸蒸汽和喷发蒸汽的声音。但是，叫人最难以忍受的是臭味。整条街都充斥着氨水和粪便的臭味：既有陈年的粪便，也有新鲜的粪便，真是臭不可闻，害得托马斯不得不用手帕捂在嘴上以防熏死。对于农场长大的孩子来说，粪便的臭味根本就不算什么，但这里的臭味也太恶心了。托马斯越走越近，突然听到一阵吱吱声，然后是一声吱嘎，那是抽水泵堵塞的声音。接下来又是一阵嘶嘶声。

"呸！"那群人中的工头骂了一句。"该死的密封圈用完了。现在就夜餐休息吧，伙计们。我们吃饭的时候必须让西奥斯把机器拆开来看看。"这台机器看起来有半个火车头那么大，安装在马车后部，用两匹马拉。机器外面有一根巨大的橡皮管，直径约有十五公分，通到路面上的一个检修孔下面。在这里上班的工人人数跟其他工作组差不多，看上去都比实际需要的人数要多得多。全部加起来可能有十二人，有的负责照明，有的负责固定橡皮管，有的则四处站着，还在抽烟。

"阿方斯！"工头对着检修洞口喊道，"下面的任务都完成了吗？"

一个空空的声音从下面传来："大概还有七八公分没完成。"

"已经差不多了。别干了，快上来吃饭吧。如果西奥斯能把机器修好，我们吃完饭后就去下一条街接着干。"

两个工人拔起了橡皮管。托马斯走上前，低头看检修洞里。借着头顶的灯光，他看见里面的阿方斯穿了件油布雨衣，戴着橡胶雨靴和手套。阿方斯趟着浮垢和污水走向梯子，借梯子往上爬。托马斯站着的洞口臭味最严重。一股腐烂的恶臭直冲而上，扑面而来。

"阿方斯！"他大声叫道，阿方斯抬头看到了他。他问阿方斯："你在这儿干什么？"

"我在这里上班。你来早了，我本打算等换洗干净后再去见你的。不过也没关系。你往后站，我马上就爬上去了。"

阿方斯爬上梯子，来到路面上。托马斯跟在他身后来到马车旁。阿方斯脱掉雨衣、手套和高筒雨靴。

"能原谅我不跟你握手吧？"

"我原谅你了。"

"好！有些同事在这里工作久了甚至可以做到饭前不洗手。"

"难道你就只能找到这份工作吗？"托马斯问道。

"这份工作薪水还不错啊。一开始我也讨厌这份工作，这也是我没有告诉任何人的原因。但现在，我的朋友，没有什么事儿可以让我灰心丧气。走吧，我请你去喝酒。"

他们三五成群来到原先那家餐馆。阿方斯先去洗漱，托马斯叫了两杯啤酒等他。

"你就不能跟其他人一样在地面上工作吗？"阿方斯回来后，托马斯问道。

"我本来是在地面上班的，但后来我自己要求去下面的污水坑工作。工资是地上的两倍。"

"就是因为下面太臭了吗？"

"那倒不是，臭味总是会习惯的。但最危险的是下面有时候会有大量沼气，有人会因为缺氧而晕倒。再加上沼气有爆炸的风险，所以待遇才会这么高。"

"我原来都不知道巴黎居然还有污水坑。我以为巴黎有污水管网的。"

"巴黎确实有。但污水管网跟香槟一样，并不是每个人都有钱享受。大多数地方还是在用污水坑。最可怕的是政府大楼。你知道那里没有烧饭或洗澡的地方，所以那里的污水坑水更少。结果，屎都结在一块，抽都抽不掉。"

"听你说话哪里还像我认识的那个阿方斯了？辞掉吧，阿方斯。我可以帮你付房租，一直等你找到更好的工作为止。"

"你以前觉得我是那种要求很高的人，是吧？"

"是的。"

"是，这份工作的确很脏，我承认。要是让我爸看到我来巴黎就干这个，他会活不下去的。我家祖先几代扔掉了乡下的田地，跑到城里坐办公室，就是为了不闻到粪肥的臭味。但是，我才不管工作的高低贵贱，只要这份工作挣来的钱能让我继续我的艺术事业。而且现在，我还必须赚钱来求爱。"

"你说求爱？"

"是的，我老早就想要告诉你，因为你是我在巴黎唯一的朋友，还是我的同胞。我本来打算今天白天告诉你的，但是在珍妮面前说不出口。"

阿方斯把三明治放到餐盘纸上，身子隔着小餐桌向前倾，伸手握住托马斯的手臂。

"我跟你说一个秘密，你跟别人一个字也不要讲，包括珍妮。"托马斯答应保密。阿方斯接着说："我恋爱了。我很开心，开心得不知如何是好。我听别人都说恋爱的人会头晕，但我一点也没头晕。我是心跳加速，前所未有的那种。我都快不能呼吸了。哦，上帝。如果这是爱的滋味，那你们这些恋爱中人是怎么忍受过来的？"

"哇哦，恭喜你！"托马斯说，"那就为爱干杯。"

他们为各自的恋爱干了杯，托马斯又叫了两杯啤酒。"这么大的事情你怎么藏得住？"托马斯问，"为什么你不带她过来见我们呢？"

"我还没跟她说过话呢。"

"什么？"

"我只是暗暗地爱慕她。"

"噢，阿方斯，你从来都不走捷径。"托马斯说道，身子向椅背靠。

"这就是我要告诉你的原因啊。我想要听听你的建议，我该怎么去接近她。"

"直截了当就是最好的办法。直接过去跟她聊聊，看看你们俩聊不聊得起来。只要开口说话就行。不过，她是谁？"

"她是一家音乐剧场的演员。"

"在女神游乐厅？"

"不是，是一个叫克里斯音乐厅的小剧场。"

"你什么时候开始去音乐厅看演出了？"

"我那时候觉得我应该能做到从远处看裸女。"

"你还没说这个女人到底是谁呢。"

"她在一场表演里表演杂技。她的嘴唇跟草莓一样红，满头金色卷发。她是我这辈子见过的最优雅的女人。"

"你对她是一见钟情？"

"也不完全算是一见钟情吧。第一次我是被迷住了。第二次我花了更多的钱买了张位置更好的票，想坐得更近点。后来我就一直去那里。直到我意识到，再这样下去我会把钱都花光的。所以我就限定自己，只能两星期去看一次。现在已经三个月过去了。我每天都提心吊胆的，怕她会去其他剧院。那样的话，我会找不到她的。"

"为什么你不在演出结束后去找她呢？"

"我不能待那么久，我还得去上班啊。"

"她叫什么名字？"

"巴尔贝特。她是美国人。"

"用了个法国名字？"

阿方斯耸了耸肩，说："不要问我。"

"你看看你，三明治还没动过一口呢。先吃点吧。"见问不出什么来，托马斯转移话题道。

阿方斯没吃，而是隔着餐桌向托马斯靠近。

"我在污水坑工作，她会嫌弃我的。我每次回家前都洗得非常仔细，但是身上可能还会有股味道，对吗？"

"有时会有股氨水味。"

"你现在明白我什么意思了吧？我想先存足钱，越多越好，然后在求爱前辞掉工作。这样，就会有足够的时间，还有足够的钱来好好待她。"

"听着，阿方斯，你的计划很好。但计划的前提还是空的。如果等你们互相了解以后，你发现自己并不喜欢她呢？或者她不喜欢你呢？至少找机会跟她去说说话，看看结果会怎样。"

阿方斯一下子从开心变为愤怒了。"我可不像你和索雷尔，我跟女人在一起就会不自在。远远地欣赏女人我可以，但是只要近距离接触女人，我就会舌头打结，感觉自己像个傻瓜。就算是埃丝特尔这么熟的人，她站到我身边都会让我不自在。我甚至有一半时间都不敢看她。但我必须想办法克服这个问题。我一向认真地对待我的人生，现在我对待我的爱情要更加认真。我已经找到了我爱的人。我非她不娶！"

所有的抽粪工人都站了起来。托马斯又闻到了他们身上的那股臭味，好像只要他们一走动，餐馆里就形成了一个臭气旋涡。阿方斯也得回去上班了。托马斯跟着这群抽粪工人走出餐馆，目送阿方斯回去。阿方斯站在那些工人当中，比其他人都高出半个头。他要回到那条街上继续上班。他一路走得有点蹦蹦跳跳的，脚步因为恋爱而变得更加轻盈。

时间已经很晚了，托马斯也累了。但是头班电车还没有开始服务，他又坐不起出租车。他走到塞纳河边，沿着右岸的滨河路慢慢散步回去。凌晨的这个时候，巴黎跟乡下的村庄一样宁静。他经过滨河路的路边书摊，书箱子盖上了盖子，悬铃树枝叶低垂下来。一艘驳船逆着水流静静地向他驶来。在西堤岛靠近上游的一头，他看到两个渔民端坐在月光下，两根长长的鱼竿架在水面之上。

托马斯几乎很少想起往事。但是看到塞纳河，再加上刚刚跟阿方斯用立陶宛语说话，让他想起了童年时代家乡的那条河：岸边是沼泽，水深之处暗流涌动。小时候，他在河里抓青蛙、捉鱼，那都是童年的开心时光。但他也想到了老蒙伯格伯爵之死，还有另外那两具尸体如何被塞到冰窟窿里，他自己也参与其中……刹那间所有的回忆都黑化了。他不寒而栗，尽量不去想老家莫尔丁，但老家的往事却偏偏涌上他的心头。在同一个欧洲的另一边，在某个地方，他的父母和兄弟姐妹现在还在睡梦中吧，或者已经早早起床在忙农活了吧？他想知道他们每个人现在都过得好不好。写封家书并不是那么难，可他从没写过。

在莫尔丁曾经存在过的年轻人现在已经一去不复返了。他消失在时空交错之中，再也找不回来了。华沙就像一条线——他在华沙跨过了这条线，从此以后他思念的那些家人统统都属于过去了。过去的他和现在的他已经不是同一个人了；而巴黎有点像个模具——他像溶液一样被倒进去，出来以后就成了另一个人，一个跟过去完全不同的人。

虽然他不愿意回忆，但他还是想起了玛丽亚。她已经过世多年。如果当年他和她真的一起到了维尔纽斯，他俩现在的生活会是什么样呢？日子肯定会很艰难吧，特别是小孩生下来之后。可能托马斯身上始终都会留下一点立陶宛农民的痕迹，因为一想到玛丽亚，他就满心忧愁，而忧愁正是立陶宛的主流情绪。他那天晚上做的耶稣像也充满了这种忧愁情绪。

他不去想那些悲伤的事。要想出人头地，他就必须忘掉过去。

回出租房的路还远着呢。为了打消那些不愉快的念头，他加快了走路的步伐。

六

珍妮坐在旅馆房间的床上。她今天穿了件白色的衬衫，外面套了件羊毛开衫，扣了扣子，头上包了头巾。枕头上还放了一本语法书。

托马斯和珍妮在一起怎么样都不觉得腻。他们在女神游乐厅上班时也是一有机会就去找对方，找到以后就有说不完的话。说的时候还特认真，好像两人之间说的每个字都非常重要。与托马斯在台下共事的木匠、画师、布景设计师见珍妮见多了，不管白天还是晚上的任何时候，都没把她当外人，托马斯发现这就是在华沙上班和在巴黎上班的最大区别。以前在波兰，大家都觉得男人白天就应该辛苦工作，想女人这种事要到晚上下班以后才能做。到了晚上，男人可以选择去找女人，去喝酒，去打牌，或者任何其他想做的放松娱乐活动。但是在巴黎，大家都理解追求爱情比任何工作都重要。如果托马斯的领班看见珍妮到了车间门口，他就会跟珍妮点头打招呼，然后叫托马斯去买根烟，好让他俩有时间相处一会儿。有时，他还会派托马斯去马路对面帮大家买咖啡。要是托马斯跟珍妮一起出去，回来得晚了，大家也都完全理解。

托马斯做了一个夸张的动作，从包里拿出一个用擦碗布盖住的人像木雕。

他最近又开始喜欢上了雕刻，而且是一旦开始就停不下来的那种。他雕刻的东西跟他在立陶宛做的圣像有点像，但也只是有一点点相像。他已经不想再雕圣母马利亚和圣弗朗西斯了。没有经过事先深思熟虑，他就改掉了雕刻的主题：他雕了马蒂尼夫人，出租房的看门老太太，一个长得像女巫一样的老太婆；他雕了阿方斯，靠在篱笆上；他雕了索雷尔，还让他头上长了角；他还雕了一些附近店的老板，雕了他们各种各样的姿势。不过，雕刻出来的作品还是让他觉得不好意思，所以他把这些东西都放在麻布袋里，不让别人看到。

现在托马斯手里拿着一个很特别的木雕，并用擦碗巾盖着。他看珍妮的眼神更显神秘。

"我们初次见面时，我就答应要做这个送给你了。"托马斯说，然后掀掉了擦碗巾。

原来是一座珍妮的半身像。卷发是用抛光的槭木雕刻而成的，细节毕现；脸部惟妙惟肖，眼睛害羞地看着下面，双手正好挡在胸前，仪态虔诚。

珍妮见到雕像的反应跟他希望看到的完全一样。她先用手指轻抚这个光滑的木雕，然后拿过来到光线更好的窗边仔细端详。托马斯对头发和面部做了精雕，其他部位则保留粗糙的外观，质感就像他小时候见过的那些户外圣像，仿佛经受过日晒雨淋的洗礼。他仔细看她的表情，看她会不会注意到这一点，看她会有什么反应。

终于，珍妮欣赏完了，把木雕放在他身后的桌上，接着把托马斯一把推到椅子上坐下，自己则坐到他的腿上，深情地吻他。

"我真高兴你终于做到了。谢谢。"她说。

"你是怀疑过我吗？"

"谁让你在卡雷尔的教室里一天到晚都盯着别的女人看。"

"那是科班训练，毕竟我是学艺术的。"

"这句话你已经告诉我千百遍了。但想想一个女人让她的爱人专门去研究别的女人，你说她的心情会是怎样。"

"那你也想想一个男人让他的爱人每晚都跳舞给那么多人看，心情又是怎样。"

"那不一样。"

"为什么不一样？"

"因为我没有受到别的男人的诱惑，但你可能会抵挡不住模特的引诱。"

她隔着托马斯的肩膀看着雕像，轻声地笑。

"我很感动，真的很感动。"她说。

她又亲了下他，然后站了起来，整理了一下头巾。"好了，上课时间到了。"她说。

托马斯点点头，打开小本子复习笔记。

英语对托马斯来说真的是最难学的语言。虽然语法规则都很复杂，但立陶宛语、波兰语、俄语和德语都能直接拼读，且这些语言都有一些共同的秩序性。就算发音跟拼写不一致的法语，都是有规律可循的。但是英语呢，一个字母常常有多个发音。虽然动词词形变化很简单，名词也没有变格，但是这么严苛的词序要求，使得托马斯感觉这门语言就像监狱。

好在珍妮的知识储备非常丰富，令托马斯意想不到，每次上课总能让他吃惊。她掌握了所有的双重元音和三重元音，对音标和语言的起源了如指掌，而且她懂得如何激励学生更好地学习。

珍妮对托马斯这个学生格外严格，要求他抄写英语单词，还要一页页检查。每天，他都要抄十个单词给她看，每个都要写二十五遍，然后第二天下午复习一遍。抄完以后，他还要掌握这些单词的准确发音，读给她听。珍妮按照同类词的规则，给相同主题的词归类。如果身边有物品正好对应所学内容的话，她就会要求托马斯口述单词，然后自己手指物品，或让托马斯手指物品。

托马斯手指房间里的一样东西，但这东西在词汇表上没有见过。

"那个叫'bidet'。"珍妮说了"坐浴盆"的法语。

"但这东西用英语怎么说？"

"这东西没有英语名字，只有法语中有。继续背你的单词。"

"'head'。"他一边念"头"的英语单词，一边摸前额，接着念，"'chin''mouth''lip'。"分别指的是"下巴""嘴"和"嘴唇"。

"'lip'要说复数，人有两片嘴唇的。"她说。然后身子向前倾，用手指划过他的上嘴唇、下嘴唇。陈旧的灰色纱帘被吸到窗子外面，好像房间里的空气正在向外逃。

"'lips'。"托马斯将"嘴唇"的单数改成了复数。

"正确。这个是规则的名词复数形式，还有不规则的名词复数。举个例子看看。"

"我想不出。"

"你真让我失望。那就用英语说一个单词。嗯，男人爱的是什么？"

"'woman'。"托马斯的回答是"女人"，但用的是单数形式。

"看样子你又忘了我们可是身处巴黎哦。"

"'women'。"托马斯改成了"女人"的复数形式。

"这才像话。"珍妮说。

托马斯又念了一次"嘴唇"的英语发音，特别重读了最后的复数后缀"-s"，然后用手指划过珍妮的嘴唇。

"今天暂时就先学这些词。下面开始学语法了。说说你知道的英语冠词的相关知识。"

"英语只有三个冠词。"他说，"分别是'a''an'和'the'，但它们的用法很难掌握。"

"它们的用法有什么区别？"

"如果我的爱人告诉我，我是'the man she loves'（她爱的唯一男人），而不是'a man she loves'（她爱的其中一个男人），我会很高兴的。所以，我是前者还是后者？"

"你曾经是'a'，但现在你是'the'。好了，现在给我说说英语定冠词的用法。"

"英语中定冠词用于河流之前，而不用于湖泊之前。比如，英语中的塞纳河、泰晤士河前都要加'the'，但温德米尔湖和日内瓦湖就不用加。"

…… ……

托马斯和珍妮一起去了迪亚布洛廷巷的出租房。他俩走过阴暗的过道时，马蒂尼夫人正坐在椅子上，头上包了一条破旧的头巾。珍妮用肘轻轻推了一下托马斯，他的包里藏了一个马蒂尼夫人的雕塑。他感觉自己像个在课本上偷偷画了老师漫画像的小学生，看到老师赶紧合上书本。

"今天天气真好，马蒂尼太太。"珍妮说，"你应该带上椅子坐到能晒太阳的地方去。"

"我丈夫活着的时候，我们经常在房子前面摆一张小桌子，我们就在路边人行道上吃中饭。"

"您现在不想再到路边吃饭了吗？"

"那会让我会想起老头子的。现在我年纪大了，更喜欢坐在这里，坐在阴凉的地方。"

他们跟她道别，回到自己的住所。

阿方斯坐在画室的最里面，正好在天窗下。他正在仔细地雕刻着一块大铜板。

"我还以为你在睡觉呢。"托马斯说。

阿方斯都没有转身。"这里都这样了，谁还能睡得着呢？"阿方斯说道。他用雕刻刀在背后指了指画室角落里的小床。

托马斯进屋时确实听到了什么声音，但是没往心里去。现在他回头一看，发现埃丝特尔躺在床上，背对着他们在哭。索雷尔也躺在床上，眼睛盯着天花板，不理任何人。这两人最近开始吵得有点多了。

"或许咱们应该出去一下，到餐馆坐一会儿再回来。"珍妮说。

"都别去。"阿方斯说得特别言简意赅，"我下班回来看见他俩互相在吼。我就尽量给他们讲道理，谁知道这两个人都把矛头指向我，还让我滚出去。但是我也住在这里，我有权利想进来就进来，我也有权利要求安静。要出去就让他们出去，随他们在大街上打架。"

"我喜欢你手头在刻的画像。"珍妮对阿方斯说，希望能够转移话题。

阿方斯稍稍开心了一些。他正在刻一个女人的侧面像，肩部以上的那种画像。托马斯也仔细欣赏，侧头避开铜板的反光。

"你觉得这个怎么样？"阿方斯问。

他打开放在桌上的画夹，翻看一组用白纸隔开的铜板。这组铜板刻的图案是同一个女人的不同姿势，有些是全身肖像，但没有一个是裸体像。

"这个模特是谁？"托马斯问。

阿方斯的脸刷的一下就红了，但是他没有回答。托马斯猜想这人准是阿方斯说过的那个女人。

"这些作品真的太棒了。"珍妮说。阿方斯开心地笑了。

"但是没有我的好。"索雷尔说。

"猪猡！"埃丝特尔发出一声咕哝。但她依然没有转身，始终面朝墙壁。

"为什么你老是固执己见地去追求那些过时的玩意儿呢？你就在这个城市到处转转吧。如果不是来追求新事物，你大老远跑到这里来是干什么的？你看看你，到现在你还在那儿刮你的铜板。"

"听你的意思，艺术一定是在朝某个方向发展。"阿方斯说，"但我告诉你，有些东西是永恒不变的。"

"比如说？"

"比如说美。"

"你自己都知道这话有问题吧。以前的美女和现在的美女身材可大不一样了。看看二十世纪法国画家安格尔画的《大浴女》，那屁股和后背，跟农妇一样宽厚强壮。再让她重个四斤，她就算是女胖子了。安格尔都死了有五十年了。你们再看看埃丝特尔的后背和屁股。"他转头看看还侧身躺在床上的埃丝特尔。"你没听到我说话吗？"他朝埃丝特尔喊道。

"什么？"埃丝特尔气得说话都不利索了。

"你给我从床上起来，给他们看看你的屁股和背。"

"索雷尔，我还没把自己洗干净呢。"

"我才不管。快起来，站到这里来。"

"你这样也太残忍了。"托马斯说。

"闭嘴！我要证明我的观点。"

埃丝特尔哼了一声，但她还是站了起来，双手放在臀部，头发乱糟糟的，一副睡眼惺忪的样子。她把头转向一侧，为了不让大家看到自己那边的脸已经肿起。

"你怎么了？"珍妮问道。

"不要为我担心。我也一样打回去了。"

她手臂交叉挡住胸部，眼睛不看任何人。

"你们看看她髋部狭窄，胸部不大。这两点对生养小孩都不利，不过这年头谁会去在乎生养孩子呢？"

"你也太过分了。"珍妮说。

"埃丝特尔是女人没错，但是女人不是只有埃丝特尔一个。"托马斯说，"你要是想找胖女人，我可以从大街上给你找个胖女人过来。"

"你也许可以找来胖女人，但是没人会找胖女人做模特啊。在咱们这个年代，埃丝特尔才是成功的模特。你看她这么骨感，是当今时代的反映。如果她活在一百年前，她臀部上肯定得有肉才好。"

"你早给我吃好点，我屁股上就会有肉了。"埃丝特尔说。

珍妮从床边墙上的钉子上取下一件睡袍，帮埃丝特尔穿上。埃丝特尔穿上衣服就去了庭院里的厕所，珍妮跟着她到了庭院里。

"你们来看看我画的画。"索雷尔说。他打开了桌上自己的画夹。

托马斯被刚刚发生的事情惊呆了，但是见到索雷尔又要开始一番夸夸其谈，他感觉无能为力。索雷尔说，"这些画才是二十世纪通行的新语言。"

"等等。"托马斯说。

"等什么？"

"这些作品不是你的原创。我以前看到过其中的一些作品。"

索雷尔生气了。"这些画当然不是原创。这些是我的研究对象。我就这么说吧，我们现在都活在巨人的影子里，我要想办法爬上去，站到巨人的肩膀上。"

"你真的太恶心了。"阿方斯说，"活像个刚刚发育的姑娘，第一次去参加舞会，想知道自己到底算不算漂亮，想知道有没有人会喜欢自己。我真不应该来巴黎的。人到了巴黎个个都会迷失自己，忘记自己到底是什么人了。如果你这样的人就是艺术的未来方向，那我就跟艺术一刀两断。"

"你可以好好学习我今天教你的东西。"索雷尔说，"我们都是大型游戏中的一部分，所以既然来了就好好玩吧。"

"我们对你生厌了。"托马斯说。

"我对你们俩也一样生厌了。我只要一有钱，就会马上搬出这个画室，就由着你们俩下半辈子刮你们的铜板，慢慢等你们的好日子吧。"

珍妮从庭院里回到画室，索雷尔开始对她说话。

"你还算有点基本智力。你来说说看，我们到底谁对谁错。"

"你让一个女神游乐厅的舞女来回答你的问题，不觉得要求有点高吗？"

"我只是想听听一个普通女人的意见。"

珍妮笑了。"对，我还真是个普通女人。那要是我说阿方斯对，说你错呢？"她问。

"我确信你不会的。"

"那么托马斯呢？我可能会说托马斯才是对的。"

"噢，你说托马斯啊。"索雷尔挥挥手，表示不堪一提，"他不是已经放弃了嘛。"

这句话不偏不倚，正好击中了托马斯心中最不愿被触及的地方。他毫无征兆地扬起手，狠狠地打在了索雷尔的脸上。索雷尔一下子倒向一边，摔倒在大卵石铺就的地面上。他坐起来，呆坐了一会儿，摇了两次头，摸了摸下巴。

托马斯做好了打架的准备，可索雷尔的反应从来不像其他男人，他只是笑了声。

"好啊好啊！但是，不要觉得我是在伤害你，托马斯。我爱你就像我爱阿方斯，可我更爱艺术。你们俩就是需要有人时不时地激励一下，这样你们才不会陷入资产阶级的那种自以为是。珍妮，你看到了吧，忠言逆耳，说出真相的人会是什么下场？"

"你只是一个会画几幅画就牛皮吹得震天响的事业狂！"托马斯喘着粗气说，"别人一开始还觉得你挺了不起，时间长了就会厌恶你。"

"那你厌恶我吗？"索雷尔问。

"我都懒得厌恶你。"托马斯说。

"那就是说你还是觉得我了不起喽。"

索雷尔从地上爬起来，套上一件夹克衫出去了。埃丝特尔回到了屋里，去盥洗盆洗了把脸，然后用毛巾擦干，开始梳头。

"对不起，让你们看到这么难堪的一幕。"埃丝特尔说道。

"和索雷尔这个人很难一起生活。"珍妮轻声说道，"你有权利离开他。"

"你其实一点都不了解我跟他之间的事。我现在画画比以前进步多了。是他教会我要想成功就要为成功付出一切代价。只是现在我的生活就像猪圈一样。"

七

卡雷尔画室里，一个模特坐在低台的椅子上。她穿戴整齐，头发向后梳成了一条短马尾辫。她穿的衬衫没有领子，露出肩胛骨，方便雕刻班的学生制作模特颈部的底托模型。托马斯站在铸模台边上，将顶部转盘调高，使黏土块的高度与模特的头部齐平。

制作半身像模型有多种方法，而卡雷尔提倡用剖面法，因为罗丹就是剖面法的虔诚信徒。第一步，学生先勾勒出一个视角头像的大体轮廓。第二步，模特转动椅子九十度，临摹者同步调整转台九十度。第三步，按同样方法依次完成四个侧面像。最后一步，综合调整这四个侧面像，完成逼真的模特头像模型。

湿润的黏土可塑性很强，一直处于变化的状态，这种活性正是艺术创作的挑战所在，也是乐趣所在。托马斯先用黏土团做了模型的耳朵、鼻子、嘴唇，再把黏土耙平。接着用腰子型刮片将其刮平，最后用刷子蘸水把表面刷滑。

做完这个黏土模型之后，他将先铸一个石膏凹模，然后再铸一个石膏凸模。最初做好的黏土模型一般会捣碎，然后重新回收做成黏土。不过，有时也会把模型里面挖空，烧制成泥塑半身像成品。回想小时候在立陶宛老家烧制雕像时雕像炸裂的场景，托马斯哑然失笑。当时烧制失败，一是因为黏土中掺有杂质，二是因为把黏土做得太厚。

托马斯考虑过在两个石膏模型中间注入青铜铸模。但费用过高，他不敢尝试。而且他还不想做可以永久保存的作品，因为他觉得自己技术还不够——最起码目前还不够。他常常在作品完成之前就放弃下一步制作，就算真的全部完成，他也总觉得这些作品有问题。事实上，这些作品都还不赖，有时候其他学生会恭喜他完成得如此出色，甚至连卡雷尔老师都祝贺过他。他已经想方设法学了很多解剖学知识，以及黏土模型制作的雕刻工艺，但他总觉得还缺点什么，总觉得自己的作品缺少一丝生命力。在他心情能够平复的时候，他提醒自己，目前还是学生，可以慢慢来。可他现在越来越不能让自己静下心来了。

也许这一次，他能从讲台上这位年轻女模特身上找到他一直苦苦寻找的东西。

索雷尔和埃丝特尔正与其他同学在隔壁教室画画。埃丝特尔一开始以她的故乡为基础画了一组风景画，而索雷尔画的都是人物画。教室门都开着，托马斯可以听到索雷尔正在向两个男同学讲埃丝特尔的其中一幅油画。

"她非要画明信片。如果运气好，她老家的旅游部门一定会把这些漂亮的图片买走。"他说。

"我只画自己想画的东西。"她不悦地说道。

"没人拦你。你也可以画饼干罐，我才不管你。"

"我觉得这幅风景画相当不错。"有个同学说。

"这一点我也承认。确实是非常优秀的明信片图案，很好看，这是我见过最好看的明信片图案。"

埃丝特尔站在那儿，手里拿着画笔和调色板。

"你觉得我应该画人物画吗？"她问。

"你耳朵聋了吗？我一开始就告诉过你了，而你却总是听不进。"

她拿起画笔朝他脸上刷的一下就是一笔，土褐色的颜料从他嘴角一直抹到耳朵根。索雷尔也一样动作敏捷，他一把夺过画笔，双手握住两头，把它折成两段。乍一看还以为两人马上就要打起来了，结果，索雷尔却放声大笑，埃丝特尔也跟着笑。其他学生也都笑了。估计他们会在晚上吃饭时把这个趣闻告诉朋友。这样一来，有关索雷尔和埃丝特尔性格狂暴的名声又要书写上新的一页了。

索雷尔隔着教室门看到托马斯正在看他。现在，每一次眼神交流就是一次相互的挑衅。这个罗马尼亚人的脸上戴着圆圆的眼镜，还有一把山羊胡子，实在让人看不透啊。

托马斯听到绘画教室沿街的那扇教室门开了，抬头一看，发现阿方斯手提画夹进去了。他已经有一阵儿没到卡雷尔的学校这边来了。托马斯放下手中的黏土，去看看阿方斯是来干吗的。只见阿方斯拿出一套主题为同一个女人的四幅版画放在工作桌上。

"阿方斯，什么风把你给吹来了？"托马斯问。

"我是来通知大家一声。"阿方斯说。他挺着腰板，脸上一直洋溢着笑容。

"通知什么事？"

"有人买了我的画。"

"祝贺你！"托马斯一把抱住阿方斯，"你是怎么办到的？"

"我遇到一位画商，我从没听说过他的名字，只知道他个子不高，来自右岸画廊，声称听说过我的作品。我刚刚摆出我的版画，他当场就买下了。"

"他出了多少钱？"索雷尔问。

"三十法郎。"

"不错，不过就这点钱你也办不了真正的派对。"

"是每幅三十法郎。"阿方斯说。

"他买了几幅？"托马斯问。

"四个全版，每版十五幅。"阿方斯说，"那就是六十乘以三十。索雷尔，你算出来的得数是多少？"

"我计算能力很差的。"

"一千，再加八百法郎。"

一个学生吹起了口哨。

对刚起步的画家来说，这笔交易金额已经相当可观了。托马斯有点不知所措，因为按理他应该为阿方斯感到高兴，但是实际上他有点高兴不起来。

而索雷尔呢，他脸上挂了一个大大的笑容。"那么，我只能说你赢了。"他说，"但你赢了打赌，必须瘪了荷包哦。我打算大吃大喝，你的庆祝宴一定要比乡下的新婚酒席还要丰盛。"

卡雷尔学校里的其他学生都迫不及待想要立马出去大吃一顿，以庆祝阿方斯的成功。但是阿方斯还得再去见一下那位画商，所以先走一步了。

埃丝特尔烧了点水，倒进一些咖啡粉。三个人就这样站在一旁等咖啡泡开。

"我是真没想到他竟然会是第一个卖出画的。"索雷尔说。

"羡慕了吧？"埃丝特尔问。

"当然羡慕啦。你们俩也羡慕吧。我很好奇他是怎么卖出去的。"

"因为他爱上了画中的人。"托马斯说。

"爱上了什么人？"埃丝特尔问。

"快跟我们说说什么情况。"索雷尔说。托马斯把自己知道的事儿都一股脑儿地说了出来。时间慢慢过去，咖啡粉在水里慢慢泡开。而另一间教室里，托马斯做了一半的黏土模型也在慢慢硬化。

阿方斯卖画成功的消息一经宣布，要开庆祝派对的事很快就在卡雷尔学校的学生中传开了。而且消息一传十，十传百，很快从学校传到巴黎城里，从这家餐馆传到那家餐馆，从学生常去的餐馆传到蒙帕纳斯区的高级餐厅。蒙帕纳斯区那块地方阿方斯很少会去。但是，阿方斯要开庆祝会的传言到了那里还越传越盛，现在不光是卡雷尔学校的学生感兴趣了，这事还引起了艺术界所谓上层人士的注意。

　　阿方斯卖画的消息引起这么多人关注，还真叫人想不到。一开始，托马斯还觉得挺好玩的，因为有些人前几天还在说阿方斯是笨蛋，现在居然要跑来庆祝他成功。但是时间久了，大家还在持续讨论这场庆祝派对，托马斯就开始感到郁闷了。索雷尔的脾气也变得越发令人难以忍受，埃丝特尔首当其冲。不过，她把身上的淤青都遮得严严实实，不让人看到。有一次只有托马斯在场，埃丝特尔调侃索雷尔，索雷尔又对她发飙了。他点了根香烟，眼睛盯着燃烧的烟头。

　　"我应该把这烟头按到你脸上。"他说。

　　"这样你下半辈子都能欣赏我脸上的疤了。"

　　托马斯已经懒得帮她了，因为埃丝特尔已经不止一次告诉他，她可以照顾好自己。

　　庆祝会那天，埃丝特尔把阿方斯撵出了四人合租的画室，这样他就不用费心去准备琐碎的细节，可以一门心思享受成功的喜悦。跑腿送酒的人来回跑了六次，才把所有的酒搬了进来。埃丝特尔烧了一壶接一壶的开水，准备做很多西班牙风味的瓦伦西亚炖饭。

　　"我这一天能干点啥？"阿方斯把托马斯叫到院子里，问他这个傻问题。旁边，马蒂尼夫人正在为聚会打扫卫生。今天她头上裹了一块新头巾，移走了院子里的垃圾箱。

　　"买几份报纸，坐到餐馆里去看报纸。"托马斯说，"好好享受吧。今晚将是你的荣耀之夜。"

　　"我晚上十一点就要走，我还要上班的。"阿方斯说。

　　"你在开玩笑吧？今天晚上请个假。"

　　"你真觉得我有必要请假？"

　　"今晚可能会有机会来敲你的门，你要跑去上班，那还成什么样子？听我的，去买一顶新帽子戴上。你头上这顶已经没法看了。"

　　"庆祝会花了我一千法郎，我可没多少钱了。"

　　"钱就是要花对地方嘛。"

　　阿方斯很突兀、很尴尬地一把抱住托马斯。

"托马斯，你真是我的好朋友。"

托马斯从阿方斯的怀抱里挣脱出来。

"把你的谢意收起来，留到晚上的庆祝会感言时再说。好了，你给我带上素描本出门去。我交给你一个任务，省得你老想着晚上的庆祝会。"

托马斯看着阿方斯迈着大步、轻盈地走出院子，心中泛起一半友爱，一半恼火，说不清，道不明。马蒂尼夫人倚着手中的扫帚看他。

"夫人，谢谢你把这里打扫得这么干净。"托马斯说。

"咱们今晚得弄得好看点。这地方会来很多人的。"

"别担心，我们只邀请了四十位宾客。"

"到时候来的人数一定会超过四十的，相信我。咱们这儿很多人鼻子很灵的，一闻到免费酒水的味道就全来了。今天有小蛋糕，那些白吃白喝的人都会来抢的。而且还有音乐，肯定会把附近街上的所有人都招来。"

"今晚有音乐？"

"你朋友说他请了一位风琴手来捧场。"

托马斯诧异地摇了摇头。画室里，索雷尔和埃丝特尔把其中一张工作台推到墙边，埃丝特尔站在上面，正在调整墙上的彩旗和彩带。那里挂了一幅《巴尔贝特》版画，还装上了画框。

"这样子好吗？"她问。

"非常好。"

"我还要在纸带上挂几个中式灯笼。然后我们在桌上放把椅子，当作阿方斯的宝座。"

"我们是不是兴奋过头啦？"托马斯说，"还要挂中式灯笼？刚刚马蒂尼夫人跟我说，你们还要请人来演奏音乐。"

"我想让咱们这儿看起来像过节一样。音乐是索雷尔安排的。"

索雷尔一面吹着口哨，一面把一箱箱铁棒和一罐罐画笔挪到房间角落里，给今晚的庆祝会腾出空间来。他抓起一个大布袋，闷哼一声，把它扛了起来。

"里面是什么东西？"索雷尔问。

"就是一些木雕作品。"

"可以摆出来当装饰吗？"

"不行。别拿出来。整袋都放到桌下就好了。你安排的音乐是怎么回事？"

"莫伊斯·基斯林今晚会来。"

他小心翼翼地说出这个名字，让托马斯觉得这人应该有点来头。"这人是谁啊？"他问。

"如果你还有点了解现在这个圈子的话，你就应该听说过这个名字。你和珍妮需要多出门，多跟别人见见面。"

"基斯林是犹太人，来自波兰，大战前来的巴黎。"埃丝特尔说，"这人是个画家，还是个美食家，常常和保加利亚画家朱尔斯·帕斯森一起混。他曾跟人决斗，鼻子上留了一道刀疤。他说这刀疤代表波兰第四次被人瓜分。"

"什么意思？"

"就一个笑话。"

"这样啊。"托马斯这才发现自己压根儿就没有为今晚的庆祝会做过准备。

"找人弹奏只是今晚的第一个惊喜。"索雷尔说，"我去见了阿方斯的画商，带回了几条爆炸性新闻。巴尔贝特是个地地道道的名人，这些版画最多也只能当作宣传海报而已，并不能当成严肃的作品。"

"我就不该把巴尔贝特的事告诉你。"

"你现在后悔也晚了。我还有更劲爆的事呢。"

"还有什么事？"

"到时候给你们一个惊喜。"索雷尔没再说下去了。

托马斯外出逛了几个小时，回来时已经下午五点了。他带回来了一袋面包。画室里一张桌子上已经摆满了酒杯和食物，还有一张桌子空了出来，桌子上面放了一把椅子，用彩纸装饰，看上去还真像国王的宝座。天花板上挂了灯笼，屋里四个角落和墙上挂了托马斯的木雕。埃丝特尔和索雷尔在一旁啃东西吃，喝同一杯葡萄酒。

托马斯把面包扔到了桌上。"谁允许你们把我的木雕挂起来的？我告诉过你们别拿出来。"托马斯说道。

"你看这些木雕，挂在那里就像教堂屋顶上的滴水兽。这招不错吧？"索雷尔问。

托马斯在索雷尔的鼻子面前挥了挥拳头。埃丝特尔赶紧过来劝阻。

"挂起来不好吗？我觉得很好看。"埃丝特尔说。

"这些都是还没做好的作品。"托马斯气呼呼地说，"家里来了画家，你会把还没完成的画挂在墙上吗？"

"你需要冷静一下。"索雷尔说。

"你这样做就是要给我出洋相吧。"

"我才不做这种事。你为什么老是怀疑我动机不纯呢？这些木雕还不错啊。坐下来，喝一杯，客人随时会到。你看，珍妮来了。"

珍妮已经进了门，正在打量整个屋子，欢喜之情洋溢在脸上。

"太棒了！你终于找到地方来安置你的木雕了。"她说。

"你看，珍妮也是这么认为的。刚刚托马斯还想把它们拿下来。"埃丝特尔说。

"别傻了。你应该为自己的作品感到骄傲。"

"我还以为你今晚不能请假过来。"埃丝特尔说。

"是的，我没法请假。我马上就走。不过演出结束后我会尽量赶来。我进来只是想和我的宝贝说几句话。托马斯，你可以出来一下吗？"

他们走到街角的一家餐店，珍妮点了一杯双份咖啡。

"奇怪，我觉得这帽子戴起来好紧。"珍妮边说边把帽子摘下，放到旁边的座位上。

托马斯对木雕的事还余怒未消，没有在意她说的话。

"感觉帽子好像变小了。可能只是我的幻觉吧，我猜。"

托马斯只听到珍妮搅拌糖时汤匙碰到杯壁发出的声音。他认真看她，发现她脸颊绯红，看起来好像有点呼吸急促。她今天穿得非常简单，但是很雅致，是一件灰色 V 领连衣裙，领口是白色丝绸，越发显得脖子修长。她刚刚抱怨的那顶帽子是一顶新买的钟形帽，白色帽檐外翻，和裙子很配。亮色红唇在脸蛋的映衬下特别醒目。她今天看上去比平时还要苍白，红唇白肤对比更加明显。

"告诉我你在想什么？"托马斯说。

"我不知道该不该告诉你。"

"跟我什么事都可以说。"他说，语气假装轻松。

"你是男的，你的本质正是我现在操心的东西。"

"为什么这么说？"

"我不知道你的稳重程度。"

托马斯笑笑说："我很有决心的。自成年以来，我就一心想学好雕塑，其他几乎什么都没想。"

"就是这点让我发愁。"

"哪点让你发愁了？"

"你以事业为重，我心里很清楚。"她又沉默了一会儿，"正是这点让我想问问你，你有没有做好当父亲的准备。"

托马斯过了好一会儿才领会了珍妮说的内容。

"你想要这个孩子吗？你要好好想想。"

"我当然想要。你看我的眼睛睁得多大，我想得有多清楚。"

她仔细看他那张脸。

"还真的是睁得好大呢。"她松了一口气，敞开怀抱，把他抱在怀里。

当晚九点，四人合租的画室里挤满了过来狂欢的人。托马斯、埃丝特尔和索雷尔原本想要站在画室门口，甚至要站到拱形过道入口处，去拦住不认识的人。可来人实在太多，他们想拦也拦不住，只好作罢。阿方斯还没到场，因为他们三人要求他晚点再来，要以英雄凯旋的面貌出现。屋里已经挤了近七十人，两箱红酒已经喝光。本来要求所有人一律不得动手拿食物，等阿方斯到了才能开吃，但是对于那些已经喝得半醉的男男女女来说，没有一条禁令管得住他们。卡雷尔学校的一帮熟面孔来了，既有学生，也有好多模特。其中两位甚至以为今晚开化装晚会，还特地穿上了古罗马的托加袍。还有好多中年男子过来，托马斯和索雷尔没敢上前盘问，生怕其中有重要人物，不敢得罪。整个屋子里充满了浓浓的烟味和汗味，当然还有笑声和交谈声，弄得这里跟市场一样喧闹。

到了九点半，屋里挤不下了，多出来的人都到了院子里。莫伊斯·基斯林到了，托马斯他们作为主人，反而有点胆怯地跟他打招呼。他朝大家挥了挥手，然后坐到角落的一条凳子上。

基斯林是个中年人，身材魁梧，头发乌黑，一律梳到后脑勺。他一边抽烟，一边弹奏探戈舞曲和波尔卡曲。随同而来的三位年轻女郎开始光脚跳舞。马蒂尼夫人今天也喝了酒，跟着音乐节奏打拍子。她被挤在庭院外围，为了看清楚身边的年轻人，她干脆站到了椅子上。

卡雷尔学校的一些学生看到阿方斯从门口进来，发出一声欢呼。他们将他高高托举，扛到肩上，一起进了门。基斯林先生拉了一首仪式短曲表示欢迎。

阿方斯就像一只立在马背上的白鹤，感觉很难为情。他戴了顶新买的黑色帽子，漆皮帽檐闪闪发亮，手里拿了瓶白兰地，已经喝掉了一半。

阿方斯被扛到门口时，脸上露出平和的笑容，不再是大家熟知的那个腼腆畏缩的模样。他已经焕发新生，一半原因是他刚刚喝了半瓶好酒，还有一半原因是四套版画成功出售。索雷尔抬手示意大家安静，埃丝特尔则嘴里叼着烟，用锤子敲平底锅，要大家保持安静。等客人们终于不说话了，索雷尔开始发言。

"阿方斯，在这个属于你的日子，欢迎你的到来。你已经攀上了帕尔纳索斯山^①的顶峰，我们今天齐聚一堂，祝贺你取得了胜利。你给版画这项神秘艺术再次带来了活力，让它获得了应有的地位。"

阿方斯工作室里的一些同事发出了连串吓吓声。

"安静，你们就爱嫉妒人！"索雷尔大声说道，"诚然，做版画的不止阿方斯一个，但他很聪明，选择了巴尔贝特做模特。他很聪明，将歌舞杂耍剧场的艺术和版画艺术结合，这一天才之举，可谓图卢兹－洛特雷克^②再世。这一点已经得到了大众的认可，所以让我们大家先恭恭敬敬地向这位新浪潮天才鞠躬。现在，请大家把他抬到宝座上，再来听听其他人的感言。"

基斯林用一段不和谐音为索雷尔这段简短的发言画上句号。阿方斯从别人肩上下来，双脚刚刚落地，一个穿罗马托加袍的模特就上前亲了他的一边脸，另两个模特也挤出人群冲上前去亲了他的另一边脸。

阿方斯全程忍受了下来，脸上带着容忍的笑意，稍稍有点心不在焉。他又喝了一口白兰地，坐到了桌子上的宝座上。

原本计划安排卡雷尔老师和画商等几个人发表致辞，最后由阿方斯做结尾陈词。但是显然阿方斯已经醉了，急着要发言，所以索雷尔让他先讲。屋里有一部分人对讲话都没有兴趣，他们更喜欢吃吃喝喝、随便闲聊。索雷尔大吼一声，叫聊天的人安静。这些人就停止了说话，但手指仍不停地往嘴里送食物，酒杯不停地举起来往嘴里送酒。

大家看不太清楚阿方斯的脸，因为纸灯笼透出来的光很昏暗，除了一个墙角上因半张纸烧焦而略显明亮的灯笼。里面的蜡烛是便宜货，蜡烛油滴得很厉害。一些站在阿方斯下面的听众被蜡烛油滴到，吓得

---

① 帕尔纳索斯山，希腊南部山峰名，传说为太阳神阿波罗及诗神缪斯的灵地，被喻为文坛、诗坛。

② 亨利·德·图卢兹-洛特雷克（Henri de Toulouse-Lautrec，1864—1901），法国画家，擅长描绘巴黎下层社会，如马戏班、小酒馆、舞场、妓院等的生活情景。代表作有《费南多马戏班的马术》《红磨坊的舞蹈》《舞星哲娜·阿飞莉》《洗衣妇》和石版画集《她们》等。

赶紧用手拍打脖子。

"各位朋友,"阿方斯开始发言了,口齿稍微有点含混不清,"真没想到今天能来这么多客人。艺术工作者的一生都默默献给了自己的创作,献给了人与创作材料的情感交融。艺术是一种天职,是这份天职选择了我们。"他停下来打了一个嗝,有几个人开始鼓掌,但他举手示意大家保持安静。"在冰冷的日常生活中,是艺术的火焰温暖了我们,是它用柔和的光点亮了黑暗。我们远离家乡和亲人来到这座城市,踏进这座艺术的殿堂,就是为了来守护这神圣的艺术之火。我们当中的很多人都在此默默无闻地工作,我自己原本也准备安安静静地过一生,然后默默无闻地死去。但是,真的很高兴见到大家今天齐聚这里,有些人我甚至还不认识,也特别感谢我不认识的人。"

托马斯感觉到身旁很多人已经有些坐立不安了。他们只是冲着派对来的,如果阿方斯讲太久,他们会只管自己唱歌跳舞,不会等他讲完。

"最后,我要谢谢我最亲近的朋友,埃丝特尔、托马斯、索雷尔,还有珍妮。没有你们,我恐怕已经逃离这个神奇而又可怕的城市了。"

谢天谢地,阿方斯终于说不下去了。他语无伦次地讲了一通就瘫坐到椅子上,耷拉着头,下巴都贴到了胸口。埃丝特尔敲了下平底锅,示意讲话完毕,全场再次响起一阵掌声,可阿方斯始终都没有抬头。

阿方斯睡着以后,卡雷尔开始发言,静不下来的客人兀自交头接耳,讲着笑话。卡雷尔着重指出阿方斯的成功简直不可思议,强调年纪轻轻就获得如此巨大的成功其实潜伏重重危险,同时他还声称大家没必要夸大对阿方斯的赞誉。

接下来是画商讲话,可已经没人听讲了。等他讲完,大家早已顾自唱歌跳舞,很快就满屋子酒瓶乱飞,酒杯满溢。托马斯已经受不了屋里的闷热了。他本想把阿方斯从桌上搀扶下来,可他还在上面呼呼大睡,仿佛丝毫没有听到屋里的嘈杂声响。托马斯看屋子里也没有更好的地方安置阿方斯,就把他留在了座位上。阿方斯头上灯笼里的蜡烛油滴下来，滴到了他那顶新帽子的帽檐上。

外面，索雷尔正在做烟卷。

"朋友，你觉得怎么样？"他问道，"今天这个派对会不会成为本季度最隆重的聚会？"

"聚会很棒，"托马斯附和了一句，"但那个画商讲的话，我一个字也没听清楚。"

"没听到？"索雷尔轻声一笑。

"你听到了？"

"当然。该清楚的都会弄清楚的。"

托马斯环顾了一下眼前的院子，一帮跳舞的男女和几个酒鬼已经靠墙倒下。基斯林坐在高凳上拉着风琴，身边站着一个皮肤黝黑的小个子，看起来很眼熟。托马斯突然感到一阵惊慌。原来是雅各布·里普希茨，他竟然站在自己住的院子里，只是现在看起来个子没有记忆中高，模样也没有记忆中那么气度不凡。还在立陶宛老家的时候，正是他在托马斯心中种下了奔赴巴黎这颗种子。托马斯刚到巴黎找到住处后本打算去找他帮忙，可就是没法鼓起勇气这么做。他想带几个作品想让这位雕塑家瞧瞧——几个拿得出手的作品。但来了这么久，他都没有创作出值得一看的作品。他真想躲开这位同乡，但心里明白自己不能这么做。见到故人不过去讲几句太有失常理了。于是，他迎上前去，站到里普希茨面前。这位雕塑家见他伸手，打量了一下，然后伸手握了一下。

"我们见过面，很久以前的事儿了。"托马斯用立陶宛语说，"我叫托马斯·斯登布拉斯，您还记得我吗？"

里普希茨仔细看他。"也许还记得。我现在立陶宛语讲得不太好，我们用法语讲吧。"

托马斯提起二人曾在莫尔丁见面的情形，里普希茨微微点了点头。

"所以你是立陶宛人。"他说。

"是的。"

"从屋里的木雕就可以看出来。"

托马斯感到难为情。

"我想仔细欣赏一下其中一个木雕。"他领着托马斯穿过人群，走回屋里。两人一起挤进了狂欢的人群中。屋里很热，一个模特脱掉了罗马袍，但几乎没有人多看她几眼。里普希茨把托马斯领到阿方斯睡的宝座旁，指着一件木雕给托马斯看。这件木雕刻的是阿方斯，他背靠尖板条栅栏，手臂往后伸长着。

"就是这件作品吸引了我的注意。"周围人声鼎沸，里普希茨只能大声喊道："你刻的是你这位朋友吧？"

"是啊。"

"双臂张开这个灵感是源于十字架苦像吧。你在雕刻凡人对象的作品中融入了浓厚的宗教色彩。我站在这里都能感受到。而且手法非常不错，很粗犷，就像我以前在立陶宛的丛林和路边神庙看到的某个古董圣像。屋里光线不好，不过还是可以看清那边角落里那个是忧虑的耶稣像。"他指着说，"这里这么吵，我看一下子静不下来，我的眼睛也受不了烟熏。你想不想到外面街上去走一会儿？"

托马斯想去。他们从一大群人中挤出一条路，来到院子里，这里同样人满为患。里普希茨个子小，托马斯就在前面开路，带他走出了同样拥挤的拱形过道。来到街上，托马斯总算可以呼吸了。有些参加聚会的人正在路边人行道上透气，还有一些青少年也站在附近，三五成群，一边听着音乐，一边远远地看着里面拥挤的人群。

"这次我真不该过来，哪怕只是站在外面。"里普希茨边说边用手当扇子。"我来是碍于基斯林的面子。我已经不再参加这种聚会了。来巴黎也是因为没办法。"

"你已经离开巴黎了？"

"小伙子，年轻时热闹是个好东西，但是时间久了，兴致就乏了。我不喜欢喝酒，这样的派对我见得多了，我都记不住。我现在住在城外的布洛涅苏塞纳。"

"我也算初来不久，好多地方都找不到路。"托马斯说。

他们开始沿着人行道散步。

"这路肯定不好找。我当年也不容易。回想我刚来巴黎时，没有一技之长，没有希望。不过比我情况更糟的人也有。"

"他们后来怎么了？"

"他们大多数人都因为受不了巴黎的巨大压力而离开了。我差点也走了。我就觉得其他所有人都是天才，就我一个是蠢材。新兴艺术在我看来也是糟糕透顶——比如立体画就很糟，不过是个笑话，大家终有一天会看透的。我把我的想法告诉了毕加索本人，我们俩就吵了一架。

"我努力学习了很久，完全了解了解剖学，去当外科医生都没问题。做人一定要有耐心。我过了十多年苦日子，甚至我和妻子三年前还每天饿肚子，不得不变卖书本去换食物。后来，一切都变好了。所以我给你的建议就是要努力学习，坚持不懈，还有很多东西要学，更何况你还有我当年没有的优势。"

"什么优势？"

"那就是你已经找到你的路了，相信我。我看得出来。"

"但这些木雕都太简单了。我闭着眼睛都能刻出来。"

"假如说二十世纪我们艺术界有所发现的话，那就是在全世界各个地方，哪怕是我们很少注意的地方，都有着强大的艺术表现手法。那么，这个地方为什么不能是立陶宛呢？为什么不能是路边的圣像呢？我倒是希望自己能想到这一层。但我是一个犹太教徒，并没有过多注意天主教的圣龛。我之所以创作立体派雕塑，是因为我一直在找一种新的表现手法。我们都一样，都在寻找。你也找到了，它就在你眼皮底下。这些木雕有一种原始的力量，如果你能以某种方式对其转换一下，你说不定也可以找到一种新的表现方式。"

"时间不早了，我得走了。"里普希茨说，"平时这个时候我早睡了，末班火车就要开走了。年轻人，听我的，你做得非常好。保持这种状态，总有一天你会有拿得出手的作品的。"

他与托马斯握手告别后就走了。珍妮来了，看到托马斯站了好几分钟。虽然周围一片漆黑，但他整个人因为喜悦而熠熠生辉。

"刚刚和你一起的那个怪怪的小个子是谁啊？"她问。托马斯一把把珍妮抱在怀里，吻她。

"那个怪怪的小个子是巴黎最棒的雕塑大师之一，他刚刚夸奖了我的作品。"

珍妮看到托马斯的眼里闪烁着许久未见的光芒，也抱住了他。托马斯很高兴珍妮抱住自己，因为他觉得此时的自己需要一个锚来固定，不然自己就要高兴得飞到天上去了。

珍妮就这样让他继续开心了一会儿，然后才提醒托马斯，自己这么晚赶来是为了不错过庆祝派对。所以他们俩手挽手去了迪亚布洛廷巷。院子里人还是一样多，虽然氛围有点变化——因为此时基斯林正在演奏一首舒缓的探戈舞曲，一对来自瑞典的跳舞高手正在一展身手，旁观者严严实实地围了一圈。托马斯和珍妮从人群中挤过去，走进画室，看到几个喝醉酒的人躺在地板上，其中有个人一只眼睛周围黑黑的，不知道是怎么造成的。

有些蜡烛已经燃尽，屋里比原来更昏暗了。阿方斯仍睡在宝座上，滴下来的蜡烛油已在他的帽檐上堆积成了一个锥体。屋里的食物都已经吃光了。埃丝特尔看到他俩进来，就拿了一满瓶酒和两个杯子过来。有的客人看见酒也想要，但被她赶走了。一些人在唱歌，一些人在笑，其他人都在聊天，所以埃丝特尔只能跟他们头贴头大声喊道：

"我给你们留了一瓶酒。"

"我们已经没有酒了吗？"托马斯问。

"索雷尔给我们的朋友藏了六瓶酒。只要我们宣布酒已经喝光了，那些过来蹭吃蹭喝的人马上就会走掉的。"

三个人都干了一杯，埃丝特尔给他们继续满上。其他人见状也递过来几个空酒杯，埃丝特尔把他们的手都推开了。没一会儿，院子里响起了另一曲欢迎曲。屋子里立刻欢呼起来，索雷尔带着一个身穿长袍的女子出现在门口。这位女子长了一头浓密的金色卷发，嘴唇涂得很鲜艳，眼部化了浓妆，看起来像杏仁眼。托马斯一看就知道，这是演员的舞台妆，有着远看才好看的化妆效果。这时，从院子里传来一阵有节奏的欢呼声，屋里也很快一齐欢呼起来：

"巴尔——贝特，巴尔——贝特，巴尔——贝特。"

这就是阿方斯爱上的女人。托马斯觉得这肯定是阿方斯喜欢的类型。他回头去看阿方斯，看到阿方斯听到爱人的名字时已经从醉梦中醒来了。

比起其他刚从醉梦中醒过来的人，阿方斯看起来算是十分警觉，整个人就像一只等着人喂饼干的笼中鸟。

巴尔贝特抬头看到阿方斯身后的墙上挂了自己的肖像，微微一笑，又冲阿方斯笑笑。对阿方斯来说，巴尔贝特的到场将把今晚这个属于他的荣耀之夜推向高潮。等她靠近桌子，阿方斯伸出手，将她领到宝座上。巴尔贝特是个演员，就当这里是自己的舞台一样，自然而然地站到了桌子上。出于友好，她伸出手，把阿方斯帽檐上的蜡烛油掰下来扔到一旁，又帮阿方斯把帽子戴整齐。她温柔地把阿方斯推到座位上，转身面向下面的客人。托马斯虽然置身于人群之中，但他却感到一股寒意突然袭来。好像有什么不对劲。

巴尔贝特两手下垂，故作矜持地低头，然后慢慢抬起头目视观众，开始唱一首沙哑版的《在巴黎桥上》。她的声音不是很好听，但台风很好。一曲唱毕，掌声响起，久久不息。有人开始欢呼，有人接着回应，形成此起彼伏的口号：

"巴尔——贝特！巴尔——贝特！巴尔——贝特！"

巴尔贝特转身面向阿方斯，走到他身边，张开腿坐到他腿上，一只胳膊搂住他的脖子，在他脸上轻轻吻了一下。然后又转身面向观众，好像是在为拍照摆造型。

接下来，她伸出另一只手，摘掉了金色卷发发套。假发之下，真头发剃得很短，发型就像个劳改犯。

和其他人一样，托马斯盯着她看了好一会儿，才明白眼前发生了什么事。

巴尔贝特是个男的。

全场爆发出一片笑声，但是托马斯感到一阵难受。他这才醒悟过来——一开始他就隐隐约约觉得巴尔贝特有点像个男的。"巴尔贝"在法语中就是"胡子"的意思，况且这个演员的体格明显就是一男的。大多数观众好像已经看懂了台上表演的笑点所在，但也有一些人仍然不明所以。

阿方斯脸色大变，原先的浓浓爱意陡然变成滔滔怒火，厌恶万分。他把巴尔贝特从腿上一把甩开，摔到桌子上。下面的观众极为不满，喝起倒彩。阿方斯抬头看了大家一眼，心里充满了惊恐与厌恶。这就是巴黎的真实嘴脸！从一开始就嘲弄自己的巴黎！巴尔贝特就躺在他的脚边，他开始用脚踢"她"。"她"想要站起身来，爬到桌子的一头，但阿方斯踢开了"她"撑住身体的胳膊，还踢了"她"腋下的肋骨。

下面的观众看不下去了，有几个跳上桌子把巴尔贝特拖了下去，还有两个人要去对付阿方斯。托马斯跟索雷尔对视一眼，两人立即冲上去拉住阿方斯，把他拖出了画室。但仍有些喝醉的人余怒未消，跟上来打阿方斯。托马斯把他们全部打退，但他们还是跟到了院子里，又跟到了外面的马路上。没办法，托马斯只好动手打翻了其中长得最高大的一个，才把这些人摆平。然后他跑上去，和索雷尔一起架着阿方斯，把他拖到一个街角的一张长凳上。

"你这是怎么啦？"索雷尔气喘吁吁地问，"我让你美梦成真，而你对一个'女人'拳脚相向。你就没一点幽默感吗？"

"他是男的。"

"他当然是男的，半个巴黎的人都知道巴尔贝特是个男的。你以为是谁会买你的版画？"

"难道你一开始就知道了？"

"托马斯告诉我你爱上了巴尔贝特，我就去查了一下。是你的画商告诉我的，他以为你知道。"

阿方斯看看托马斯，用双手捂住了脸。"我真是个大傻瓜。"他说。

"你弄错了。"托马斯说，"你除了远远地看过'她'在台上表演，你根本就从没近距离看过'她'，所以你上了当。"

"托马斯，"阿方斯问，"你原来也知道'她'是个男的吗？"

"我也是今晚看到'她'进屋时才猜想'她'会不会是男的。谁在意这种事呢？虽然你今天出了洋相，但还没到世界末日。大伙儿都知道你是因为喝醉了才这样的。"托马斯说，"现在回去道个歉吧，或者等到明天也行。"

阿方斯没有感到一丝安慰。"那妖怪撕下假发的样子我怎么忘得了？"

等到托马斯回到街角的长凳时，他发现阿方斯不见了。

托马斯回到画室时，除了几个喝得烂醉的人已经走不动，还躺在地上，其他人都走光了。院子里也没人了，只有一个半裸的模特躺在鹅卵石地面上睡觉。遍地都是破玻璃杯、帽子、空瓶子，还有马蒂尼夫人椅子的残骸。一条狗正在舔洒落在地上的酒。画室里面电灯亮了，埃丝特尔和珍妮站在废墟一般的屋子里。

"阿方斯去哪儿了？"珍妮问。

"他被气跑了。"托马斯说。

"你真不该让阿方斯一个人走掉。"珍妮说。

"是他自己跑掉了。你想让我怎么做？"

"阿方斯这人太敏感了，碰到这种时候咱们不能不管他。你觉得他会去哪里？"

"不知道。可能去上班了吧。我到他吃夜宵的餐馆去问问，应该可以找到他的。"

"好，"埃丝特尔说，"你去找他。你一定要说服他，一切都会好的，而且会很好。"

"我不知道能不能说服他，但是我会看着办的。"托马斯说。

托马斯来到玛黑区，希望阿方斯还在这一片区域上班。他找到了为下水道工人开设的餐馆，看到工人正在休息吃夜宵。他们在吃意式香肠汉堡，喝着啤酒，还有餐馆老板按升出售的廉价葡萄酒。阿方斯不在其中。托马斯认出了那个留着八字胡的西班牙人，阿方斯曾给他刻过版画。于是他上前打听阿方斯有没有来过。

"他来的时候很晚了。"那人说，一边嚼着满嘴的食物。

"那他现在在哪儿？"

"他说他不饿。我不怪他。饭后我们要去搞这一片区最大的一个污水坑。最糟的是，那地方是政府大楼，粪多，水少，这活儿太危险。他刚刚出去买烟了。"

托马斯问清楚方向，终于让他找到了要找的那条路。

"阿方斯！"他大声呼喊，但是没有人回应，他又喊了一声。他头上一扇百叶窗打开了，里面的人他看不到，但那人说话的声音他听到了。

"有病啊？三更半夜的，快回去睡觉。"

"我以为巴黎是个不夜城。"

"多亏了像你这样的人，我就没好好睡过觉。"

百叶窗关上了。

托马斯的眼睛已经适应了街道上微弱的灯光。他仔细看远处，看到一个人的轮廓，手里拿着铁棒，站在污水坑的盖子上。马车和抽水泵在更远的地方，旁边还有一盏没点着的电石灯。

"阿方斯！"托马斯看清那人是阿方斯。阿方斯转过身来。

"你来这里干吗？"阿方斯远远地喊过来。

"我要跟你谈谈。"

"站在那里不要过来！"

托马斯被吓了一跳，站在原地。

"就我一个人。"托马斯说，"你现在需要朋友陪你，你可不要一个人瞎想。"

"你快走，别来这里。"阿方斯说，"难道我今晚受的罪还不够吗？我不想让你看见我的脸。"天太黑了，托马斯根本看不到他的脸，不过托马斯可以听出来他说话都带着哭腔。

"我想跟你谈谈。"托马斯不肯放弃，"虽然今天这事很难接受，但还不是世界末日。看在上帝的面上，想想你的版画事业。很多人会争相购买你的画，你要成为抢手画家了。你可以想干啥就干啥了。"

"托马斯，这些话你留着自己听去。我已经被人羞辱了，成了咱们这地方所有人的笑柄。你口口声声都在谈我的事业，但是生命远不止事业。我首先得是个人，然后我才会是画家。而现在我这个'人'已经受到了侮辱！"

"听我的，阿方斯，跟我走吧。今天我们要一醉方休，聊聊故乡，等明天睡醒了，今天发生的一切就会像场噩梦一样过去的。"

好长时间，他俩都没说话。

"巴黎就是我们的故乡了，尽管这地方也不过如此。立陶宛只是一个梦罢了。不过没关系，我反正就要动手了。你听着，我现在必须在其他人来上班前把这个盖子打开，让它透透气，否则臭气太重了。你过去拉住马，可以吗？这可怜的老马最讨厌粪臭味，等盖子掀开那粪味能把它熏死。快过去牵好马。你不要靠近我，我过会儿会来找你的。闻不惯粪臭味的人有时会昏倒的。"

托马斯听他的话去牵马，经过阿方斯，但是阿方斯一直背对着他。马站在约十米远的地方。托马斯拉住马笼头。他听到阿方斯掀开了盖子。

"完美。"阿方斯低声说道。

"托马斯！"他远远地对托马斯喊道，"你帮不了我。不要朝我这边看。"

"为什么不要？"

"托马斯，如果你当我是兄弟，就听我的，不要看这边。"

夜晚的空气传声效果特别好。托马斯清楚地听到了划火柴的声音。大约过了一秒钟，沼气轰的一声爆炸了。窨井里蹿出一条火柱，足足有马路两边的七层楼那么高。阿方斯没被火柱吓退，反而直接跳入火中，掉进了下面的粪坑里。

八

托马斯先是闻到一阵烟味，随后听到了脚步声。

他在女神游乐厅的工作室里做木雕。这次他刻的是阿方斯。

今天女神游乐厅的工人放假，他们是不会这么早到这里来的，所以这脚步声肯定不是来自工友。门卫也不可能，因为他不吸烟。

"你真在这里。"

扎马隆站在楼梯底下，身上还是穿着雨衣，衬衫和领带还是同样很脏，就好像一辈子都穿这套衣服一样。今天他身上有一股氨水味。

"你来这里干吗？"托马斯站起来，问道："你是怎么找到我的？"

"不要忘了我是警察。你既不在家，也不在珍妮·史密斯小姐的旅馆里，还能去哪里？你不打算给我找把椅子坐吗？"

托马斯用下巴示意他坐在工作台旁边的凳子上，但扎马隆没有坐。

"你为什么要逃离犯罪现场？"

"那不是犯罪，那是一场爆炸。"

"我知道，但阿方斯是你的朋友。你为何要逃跑？"

那是因为来了巴黎以后发生的一桩桩事件都并非托马斯所能预料

的。那是因为他觉得自己是害死阿方斯的从犯，他受不了阿方斯之死给自己带来的沉重负担。托马斯叹了一口气，双手捂住自己的脸。他一晚上都睡不好。

"太可怕了。"他说，"我眼睁睁看见他掉进火里，而我什么也做不了。我不忍心看下去，就跑了。你们找到尸体了吗？"

"哪还有尸体，就只剩几根骨头和几颗牙齿。当时发生了什么事？"

"他当时在抽烟。"

"你该想到他不该点烟的。他喝醉了吗？"

"可能有点吧。"托马斯不想提及巴尔贝特的事。这样的事传开，阿方斯的魂魄到了来世也会感到很尴尬的。"我听到他划火柴的声音了。"托马斯说。

"你当时也在吸烟吗？"

"没有。"

"那他当时有什么心事吗？"

"没有，当然没有。"托马斯不假思索地说。

扎马隆不知不觉也学托马斯的样，用双手搓脸。他思量着托马斯的回答。"他的工头说这人不傻。"他说，"如果他没喝醉，脑子又不笨，再照你所说，他也没什么事想不开……那你说我会怎么想？"

扎马隆从口袋里拿出一份折好的报纸。原来是《水星报》，巴黎的花边新闻小报之一。

里面关于阿方斯的报道充满了虚构和夸张，哪怕阿方斯昨天晚上没有自杀，今天早上看到这报纸也一定会自寻短见的。

"所以现在那些想知道此事死因的记者会对我死缠烂打的。"扎马隆说。

"你可以告诉他们这是一个意外事故。"

"真是意外吗？"

"那还能是什么？"

"我想只有三种可能。第一，就如你所说的，是一次意外事故。第二，他是自杀的，但你说他并没有什么事想不开。还有第三种可能。"

"那是什么？"

"你杀了他。"

"我为什么要杀他？"托马斯问。

"我不知道，也许是你嫉妒他吧。他成功了，而你没有。因为朋友成功就把他杀死的人，你不是第一个，也不会是最后一个。相信我，在你们这个圈子里，这样的事我见得多了。"

"我为他的成功感到高兴。"

"撒谎。一个画家会为另一位画家所取得的成功感到高兴？这样的人我还没见过。我们先别讨论这事。有人在阿方斯的上班地点看到过你。当时你为什么会在那里？"

"可能是因为他和巴尔贝特大闹一场，我怕他心情不好，所以过去跟他谈谈。"

"所以你刚才说了谎？"扎马隆警长给自己点了一根烟，却没给托马斯。他表情里充满了鄙夷。"我的调查报告会记录你拒绝配合。没有经过我的允许不要离开本警区。另外，不要给我惹祸。"

珍妮坐在托马斯的床上，背靠着床头板，而索雷尔和埃丝特尔正在打包阿方斯的遗物。为了节约一些运费，他们决定不把阿方斯的绘画和雕刻工具寄回立陶宛，所以也没多少遗物。托马斯负责给远在立陶宛的阿方斯父母写信。

雨点敲打在大块磨砂玻璃上，雨水落在窗框的接缝处。填缝用的腻子因为年久失修已经开裂，开始渗水。雨水流进了内墙。窗框之间的缝隙漏风，导致挂在天花板上的电灯泡在风中轻轻摇晃。

托马斯斟词酌句，小心翼翼地给阿方斯的父母写报丧信：

> 想必二老会听到不少传闻，说巴黎是醉生梦死之地。

但我想请您二位相信，阿方斯绝不是那种泡在餐馆、虚度时光的人，他是我见过的最认真的人。

他在肖像画创作方面初有成就，刚刚以高价出售了一批画作，谁知就发生了不幸，在一起工业事故中失去了生命。我会将他这次交易所得的剩余部分，以及一些生前的作品，转寄给您二位。

对于你们的丧子之痛，我也不胜哀伤。巴黎艺术界有很多人为阿方斯的英年早逝感到悲痛，我只是其中之一。在这万分伤心之际，我们唯有祈祷与哀悼。请节哀。

"写得很好。语气非常得体。"托马斯把信译成法语读给他们听后，索雷尔评价道。他站在桌边，面前摊开放着阿方斯的画夹。"我们要把他剩下的版画卖给他的画商吗？"

"所有报纸都在报道阿方斯的事，他的画还会掀起一轮热潮。"埃丝特尔说，"我们可以抬高价格，把卖来的钱寄给他的父母。"

珍妮苦笑着说："哎，他终于成名了。现在他真成了'轰动人物'。"

雨水源源不断地沿着玻璃墙流淌下来。他们得赶快想法子，要不然现在的小水坑就要淹过画室的地板了。

"索雷尔，这事情真怪。"珍妮坐在床上说，"只有你毫发无损，受害的都是你身旁的人。难道阿方斯成功卖画就这么让你难受？"

本来还在看画的索雷尔突然盯住珍妮。"你在说什么鬼话？"

"你知道阿方斯很敏感，他有弱点。可你不仅拿来消遣，还加以利用。"

"今天你心情不好，对我发点小脾气，我可以不跟你计较。"索雷尔说，"但我还是劝你给我少说几句。"

珍妮才不肯少说几句。"如果是托马斯挡了你的路，你也会立马把他清理出去！你不是常说要不惜一切代价获取成功吗？一个方法是拼命往上爬，爬到金字塔尖；还有一个办法就是干掉一切比你优秀的人——金字塔没了，你就不用往上爬了。"

"你这个蠢货，阿方斯也是个蠢货。托马斯，我马上出去一趟，等我回来不要再让我看见这女人。但是，你们给我听好了。"他指着珍妮继续说，"阿方斯要走版画这条路，能有什么前途？这么蠢的蠢货根本就不配获得成功。"说完，他穿上夹克，戴上帽子，翻出帽檐挡雨，甩上门走了。

埃丝特尔坐到长凳上，点了一根烟。

"不要对索雷尔说这么难听的话。"她对珍妮说，"他其实和你一样难受，阿方斯也是他的朋友。只不过他不知如何表达他的情感而已。他是有感情的，相信我。"

"他就是个欺软怕硬的坏蛋，你还这样放过他。"

"他只不过是内心想要什么嘴上便说出来而已。他不会自我欺骗。咱们要面对现实，虽然阿方斯人品很好，但他确实是在欺骗自己。他口口声声说自己不在乎成功与否，但你看他坐在宝座上的那副得意样，就知道他其实像其他任何人一样渴望成功。他只是不愿意付出代价罢了。"

"你不该这样妄评死者。"珍妮说。

"我是真把阿方斯当朋友，我将来也会怀念他的。索雷尔呢，对阿方斯是挺坏的，但他没有杀他。阿方斯是自杀。艺术界里也是优胜劣汰，适者生存。"

"所以你认为索雷尔才是能够生存的适者？"

一提到这点，埃丝特尔眼睛都亮了。"如果索雷尔遇到障碍，他会把障碍推到一边。如果索雷尔犯了阿方斯同样的错误，他还会引以为豪呢。这起丑闻事件说不定就让他从此功成名就呢。"

"那也太可怕了。"珍妮说。

"是的，是很可怕，但这规则不是我定的。珍妮，你本质上就是个理想主义者。你必须认清这个世界的运作方式。"

埃丝特尔披上一件披肩就出去了。不过她没有把门关好，风吹开了门，一阵风雨吹了进来。托马斯把门关紧，用一张椅子顶住门把手，以免被风吹得哐当作响。然后他走到珍妮身边，俯下身子吻了她的前额。

"我也很难过。"他说。

"我知道你为阿方斯之死感到难过。但你没有看到事情背后还有更深问题。听听埃丝特尔说的，住在这里就是身处丛林，那两条藤蔓能把你活活勒死。"

托马斯双手抱住她，带着她轻轻摇摆。

"即便你说得没错，但我是搞雕刻的，又不是画画，我对他们构不成威胁。"

"难道你不是在努力打拼争取一举成名？"

"我当然想成名，他们说的话也有一定的道理。但是我与他们不一样。"

"怎么不一样？"

"第一，我有你，每晚看到你跳舞的时候，我就会心情很好，就能保持我的人性。"

"可是我很快就要暂别舞蹈了。"她说。

托马斯轻抚她的脸，指尖感觉到她滚烫的温度。

"那咱们为此应该怎样安排一下呢？"他问。

"我很可能会在女神游乐厅谋到一份化妆师的工作。虽然报酬不高，但最起码我会有一些收入。"

"你会搬过来和我一起住吗？"

"这里我是不会来的。我受不了索雷尔。而且听了埃丝特尔今天说的话，估计以后我也受不了她了。既然这样，我们就先维持现状吧。不过我们以后还是得找个新的住处，我总不能在旅馆生孩子吧。"

九

　　巴黎就像个无底洞，需要不断吞进新鲜事物。约瑟芬·贝克此刻也面临失宠的危险。巴黎之外，她的人气还在不断上升，维也纳和柏林抢着要她。可在巴黎城里，风靡只能维持一时，热度很难继续高涨。市面上已经有了约瑟芬形象的洋娃娃和香蕉裙人偶，还有约瑟芬代言的润发油，据说再卷的头发用了也可以保持完美发型，还能让秀发散发动人光泽。但是，这些产品已经不好卖了。巴黎人的兴趣还需要一次又一次地加以刺激才行。这一点，贝比托·阿巴第诺伯爵自有妙计。

　　要激发兴趣，就需要有故事。在接受一位巴黎记者的采访时，约瑟芬·贝克就不经意编造了一个故事。她告诉记者自己有很多情人——反正大家认为巴黎的明星个个都有很多情人。记者就问，她的众多情人里面有没有退伍老兵。她回答说，自己喜欢肢体健全的年轻人，不会和缺胳膊少腿的人恋爱。战后十年，巴黎有很多人曾在战场上受过伤，这些人听了以后很生气，自己差点为国捐躯，她一个女明星怎么可以拒绝和残疾的爱国英雄恋爱？这丑闻可闹大了。连公交车和地铁都有截肢人士照顾专座，品格高点的商店都让截肢人士优先排队，这女人谁啊，怎么会拒绝和爱国英雄恋爱？这可不行，战争伤残人士不仅应该享有同等权利，还应该享有优先权，就像他们在其他地方能够享受优先权一样。

残疾老兵号召大家立即有所行动。于是，上千老兵在女神游乐厅门口举行了示威游行，他们中有的少了胳膊，有的断了腿，有的没了眼睛，有的缺了耳朵……还有一些更可怜，身上有多处残疾。托马斯在游乐厅对面的三角咖啡厅里找了个有利的位置看热闹。这些人手持标语牌，要求赋予残疾人士民主和正义。事情闹大以后，还真有可能造成警察被迫开枪打死退伍老兵的危险局面。好在这时约瑟芬·贝克出来了。她站在路边即兴开了一次新闻发布会。她说，自己错了，甚至很无知，但她已经改正了错误。她刚找了一个没了手的情人。她继而称赞所有残疾人，说他们一般来说更适合做情人，而且道理很清楚，因为既然盲人丧失视力后其他感官会变得更加敏锐，那么其他的残疾也肯定会带来一样的优势。

游行示威的人群欢呼起来，还能动手摘帽的人纷纷把帽子扔到了半空中。

贝比托·阿巴第诺伯爵全程陪在约瑟芬身边。他既是约瑟芬的经纪人，也是她的情人和未婚夫。刚刚约瑟芬一个劲夸那位断手情人，也不知道这位未婚夫心里会是什么感受。不过不打紧，她的成功也就是他的成功。约瑟芬向大家做了一个飞吻的动作，未婚夫脸上露出了微笑。

托马斯跑到剧场后门那条马路的转角时已经快迟到了。他走下楼梯来到地下室，走到舞台设计工作室。布景师正在为明年的演出布景挂素描。在女神游乐厅，工人几乎没有停工的时间，因为旧的布景还在用的时候，新的布景就要开始准备设计了。

下一场演出又是一个以白人探险家为主题的故事，内容稍做变化，布景的主要内容就是为约瑟芬设计一个新的大型雕像。在这次的故事中，探险者无意中发现一个遍地藤蔓的废墟。而藤蔓会像窗帘一样向两边拉开，露出一尊巨型史前女神雕像，探险家见到以后会给雕像拍照。

　　服装造型师正在和布景师攀谈，这次他想让约瑟芬系在腰上的装饰变一变。看过香蕉裙子的人太多了，也许可以换成菠萝裙？另外，雕像设计也有问题，布景师原本更倾向于做成立体的巨型雕像，或者浅浮雕，但游乐厅的剧场舞台深度不够，而且手绘平面布景成本更低。

　　托马斯开始做法国国王路易十六的王后玛丽·安托瓦内特的半身像替换品，但后台总有人偷偷溜进来搞恶作剧，把所有玛丽雕像的头偷走。托马斯先着手搅拌灰泥。他一边搅拌干粉，一边加水，忽然之间脑子里冒出来一个好主意。这主意这么好，而且这么简单，以至于他自己都奇怪为什么之前一直没有想到。他不是一直在苦苦寻找一个创作主题吗？这创作主题远在天边，近在眼前啊。他给约瑟芬·贝克画过好几次素描，为什么不以此为起点进入下一阶段创作呢？约瑟芬刚刚在外面重新塑造了自己的形象，他也可以给她塑造一个雕像啊。既然可怜的阿方斯在创作中用了巴尔贝特这样的小明星就能引人注意，那他也可以如法炮制，而且可以青出于蓝而远胜于蓝。

　　托马斯回到家，找了一些以前给约瑟芬画的素描，挑出几张适合做雕像的。他一边修改润色，一边重新创作，开始思考用哪种方式展现约瑟芬的魅力。立陶宛的圣像以静为美，但他这次想要从雕塑中表现出人物的动态，氛围的嘈杂，还有一切美国元素的戏剧冲突与幽默诙谐。所以不能再用立陶宛的圣像造型。他还必须画更多素描，尝试更多黏土模型。

　　托马斯一门心思投入创作之中，根据图纸做了很多黏土模型。他模仿雕塑大师马约尔的挺胸人物造型。但是那样的站姿与约瑟芬的舞姿不符，因为约瑟芬跳舞时的身体重心在臀髋部。他又试着模仿古典主义大师布朗库西的雕刻法。这样虽然抓住了形式，但总有些变味。不过，以上种种挫折都不能像之前那样让他苦恼郁闷，因为这次他心里很清楚，自己已经有了头绪。

　　托马斯不想让索雷尔和埃丝特尔知道自己在忙什么，这一点很容易做到，因为自从阿方斯死后，他俩对托马斯的态度就冷漠起来，只顾埋头进行自己的创作。托马斯也不想把这事透露给珍妮，除非已经取得了一定的进展，成功已经在望。但是没过几天，他就憋不住了，跑到女神游乐厅去找珍妮，想跟她分享了自己的想法。珍妮正在清点服装库存，手里拿着笔记本在一排排服装货架上登记每套服装的类型、尺寸以及修补要求。她肚子大了很多，脸上长了妊娠斑。

"终于找到你啦！"托马斯说。

"是啊，被你找到了。等等，让我坐一会儿。我脚肿了。"她从镜子前搬了把凳子坐下，转身面对托马斯。托马斯继续站着跟她说话。

"这工作没有累着你吧？"他问道。

珍妮抖抖自己的卷发，可头发还是软趴趴地贴在头皮上。以前由于跳舞的需要，她一直把眉毛画成两条细线，不过现在她可以让眉毛长回来了。托马斯喜欢她现在的眉毛，因为真眉毛让她的脸看起来更自然。他不敢提眉毛的事，因为她太在意自己的容貌了，有时候就连夸她漂亮也可能会弄巧成拙。

"这么多年来我还是第一次暂停跳舞。"

托马斯在她面前蹲下，抚摸着她的脸，说："你应该给肚子里的孩子加油打气。"

珍妮耸耸肩，说："我得自己先有点信心，才能把信心传递给孩子啊。有时我真想知道自己造了什么孽弄成这副模样，有时候我都不想起床。我都不知道以后还能不能像以前一样跳舞。舞蹈演员还能当什么样的妈妈？"

"你不是说过有很多跳舞的女孩都生过孩子吗？"

"我知道我说过这话，但我从没跟你说过她们过的都是什么日子。要在巴黎这座城市里养孩子是很难的。"

"这可不是我认识的珍妮。我猜接下来你就想要在卢瓦尔省的乡下买一小块地，在地里种菜放羊了吧。"

"我的心思差点全被你看穿了。"

"只有城里人才梦想田园生活。但我就是在农场长大的，农场里遍地都是牛粪羊粪，农活干也干不完，苹果里长虫子，醋栗又苦又涩。能卖钱的东西都要拿到城里去卖掉，自己吃得比讨饭的还差。"

"你知道吗，托马斯，梦想会随着生活的变化而变化。如果原来的梦想已经没有意义了，那么再坚持下去也没什么好处。难道我就不能有新的梦想吗？"

"当然可以，我也有了新的梦想，我正想跟你说呢。"

托马斯告诉珍妮他想给约瑟芬做一个真人大小的青铜像，但珍妮不以为然。

"又是约瑟芬！我还以为你心里已经不惦记这个人了呢。"

"你在说什么呀？"

"你看我现在胖了，双脚也开始肿起来，所以你就要去偷腥，是不是？"

"我才没呢，"托马斯说话急了，"我有这个想法只不过是想对我的事业有帮助。给约瑟芬做青铜像，不用愁找不到买家。"

"我的身材越来越差，你却要跑去看别人的身材。你有没有想过我的感受？"

"我是搞雕刻的，观察身材是我的工作。"

珍妮生气地看着托马斯。"我有个想法。"她说，"我们去别的地方，就我们两个人去。"

"什么？去哪儿？"

"加拿大。"

"你脑子怎么了？不会是怀孕的缘故吧。"

"去加拿大有什么奇怪吗？"

"可能除了那些有钱的英国探险家，没有人会去加拿大的。你去那里是要生活的。"

"你会和我一起去吗？"

"现在？可你肚子里有孩子了！那么远，路费那么贵。更何况那里有北极熊和印第安人，你打算怎么办？"

"我就想离开这个地方。"

托马斯从没见过珍妮像现在这副模样，他不太敢相信她不是在开玩笑。

"我哪儿都不想去。"

"那就为了我，跟我一起走吧。"

"听我说，珍妮。"他说，"等我事业有成之后我什么都听你的，但是在此之前还不行。我这一生都在为此奋斗，现在什么事都不能阻止我去完成这件作品。我这么说，你能懂吗？"

珍妮没有回答，也没有看他的脸。她低着头，好像在哭。可是托马斯正在气头上，他才不管。他把她一个人留在服装间，气呼呼地离开了女神游乐厅。

接下来几天，托马斯都避着不见珍妮，尽量不去想她。他痴迷地练习素描，等他练习到自认为已经准备充分之时，他就每天在剧场等约瑟芬，等她有一天能比平常早到达女神游乐厅。他不想让珍妮看到自己站在约瑟芬的化妆间门口敲门，所以他走上二楼，爬出通往中庭和消防梯的大堂窗户。两个演出人员看到了他。不过消防梯上经常有人出来透口气或者互相串门，所以也就没人说他。托马斯数了数每扇关闭的百叶窗，数到约瑟芬的那一扇，然后打开画夹，找出已经上色的素描，用力敲了敲百叶窗。他隐隐约约听到里面的讲话声，等了一会儿，然后又敲了一回。只听得里面的插销响了，百叶窗打开了。窗口站着的是贝比托·阿巴第诺伯爵，一身的贵族打扮——单片眼镜，烟斗，外套胸袋上还有一团丝巾。

"你想干什么？"阿巴第诺问。

"我想要和约瑟芬说两句话。"

"说什么说？她要休息了。快给我滚开，不然我找人把你开除了。"

"我想给约瑟芬看看我画的素描，我觉得她会喜欢的。"

"她才不会喜欢,她只会生气。《费加罗报》的编辑又在批她,她现在很不高兴。"

"这些画会让她心情变好的。"托马斯从口袋里拿出一把皱皱的纸币递给他。"求你了,能不能设法帮我见她一面?"

阿巴第诺伯爵没看托马斯手里的钱,叹了口气,说:"朋友,听着,你不能只为自己着想,你得想想你要做的事情对她有什么帮助。"

"我要给她铸一个青铜像,她将会流芳百世。"

阿巴第诺用狐疑的眼光打量这个站在窗外露台上的年轻人。

"做完之后你就会出名了吧。"

"那当然。"

"我还以为你只是个布景师。"

"我也是个学美术的学生,正准备创作我的成名作。"

"如果你已经是个名家,事情会更好办些。"阿巴第诺又叹了一口气,"行吧,进来说。"

虽然阿巴第诺和约瑟芬看了托马斯的素描之后都很喜欢,但要说服他们花时间参与自己的青铜像创作并不容易。托马斯没有刻意撒谎,但是他隐瞒了造价问题。要是让他们知道自己根本没钱完成青铜浇铸工艺,他们是绝不会答应的。约瑟芬点着烟,看着天花板,阿巴第诺则计算各种利弊:如果托马斯给约瑟芬画素描不用花她一分钱;如果素描一步步变成青铜像;如果有个约瑟芬的爱慕者愿意花钱买下这个青铜像;如果有人说服巴黎城把这个青铜像当成名人纪念像安放在某个大广场上;如果以上种种都得以实现,那就同意托马斯给约瑟芬浇铸一尊青铜像——应该并没什么坏处吧。

托马斯可以感觉到二人的犹豫心态,于是提醒约瑟芬,说自己曾救过她的命。看样子约瑟芬好像已经不太记得那件往事,不过这句话还是起了作用。所以,最后的结果是阿巴第诺答应了,托马斯可以给约瑟芬画七次素描,每次二十分钟,地点就在约瑟芬·贝克的化妆室。

要想让约瑟芬一动不动地坐在那里给自己当素描模特,这事可远比托马斯想的要难。虽然约瑟芬对他这个青铜像计划很感兴趣，但她感兴趣的东西实在太多了。托马斯是救过她一命，但这事也过去很久了，总不能指望人家感激他一辈子吧。约瑟芬在女神游乐厅表演结束后老是饿，所以总想着能快点出去。她要去蒙马特高地的一家新俱乐部。最近她正在帮那家店做推广促销，所以她经常答应会早点到化妆间。但她老是忘记，而且又不喜欢托马斯提醒她。即便她好不容易抽出时间给托马斯，她也没办法一动不动坐二十分钟。

虽然没有耐心，但约瑟芬还是乖乖给托马斯连续做了三天模特。三天之后，她就拒绝乖乖配合了，坐了十分钟之后，剩下十分钟就不肯坐了。托马斯着急得要命，就差再多画几张素描了，但是约瑟芬似乎一点也不在乎。她要是在乎那些没了她就要死要活的可怜男人，光是那些人加起来就能把她给压死。

一次演出完毕，约瑟芬大摇大摆走过剧场大厅，托马斯在化妆间的门口把她堵住了。她腰上裹着红黄相间的缎子，显得华贵艳丽，一层香汗晶莹剔透。看到托马斯后，她停下了脚步。

"你还要画素描？"

"我还得再画几幅素描。等我素材够了才能开始做黏土模型。"

"你做的是哪门子艺术啊？"她问，"你就不能找张我的照片吗？我饿着肚子给你这样站那样站，我图什么呢？"

她说的是英语，语速很快。

"我不是要帮你做个纪念像嘛，做这东西快不了。报纸上的照片迟早会皱掉，但是我给你做的青铜像将会流传百世。"

"说得好像我在乎什么流传百世似的，我只关心当下。"她说。她打开化妆间的门，进去时没把门带上。托马斯跟了进去，随手关上门。

约瑟芬动手要解裙子扣，但是怎么都解不开。"该死，我够不到。能帮我解扣吗？"

托马斯没听过"解扣"这个词，但看情形就能明白她的意思。他帮她把裙子上的金属小钩从线圈上解下。约瑟芬一把扯掉裙子，任其滑落到地上，然后从裙子里跨了出来。接着她把贴身内衣也脱了。不过，她没转身，两眼盯着化妆室桌上的一个三明治，那表情就像她从没见过这种东西似的。实际上，自从她说过自己最喜欢吃猪排三明治以后，德瓦尔先生每晚都要送一个三明治到她的化妆室。

她咬了一口就放回去，转过身来看着托马斯。

她嘴里嚼着食物，两手插在胯上，好像故意让托马斯看到自己难看的一面。托马斯必须加快速度画下来，因为她愿意配合的时间很短，叫她长时间维持一个姿势简直就是要了她的命。不过，即使她心情不好，她的身体还是散发着强大的吸引力。

加油，加油，他迅速抬头看她一眼，又迅速低头在纸上勾勒。他要捕捉她身上蕴藏的那种能量，那种即便像现在这样很不耐烦、坐立不安，也时时散发出来的活力。

"你还是和珍妮在一起吗？"约瑟芬突然发问。托马斯没想到约瑟芬竟然会注意到自己和珍妮的关系。他不喜欢在素描时与人攀谈，但约瑟芬可不是什么普通模特。

"她在教我学英语。"他答道。他不想在约瑟芬面前谈珍妮。如果行得通，他想让这两个女人永远做到井水不犯河水。他依旧快速下笔。约瑟芬的胴体就是她身上亘古不变的真理，无论是喜是忧，都是一样的美好。托马斯眼前的任务就是去捕捉她体内的活力，捕捉她肉体的真实存在。

"有个'蒂勒女郎'团的人想要害我。"约瑟芬说。

"哦？"

"昨天我在鞋里找到一枚图钉。"

"会不会是巧合？"

"我一开始也这样想，但后来想想不对劲。我这里又没有图钉，怎么会有图钉跑到我鞋里呢？"

"还有类似的事发生吗？"

"有人今晚在台上涂了润滑油。我今天滑了一下，差点儿撞到柱子上，把下巴撞坏。"

"可能是什么东西洒在台上了吧。"

"你有没有在认真听我说话？"

托马斯抬头，看到约瑟芬正在向他摇手指头。明明是她一丝不挂地站在托马斯面前，但是托马斯觉得反而是自己光着身子站在她面前。"这一定是哪个'蒂勒女郎'干的。唱歌的和演杂技的不会嫉妒我们这些跳舞的，但伴舞团的人会嫉妒。一定是有人嫉妒我，所以想要加害于我，我要把她给揪出来。你帮我去问问珍妮，是谁干的。你听到没有？"

但托马斯只顾着画画，并没有认真听她讲。这一点约瑟芬看得出来。

"让我看看你画到什么地步了。"

"我还没真正开始画呢。"

她走了过来，看他已画好的四幅素描。四幅都画得相当不错。看来他这次还真的捕捉了到了一些东西。

"你是想让我变胖吗？"

"你不胖啊。"

"那你把我画得像一头河马！"

"我觉得你在画中看起来也很可爱。"

"不是你认为怎么样就是怎么样。你把我画成什么样，我自己看得到。你是想让我出洋相吗？"

"我只是想给你做个纪念像。"

"这是你的说辞。我觉得你是个骗子，你给我把这些画撕掉！"

"我做不到。我需要用这些画。"

"现在就给我撕掉！"她伸手来拿，但是托马斯用手臂护住了自己的素描本。

"你不要动，这是我的画。"他说。

"不是你的画。画的是我，就是我的画。你凭什么把我画得那么难看？"

"我觉得很好看！"

"你瞎了眼吗？就这点能耐也敢自称是搞艺术的？把画给我！"

托马斯合上了画夹。

"我明天再给你看，可能会看起来更顺眼些。今天是因为你累了。"

"累？我累死了。现在就把画给我，不然我一定会找人把你开除掉。德瓦尔会把你一脚踢走。"

她俯身盖住素描纸，把它们从画夹里全都扯出来，揉成一团。这些纸张质量好，不太容易揉成团，于是她把四个纸团都扔进了废纸篓，用挑衅的眼神看着托马斯。因为刚刚使了劲，所以说话还气喘吁吁。

"你一定觉得自己很聪明，是吗？"约瑟芬问，"你还想等我走后偷偷溜进来救这几幅画吧。火柴给我！"

看来是没办法阻止她了。约瑟芬拿过一根火柴点着，又掏出废纸篓里最上面的一个纸团来点火。纸团很快就烧了起来，在还没烫到手前她又把纸团扔回到了废纸篓里。她有些心满意足地看着纸团烧起来，后来看到火苗烧得太高，就拿了半罐水泼了上去。整个化妆间顿时烟雾弥漫。阿巴第诺跑了进来，但是看到问题不要紧，他就只耸了耸肩，对托马斯笑了笑。

托马斯走下一段楼梯，在大厅里遇到了珍妮，便把发生的事告诉了她。

"她把你当傻瓜了。"珍妮说。

"她今天是累了，我等她心情好的时候再找她。"

"她最近一直都在生气。她心情再也不会好了，除非让她站在舞台上，因为有人花钱买她笑。为什么不让我当你的模特呢？"

"老天作证，你已经给我当过模特了，珍妮。我已经给你做了两个半身像，还有一个木雕。"

"可你并没打算把我的雕塑浇铸成铜像啊。我不知道你看中她什么了。"

"巴黎有一半的人都爱约瑟芬。我想我们大家都看中了她身上同样的东西吧。"

"所以你承认了？"

"承认什么？"

"你爱她。"

"我刚刚不过是修辞的说法。"

"那好，我也有句修辞送给你。你给我下地狱去。"

珍妮气冲冲走了。托马斯在工作室里等了一阵子，然后上楼去了约瑟芬的化妆间。他推了下门，门没锁，就走了进去。废纸篓上面一层全是约瑟芬卸妆完扔下的棉球，下面就是被她烧过的纸团灰烬，还有两个纸团没烧掉，边缘已经脏了，整个纸团还是潮湿的。托马斯把两个纸团拿出来放到地上摊平，发现有一张正好是他画得最好的那张。

回到合租的画室，他把这两张素描改了一遍又一遍，直到自己心里满意为止。最后的成品是一张高度简化的约瑟芬肖像，头部只保留了她的嘴唇和标志性的卷发，双手翘着食指对准一个方向，就像是两把六发式左轮手枪瞄准了天上的星星。这素描叫人一眼就能认出是约瑟芬，很美国，也很生动。他开始做黏土模型，忙得废寝忘食，终于做出一个看起来没有任何问题的模型。下一步是把黏土模型放大：首先做成真人尺寸的四分之一，再放大到三分之一。尽管埃丝特尔和索雷尔抱怨他占去了画室所有的空间，但他还是移走了他们的物件，着手制作放大到真人尺寸二分之一的黏土模型。头两次制作都出了差错，他就捣毁重来，第三次终于大功告成，然后接连几天就继续坐在一旁琢磨。

黏土模型的制作过程很顺利，但好像还是缺了点什么。肌肉饱和度没问题，人物气质也都在。但是，不知什么原因，他总觉得需要用什么东西来抵消其中的整体性，也就是需要增加一样平衡因素来抵消这件作品高度的完整性与协调性。不知怎么，他开始在模型上尝试增加一个螺旋状的东西。玩着玩着，他终于将其定稿成一条蛇，缠绕在右腿上，做成膝盖高度。

托马斯完成了修改之后，好几天都没跟他说过话的索雷尔终于过来找他。索雷尔拉出一张凳子，卷了两根烟，都点着后把其中一根递给托马斯。"现在你终于开窍了。"他说，"认识你这么久，我还以为你少了灵气。"

"我得做个更好的石膏模型。"托马斯说，"做完以后找个铸造厂将它放大到真人大小，再浇铸成青铜像。我都不知道该到哪里去弄钱。"

"这不过是技术上的细节罢了。"索雷尔一边说，一边擦掉一点嘴唇上的烟丝。"我有没有跟你说过，我和埃丝特尔的运气也来了？"

"可能说过吧，我也不记得了。"

"你当然不记得了。你已经好几天没有认真听人讲话了。卡雷尔的一个朋友对我们的画很有兴趣。"

"'我们'是指谁？"

"我和埃丝特尔。我觉得他会帮我们办个画展。"

托马斯单手搂住索雷尔的肩，紧紧搂了他一下。索雷尔也反过来搂他的肩。然后，两人坐下来一起看约瑟芬的石膏像，仿佛雕像随时都会动起来似的。

接连几周，托马斯都央求珍妮过来看一下他做的石膏像，可她总是说身体不适或者最近很忙，托马斯也不可能把这么大一件东西拖过去给她看。他跑了好几个铸造厂，每家分别跑了好几趟，都没有找到一个肯赊账帮他放大泥模并浇铸铜像的。好一点的铸造厂都有扩大机，但如果太贵，他就说自己也能放大。但是吧，青铜浇铸这个环节，让他一个人做是做不成的。甚至有两个铸造厂的人过来看过石膏像。他们都说能够做出托马斯要求的效果，只要他出得起费用。他们没办法赊账，因为就连傻子也知道，给搞艺术的赊账是要赔本的。

这个新的难题把托马斯给难住了。他以前常想，成功就像跳高，只要你肌肉发达、动作敏捷，跳过很高的杆子，在那头等待你的就是成功的荣耀。但现在他是看明白了，创造一个杰作，不过是跨栏比赛中的第一关。他也可以慢慢积蓄，一个法郎一个法郎地攒钱，等到钱攒够后再去铸铜像。但是攒钱可能要攒个一两年才够，到那时他已经有孩子要养了，天知道开销会有多大。他邀请约瑟芬过来看他的石膏像，可她只派了阿巴第诺过来。这人虽然对石膏像赞不绝口，但是一分钱也不肯借给托马斯。

"这个先缓一缓，再多做几个作品。"埃丝特尔说，"等你作品多了以后，那些铸造厂老板就会相信你有实力。"

"可是我很急。"托马斯说。

"罗丹雕《天堂之门》和《地狱之门》雕了二十年呢。"

"但罗丹那时已经出名了，就算要花一辈子时间去修改都没问题。再说了，再过几个月，我就要当爹了。"

珍妮最终还是答应过来看看。托马斯急切地看她的反应，第一是因为他想听听她的意见，第二是因为他还想向她开口借钱。他坐在小床上，看珍妮绕着石膏像研究。她脸色不大好，头发没有以前那么卷了。脸浮肿了，面色苍白，眼睛也肿起来了。她一直说怕冷，所以穿了两件毛衣。她脚上也出了些问题，绕着石膏像走的时候看上去有点一瘸一拐的。

"嗯……你觉得怎么样？"托马斯问。

"说不上喜欢。"珍妮说，"女神之类的东西我一般都不太喜欢，但我承认这条蛇是点睛之笔。一想到约瑟芬在伊甸园是这副模样，就觉得好玩。"

"我没有任何寓意。这条蛇只不过为了体现螺旋形状，纯粹是因为形状适合。"

"对，对，对。所以额头上的这一绺卷发也和约瑟芬没有关系。你自己创作的东西，你可以想怎么说就怎么说。但是你现在还在找买家吧，买家会喜欢上这条蛇的。好聪明啊。"

她走过来跟他并排坐在床上。

"你很累吗？"托马斯拉过她的手，问她。

"一直都感到很累，觉也睡不好。感觉自己就像梦游。"

"还要多久就能生了？"

"也就一两个月了吧，我猜。或许时间还要短一些。"

托马斯轻抚她的额头，感觉她皮肤温度有点偏高。所以他换了坐姿，整个人坐到床上，背靠墙，让珍妮坐到他的腿间。两人都对着约瑟芬的雕像。

"没有一个铸艺厂肯赊账帮我铸像。"托马斯说。

"我知道。"

"你真的觉得这作品还好吗？"

"噢，托马斯，你可真像我的莫妮卡阿姨。她每次烤蛋糕，都要我们夸她二十遍才满意。"

"我的约瑟芬雕像应该和你阿姨做的蛋糕不是同一个级别的吧，我想。"

"当然不是一个级别的。她的更大，还更软。"

"我想你最好还是不要拿它开玩笑。"

"为什么不能？"

"因为我要早点把它铸成铜像，然后卖掉。这样我们就有钱生孩子、养孩子了。"

托马斯等她的反应，可她什么也没说。而且珍妮坐在自己腿间，也看不到她的表情。他原本希望珍妮能够给点什么建议，但她却什么也不说。最终他还是把一直憋在心里的话说了出来。

"你有没有存款？"托马斯问。

"有，但我还是觉得不够。你有吗？"

"一分也没有。全都花在买材料上了。不过我有个想法。"托马斯说。他自己都觉得惊讶，因为自尊心而说不出来的话，竟然能这么容易就说出口。"如果你把存下来的钱借我，我就可以找人浇铸铜像了，而且很快就能做好。有个铸工说了，如果我先交一部分钱作为定金，他就会同意给我赊账浇铸铜像。也不用太多，大概几千法郎就够了。"

珍妮听了大笑。

"有什么好笑的？"

"你看来真的是走投无路了。我生了孩子后还暂时不能工作赚钱。总得有人出钱请产婆吧。我想知道你有没有准备好这笔费用。"

托马斯不吭声。

"我就知道会是这样。就咱俩目前这样的状况，你觉得我会把钱给你吗？"

"我又没说'给'我钱。"

"我知道你没说'给'。但这事风险也太大了。如果铜像不能马上卖掉，那我就惨了。"

"我们可以搬到一块住，省点钱。"

"必须赶紧搬了，佩雷斯先生已经给我暗示了。"

"都听你的。"

"都听我的啥呀？是什么让你觉得我会愿意帮你给约瑟芬做雕像呢？"

"我们不是以前就说过这事了吗？"

"说是说过，但你不听我的。你给别的女人做雕像，还要我说你真棒。难道你一点都不了解女人吗？"

"我还以为我够了解你了。"

"你一点都不了解我。"

托马斯把她向前推开，从她身后下了床，穿上鞋子，系好鞋带，穿好夹克。

"你去哪儿？"珍妮问。

"出去走走。"

"不要生气，"珍妮说，"你知道，我是真不敢拿我的存款冒险。"

"你该回去了。我需要一点时间静静。"托马斯说。他强忍住内心的冲动，出门的时候没有重重甩上门。

托马斯想通过走路来忘记烦恼，但是烦恼偏偏如影随形，走得再远也甩不掉。不知不觉间，他就走到了蒙帕纳斯区。他突然想起了罗莎莉餐馆——他和埃丝特尔曾在那里吃过一顿午餐。那就再去一次吧。那里让他想起刚来巴黎时的那段日子，那时候什么事情都比现在要简单多了。他走到店门口，却发现餐馆已经关门歇业了。路上有个男的在抽烟。

"罗莎莉哪去了？"托马斯问。

"死了。"

"什么？"

"那你还想她能怎样？她开餐馆的时候年纪就已经很大了，一开就是二十年啦。"

托马斯在街上的小摊上买了根腊肠，吃完后又继续走路。走了几个小时的路，他终于感到稍微好受了些，于是掉头往回走。到家时看到索雷尔正站在院子外吸烟。

"从什么时候开始这么讲究跑到外面来抽烟啊？"托马斯问道。

"产婆在里面。"索雷尔说，"珍妮要生了。"

十

托马斯一把拉开门，里面传来一阵声嘶力竭的叫喊。他看到产婆正跪在珍妮的两腿间。珍妮的腰上盖了一条床单，床单已经拧成一团，身上还穿着几个小时前他见过的那两件毛衣。托马斯想要跪在珍妮身边安慰她，但产婆不允许。珍妮叫完歇了一歇，呼吸几下继续尖叫。产婆是个壮实的女人，头发绑在后面，身上穿了一件罩衫，已经染上了血迹。

"女人生孩子的时候男人帮不上忙。给我出去。"她说。

"我只想陪她说说话，握握她的手。"

"这时候她既听不到你讲话，也感受不到你在握她的手。孩子胎位不正，想帮忙的话就出去找医生。不管结果是什么，无论怎样都得花钱了。"

"她会没事吗？"

"你要是还杵在这里，那她就要出事了。"

托马斯不想离开珍妮。他转过头来问索雷尔："你刚才干吗不去叫医生？"索雷尔耸了耸肩。

"沿着这条街走两个路口，往右转。去找克雷森医生。他家门口有块小牌子。"产婆说。

走了大约三十米，托马斯发现走错了方向，赶紧往回走。他老是找不到医生的地方，尽管已经好几次路过牌子，但他都没看到。最后好不容易让他找着了，按响了门铃，开门的是一个系着围裙的老女佣。她不让托马斯进门，说医生正在用餐。

"真有急事。"托马斯说，"我老婆要生孩子了。"

"叫产婆了吗？"

"叫了，不过产婆叫我来找克雷森医生。"

仆人不慌不忙地问道："她生多长时间了？"

"不知道。"

"超过一天了吗？"

"没有，可能就几个小时。"

"是第一胎吗？"

"是的。"

"那就不用着急。"

"但是产婆叫我过来找医生。"

"她可能只是想回家吃晚饭。年轻人，你就在这里等着，等医生吃完我就会叫他过来的。不会超过半小时。"

"我给您留个地址行吗？"

"不不不，你就在这儿等着。相信我，生头胎时间总要长一点的。不用急。等不住的话就先去对面的餐馆坐坐。"

"我能进去等吗？"

"你现在这个样子可不能进去。我把你放进去以后，你准会冲到医生那里去。你会害他消化不良的。"

女佣关上了门。

这叫他如何能耐心等待？他尽量回想在立陶宛老家妇女生孩子的情景。母亲生保罗时，他还小。只记得大家把她藏在她自己的房里，不让小孩子看。他又想起玛丽亚死前的样子。虽然不能算是生孩子时难产而死，但这段回忆总是让他感到浑身不自在。

过了三十五分钟，门终于开了，克雷森医生走了出来。医生是位中年男子，身穿黑色外套，全身肉乎乎，就连提医药包的手指头都是圆滚滚的。

"带路。"医生说。克雷森医生不让催，托马斯想走快些都不行。等他们赶到画室，医生让托马斯和索雷尔站在外面等。

"放心吧，没事的。"索雷尔说，"埃丝特尔现在也在里面帮忙，他们人手够了。除了掏钱，你什么忙也帮不上，所以你紧张也没用。跟我走吧，我请你喝酒去。"

"我不能离开。"

"那就我一个人去买点酒吧。"索雷尔走了，五分钟后又回来了，手里拿着一瓶酒和两个玻璃杯。马蒂尼夫人出来了，站在拱形走廊的影子里。她不说话，两只手紧紧地拽着围裙的下摆。

"我现在不能喝酒。"托马斯说。珍妮的尖叫声在院子里都能听到。

"你再不喝点酒下去，我怕你会疯掉的。就连我们也要疯掉。快喝吧。"

索雷尔强令托马斯连喝两杯。酒精确实有点作用，托马斯的焦虑稍稍分散了一些。这时产婆开了门，示意托马斯进去。

克雷森医生站在屋子中间。他伸手往口袋里掏了下香烟，但是想了想觉得最好还是不抽。

"你就是孩子的父亲？"

"是的。"

"孩子臀位难产，不过还活着。我已经尽力了。现在得把她送到诊所，她需要麻醉动手术。费用你会承担吗？"

"当然会。"

"那就好。我去叫救护车。"

产婆这回总算同意让托马斯待在珍妮身边。他跪在珍妮身边，握住她的手。她的一头卷发都湿透了，粘在脸上。"一定要坚持住，"他轻声地对珍妮说，"咱们很快就要到诊所了，医生会给你动手术的。"

"孩子还活着吗？"

"医生说了，还活着。"

"男孩还是女孩？"

"现在还看不到。"

"我希望孩子能活下来。我不想挨了这么多痛之后结果一场空。"

"我非常爱你。"

新一轮宫缩开始了，珍妮发出痛苦的号叫声。

"您就不能拿点什么东西给她止痛吗？"托马斯问产婆。

"喊出来就可以减轻痛苦，到了医院以后医生会给她止痛的。"珍妮闭上了眼睛，痛苦地磨牙。

救护车到了，除了产婆、珍妮、医生能上车外，其他人都挤不进去了。

托马斯想要打辆出租车跟过去，但是索雷尔叫他先到屋里坐一会儿。埃丝特尔不知道从哪儿冒了出来，叫托马斯先吃一个三明治。索雷尔坚持要他喝两小杯伏特加，嘴里还唠唠叨叨地说道："我来的时候她就开始要生了。我们俩去了女神游乐厅，还去了卡雷尔学校，哪儿都找不到你。"

"埃丝特尔，小孩是不是早产了？"托马斯问道。但是埃丝特尔没有看他。

阿拉古大道上的诊所宽敞明亮，一看就知道是个费钱的地方，要不了几天就会把珍妮的存款全部花光。不过他总是会想其他办法付医药费的。诊所规定，他不能进去陪她。一个修女让他在大厅等。六个小时后，他才得到允许，进去了。

珍妮已经被转到一个多人病房，里面还住着十二个妇女。她看起来已经分娩结束，闭着眼睛躺在床上。医生站在她的床边，手里拿着本子在写什么东西。看到托马斯进来，医生抬头跟他说：

"是个男孩，不过没活下来。脐带绕颈，而且生得太早，无论如何都活不下来。我们已经无能为力。抱歉。另外，你妻子有并发症，还在流血，需要动手术。"

"她能活下来吗？"

"也许。"

"我能跟她讲讲话吗？"

"她失去了意识，所以我们要赶快给她动手术。如果愿意的话，你可以坐在这里，也可以晚一点再来。随你便。"

托马斯坐到珍妮床边的椅子上。诊所里也没人想到给她洗把脸或梳一下头发，他只好用手指给她整理头发。另一张病床上有个女人看不下去，招手让他过去，借给他一把梳子。托马斯小心翼翼地给珍妮梳头，遇上打结的地方他就用力轻点。有几根头发缠得特别紧，扯到头皮的时候，珍妮脸上还是没有一点反应。他把梳子还给那位妇女，拉了床单的一角给她擦脸，然后坐下来看她，但她仍然没有一点反应，连呼吸的起伏都看不到。珍妮一动不动的样子让他感到非常不安。他伸手去摸她的额头，发现很烫。他再也坐不住了，就在床边来回踱步，但是感觉病房里的其他女人都在看他。于是，他走到外面的走廊里踱步，直到有人过来把珍妮推去做手术。

托马斯在走廊的椅子上过了一夜。天刚亮起时，珍妮从手术室里出来了。她醒了。一个修女已经给她梳了头洗了脸。珍妮脸色苍白，只有两边脸上各有一圈红晕。托马斯看到她的第一反应就是上前摸她的额头，一摸就知道珍妮的烧还没有退。珍妮伸出手，放在托马斯手心里。

"咱们的孩子没了。"

"我知道。"

"可我已经尽力了。"

"这不怪你。"

他坐到病床上，把她温柔抱起。身体一被托马斯碰到，珍妮就痛得皱眉。"也许这就是最好的结局。"她说，"我们都没做好要孩子的准备，不是吗？"

托马斯没说话。

"你还要继续学习继续奋斗。等你出名了，咱们再要个孩子，好不好？"

"好。"

托马斯不想在她面前哭，但是强忍眼泪真的好难。

"我以前不懂，直到这回感觉到肚子里的这个孩子这么努力要出来，要来世上走一趟，我才知道我其实想要有个孩子。现在我真的懂了。"

她闭上眼睛，睡了过去。托马斯拿了一块毛巾，在床边桌上的水盆浸湿，拧干后帮她擦额头。珍妮没有反应。

医生进来了一次，给她量了体温。托马斯问他珍妮的情况，医生说她现在已经发展成产褥感染，目前正是危险期，结果好不好谁都不知道。白天的时候，埃丝特尔过来给他带了一些吃的和喝的，陪他坐了一个小时后走了。

到了傍晚，托马斯由于长时间缺觉，已经筋疲力尽。他去洗手间洗了把脸，回来时看到一个修女在床边等他。

"你上哪儿了？"她问道。托马斯说明了情况。她听完解释后，叫他片刻都不要离开病床。托马斯没敢问是什么原因。

整整一个晚上，再加上第二天白天，托马斯都一直在床边观察。看她费力地呼吸，那气喘声让他提心吊胆，特别是有时候声音还会突然停止，而他只能在旁边干等着，等着珍妮再次开始呼吸。托马斯实在是困得不行了，但又不敢不时刻盯着珍妮。他坐在她旁边，紧紧地握住她的一只手。直到晚上，珍妮的呼吸再次暂停以后，再也没有接上新的呼吸。

托马斯离开诊所的时候夜幕已经降临，街上还有最后一批顾客在买东西。店里的水果在灯光的照射下显得特别鲜艳好看，苹果比平常更加金黄，橙子也比平常更加油亮。

他走在路上，茫然地看着过往的行人。这些行人可能是医生，可能是小偷，可能是演员，可能是政客，也可能是工人，说不定是天才，但光看又看不出来。可是，身边经过的每一个人都不懂他的心，不知道他有多么渴望成为一名雕刻家，不知道珍妮的死给他带来了多大的震惊和伤痛，不知道他在这个城市有多孤独。不过，他又有什么资格去期待别人来关心自己的事情呢？几个小时过去了，街上的人越来越少，只有托马斯还一直在走着。商店关门了，只剩下小餐馆和大饭店有人出入。托马斯不敢往里看，就怕看到里面谈笑风生，看到情人成双成对，看到小丑逗人发笑。他来到珍妮住过的旅馆，佩雷斯听到消息后沉重地跟他握手，允许他去珍妮的房间。

进门后，他在黑暗里站了一分钟，摸索着走到了珍妮的衣橱旁。他在抽屉里翻找，终于找到一件做工精致的羊毛衫。他躺到珍妮的床上，把羊毛衫揉成一团，贴到面前，吸入珍妮留在衣服上的最后一丝体香。

埃丝特尔主动提出帮忙料理后事，索雷尔接连两天都陪着托马斯，给他灌了不少酒，把他灌得晕晕乎乎，但也没有过量，不至于完全醉倒。第三天早上，托马斯醒来，觉得恶心头晕，不过他还是起床洗脸刷牙，穿上最好的衣服，与索雷尔和埃丝特尔一起赶往火葬场。

火化仪式就花了几分钟时间。剧场的德瓦尔先生献上了一大束花。剧场里其他的跳舞女郎和演出人员，甚至还有几个跟珍妮学英语的学生，各献上了一小束花。佩雷斯先生和两个住在皮埃尔旅馆的学生站在角落里默哀。总共来了五十多名女神游乐厅的同事，大家挤到这个小小的地方参加火化仪式。弗莱德神父今天穿了牧师袍来主持仪式，但是这人来了以后一直抹眼泪，没法完成神父的职责。可其他人也都没有准备好仪式致辞，最后，"蒂勒女郎"舞蹈团的一个女孩子——托马斯也只是觉得眼熟——自告奋勇为珍妮致告别辞。她说了一段珍妮为爱而死的感言，其他人都低着头，眼睛盯着地面。托马斯一个字也说不出来。

　　埃丝特尔陪他看着石板上的棺材滑入火化炉。而其他人都到餐馆去喝告别酒了。过了一会儿，两个工作人员打开火化炉的门，拉出石板。棺木和肉体已经烧没了，石板上只留下了珍妮全身的骨架，双臂交叉，叠放在胸口上。一个工作人员用锤子在石板上轻轻一敲，骨架瞬间粉碎，只剩下灰烬。

十 一

　　珍妮火化后的头几天，托马斯不敢独处，他也厌倦了借酒消愁。干脆每天去上班，没日没夜地制作和修理布景。领班察觉到托马斯需要保持忙碌的状态，所以叫他留下来加班。只要能够做到不去思考，生活还是可以忍受的。可是，每当他端起咖啡杯到嘴边，每当他搅拌起灰泥，每当他开始做其他日常活动，对珍妮的思念总会猝不及防地对他发起一场场偷袭。

　　托马斯刚回来上班的前几天，跳舞的、唱歌的、做木工的，甚至德瓦尔先生本人，都过来向托马斯表示哀悼。他很感谢大家的关心和慰问，但是这些关心和慰问让他渴望得到更深层次的慰藉。在家里，他用一条床单盖住了约瑟芬·贝克的雕像。饶是如此，漫漫长夜依旧难熬，每晚只有喝一瓶葡萄酒才能睡着，有时候甚至一瓶还不够。

　　他心里生气郁闷，仿佛拧成了一个死结，想解也解不开，干脆放弃抵抗，任其越拧越紧。他开始珍惜自己的愤怒之气，轻易不肯发泄。他不想对一起生活、一起工作的人撒气，觉得这样太浪费这股愤怒之气。相反，他把这股气攒下来，于是对身边发生的种种事情多数时候装出满不在乎的样子。

有人答应给索雷尔和埃丝特尔七个月后办一个联合画展，所以两人每天都在为了给画展挂满足够作品而疯狂创作。但托马斯没有精力去嫉妒他俩的成功。

一天，托马斯在女神游乐厅值完晚班，回家时看到马蒂尼夫人站在拱形过道里。

她说："我等你好久了，这里有你的一封信。"

过道里太暗了，他看不清信封上的字，于是和马蒂尼夫人道过晚安后穿过庭院回到自己画室门口。

他看到索雷尔正在喝酒，但那瓶酒差不多还是满的。

"这么晚了怎么还不睡？"托马斯问。

"埃丝特尔等下会带来一个买主。我们为了那个画展花了不少钱买材料，现在只能卖掉几幅换点钱回来。"

"有一个买主？"

"对，是一位警察。"

"扎马隆？"

"没错。这个痴情傻瓜蛋有可能会帮我们走出困境。"

"你要当心点。扎马隆嫉妒你跟埃丝特尔在一起，这人很有势力。"

托马斯把信拿到灯光下。看邮票是来自立陶宛的，但是信上的笔迹却不熟悉。他再看看寄信人地址，发现信是弟弟保罗写的。托马斯给自己倒了杯酒，坐下来看信。

亲爱的托马斯：

上帝保佑你！

希望你能收到这封信。我好不容易才打听到你的地址。自我们上次收到你的来信到现在已经快三年了。你离开华沙后怎么没有再写信给我们？幸好你在大使馆登记过，否则我们可能就永远联系不到你了。我们常常想

起你，特别是妈妈。自从你走后，妈妈每天晚上都为你
祈祷。

我要告诉你一个不幸的消息：我们亲爱的父亲已经去
世了。我知道你和父亲一直都不太合得来，但我还是希望
你可以在法国找个教堂为他点上一根蜡烛。我坚信你会找
个漂亮的教堂来缅怀我们家曾经的当家人。到了晚年，父
亲变得非常慈祥，你见了以后肯定认不出来。天气好的时
候，他会在教堂外的长凳上晒晒太阳，吸吸烟斗，和其他
老人聊聊天。他说只要每天看着燕子围着教堂尖塔飞来飞
去就很满足了。

两位姐姐和大哥爱德华都结婚了。现在我们家里有了
新的女主人。大嫂的娘家与我们家隔了三个县，爱德华是
在市集上遇到她的。妈妈现在很虔诚，每天跪在你雕刻的
圣弗洛里安圣像前念《玫瑰经》。爱德华办事公正、通情
达理，当家当得很好。他为我支付了上高中的费用，大嫂
对这钱也不小气。爱德华说他很快就会买一辆拖拉机。安
德鲁斯在希奥利艾当德语老师，他给了爱德华很多建议，
告诉他德国在农业方面的最新发展。他跟那些听得进话的
人说，如果我们想要摆脱俄国占领时期给我们带来的落
后，就得向西方学习，向德国学习。

是爱德华让我给你写的信，他说我们这里发生了一些
新变化，你可能会有兴趣。莫尔丁教堂需要重新装修，考
虑到你在华沙教堂工厂积累了一些工作经验，而且还在法
国留学，牧师答应先把机会留给你。这可是赚到佣金的好
机会。而且，如果你这次做得好，立陶宛其他教堂的装修
工作肯定也会给你做。我们跟波兰之间的战争已经进入僵

持状态，所以牧师现在又有钱花了。

你在外国也漂泊很长时间了。生在立陶宛，根就在立陶宛。落叶总要归根，回乡才有幸福。你就回家来吧。你也不用跟我们一起住很长时间，只要你站稳了脚跟，你就可以自立门户了。在我小的时候，你给我做过很多玩具，现在想起来还是觉得很美好。这里所有人都已经忘记了过去。玛丽亚的母亲去世了，她哥哥卖掉了他们家那一小块地，已经移民到美国淘金去了。

在巴黎那么大的城市里生活不利于身心健康，我敢肯定你一定怀念家乡的阳光和新鲜的空气了。鹳鸟又在我们家烟囱上筑巢了。虽然我们几个人已经在这里生活了很多年，但对你来说这里还是新房子。地上是一片片绿油油的田野，天上有一群群的燕雀。河流好像恢复了生机，孩子们在河里抓狗鱼和鲤鱼，鱼儿多得好像河里从未有人捕过鱼。就连夜晚蟋蟀的歌声都比以前要洪亮了。

上帝对我们家露出了微笑，你也是时候回家来和我们团聚了。请尽快回信。

愿上帝与你同在！

　　　　　　　　　　　　　　　　　　　　　　保罗

托马斯脑子里马上就能想象出教堂重新装修需要用到什么材料。莫尔丁还有谁能够做到像他那样熟悉教堂，并且有过这方面的培训呢？绝无仅有吧。莫尔丁教堂需要加强采光，才能更加淋漓尽致地展示那些镀金装饰和油画。他想象在教堂的其中一面墙上开一扇窗户——虽然他自己从未学过彩色玻璃工艺，但他足够了解这一行业，知道该如何监督才能够落实这项工程。他想象在教堂里安装条式长凳，免得信徒坐的椅子腿老是与石材地板摩擦并发出噪声，害得牧师分心。

他还想制作一个新的圣方济各青铜雕像，一个能够放在教堂外面的雕像。

如果现在回去，重新回到通往老家的那条小路，会是怎样一种情景呢？当年贝蒙德部队的那些兵一把火烧掉了农场后，他们家为了重建家园而砍掉了路边的不少树。现在，路边的树肯定已经重新种了吧。当年家里养了好几条狗，应该还有一条健在吧。所以，等他靠近家门，家里现在养的那群狗冲到路上朝他汪汪大叫的时候，那条老狗应该能认出他的味道，然后摇着尾巴迎接他回家吧。全家人都会在前门的门廊等他吧。他们应该会为了迎接客人，在菜园里的小径上洒满沙子吧。然后，大家会一起走进家门，好多人会拥抱他，轻轻拍他的背，母亲则会高兴得眼泪止不住地流下吧。大家会坐到长长的木头餐桌边，桌上铺着亚麻桌布，摆满了各种吃的喝的，有好多罐啤酒和蜂蜜酒，有好几瓶伏特加，有好几碗汤，有五六盘豆荚和叶菜，还有一只乳猪再加一个拿破仑蛋糕。然后，他们会津津有味地听他讲他在巴黎的各种经历，都说巴黎可真是个好地方。

但接下来，他们就会问他在巴黎漂了这么多年有没有取得什么成就。家人都会善解人意地表示理解，然而村里的其他人都会在背后笑他。他们会说他背井离乡跑这么远，到最后一无所有，灰溜溜地逃回来，还不如去比利时挖煤，或者去美国纽约的纺织厂打工。

"喂，你到底有没有打算告诉我信上写了什么？"索雷尔问他。

托马斯把保罗写的内容告诉了他。

"是个不错的赚钱机会。"索雷尔说。

"你认为我应该回立陶宛？"

"赚钱归赚钱，想那么多干吗？"

托马斯走到火炉前。晚上做过饭，炉子还是热的。他拉开炉箅子，把信扔了进去。

"我的未来在这里。"托马斯说，"我不会回去的。"

"为什么不？"

托马斯走到约瑟芬雕像前，掀开盖在上面的床单，说道："第一个原因，我要完成这件作品。"

他已经好长日子没有看过这个雕像。刚掀开床单，他就后悔为什么要这么做。这种心情完全显露在他的脸上。

"我觉得你的选择是对的。"索雷尔说，"等你完成了这件作品的浇铸，你可能就成功了。"

托马斯坐下来，感觉快喘不过气了。

"这雕像让我想起了珍妮。"

"你也该从悲痛中走出来了。伤口裂开太久会要了你的命的。你应该给它消消毒杀杀菌，早点处理早点好起来。"

"珍妮讨厌这个雕像，她觉得我做这件雕像就是对她的背叛。"

"珍妮已经死了，她生前是怎么想的到现在都已经无所谓了。"

"你不懂珍妮对于我的意义。"

索雷尔得意地笑道："但是我懂珍妮对与很多男人的意义。"

"你这话什么意思？"

"不好意思，我今天说过头了。"索雷尔人往后仰，灯光反射在他的眼镜上，形成了两个光晕。托马斯挪了下自己站的位置，避开索雷尔眼镜上的反光，才读懂了他眼睛里的表情——幸灾乐祸。

"你给我说清楚你到底什么意思？"

"你真的想知道？"

"当然。"

"真相显而易见，留点心的人都一眼就能看明白。你真的认为珍妮只是在教学生英语吗？她的学生清一色都是男的。你觉得你不在的时候，他们会在旅馆里做些什么勾当呢？"

托马斯只觉得腹中的一团怒火暗暗翻腾。

"这些事情我都不在乎。"

"那就好，因为那个使珍妮难产而死的小孩很有可能就是别人的种。"

托马斯身上的怒火已经燃起，全身热血沸腾，心跳加速，他喜欢汩汩的血液流过静脉的感觉。他仔细物色散落在地上的每一件工具，心里直接越过了那些刻刀，考虑是否应该用那把锤子，又觉得锤子不够重。这时他看到了立在墙角的铁撬棍，于是脱掉外套，把它搁到椅子靠背上，然后向撬棍走去。

"你要干什么？"索雷尔问道。

托马斯拿起撬棍，感受了下这冰冷的金属在手里的沉重分量。

"别做傻事。"索雷尔说，"我那样说只是想把你摇醒，让你不要继续消沉下去。"

托马斯试着挥了两下撬棍，觉得这铁器的手感不错。

"珍妮生前我爱她，她死了以后我还爱她。你说的事情有可能是真的，也可能是假的。但是，真也好，假也罢，都不能改变任何结果。我真的早就应该这么做了。"

托马斯把撬棍举到头顶，狠狠地向约瑟芬的雕像砸了下去。这一棍砸得不偏不倚，砸断了雕像的两条手臂，碎片横飞，散落一地。约瑟芬现在看起来就像是个仿版的米洛作品《维纳斯》。他再次举起撬棍，朝着雕像的脖子砸去，雕像的头整个掉了，落在桌子上，灰泥粉末四溅。接着他又去砸雕像的躯干，但是因为躯干太粗了，砸了几下还砸不碎。所以他就砸缠绕在雕像腿上的蛇，直到这条蛇粉身碎骨为止。

索雷尔摇摇头。"你说你打算留在巴黎做雕塑，现在又毁掉了你最得意的作品，这又是何苦？不过，至少还留了两个模型，这也够了。"

托马斯在桌子下面找到那两个小模型，拿起最小的那个，朝对面的墙上砸了过去。模型顿时摔得粉碎。

索雷尔赶紧冲过去，阻止他去拿另外一个模型。"不要毁了你所有的心血，托马斯。你已经疯了。"索雷尔从托马斯身后抱住他，但是托马斯体内的怒火此刻还在熊熊燃烧，现在总算让他找到一个能够跟他对打的敌人，越发癫狂。

他扔掉铁棒，拼命向索雷尔挥舞拳头，有几拳打在他皮肉上，有几拳被索雷尔挡回去了，还有几拳打空了。打空的几拳使得托马斯更加愤怒。见袖口布料断裂，索雷尔狠狠地咬住了他的左手。托马斯挥动右手，迫使索雷尔松口。突然，埃丝特尔来到画室，拉住托马斯。

这时，托马斯只觉得什么硬邦邦的东西砸到自己头上，顿时让他眼冒金星。

当他恢复意识的时候，他发现自己靠墙坐在地上。左手还在流血，脸上有些部位感觉麻木。索雷尔在房间对面，也靠墙坐着，他的眼镜没有打碎，脸上也没有伤痕。托马斯动了动，想站起来，这时有只手拽住他的衣领，帮他站了起来，但马上又将他的一条胳膊反手扣住，让他动弹不得。

"唉，你们这些艺术界人士还真是个可怜的物种。"扎马隆的声音在托马斯耳边响起，托马斯闻到了这人身上散发的烟臭味。"连修女学校的女娃娃都比你们两个会打架。别看你们在城里大摇大摆，招摇过市，当自己是母鸡窝里的公鸡，是个公的就觉得了不起。但我告诉你们，只要来只狐狸，你们个个都成了狐狸的盘中餐。今天到底是怎么回事？"扎马隆问。他还没有放开托马斯。

"这个笨蛋发狂了，要毁掉自己的作品，我去拦他，他就开始打我了。"索雷尔说。

"你们小孩子过家家啊，这也能打起来？"

"他的女人刚刚没了，所以他有些失去理智。"埃丝特尔用布捂着脸，跟扎马隆解释。

托马斯用力扭动手腕，想从扎马隆手里挣脱出来。但是扎马隆抓住他的手猛地往上一拉，就差把他弄骨折，再一拳打在托马斯的头上。然后，他把托马斯推出房门，穿过院子，拽到了街上。他把托马斯推到最近一家还没关门的小餐馆，猛地甩到镀锌板柜台上，叫餐馆老板打电话报警，让警车过来。他弯下腰，在托马斯的耳边说："你心不心碎我不管，但是你的行为已经给你自己带来了危险。我本来可以马上把你驱逐出境，但我还是给你最后一次机会。你给我在监狱里关上三天，好好静一静，同时我会叫埃丝特尔把你的东西搬出画室。如果再让我看见你，我会让你明白什么叫生不如死。"说完，他再次把托马斯甩到柜台上，让他好好记住自己的话。

十 二

托马斯从监狱出来后，找几个女神游乐厅的朋友借了点钱，然后在雅维尔路上租了一间房子。这房子以前是间铁匠铺，离塞纳河很近，到卡雷尔的学校只要走二十分钟路，但要往出城方向走。房子周边都是棚屋和作坊，还有零星几间不适合住人的小屋。看样子自从普法战争以后小屋就已经开始摇摇欲坠，不知道哪天就会坍塌。这片区域有许多空地，地上只有灌木草丛和破瓶子。还有一个吉卜赛人的宿营地，没日没夜地烧着火堆，但是从来没有响过音乐。

他找人给埃丝特尔捎去一封短信，告知自己的新住址。不久就有两个送货人用推车把他的行李运了过来。这房子屋顶漏水，所以托马斯只能在他睡觉和工作的位置上方挂一块帆布用来挡雨。他睡的是稻草床铺。要不是因为有跳蚤，他倒并不介意这样将就一下。

这地方虽然简陋，但是托马斯很满意。

想起索雷尔对珍妮的说法，他思索了很久，反复推敲。有可能索雷尔只是想用残忍的办法帮助自己走出失去爱人之痛——索雷尔这人只会用这一招。但也有可能索雷尔所言不虚。想想弗莱德神父，他在珍妮的火化仪式上也哭得太久、太过伤心了。而且再想想看，当时还有几个小伙子也在伤心流泪，那几个人他都不知道叫什么名字。他又在脑中回放过去的种种片段，想起珍妮在女神游乐厅里做过的手势，想起大街上别人看珍妮时的眼神。他想起珍妮答应跟他和好的第一个晚上，她带他去了游乐厅对面的一家小餐馆——那里可是妓女的聚集地。

他苦苦寻找一把可以打开真相的钥匙，但是这样的钥匙哪里能找到？他所知道的是，珍妮生前爱他，给他的生活带去了温暖和快乐；也正是因为如此，他现在才如此痛苦，对她日夜思念。他还知道，珍妮带给自己的那份快乐今生不可能再次拥有。他多么希望，跟珍妮的最后一次说话不是为了钱而争吵，也不是为了约瑟芬的雕像而争吵。

埃丝特尔之前已经叫人把那个幸存下来的约瑟芬雕像模型用独轮车送了过来，托马斯把它交给了阿巴第诺伯爵，感谢约瑟芬给他当了几天模特。现在他和那个舞蹈明星已经再无任何瓜葛。

托马斯没有回卡雷尔老师的工作室，而是一个人在家试着画草图，却无法集中精神。他打开以前收纳木雕的袋子，把里面的木雕都拿了出来，摆在房间的各个角落。木雕圣像雕出来就是要放在露天的地方，所以哪怕屋顶漏雨漏得再厉害，这些圣像也没问题。看着这些圣像，他想起了里普希茨，是他最早在自己心里种下了巴黎梦。于是，他决定去拜访这位前辈。他把木雕圣像重新收起，装进帆布袋里，登上了开往布洛涅苏塞纳郊区的火车。

托马斯站在雅各布·里普希茨的门前，手里拿着帽子，衣领湿湿的，粘在脖子上。他还没上火车就下起了雨，等他到了布洛涅苏塞纳后雨又下了起来。他只好在车站餐馆里等大雨过去、天空放晴。他没钱买伞。这里的天气变化很快，根本没法预测。只过个马路，雨就停了，瞬间变成阳光明媚的好天气。

在巴黎城里，穷人和富人近在咫尺——但在这片城郊，一个穷人都没有，至少是看不到。他意识到了自己鞋子上的每一处磨损，衣服上的每一个污点。走在人行道上时，那些店主都在店门后面盯着他看。

等他终于找到想找的地址后，他再次犹豫起来。这是幢三层洋房，前面还拦着一道墙，墙上只有一扇上了锁的车库门。隔着围墙，他看到这房子外观很新，没有任何装饰，但又不失刻意制造的摩登气派。房子只有一扇大窗面对墙外的马路，但是托马斯看不到门在哪里。他只好绕到房子的后面，打开大门，进入花园。房子背面的墙体大部分为玻璃窗。但那些窗户位置太高，站在花园里根本看不到房子里面的情况。他迟疑了一会儿，鼓足勇气，上前敲了下门。

开门的是一位女士，头发很短，再短点就跟男孩子发型一样了，看上去有点大胆时髦。但是，她身上穿了件白色女式衬衫，带一圈宽边蕾丝领，外面套了一件深色毛衣，衣着显得有点老派。她上下打量了一番托马斯。

"你是从事雕刻的吧。"她开口道。

"您怎么知道的？"

"灰。做雕刻的人身上从来少不了灰尘，画画的人身上总是有松节油的味道。你叫什么？"

"托马斯·斯登布拉斯。"

"你有预约吗？"

"他叫我来看他，但没有约今天。"

"我可不敢现在叫他。他一般早上工作，工作的时候如果有事情打扰，他会很生气的。有点怪，对吧？"

"什么有点怪？"

"哪有一个艺术家作息如此规律的？里普希茨每天早睡，准点吃饭，并且有债必还。我必须先把这些情况告诉你，因为好多访客都以为他也有点波希米亚风格，以为他也是放荡不羁之人。但事实上，他冷静得就像一个银行家，对待工作非常严肃。你还想和他谈谈吗？"

"是的。"

她想了一会儿。

"那也可以。这条路走到底有家餐馆，那里的咖啡和三明治都不贵，还有免费的报纸可以看。你去那里等几个小时，下午早点过来。我会告诉他你下午会来。"

那家餐厅的窗玻璃上已经凝结了一层水汽，水汽来自咖啡机的蒸汽和顾客衣服上的潮气。餐馆里面臭烘烘的，一股黑烟草和湿皮衣、湿皮鞋的混杂味道。托马斯努力静下心来看报纸，但是没法真正集中精神，所以干脆叫了一瓶啤酒慢慢喝完。接着叫了一杯咖啡，后来又一连抽了好几根香烟，然后回去找里普希茨。

还是上午那位女士为他开的门。她说："雅各布现在正在睡觉，恐怕你要改天再来了。"

"但是我赶了这么远的路来找他。"

"你从巴黎来的吧？这点路你也说远？我十六岁的时候，为了去见马克西姆·高尔基，从俄国一路走到意大利的卡普里岛，而且基本上是徒步的，那才叫'赶了这么远的路'。等我见到真人，发现真人并不符合我的期待和期望，我又一路去了巴黎，成了托洛茨基的国际象棋伙伴，那才叫'赶了那么远的路'。像你这样，从巴黎走到这里，这叫散步放松一下。"

"从老家算起的话，我是从立陶宛一路来到这里，这也叫'赶了这么远的路'吧。"

"立陶宛，是吗？"她马上用波兰语朗诵起来，"'哦，立陶宛，您比我的家还要重要，您是我生命的全部，只有失去过您的人，才能把您找回。'"然后她看看托马斯，看他是否知道这段文字的出处。

"这是亚当·密茨凯维奇所著《潘·塔杜斯》的开篇部分。"托马斯回答道。

"他写的没有普希金好。"她说。

"可能不如普希金好，但是也已经相当不错了。"

"进来吧，我给你煮杯咖啡，然后一起等他醒来。我叫贝尔特。"

贝尔特把他带到作品陈列室，这是进门后的第一个房间。她去厨房煮咖啡，留下托马斯一个人在这里。贝尔特叫他参观一下。

陈列室的层高超过一般房子，方便放置里普希茨的一些大型作品。在一个工作台上，放着一根三米长的金属条，应该是准备用来做大型雕像的支架的。光是这个尺寸就让托马斯震撼了一回。他现在还没钱，所以就算做梦都想不到还能做这么大的雕像。在一张边桌上，有一座青铜鹿雕像，做得惟妙惟肖。托马斯没想到，像这么一位以立体派雕塑风格闻名的大师，在他的作品陈列室里竟能看到如此写实的作品。

陈列室当然还有很多立体派风格的作品，分别处于不同的创作阶段：有的还是石膏模型，有的是黏土模型制成了陶，还有的已经是青铜雕像成品。这里还有里普希茨十年前创作的代表作《手拿吉他的水手》的各种变体作品。托马斯还看到一件主题与之相似的浅浮雕作品，作品名称叫《手拿吉他的男人坐像》，但看起来不像是拿着吉他的男人，倒更像是一个拿着螺旋桨的巨人。很明显，对里普希茨来说，比起创作对象，他所探索的工艺语言才是更加不可抗拒的动力。在巴黎待了这么久，托马斯也已经明白，虽然创作灵感可能来自艺术之外，但是一件艺术作品之所以称为艺术，其缘由的的确确来自艺术本身。

陈列室里还有一些立体派作品，看不上去都不是最近的新作：一个西班牙斗牛士，一个扎长辫子的女人，一个手持手风琴的小丑，几件形状像是摩天大楼组合的抽象物体，还有一尊贝尔特的半身青铜像。这些作品都不是里普希茨当前在做的东西，所以托马斯放下布袋，继续参观，猜测里普希茨现在正在创作什么。他在一尊粗糙的青铜雕塑前停了下来，看了很久。这是一个火柴人造型的男子雕塑，双手抱着头。他越看越喜欢，越看越忍不住笑起来。

"这个雕像什么地方这么有趣啊？"一个声音问道。托马斯抬头看去，里普希茨本人正从楼上的生活区往楼下走。他里面穿了件工作衬衫，外面套了件开襟工作服，手里牵着一只杂种狗，狗毛又卷又长。

"腿部、躯干、手臂和手的线条都做成了平行的圈，这些圈圈将人物套在了里面。"托马斯说。

"到这边来，看看这件雕塑，告诉我你有什么想法。"

里普希茨示意托马斯看一件直立的青铜雕像，大约有三只手的高度。雕像周围有一个框架，框架里面有一根根杆子，杆子前面有两个上下叠加的三角形。一双手臂从三角形里伸出来，抓住一把梯子。

"这是一颗大卫之星。"他说。

"也不完全是。"里普希茨说，"底下一个角分叉成两个角，所以不是六芒星，应该叫七芒星了，这一点谁都看得到。但我要告诉你的是另外一些事情。这个作品拯救了我的生命。一年以来，我都不知道自己该做什么，现在这个作品给我指明了道路。你能看出这个作品有什么特别之处，能让我如此得意吗？"

"如果您花了一年时间才创作出这件作品，为什么您会认为我能在几秒钟之内就能理解其中暗藏的玄机呢？"

"试试看呗。"

托马斯盯着雕像，苦苦思考。显然，这件雕塑完全不符合自己对优秀雕塑作品的期待，完全没有具备自己平时认为的雕塑应有的造型。无非就是一些圆形和长宽高而已。所以这个答案究竟是什么呢？

"这件雕塑是平面雕塑。"托马斯犹豫地说道。

"太棒了。"里普希茨为他鼓掌。贝尔特——里普希茨的妻子——站在门口，比他还早鼓掌称赞。里普希茨的手一丢下狗项圈，那只狗就向托马斯奔了过去。

"马洛德！住手！"

但为时已晚，这只大狗后肢站立，前爪趴到托马斯胸口，开始狂舔托马斯的脸，那条大舌头足足有书本的一页纸那么大。

"恭喜恭喜，就连我们家的狗都很喜欢你。"贝尔特站在楼梯上说，"这只狗对客人最挑剔了。上楼来吧，咖啡煮好了。"

"我今天带了一些雕塑过来。"托马斯说着提起袋子。

"等他喝完咖啡再给他看吧。喝完咖啡他心情会好一点。"

托马斯一边上楼，一边看楼梯边上的墙，墙上什么作品都没挂。

贝尔特看出了托马斯的心思。

"我们也在墙上挂过一些东西，但是查尔斯——这栋房子的设计师——来我们家，他看到后气死了。他说，他设计的墙就是不要挂任何东西的。"

"但这是您家的房子啊。"托马斯说。

"可他是建筑大师勒·柯尔比西耶①。这栋房子是他的艺术作品。"里普希茨说，"他说他为我们设计的房子是部机器，任何东西挂到墙上都会弄乱房子，导致机器无法运行。"

楼上的起居室很宽敞，面积几乎跟下面的陈列室一样大。贝尔特端上咖啡和几块奶油蛋糕，气氛一时变得有点尴尬：几个不熟的人挨这么近坐下，每个人都不知道该怎么开口引导话题。里普希茨只顾喝咖啡，托马斯觉得这种没人说话的场面持续得太久了。

"也许您可以讲讲初来巴黎时的遭遇。"托马斯最终先开了口。

里普希茨笑了起来，刚刚的尴尬气氛烟消云散。他说了一些往事，有些经历他上次见到托马斯的时候就已经说过一遍了。

等他说完后，贝尔特问道："就这些？"

"那还应该讲什么呢？"

里普希茨反问妻子，是他们夫妻之间专用的针锋相对的说话语气。

"年轻人来找你帮忙，你就告诉他你的人生境遇。你现在还没到回忆往事的年纪吧。"

"那你想听我说什么呢？"里普希茨严肃地问托马斯，就好像刚才批评他的人不是贝尔特，而是托马斯似的。

"我来只想欣赏一下您的雕塑，也想请您看看我的雕塑。我想向您学习。也许您可以谈谈楼下的那件作品。为什么平面雕塑如此重要？"

---

① 勒·柯尔比西耶（Le Corbusier, 1887—1965），二十世纪著名的建筑大师、城市规划家和作家。

里普希茨一下子就消气了。

"我从立体派中学到一个概念，说艺术无须效仿自然，但是那时还没有想到能用什么新概念来取代这个旧概念。我需要学习新的创作句法。我苦苦探索这种新创作句法的法则——实话告诉你——过去两年里我受尽了折磨。

"当我小有成就、赚了一些钱以后，我意识到困难才刚刚开始。我需要冥想，但是每次冥想都差点陷入绝望。你记得米开朗琪罗和达·芬奇之间的那段经典争论吗？达·芬奇曾说绘画比雕塑的层次更高，因为做雕塑的更像是石匠，而不是艺术家；做雕塑的不过是劳动者，是工人；而且最重要的是，达·芬奇说雕塑是有缺陷的媒介。我知道，智者也会说蠢话，但达·芬奇的话还是狠狠地打击了我。特别是他认为，雕塑不如绘画，因为雕塑不能表现透明或发光的事物。

"这番话让我想了一遍又一遍，我越想就越相信我成了雕塑材料的奴隶，而不是因为雕塑材料而得到自由。我的内心有很多感受，可是我的双手却无法将这些感受表现出来。我的一些朋友都认为我的想法很愚蠢。"

"不只是你的朋友这么说吧。"贝尔特说。

"对，贝尔特也这么说我。她的心灵像诗，可是连她都不能理解我的问题所在。她说是我的成功毁了我。我痛苦了好久，好几个月，什么都创作不了。但突然有一天，问题的答案直接从我手上冒了出来。我当时做了一个小雕塑，跟你在楼下看到的那个差不多。开始是用硬纸板做的，这是我从毕加索那里学来的技术。但是做完以后我又加以改进，不用骨架，直接用蜡翻模。这件雕塑是平面的，就像你说的一样。我这叫背弃了整部雕塑史，背弃了雕塑的空间语言。但我所做的不只将其做成平面，我还将其穿透，做成了透明的效果。我把蜡模带给铸铜师瓦尔苏尼看，可他笑我。他说这个蜡模不能做成铜像，因为它不能用失蜡法浇铸。但是我跟他合作，将这雕像浇铸成功。现在我们已经浇铸了其他相似的雕像。我已经从黑暗的隧道中走了出来，看到了光。还有很多事情需要我去完成。"

"还有呢？"贝尔特问道。

"还有什么？"里普希茨回答。

"你还记得来自格罗德诺的印刷商吗？"

"哪个印刷商？"

"你跟我说了好多遍的那个印刷商啊。今天你怎么只讲其他故事，不讲那个印刷商的事了？那个印刷商来自格罗德诺，跟你的父母认识。他住在巴黎，是他让你只要去巴黎就去找他。你还记得你去找他，他给了你什么吗？"

里普希茨点点头，好像终于想起了一段不堪回首的往事。

"他给我讲故事。我当时都没钱填饱肚子，他却只给我讲故事。贝尔特，你总是对的。托马斯，让我们来看看你袋子里的东西。"

"里面有些木雕是你那晚在庆祝会上已经远距离看到过的。"托马斯说。他先从袋子里掏出了阿方斯的雕像，摆在桌上。这是他在阿方斯死后第二天做的。他刚要伸手去拿第二件木雕，里普希茨拉住了他的手。

"让我们一件一件细细研究。"里普希茨说。他把阿方斯像拿在手里，翻来覆去细看，又把它放在桌上，模拟远距离观赏。然后才叫托马斯拿出下一件作品。就这样，里普希茨细细品鉴了八件木雕，最后两件是不同版本的以珍妮为原型的圣母马利亚主题雕像。他拿起其中一个圣母像，放到窗台上，看它在阳光下的视觉效果，然后回来坐下。

"年轻人，那天晚上我在你家墙角看这些雕塑时没有看走眼。完成度很高，而且传统中又有创新。现在你告诉我，接下来你打算做什么。"

"我不知道接下来该做什么。"托马斯说，"我今天来就是这个原因。"

里普希茨向后坐倒，双臂交叉抱在胸前，说："有时候会有年轻人来问我一些没有答案的问题，但是你今天的问题非常简单。你给我看的作品都很好。所以，现在做什么，就继续做下去。坚持就好。你的道路没问题。"

"您是说继续做木雕？"

"不一定是木雕。吸收木雕中所学的东西，看看能不能做成石像或铜像。今天的这些木雕每一件都值得进入下一步工艺，或许还应该放大尺寸。最后那两个，那两个圣母像，的确很有冲击力。你就从这个主题开始起步吧。把那个模特再找来，好好待她，让她继续给你做模特，帮你解决问题。"

托马斯顿时哽咽。他多么希望里普希茨没有使他想起珍妮。他强迫自己正常吸气呼气，心里排练了一遍跟里普希茨夫妇该说的内容。但是等他张开嘴，却什么也说不出来，只是喉咙发出一声沙哑的声音。托马斯眼圈一红，眼泪夺眶而出。他本想说几句来掩饰自己的窘态，但是怎么都做不到，只能用手捂住脸，不敢看人。

里普希茨吃惊地看着他，但是贝尔特走过来坐到他边上，把他搂过来，让他靠在自己的肩上。

"发生什么事了？"她问道。

"我过会儿能调整好自己的。"过了很久，托马斯才回答。但是，说说容易，其实很难，他调整了很久才稍稍平复一点，然后断断续续告诉他们珍妮和自己的关系，以及发生的种种往事，甚至还讲了自己当初为什么不得不背井离乡，不是为了追求艺术，而是因为玛丽亚之死。

里普希茨开口了。他的话里饱含亲切，出乎托马斯的意料。他说："我没有经历过你这种失去爱人的痛苦，年轻人。但是当年我刚来巴黎的时候日子也是过得异常艰难。痛苦只会不断延续。但是，就算内心伤痕累累，你还是要想办法坚持下去。"

"我没想过要放弃。"托马斯说。

"我很高兴听到你这么说。仅仅有天资和恒心还不够，你还要具备另外一个要素，才能取得成功。缺了这样东西，你将一事无成。"

　　说到这里，里普希茨又停了下来。贝尔特开始不耐烦了："快告诉他是什么东西。"

　　"是帮助。你需要帮助。我到巴黎后，在短短的时间内，就让巴黎城内的所有艺术家都知道了我这个人，包括毕加索、莫迪利亚尼、格里斯等等。但如果我现在还在挨饿，就算我大名鼎鼎，又有何用？我以前也没钱，勉强糊口的日子过了十五年。巴黎有个画商，名字叫保罗·纪尧姆。我跟他吵过架，我不喜欢这个人。但是有一天，他来我家敲门，旁边还站着一个美国人。这个美国人穿的衣服一看就知道很贵，他的帽子、手套甚至是手上那支香烟的香味，都在告诉我他很有钱。这人戴了一副有色眼镜，但是就算隔了两片有色玻璃，我都看得出来，这个人的眼睛会冒火。这个男人一定习惯了发号施令。纪尧姆给我介绍，说来人是阿尔贝·巴恩斯医生。我当时心里在想，没错，这个男人身上的气质，也只有美国人、医生和船长才具备。

　　"他们走进我的画室——我那时比你现在还要大十来岁，但是我还不懂该如何招呼这两个找上门的客人。巴恩斯甚至连外套都没有脱掉，也没有说话。他手里拿着一本笔记本，绕着我做的雕像到处看。有些雕像很大，有真人两倍大小，我几乎把所有的钱都投到里面去了；有些是铜像，铸造费还欠着；其他的还只是石膏模型，已经没钱拿去浇铸成铜像了。但是，纪尧姆——那个以自我为中心的混蛋——还在活蹦乱跳地谈生意，弄得好像这是在做地毯买卖。

　　"最后，那个医生要我给其中一个雕像出个价。你要知道，贝尔特和我那时候就快要饿死了。我们需要东西填肚子的时候，一个大铜像对我来说还有什么用？所以我就开出了一个很低的价格，因为我们当时很需要钱。那人同意成交的时候，我是既高兴又难过。

　　"然后他又选了另一个作品。这时我们填饱肚子已经不成问题了，所以我就开出了一个比刚才高出很多的价格。那人点了点头，做了个笔记。然后他又继续挑雕像。他一个雕像接着一个雕像地问价，而我则一个接一个地开价——价格越说越高，我自己都觉得高得离谱。

到第八件作品的时候，我觉得他已经疯了，我都怀疑他是纪尧姆带来折磨我的骗子。既然你们来玩儿我，那我也随便说个吓死人的价格玩儿你们。

"这个巴恩斯算了一下自己的钱够不够。他把我的报价全部相加，打了一个九折。他问我：'全部买走，九折可以吗？'我当然同意，为什么不呢？你们不是跟我玩游戏吗？我差点儿就忍不住当面吐他口水了。但我还是忍了下来，陪他继续玩下去。

"他承诺会付款后就走了，之后我将发生的一切告诉了贝尔特，我们两个都震惊到站不起来。他有没有可能真是个收藏家？我们都不知道是否应该庆祝。我们走到外面，到蒙帕纳斯走了一圈，也不敢找地方坐下来弄点吃的或喝的——因为我们还只是理论上有钱了。但是我们高价卖出作品这件事情在外面早已传开了。纪尧姆逢人就讲这桩大新闻。我们在各家餐馆遇到朋友，他们非要我们请客，我没办法，只好赊账请他们喝酒庆祝。正是著名的巴恩斯医生——他们都这么说——那个有钱的美国人，他就是《灰姑娘》里走出来的'仙女'，他来救我了。我们整晚吃喝跳舞，庆祝成功。感谢上帝，巴恩斯医生非常守信。

"这就是我艺术生涯的转折点。一时间巴黎的画商都竞相购买我的作品，我的雕像开始迅速火爆，害得我遇到人就想抓住他拼命摇晃，告诉他们，你们谈论的就是我，雅各布·里普希茨，而不是著名的马蒂斯。就这样，一夜之间，我的人生就彻底发生了变化。

"我今天给你讲这个故事，目的就是告诉你：好好努力，做个大型雕塑，做成铜像，然后打电话给我，让我再帮你看看。我到时候会决定是否帮你。可能不帮你，也可能帮你。"

贝尔特再次伸手握住托马斯的手，说道："他今天说的一切都是真话，这番话将对你的雕刻大有裨益。但是你内心的伤痛只能让它自己慢慢痊愈。"

坐在回巴黎的列车上，盯着车窗外，吃着贝尔特让他带上的黑面包片，托马斯终于觉得手里有东西可以抓紧了。他看着窗外：窗外是一座座工厂和一幢幢公寓楼，背面一点儿都不好看；还有一栋栋居民房，外面都有篱笆围墙和前后院子，后院围墙都紧挨着铁轨了。但是窗外的一切，他几乎视而不见。他感觉这趟火车之旅仿佛给了他第二次机会，他现在又好像是初次进入巴黎，但是这次他有了里普希茨的鼓励与支持。他清楚地意识到，这一切都得益于珍妮。他在心里再次感谢珍妮，感谢她给予他的一切。就在这趟市郊班车快到巴黎市区的时候，托马斯想起了玛丽亚。他在心里也对她表示了感谢。

十 三

　　托马斯心中想要完成的作品，不是要完全做成一尊珍妮的雕像，而是包含珍妮的某些特质的雕像。他回忆童年往事，想起了朗金舅舅那次带他去维尔纽斯，他第一次看到了那尊《黎明之门的圣母》雕像。那尊圣母像姿势笔挺，仪态端庄。他想起了莫尔丁村口大路旁的那个圣龛，那里有个圣母马利亚木雕。虽然风格怪异，但力量强大。他想起了玛丽亚，仔细回忆她的音容笑貌。玛丽亚给他的心中增添了另一层疼痛，一种来自旧伤口的隐隐的抽痛。

　　他无法将各种思绪形成明确的制作方案，而是需要用双手来探索合适的表达。所以，他先画出草图，然后做黏土模型，目的在于尝试跳过木雕，改用适合浇铸铜像的其他雕刻材料。他画了大量草图，但是自认为很多草图根本没法用，只能丢进垃圾桶。他也做了无数个黏土模型，很多模型完全不行，只能砸碎以后重新利用。

　　托马斯脑中的创作思路逐渐清晰起来，他明白自己并非想要制作一尊真正的圣母马利亚雕像，而是一尊母子像。雕塑中有孩子的形象，但是这个孩子已经死了，母亲因为失去了孩子而伤心无比。雕塑中母亲单膝下跪，孩子不在她怀里，而是在她的背上，爬过肩膀伸向她的乳房。母亲伸长脖子扭头回望，似乎一边寻找她失去的孩子，一边还在背负的孩子的体重。雕塑中的孩子形象必须做得大，因为这孩子并非真实存在的小孩，而是母亲记忆中的模样。毕竟记忆的分量总是重于活着的分量，因此形象得到了放大。雕像的表面应该做成颗粒感，母子二人也不用雕刻得很细致，不用完全雕成某个人的容貌，而是集所有他认识的女性于一身。

有了思路之后，他又画了上百次草图，做了至少二十个小型黏土模型。他最终只留下了两个，其余的全部销毁。托马斯继续留在女神游乐厅上班，然而心思已不在工作上，整日都在思索还在家里盖着帆布等他去完成的母子像。因此，他的工头训斥了他不止一次。回到家，托马斯就在电灯下夜以继日地不停捣鼓他的母子像。

他失败过，一次又一次地打碎黏土模型，重新固定支架。下班以后，他就闭门在家，不见任何人，但即使是这样的与世隔绝也没有让他觉得寂寞。他心无杂念，完全沉浸在不断改进作品的过程中。

这时，女神游乐厅发生了一场危机。一个布景屏倒塌下来，砸在舞台布景上，压碎了很多半身雕像，也弄坏了其他布景屏。所幸的是没有人员伤亡，但是所有的木匠都要连忙赶工，重建布景。因为托马斯擅长木工、绘画和石膏雕塑，所以他加班的时间最长。他就没有回家，直接在女神游乐厅舞台侧面的一个化妆间里睡了三个晚上。这个房间通常没人进去，是大明星密斯丹格苔的专用化妆间。

托马斯觉得自己就像个当爹的人，老是牵挂单独留在家里的"孩子"。但是他也没办法，只能等到布景做完了才回家。好不容易熬过了三天，他赶回脏乱的雅维尔路，走到底，回到自己住的工作室。当他看到桌上的母子像时，整个人都呆住了。他打开灯，将雕像在灯光下转了一圈，然后扯下挂在天花板上的帆布，利用天花板反射的灯光改善照明，以方便自己观察雕像。

他细看雕像是否还有瑕疵，但是忍住了内心的冲动，告诉自己不要过度纠结雕像的细节。以前他见过其他做雕塑的人明明已经做好了雕像，却因为过分注意细节，生生把自己的作品修改成了过时的样式。一个好的雕塑家必须知道何时止步。为了弄清楚自己是否应该停止修改，他用布盖住雕像，然后强迫自己出去走一走，回来以后换种眼光再来审视作品，看完以后继续盖上，如此循环反复多次。这个游戏一玩就玩了三天。三天后，他去最近的邮局，给里普希茨发了一份电报。

里普希茨来了，还给托马斯带来了贝尔特准备的一袋面包、香肠还有奶酪。他扫视一圈，看了一眼托马斯挂满帆布的工作室，就径直走向托马斯的母子像。他绕着母子像慢慢走了几圈，看完后就坐到桌边，叫托马斯给他纸笔。

"这是一家铸造厂的名字和地址，这家非常好。"里普希茨说，"这家铸造厂的老板叫瓦尔苏尼，是个老人家，就说是我介绍你去的，让他过来看看这个雕像。如果他看了喜欢，就会帮你铸成铜像的。记得告诉我结果如何。"

里普希茨跟他握手告别。托马斯看着桌上的这张纸条，心里惊喜不已。

瓦尔苏尼长得肩宽胸厚，年纪一大把了还能这么魁梧，令人佩服。他头顶已经秃了，头上只有一圈白发，下巴上的胡子已经花白。他身穿工人的工作服：蓝色开襟罩衫、短外套，再加上一顶工人帽。虽然他的几个儿子已经接手了铸造厂大部分的工作，但是老人仍然对年轻艺术家的雕刻很感兴趣。他觉得，只要你认真鉴别，上帝之手无处不在，哪怕有时只是个石膏雕像。他喜欢有趣的东西，偶尔会给人赊账铸铜像，但他可没有拿钱打水漂的习惯。

瓦尔苏尼绕着母子像走了一圈，仔细鉴赏。他碰了碰雕像的表面，还从夹克袋里拿出一个放大镜检查了一些细节。

"你不想继续完成雕刻吗？"瓦尔苏尼说。

"这个已经是最后的效果了，我要的就是表面粗糙。"

瓦尔苏尼弯着腰，继续用放大镜细细观察，动作神态仿佛警局的督察。他后退几步，远距离绕着雕像走了一圈；时而停住，从不同角度进行品鉴。

"按照目前尺寸浇铸会便宜点。"他说,"放大尺寸很费钱。"

"我要放大一倍。"托马斯坚定地说。瓦尔苏尼叹了口气,不做反驳。

"虽然更难的我也见过,但是这个雕像的确有一些难点。值得一做吗?"

"值得。"

瓦尔苏尼点点头。

"你有买家了吗?"

"还不能算是有买家,但我相信雅各布·里普希茨会帮我的。"

"他已经帮了你一次。如果不是他,我今天根本就不会来。每个星期都会有一两个人来求我,都是些年轻人,都觉得自己是雕刻天才。你也觉得自己是一个天才吗?"

"现在没这么想了。我只是热爱雕刻。"

"如果你不能预付费用,我就是在拿我的时间和金钱冒险啊。"

老人说完,话音悬在空中,就像灰尘在射进窗户的阳光下飞舞一般。老人找了一张凳子坐下来,从衣服口袋里拿出一个烟斗,点上,然后开始抽起来。不一会儿,满屋都是烟。他抓抓头,又看看雕像,用了整整十分钟默默地抽完了整袋烟。抽完后,他站了起来。

"我们出去喝一杯吧。"他说,"我以后既要出力,又要出铜料。今天这酒钱就让你来出吧。"

两天后,瓦尔苏尼厂里的工人开着一辆小卡车来了。他们小心翼翼地把母子像搬上了平板拖车。托马斯就坐在塑像旁,和他们一起坐车来到了铜像铸造厂。那地方在塞纳河畔的伊夫里镇,位于巴黎城东南方向,紧挨巴黎。厂房是栋砖砌建筑,看上去脏兮兮的。

铸造厂里有三个用来烧制黏土模型的陶化窑,还有两个用于液化铜块的熔炉。他们家一直都业务繁忙,工匠用吊在天花板上的铁链运送一桶桶的铜水。

雕像的放大工序完成后，托马斯很满意。母子像并没有变形。如果非要说有什么变化的话，那就是雕像放大以后变得更有力量感了。接下来该托马斯出力了。在铸造厂边上的一间房子里，托马斯仔细地在石膏像表面涂抹液态橡胶，用手指抹橡胶，再用刷子把液体橡胶刷进每一个缝隙，以获取每一个细微之处——就连他当初留在石膏像上面的指纹也不放过。接着他和其他工人又在上面加了一层又一层液体橡胶，等待橡胶干燥以后再抹上厚厚一层石膏。这样，浇铸铜像的母模就做好了。母模的作用是固定橡胶位置，以防止橡胶变形。现在的母子像内外共有三层，最里面是石膏像，中间是一层橡胶，最外面又是一层石膏。

等母模干了以后，他们将外面的两层切开，从原始的石膏像上剥离出来。剥离的这一刻感觉很奇怪，因为现在托马斯又多了一个母子像的负像模具，里面空荡荡的，自己的雕像原来就裹在里面——和那个已经离开人间但还趴在她肩上的小孩一起。但是切开以后，母子二人就好像突然消失在这个空洞里。托马斯和工匠一起合作，在负像模具里制作了一个支架，用弯曲的铁丝和铁棍搭建而成，用来支撑新雕像的身体。新雕像的身体会在下一步中用软水泥浇注。支架做完以后，他们再将负像模具的两半重新拼合，并用铁丝紧紧地扎好。

拼合后的产物也是三层，里层是一个铁丝制作的鸟巢型支架，中间是橡胶层，外面是石膏层。工人在石膏层顶部开了一个洞，通过这个洞口向里面注入软水泥，等到软水泥凝结后，再把负像模具拆开。这时，一个水泥材料的母子像就呈现在他们面前。托马斯仔细地检查了一遍，发现这个复制品与原型完全一致。下一步，托马斯和另外两个工人开始刮掉水泥雕像的表层。

"不要刮得太深！"瓦尔苏尼提醒三人，"你们现在做的这道工序将决定铜像的厚度。青铜很重的。如果把雕像做得太厚了，就会既浪费铜料，又影响效果。"

整个水泥雕像表层被刮掉一公分多后，他们又把它放回到负像模具里，并用金属暗钉和细棍将其悬空固定，以避免水泥像接触橡胶，并使两者中间形成均匀的间隙。他们再次将负像模具拼合固定，然后把蜡融化后注入负像模具中，直至完全填满水泥像和负像模具之间的间隙。等蜡冷却凝固以后，工人再次把负像模具分开剥离。

剥离后，一个水泥像内核的蜡像出现在托马斯眼前。

"该你上场了，有什么本事全拿出来吧。"瓦尔苏尼说，"蜡像润色的工作将由你一个人来完成，这可是关键一步。蜡像润色成什么样子，以后的青铜像就是什么样子。现在润色蜡像比以后修改铜像要容易得多。"

几个星期以来，托马斯每天赶早去铸造厂修改蜡像——有时候干脆请病假，不去女神游乐厅上班。他感觉累死了，却每天睡不着；肚子很饿，却焦虑到吃不下饭。他仔细检查蜡像，东削削，西补补，压压这里，改改那里。润色工序完成后，工人又过来帮托马斯给雕像装上一套蜡棒，这被称为铸道和铸口。在后面的工序中，融化的蜡液可以从这些通道流出，铜水也将通过这些通道注入。蜡棒安装完成以后，整个蜡像看上去就像圣塞巴斯蒂安，全身插满了杆子，仿佛中了无数支箭。蜡棒外端连接其他蜡棒，所有蜡棒形成一个笼子，支撑住雕像，方便日后铜水从各个方向注入模具。

接下来，工人将陶瓷浆料搅拌至煎饼面糊一样稀的状态。小型雕像可以直接浸到浆料里，但是这尊母子像太大，所以需要人动手将浆料涂抹上去。工人将细沙撒在浆料层上，等一层干透以后再涂一层浆料，如此重复十几次。

下一步，工人将涂抹完毕并且干透的带壳蜡像转移到烤炉底座，四周是砌好的砖墙。他们用火烤制带壳蜡像，直到蜡像融化，蜡液从陶化外壳底部的洞中流出，形成一摊液体。

"这就叫'失蜡'。"瓦尔苏尼说，"你的女人已经走了，融化了，消失了，成了空腔一个。我们这些人把流失的蜡重新回收，反复利用。这样的工序我已经看了上百次，甚至是上千次了，年轻人。但我过去从没体会到它的精妙之处，直到上了年纪，我才慢慢有所体会。有时候我在想，蜡制的女人像才是最接近真实的，她和女人一样，终有一死。而我们现在做的青铜像却是要把她做成永生不灭。"

蜡像完全融化流出后又被回收，外面的陶瓷壳也已经完全硬化。瓦尔苏尼等到整个装置完全冷却后，才将这个巨型陶瓷模具再次搬动，移到铸造厂中间位置，在其表层涂上厚厚一层黏土，用以提高其牢固度，然后小心翼翼地将陶瓷模具上下翻倒，埋进沙坑。

"总有人说没有必要把模具埋进沙坑。"瓦尔苏尼说，"说什么只要模具做得好，根本就不会有爆炸或裂开的风险。但是我觉得不埋沙坑太危险了。不信的话，可以去读一读本韦努托·切利尼 ① 的自传，看看他那个工作室是怎么整间烧起来的，就是因为他要尝试不把模具埋起来结果会怎么样。他没有把自己烧死，已经算是万幸了。"

沙坑四面全都填满了沙子，压得严严实实。这时，青铜已经在一口大锅炉里加热，直至铜水表面开始冒泡。铜水颜色通红，瓦斯气泡在铜水表面着火，变成一个个瞬间就灭的小火焰。如果铜水温度过高，注入模具以后就会变形；但是铜水如果温度过低，就不能顺利流进模具空腔。温度高低的把握全靠老人这么多年积累下来的经验。铜水加热至合适的温度以后，大锅炉用一根铁链吊起，沿着悬挂在天花板上的一根横杆移动到此时，已经埋在沙坑里的模具上方。工人倾倒锅炉，将沸腾的铜水沿着铸口和铸道流进模具空腔。这个步骤完成后，唯一能做的就是等待。托马斯和瓦尔苏尼一起出门，来到街对面的一家小酒馆，但是托马斯吃不下。

两天后，工匠们把冷却后的模具从浇铸坑里抬了上来。托马斯和他们一起用小镐将陶瓷外壳敲破。太好了，青铜像已经成形了。铜水流经的所有通道形成了铜条，围在母子像四周，这母子二人看上去就像被关进了监狱一样。

---

① 本韦努托·切利尼（Benvenuto Cellini，1500—1571），意大利文艺复兴时期的画家、雕塑家、战士和音乐家，写过一本自传。

托马斯把铜像上翘出来的铜棒一根根切掉。雕像还要切割成两半，取出里面刮过的水泥芯子，然后重新焊接成一体。下一步，铜像还要浸到酸水池里，去除制作过程中留下的加工痕迹。再下一步，托马斯用锤子、凿子、锉刀和刮刀去掉铜像身上的瑕疵。

托马斯在铜像上喷上酸液，四周裹上稻草并点燃，用火烧的方法给铜像表面增加光泽。瓦尔苏尼则用抹布将铜像擦干净，再和托马斯一起给雕像上蜡。等他们做完后，一道阳光从窗外进来，洒在铜像上，铜像反射出金黄色的光芒，在屋里熠熠生辉。

托马斯感觉体内最后一丝力气已经消耗殆尽，无法再次呼吸。他在远离雕像的地方找了一把凳子坐下来。瓦尔苏尼叫其中一个学徒给他们带咖啡，然后自己拿出一小瓶用葡萄渣酿制而成的马克酒，给大家各倒了一杯。他看上去也累了，但是没有托马斯那么严重。坐了一会儿，老人站起来，绕着雕像走了一圈。

"这雕像有点儿东西，气场很大。"他说，"她有点儿让我想到马约尔的作品。他的女人雕像就会给人一种时光永驻的感觉。但是请允许我提醒你一件事。"

"您说。"

瓦尔苏尼出去了一趟，回来时拿了一把橡胶锤。他在雕像的大腿上敲了一下，托马斯听到一声金属空腔发出的闷响。

"过来，把你的手放在雕像身上。"瓦尔苏尼说。托马斯听话照做。瓦尔苏尼又敲了一下铜像，这次托马斯不仅听到一声闷响，还感受到了铜像自身的震动。

"雕像是空心的。"瓦尔苏尼说。

里普希茨和瓦尔苏尼热情地相互问好，但托马斯还无法克服自己焦虑的情绪。里普希茨见他这样心慌，也不说什么，而是直接进了铸造厂车间，因为假如过会儿自己的评价确实会让托马斯失望，而现在口头安慰也没什么实际意义。

今天是星期六，已经到了下午。铸造厂周六只上半天班，所以此时的厂里没有敲打金属的叮当声和工人大声说话的嘈杂声。灰尘已经落地。墙上安装了几扇高窗，室内光线很好。不过，瓦尔苏尼还是打开了头顶的电灯。里普希茨站在门口，母子铜像离他足有六米远。他站在原地，抱起双臂，一看就看了五分钟之久。然后，他绕着母子像慢慢转圈。他一边转圈，一边靠近铜像，最后走到铜像跟前。他用跟方才同样的缓慢节奏、同样的细致程度近距离观察铜像的每一处细节，这使得托马斯紧张不已。瓦尔苏尼本想安慰他一下，就轻轻拍了一下他的肩膀，结果把他吓得差点就跳了起来。里普希茨品鉴完了，先转身对托马斯点了点头，然后才露出了笑容。

瓦尔苏尼的一个儿子拿来了一瓶葡萄酒。他们三个人就在工作室里坐了下来。

"你接下来打算怎么做？"里普希茨问托马斯。

"接下来？我可以做一百个雕像，但是我没钱把雕像铸成铜像。除非先卖掉这个雕像，否则我什么也做不了。"

"我已经得到消息。"里普希茨说，"巴恩斯医生又要来巴黎买艺术品了。他让我给他一些参考意见，我可以推荐你的这件铜像。"

"您觉得他会感兴趣吗？"

"买家的心思我们猜不到，但是这个铜像确实很不错。我不能保证他一定会买，但是我可以给你一句话：我一定会推荐你的铜像。如果他愿意买下，这笔交易的消息就会马上在蒙帕纳斯传开，传播速度比火箭还快。"

十 四

托马斯在自己住处的稻草床铺上醒过来，看了看表，已经八点钟了。今天他上晚班，所以吃过午饭后再去女神游乐厅也来得及。他在煤气灶上烧上水，趁这个时间给自己好好刮了下胡子，在镜子中细看自己的脸。这脸像是马上就要功成名就的艺术家该有的脸吗？这脸也太瘦了，眼睛周围一圈都肿了。托马斯觉得自己需要再稍微长点肉才好，还需要正常睡几天觉。

今天是星期天，所以他穿上了最好的一身衣服，慢慢走上大街，来到了离家最近的餐馆，找了个靠窗的位置坐下，点了两份黄油面包和一壶大黄蜜饯茶。窗外并无怡人街景，只能看到两间简陋木屋和一段马路，路面也没铺鹅卵石。一个女人正坐在其中一间木屋门前的凳子上给孩子喂奶。大黄酸酸甜甜的味道入口很舒服，让他想起了立陶宛老家。在老家，大黄是立春以后第一种可以吃的水果。大黄很酸，小孩吃得嘴巴受不了，个个龇牙咧嘴的，只好去找糖或是蜂蜜，偷来加进大黄里，用甜味来掩盖酸味。

托马斯在考虑是否应该在母子铜像卖出去以后回家探亲一趟，虽然"家"这个字眼听起来有点奇怪，哪怕只是在心里想想也不太自然。

他现在还不能说巴黎就是自己的家，也不能说它以后会成为自己的家，但是莫尔丁村外的那个农场确确实实已经成为过去时，肯定不是自己的家了。他觉得自己就好像是在尘世漂浮的人，唯一的停靠点就是还放在瓦尔苏尼铸造厂的那尊铜像。

但他还是可以先给铜像拍一些照片，寄给兄弟几人看看。尤其是保罗，他总是很喜欢托马斯亲手做的东西。维尔纽斯已经被波兰占领，所以从某种程度上说，波兰和立陶宛还处于交战状态，边境封闭。他如果要回立陶宛，只能取道东普鲁士。如果能顺便去看看东普鲁士的首府哥尼斯堡，应该会非常有趣，因为二哥安德鲁斯经常提到这个地方。

托马斯看着那个妇女给她孩子喂奶，心想：如果玛丽亚没死的话，他住的地方或许比眼前这间小屋好不了多少吧？说不定现在也在吃大黄呢。爱德华应该会帮助他，他和玛丽亚或许也能勉强过上比较像样的生活，不至于太过于悲惨。但真要是这样的话，他就永远不可能创作出现在的这尊母子铜像了。如果珍妮和她的孩子还活着的话……他不敢再往下想了。

在巴黎，能和自己一起喝酒庆祝的只有瓦尔苏尼和里普希茨了。如果珍妮还在的话，她应该会和他一起庆祝，但同时也会笑他对雕塑过于当一回事了吧。

他突然意识到，自己也想念埃丝特尔和索雷尔——虽然这两个人都过于以自我为中心，嫉妒心又重。但是不管他俩身上有多少缺点，他俩始终都是在艺术的战争中和自己并肩作战的同志。他不可能忘记这两位与他一起走上战场的战友。

托马斯看了看表。刚到十点，离上班还有四个小时。早上醒来的时候，自己还很高兴终于有了一点闲暇时间，但现在才发现，真的没事可干也没先前想的那么令人愉悦。他决定就用这段空余时间漫步巴黎，先逛逛左岸，再走走右岸。但是走着走着，他发现双脚不自觉地把自己带到了卡雷尔老师的学校。站在学校门口，一阵孤独感涌上心头，虽然原本不打算进去，但他还是不由自主地推开了门。

讲台上有位模特，托马斯以前从未见过。是个年轻女孩子，长得很瘦，看表情很胆小，还明显有点怕冷。教室里有十几个男生正在给她画素描，里面只有两个人是熟面孔，但都还没有熟到会停下画笔过来跟他打招呼的地步。

他走到下一个教室，里面只有一个女人在画架上画画，显然是根据记忆在创作。原来是埃丝特尔。她正在聚精会神地作画。她浓密乌黑的头发编成了一根辫子，向上盘起。

托马斯细看她的侧脸。跟上一次见面时的样子相比，她也有了变化。虽然容貌未变，但一举一动更显熟练、更显自信。她正在画她最拿手的水景画，那是她年少时的老家乔治湾的风景。画里的前景是岩石，呈现出一种热情的粉红色；岩石缝隙里长出矮松树和橡树，湖面有如大海一般无边无际。画作表现的光线很强烈，可以说是正午光线。近乎全白的亮光仿佛来自水中，好像画中景物的光线不是来自天空，而是来自水底。

埃丝特尔拿起另一支画笔的时候，往托马斯这边扫了一眼。她顿时眼睛发亮，大声叫他的名字，一把抱住托马斯，亲吻他左右脸颊。

"你来了我真高兴。"她说。

"我早就想来找你了。"

"看看我的最新作品，这是在画展举办前我能完成的最后一幅作品了。你看看我是否应该把这幅画也拿出去？"

"我是真想知道你如何能画出这种亮度的。"

"我以前也这么画过，你看到过的。"

"或许吧，但是这幅画特别不一样。"

"我小时候每天都会看湖面上的这种亮光，那时候也没觉得这有什么稀奇的。但是在巴黎，相隔这么远的时候，我反而常常想起这个情景。"

"看了这幅画，我也非常想去那里看看。"

"那你真应该去。或许等你去了以后，你就能更加了解我这个人。"

"珍妮以前老是说她想去加拿大。"

"你是不是非常想她？"

"我也努力让自己不去想她，但是努力也没有用。"

"你现在又能继续创作了吗？"

他俩找地方坐了下来。托马斯跟她细细讲了自己创作母子像的整段经历，也讲了如何有幸得到里普希茨和瓦尔苏尼两位贵人的相助。埃丝特尔紧挨托马斯坐着，拉着他的手，认真听着，眼里兴致盎然。托马斯本来不想多讲，见她如此感兴趣，不禁多讲了很多。

讲完自己的经历之后，托马斯问她："索雷尔最近怎么样？"

埃丝特尔低头看自己的手，发现自己还握着托马斯的手，便马上松开，然后用工作服擦了擦自己的手掌。"他遇到了一些麻烦。先是画展延期了，后来那老板又决定办两场画展，说是替我们每人各办一场。"

"这太好了。"

"表面上的确很好。但事情又有了变化，老板后来又决定改回一场。"

"就算只办一场，你们两个也没有什么损失啊。"

"但是这次画展不展出索雷尔的作品。"

托马斯吃了一惊。虽然他以前也很欣赏埃丝特尔的作品，但是不知什么缘故，他从来没真的太把她的作品当一回事。

"从那时候开始，索雷尔就开始发火。他一根接一根地抽烟，但是抽得并不开心。他还用别有意味的眼神看我，但是又不明说。我问他怎么了，他也不愿跟我说。"

"他当然不会说，他就是嫉妒得要死了。"

"我原以为他还不至于这么脆弱。从此他就再也没来过学校。他每天就在住的地方画画，有时候把他自己的作品挂满屋子，有时候又把刚画好的画藏起来不给我看。"

"他干吗这么做？"

"他说我会偷他的灵感。"

托马斯笑出了声。他说："但你能从他那里偷走什么灵感呢？他的画风和你的完全不一样。难道以塔玛拉·德·莱姆皮卡[①]的风格画为前景，再以装饰性立体派陆上风景为背景？"

"你可千万别对他说这种话。"

"为什么不可以说？"

"因为卡雷尔也说他太过于蹈袭前人，说他这样下去有危险。"

"但他的确是蹈袭前人啊。他总是说：'我们生活在一个时代、一个地方。创意挂在天上，所以我们一定要站在伟人的肩上。'"

"他可不会如此评价自己的作品。托马斯，他害怕我会比他先出名。他知道自己没理由抱怨，所以就什么也不说，但是心里的闷气越来越严重了。"

托马斯细看埃丝特尔的脸。"你们又吵过架了吗？"

"没有。他已经不是过去的那个他了。"她停了下来，承认道："我开始有点看不起他了。"

看来埃丝特尔也和索雷尔一样，变化很大，托马斯心想。这两人此消彼长，索雷尔恐怕再也不能把她抓在手里了。

埃丝特尔再次握住了托马斯的手。

"你一定要去一趟以前住过的地方，你一定要去见见索雷尔。"

"我去见他有什么用呢？"

"你肯定不需要他，可是他也许需要你啊。"

托马斯感到非常惊讶。索雷尔竟然会需要他，这说明这位老朋友真的已经远远落后了。

"我今天晚上过来。等我忙完游乐厅的事情就过来。"

---

① 塔玛拉·德·莱姆皮卡（Tamara de Lempicka，1898—1980），波兰女画家，其作品风格受十九世纪初立体画派影响，带有强烈的装饰性。

托马斯来到原来住过的工作室，手里拿着一瓶葡萄汽酒。这种酒口感模仿香槟，价格便宜，他口袋里的钱也就只能买一瓶假香槟再加一束康乃馨。他刚走到过道入口，看到马蒂尼夫人房间的灯亮着。

马蒂尼夫人将门开了一条缝。

"哦，斯登布拉斯先生。看到你来我就放心了。"

她也没有把门开得更大些。

"出什么事了？"

"自从你们几个住进来以后，你们全都碰到了麻烦。先是你们那个高个子朋友死了，然后是珍妮，现在里面那两个还在哇哇乱吼，听着就叫人害怕。或许你可以帮上忙。"

"他们在吵架？"

"刚吵完。"

"或许我这时候最好还是别进去了。"

"你一定要去看一看埃丝特尔小姐怎么样了。"

托马斯点了点头。他刚跟马蒂尼夫人道完晚安，转身就听到门咔嚓一声关了，然后吱嘎一声上了门闩。他穿过院子，敲了敲门，听到里面有人说了声"请进"。

埃丝特尔和索雷尔面对面坐在桌子前，桌上放着面包、香肠、奶酪，还有两瓶红酒：一瓶已经空了，一瓶刚打开。看样子，他们为托马斯做了晚餐，准备好好聚一聚。但是现在埃丝特尔的一只眼睛肿了，乌青变得越来越明显，头发乱糟糟的。索雷尔则看上去很平静，坦然坐在那里，用刀尖叼起一片香肠放进嘴里。桌子靠墙的一头立着一幅画，应该就是埃丝特尔今天白天还在画的那幅。

屋里的布局和托马斯以前还住在这里的时候不一样了：一张小床撤掉了床垫，两张床拼成一张。墙上整整齐齐地挂满了索雷尔的画，绳子上还挂了一些没有上过框的画，加起来至少有三十幅，有些画幅很大，都是索雷尔标志性风格的肖像画。

"哦，托马斯，我的老朋友。"索雷尔说，但是并没有起身与他握手。"我看到你带礼物来了。坐这里来，让我把你的酒打开，这东西可比我们喝的那些尿一样的酒好多了。埃丝特尔，去找个瓶子来插花。"

托马斯把带来的酒跟桌上的两瓶红酒放到一起，把花放在酒瓶边上。但索雷尔和埃丝特尔谁也没有动，既不去倒酒，也不去插花。

挂在墙上的索雷尔的作品大多是裸体画，这让托马斯觉得有些不自在，就好像画中人在盯着他看似的。画里的人物似乎都清楚地意识到他们自己只能算是舞台背景，就好像他们是诺贝尔文学奖获得者皮兰代洛①剧本里的角色似的，看上去特别真实。许久，索雷尔终于动手开红酒。这时，托马斯发现屋里有一幅珍妮的肖像，画中的她身穿演出服，人在女神游乐厅。

"我竟然不知道你还替珍妮画过像。"托马斯说，"她什么时候这么有空给你当模特了？"

"她可没有给我当过模特，我是在她死后凭记忆画的，作为对她的一种纪念。"

托马斯狐疑地看着索雷尔。

"不要这么奇怪地看着我。我喜欢珍妮，我用我自己的方式喜欢她。"

"你也替阿方斯画过吗？"

"还没有，但是我会画的。不要傻愣愣杵在那里，埃丝特尔告诉我你今天会来，我听到很高兴。朋友，就让我们忘记过去吧。那次害你坐了几天牢，我感到很抱歉。但是你懂的，我当时是因为看你有点自暴自弃，就想拉你一把。这酒不错，我们来喝一杯吧。"

索雷尔上前一步，向托马斯伸出手。托马斯伸手握住，感觉到索雷尔握手时传递过来的真诚和热情。一时间，托马斯心情好了起来，但是马上又意识到，埃丝特尔到现在为止还一言未发。

---

① 路易吉·皮兰代洛（Luigi Pirandello，1867—1936），意大利小说家、戏剧家，诺贝尔文学奖获得者，主要作品有《诚实的快乐》《是这样，如果你们以为如此》《并非一件严肃的事情》等。

"埃丝特尔？"他转身问她。埃丝特尔跟他眼神交汇，但是托马斯在她眼里看不到任何友爱之情，甚至觉得她好像都没认出自己来。

"你想让我说几句吗？"埃丝特尔向索雷尔发问。

"当然。"索雷尔说。

"那你给我听好了。你让我觉得恶心，咱俩之间就到此结束吧。"

"还真会演戏。居然这么爱表现。我刚才只不过想让你说句祝酒词。"

"没问题，那我就来说祝酒词。为了自由而干杯。"她举起了酒杯。

"我宁可为爱而干杯。"

"为爱干杯？得了吧。你对我做出这种事，竟然还说为爱干杯？"

"你愿意接受我的道歉吗？"

"不，我不愿意。你有长耳朵吗？我说过咱俩已经一刀两断了。"

"生气归生气，你难道还要一直气下去啊？咱俩都是属于激情型的人，所以才这么配嘛。"索雷尔想要握住埃丝特尔的手，但埃丝特尔把手抽走了。

"大多数人过一天算一天，浑浑噩噩地浪费自己的生命。"索雷尔说，"所以他们看到我们这种人就很生气。他们渴望做件大事。任何大事。但是他们不够热爱——咱俩这样才叫热爱——也就是说，他们还不是真正发自内心地渴望。日子一天天花完了，他们除了会生孩子，其他一事无成。他们讨厌像我们这样的人，是因为我们不忘自己的渴望，因为我们日积月累，终有所成。我们没有浪费自己的生命。我们不会在二十年后的某天突然惊醒，不知道自己的青春去了哪里。我们到了二十年后会清清楚楚地知道青春去了哪里。我们的青春都在这些画里。"他一幅一幅地指着墙上的那些肖像画。

"那埃丝特尔的作品呢？"托马斯问道，"你怎么不指指她的画呢？"

"你观察得可真仔细啊。没错，我刚才是没有指埃丝特尔的画。你知道为什么吗？因为她的画还不够好。"

"你撒谎！"埃丝特尔说。

"这就是我们刚才吵架的起因。因为我爱埃丝特尔，所以我告诉她这幅画不够好。虽然也不差，但是还没有其他的画好，所以不应该拿去展出。"

"埃丝特尔其他的画在哪儿？我没看到啊。"托马斯说。

"这无关紧要。"

"他把我的画都藏起来了，因为他不想让别人看到那些画。他怕了。"

"别胡说，埃丝特尔。我只是暂时把它们都收起来了，好让我集中精神进行创作。毕竟你马上就要办个人画展了，而我还在艰苦奋斗等机会，是不是？"埃丝特尔没有理他。

"我必须知道我哪幅画最有表现力。不过，我们先暂且不谈我的作品，咱们来谈谈你的画。我眼力特别好，这点你是知道的。别人哪里好哪里不够好，我一看一个准。当初是我说你的海景画画得不错，是不是？"

埃丝特尔没有任何回应，连眼睛都没眨过。

"你心里清楚就是我说的，是我一直鼓励你走到现在。但是你听着，每个人都会犯错误，你的那幅画就是一个错误。你不该拿那幅画去展出。"

"你为什么不让她自己来决定呢？"托马斯问索雷尔。

"因为她不知道什么决定对她来说才是正确的决定。我猜她跟你说我嫉妒她。没错，我想起来了。你俩今天下午聊过，我想想就知道她是怎么说的。但是我才不会嫉妒任何人，我知道自己作品的价值。我的作品那么优秀，总有一天会大放异彩的。但埃丝特尔很有可能会犯大错误。这幅画的表现力很弱，你以后自然会懂的。亲爱的，你千万别展出这幅画。"他又跟托马斯说，"我也告诉你一件事。"

"什么事？"托马斯问道。

"我在罗马尼亚的美术学校里学过艺术。"

"你以前老是说你就是个农民。"

"我的确就是农民。我跟你们说过我是从大山里走出来的。但我的运气不错，有机会进了布加勒斯特的一所美术学校学习。我甚至还学过版画。"

"你会屈尊去学雕版印刷？"

"我当年要学好几门课，版画是其中一门。当年的我还挺浪漫的。我记得我有次在铜板上雕刻，刻了一幅女子肖像画——非常传统的一幅画，就是一个女人，一身村妇打扮。但我自己觉得刻得很不错。你知道我的老师做了什么吗？他问我是否同意他帮我修改。结果，他拿了把凿子，在我的版画上划了长长两道。我都吓傻了。他还说总有一天我会感谢他的。那晚我回家以后，我都想杀了他。我整整一个星期没有去上学。但是，后来我去上学的时候，我去找了这位老师，并和他握了手。"

"为什么跟他握手？为了感谢他破坏你的版画吗？"

"感谢他看到了我当时还看不出来的问题。我太感情用事，太孩子气了。"

"我敢打赌你从那以后就再也没有碰过版画。"

"说对了。但是想想，那个老师给我上的那一课确实是对的。那幅肖像画确实刻得一点也不好。你看，我要是真的一直做版画做到现在，也肯定不如我现在在绘画方面取得的成绩。埃丝特尔，我知道你生我的气，而且以后还会更生气。但我是真的爱你，我所做的一切，都是出于爱你。"索雷尔说。他拿起了放在香肠边上的折叠刀，弯下腰，冷静地将刀子插进埃丝特尔那幅油画的左上角，沿着对角线一划到底，将油画斜斜切割成两半。事发这么突然，埃丝特尔和托马斯根本来不及反应。这幅画有些地方颜料还没干，折叠刀拔出来的时候染上了颜料。索雷尔将刀刃在桌沿上刮干净，把刀折叠回去，放进了口袋。

埃丝特尔慢慢地站起来，双手抱着头，说："你毁了我的画！"

"但我让你变成了一个更好的画家。你会恨我一阵子，但会谢我一辈子的。"

"你这个自私自恋自负自大的魔鬼！"埃丝特尔说不下去了。她双手耷拉下来，挂在身体两侧，双肩也垂落下来。"你没有权利这么做！"

"我是因为爱你才这么做的。"索雷尔说。

"你把这说成爱我？那我宁可你恨我。"

埃丝特尔举起方才没有喝掉的那杯酒。"既然这样，那就喝酒吧。"她说，"我的祝酒词是为爱干杯，那我也得喝一杯给你们看看我的爱。来，来，一起举杯。"

索雷尔举起杯子，但托马斯说："埃丝特尔，跟我走吧。你去我那里暂住一段时间。我看这房子是个是非之地，坏事越来越多了。"

"整个巴黎城就是个是非之地，是个坏事不嫌多的地方。说实话，索雷尔说得没错。我们要想有所成就，就要集中精力争取。我们必须朝着自己的目标前进，不能让任何事情使我们分心。但我来巴黎比你俩都要早，我老家比你俩都要远得多。是我告诉你们去哪里可以吃饭、去哪里可以买材料。我学画的时间不比你俩少。"

"讲得不错。"索雷尔说。

"我跟你已经一刀两断了，索雷尔。"

"对，对，对，你已经说过了。你现在是这么想的，但是很快你就会回心转意的。"

"放心吧，我不会的。我是从你那里学了一点绘画方面的东西，我承认。但是你刚才那个游戏我也学得会，两个人一起玩才好玩。把刀给我。"

埃丝特尔伸出手，摊开手掌。但索雷尔没有动。她在桌上找了一圈，看到桌子一头堆了一堆美术工具。她站起来，从里面拿了一把刻刀，是阿方斯的遗物。她开始在屋里东走走西看看，一张一张地研究索雷尔的画，看样子就好像她在参观一个画展。

"你这样做太幼稚了。"索雷尔说。他起身离开桌子，缓缓向她走过去。

"是吗？我可不觉得幼稚。你离我远点。我也要练习一下我的艺术品鉴能力。"

"然后还想干什么？还想破坏我的其中一幅作品吗？我向你保证，我已经精挑细选过了，挂在墙上的绝对没有一幅不值得上墙。"

"嘘——别说话。现在我才是老师，我说了才算。"

"埃丝特尔！"托马斯央求道，"离开这个人，跟我走吧。"

"我还在找索雷尔的缺点在哪里呢。"埃丝特尔说。她沿着那些画慢慢踱步，双手背在身后，手里紧握刻刀。

"我不跟你们玩了。"托马斯站了起来，说道，"如果你不走，那我自己走了。你们两口子要吵要打，我不参与。"

埃丝特尔走到最大的一幅油画前，停下了脚步。这是一幅餐厅主题风景画，油画背景集中了巴黎的所有地标，包括埃菲尔铁塔、巴黎圣母院、蒙马特高地和协和广场的方尖碑，各个景点全部打碎，杂糅在一起，效果犹如棱镜。油画前景则是就餐的顾客，或坐或立，都是巴黎名人，有戴着圆顶硬礼帽的朱尔斯·帕斯森[1]，拿着烟管的毕加索，已故的莫迪利亚尼[2]，模特吉吉[3]和手握手风琴的莫伊斯·基斯林。画中名人个个衣着华丽，神态浮夸，得意自己已经在巴黎这个小宇宙里占领了一席之地。

"这幅画，"埃丝特尔说，"就是你最差的一幅画。这幅画无非就是堆砌了一些老掉牙的东西，只配做明信片。"

索雷尔一步步靠近埃丝特尔。

"离我远一点！"她呵斥道。

---

[1] 朱尔斯·帕斯森（Jules Pascin, 1885—1930），又译朱勒·帕斯金，保加利亚艺术家，以巴黎画派而闻名。

[2] 阿梅代奥·莫迪利亚尼（Amedeo Modigliani, 1884—1920），意大利著名画家。

[3] 吉吉（Kiki，原名Alice Prin, 1901—1953），模特、演员、歌星，二十世纪二十年代法国巴黎艺术界钟爱的缪斯。

　　索雷尔笑了，但没有继续靠近。"如果你实在想搞破坏，你可以毁掉我的一幅画。"他说，"但你绝不能碰那幅，那是我最好的画之一。"

　　"可我说了，这是你最差的画之一。"

　　"埃丝特尔，你要是敢碰一下那幅画，你会后悔的。"

　　他的话一说出口，埃丝特尔就拿起刻刀，在那幅画上戳了一个洞。

　　"这样还能修补。"索雷尔说，"快给我住手。"

　　但是，索雷尔越是想阻止，埃丝特尔就越来劲。她握紧刻刀，下手越来越快，越来越狠，两下，三下，四下……索雷尔大叫一声，一个箭步冲了上去。埃丝特尔再次戳进画里，想要划道大口子，可是刻刀只有刀尖，没有刀刃，所以没能划破画布，只能在原处扯一个褶皱。索雷尔抓住埃丝特尔的辫子，把她的头往后拉，刚要挥拳打过去，埃丝特尔把刻刀从画布里拔了出来，一个转身，刚好刺进了索雷尔的胸腔。

　　索雷尔还没有反应过来，还动手抓住埃丝特尔的肩膀，愤怒地瞪着她的脸。

　　"我有才华。"他说。看样子他还想继续往下说，但是他这时低头看了眼自己的胸腔，看到了刻刀的木柄上阿方斯名字的首字母，刀身已经刺进了自己的心脏，一股鲜血从他的衬衫外面汩汩流下。索雷尔这下更加愤怒，他松开埃丝特尔的肩膀，好像又要握拳打她，但是这时他已经连站的力气都没有了，猝然倒地，仰天躺在地上。他下巴还在动，但是只能发出咕咕的声音。最后，咕咕的声音也停下了，索雷尔突然咧嘴露出笑容。

　　托马斯走上前，跪在索雷尔边上。索雷尔虽然还睁着眼睛，但是两眼已经空洞无神，嘴巴和鼻子都没了呼吸。托马斯不知道自己能做什么，唯一能想到的就是把他盖起来。他找了一条毯子，盖在索雷尔身上，把他的脸露在外面。他想，自己算什么身份，怎么能宣告别人已经死亡？索雷尔半开半闭的眼睛和咧嘴的笑容看上去非常恐怖，但如果要他把索雷尔的脸一并盖上，那就是宣布这个刚刚还在面对面说话的人已经死了，这个结果恐怕会更加恐怖。

刺了索雷尔一刀后，埃丝特尔站在原地一动不动。

"我去叫医生来。"托马斯说。

"不，别去。"

"看在上帝的分上，他可能还没死。"

"你再看清楚点，托马斯。他已经死了。"埃丝特尔终于瘫倒在椅子上，"我一点也不难过。"她说。

"埃丝特尔，我们都会没事的。我们把发生的经过都告诉警察，警察会理解的。"

"用刀刺中不可能会被定性为意外事故。"她说，"警察会把我带走，将我关起来。可我马上就要举办我的第一场个展了。"

"别想画展了。我们必须做点什么事情。"

埃丝特尔点点头，说："对，你说得对。你快去找扎马隆，叫他过来一趟。如果这事还有余地，只有他能帮我。快到对面的餐馆去给他打个电话。"

"你一个人待在这里不会觉得害怕？"

"我不怕。我跟他都闹到分手了，他对我来说已经没有多大意义了。现在这样就更没有什么了。"

托马斯从咖啡厅回来的时候，埃丝特尔正背对着索雷尔的尸体坐着，一边喝酒，一边抽烟。那烟是索雷尔之前刚刚卷好的。

"你联系到他了吗？"她问道。

"他没在警局。但我给他留了口信，叫他过来。"

"他们可千万别派别人来啊。"

托马斯瞥了一眼躺在地上的索雷尔，发现他的嘴巴咧得更大了，就赶紧移开视线。他走到桌子边，给自己倒了一杯酒，到埃丝特尔的对面坐下。他看到埃丝特尔的脸上有各种表情，有愤怒、沮丧和担心，唯独没有悔恨。

"是他自己冲过来撞上去的。"他说，"你看，你的一只眼睛还是有淤青，这可以证明你们当时正在打架。我就是整个过程的目击证人。"

"哪有你说的那么容易，托马斯。我和扎马隆同居过一段时间，我很清楚法律机器开始运作以后结果会怎样。即使最后被判无罪，在整件事情结束之前我也可能会坐一年牢，或许比一年还要长很多。"

"但最终你会无罪释放的。"

埃丝特尔没有说话。她掐灭香烟，又点上另一根，只管坐在那里看自己的手。他们两个就一直坐着喝酒，一言不发，直到扎马隆警长出现在门口。他只扫视了一圈，这个经验老到的警察就大概明白这里发生了什么事情。他一言不发地走近索雷尔的尸体，掀开毯子，看到尸体胸口的那把刻刀。他检查了索雷尔脖子上的脉搏，又把手指放在他的鼻子下面试试还有没有呼吸。做完这一切以后，他站了起来，看着托马斯和埃丝特尔。

"斯登布拉斯先生，我早就叫你别来这个地方。看看你现在都干了些什么。"

"这不是我做的。"

扎马隆怀疑地看他一眼，然后问埃丝特尔："你还好吗？"

他还是穿着那件皱巴巴的雨衣，但这次竟然没有抽烟，虽然身上仍旧有很浓的烟味。

埃丝特尔走向扎马隆。他张开了双臂，埃丝特尔抱着他，哭了起来。托马斯一时间感到很不自在，他以前从没看见过埃丝特尔哭泣。扎马隆抱着她过了很久，然后将埃丝特尔扶回椅子上，他自己也找地方坐了下来。

"你最好告诉我事情的经过。"他说，"不过先给我倒一杯酒。"他从口袋里拿出一包香烟，打开盖子，把整盒烟放在桌子上。他自己抽出一根，埃丝特尔也抽出一根。

埃丝特尔细细说了一遍当晚事发的过程，扎马隆听完转向托马斯，叫他也描述一下事件的经过。

他认真听着，却没有拿笔记录任何东西。托马斯讲完后，扎马隆向后靠了靠，默不作声地思考了一番。

"埃丝特尔当时只是出于自卫。"托马斯说道，打断了扎马隆的沉默思考。

"当时你就没想过要去阻止他们？"

"事情发生得太快了。"

"埃丝特尔当时已经挨过打，看她样子就知道了。而你竟然无动于衷，不去帮她出头？"

托马斯看向埃丝特尔。她正低着头，看着自己的杯子，手上的香烟兀自燃烧。

"埃丝特尔是你的朋友。"托马斯说。

"没错。"扎马隆说。托马斯刚刚这句话似乎让他很不高兴。

"就没有什么办法把这种事掩盖过去吗？咱俩都知道她是出于自卫。"

"尸体总归还是尸体。你想让我怎么做，把尸体丢进塞纳河里吗？我从来就不喜欢这个人，但即使我再不喜欢他，我也还是一个警察，我也还有一些责任感。这里有一具尸体，就必须有人来担责。接下来将会有一系列的程序，然后法院会决定谁有罪，该怎么罚。而我在这个过程中的职责就是抓到所有的犯罪嫌疑人。不过，要避开这些法律程序，希望还是有的。如果有罪的一方已经潜逃，我也不用挨批。"

"利昂，"埃丝特尔问扎马隆，"我能去哪里呢？我没有钱，也没有家人，就算我逃到法国其他地方，警察也迟早都会抓住我的。"

"我没说你是有罪的一方。"扎马隆说。他转过去盯着托马斯，掐灭手里的香烟，然后马上又从烟盒里抽出另一根。托马斯不敢相信自己的耳朵，狐疑地看着他，可扎马隆与他坦然对视，一副泰然自若的样子。

"怎么说呢，斯登布拉斯先生，你看上去确实也可能就是杀人嫌犯。你的一个老朋友神秘身亡，而你就在死亡现场。你以前就与这个朋友打过架，你还因此坐了几天牢。不带任何偏见地想一想，别人都有可能会说你就是最大的嫌疑人。"

"我来的时候马蒂尼夫人告诉我他们刚吵完架。"

"但是换句话说，也就是她看见你来过这里。"

"埃丝特尔！"托马斯向她求助。但埃丝特尔再次低头看酒杯。

"当然，你可以留在巴黎，替自己辩护。"扎马隆继续说道，"我想你应该能得到一些人的同情。用美术工具来杀死一个人，用这样的杀人方法来寻求公道听起来还有点诗意。我想新闻界会非常喜欢这个故事的。所以我想你应该不会得到最重的判决。如果你有钱雇个好律师，说不定你还可以全身而退。"

"埃丝特尔！"托马斯恳求道。

"当然，如果你逃跑了，他们就会假定你有罪。那样的话，你最好从这里消失。西班牙是个选择。但你的头发颜色太浅，混在人堆里很难不引人注意。德国也可以，但德国的警察太厉害了。北欧，应该可以。反正如果我是你的话，我是绝对不会回到我的出生地的。大多数罪犯都是逃回家找妈妈时被抓住的。"

"你不是认真的吧。"托马斯说，"我为什么要逃？"

埃丝特尔还是始终躲着托马斯的视线，但她终于开口了："托马斯，我已经努力那么久了，你不知道我受了多少苦。现在，我就要办画展了，我的第一场个展。"

"可是我也刚刚创作了自己的第一尊青铜像，就放在瓦尔苏尼那里，而且来自费城的艾伯特·巴恩斯医生就要来看我的作品了。他有可能会买下，放到自己的博物馆里。"

"哦，是的，他可能会买。"扎马隆说，"但谁说他一定会买？我觉得结束埃丝特尔的绘画生涯太可惜了。如果她出了名，我收集的她的作品就会涨价。我有没有跟你们讲过我有两幅莫迪利亚尼作品？涨价涨得可厉害啦。"

"埃丝特尔，你一定要替我求求情啊！"

"司法女神蒙着眼睛，她可不看情面。"扎马隆接着说，"她只会拿出天平衡量，既然一端有人受了害，另一端就肯定有人犯了罪。再说了，如果你变成逃犯，那么你的雕像也会像你一样出名。最起码，它会引起大家强烈的好奇心。咱们都面对现实吧，这世上的人对艺术家都有先入为主的成见。你来自艺术行业，人们肯定就认为你属于有激情的那类人。要是你激情到犯下谋杀案，而且还成为逃犯，哦，你就出名了。我几乎可以保证，你一定会上很多份报纸的。"

"我不想坐在这里听这种废话。"托马斯说道，"我会斗争到底的。你觉得上了法庭之后，被厉害点的律师一问，埃丝特尔扛得住吗？"

"我的朋友，别说厉害点的律师了，就连替律师擦鞋的人你都请不起吧。"

"埃丝特尔，你告诉他，你不会害我的。"

但是埃丝特尔一言未发。

"很好。"扎马隆说，"再过几个小时天就亮了，看来没时间再谈下去了。我可以做到将追捕推迟大概六个小时。我还可能会把文件放错桌子，这样你就可以获得一天时间。塞纳河边每天早上都有开往勒阿弗尔的驳船，你可以在那些船上找份工作。只要记得别在那些大港口下船，你就不会有事。很快，这件案子就没人记得了。不出几年，你就可以以自由人的身份在几乎任何城市走动。"

"但是不包括巴黎。"

"是的，巴黎不行。"

"我是不会听你的。这太荒谬了。"

"你自己选择吧，随你喜欢。但我给你提供的是一个好机会，拒绝的话，你将会在牢房里待上一段时间，然后这件案子才会交给地方法官审理。接下来会怎么样，谁知道呢？"

"我不会听你的。"

"很好。"

扎马隆起身，从口袋里拿出一双手铐。看到手铐，托马斯不禁吓得马上站起，后退几步。

"你快走吧，托马斯。"埃丝特尔说，"这是你最好的机会了。"

托马斯刚走出工作室，就听见身后门砰的一声关上了。他没看到马蒂尼夫人在老地方看门。托马斯并没有出门就跑，而是快步朝塞纳河的方向走去。他听到自己的心脏怦怦直跳，心跳快到已经呼吸困难了。走过几个路口，托马斯再也走不下去了，找了路边一堵墙单手扶住，避免摔倒。他听到百叶窗的另一侧有人在轻声说话，是一个男人和一个女人正在交谈。别人的说话声让他终于站稳了身子。他继续向前赶路，但是速度缓了一些。他还强迫自己点上一根香烟，放慢脚步，好让自己有时间来思考。他意识到自己不能离开巴黎，至少现在还不能。

托马斯走到马路对面，朝雅维尔路走去。一路上只要有人经过，他就低下头。走到自己的住处后，他先看了看四周，发现没有警察，就走了进去，没有开灯。他把藏在工具箱深处的一小把纸币和硬币拿了出来，装进衣袋，又找出一只布袋，凭着手感摸到几把凿子，扔了进去。然后他仔细地看了看窗外，看到街上什么动静也没有，才屏住呼吸，打开门，准备一听到脚步声就冲出去。好在外面并没有人。

托马斯走过塞纳河，来到右岸，然后叫了一辆深夜出租车去了火车东站。路上，他问了那个困倦的司机关于华沙方向火车的几个问题。到了火车东站，一个警察上上下下仔细地打量他，吓得他浑身都想发抖，但是尽量不让自己露怯。他径直走向停在月台上的一列火车，上车，走到车厢尽头，打开这节车厢的门，关上；打开下节车厢的门，关上——一直走到最后一节车厢。他看看窗外，发现没有警察，就在火车车身的另一侧下了车，跨过几排铁轨，然后抄近道来到车站的背面，再走过几个路口，最后到了火车北站。他走进北站，然后假扮刚到站的游客走出车站，打了另一辆出租车来到意大利广场西侧，再步行来到伊夫里。他希望自己已经留下足够多的假线索，可以甩掉警察，至少可以暂时拖住他们。

瓦尔苏尼的铸造厂锁着门。但这个简易工厂有很多窗户，托马斯打破其中一扇，然后爬了进去。他来到存放母子像的房间，看到他的女人像单膝半跪，肩上趴着那个已经逝去的小孩，女人承受着无尽的重量和痛苦。托马斯手里的布袋坠落在地上。外面的路灯透进来一丝微弱的光线，但他只能看清她的轮廓，还有青铜反射的奇异荧光。托马斯不敢开灯细看。

他找把凳子坐了下来，静静等待。慢慢地，慢慢地，外面天一点点亮了。微弱的天光照进窗户，他的青铜女人像开始显露身姿。一开始还是黑黑的轮廓。然后，随着光线逐渐增强，铜像变成了暗灰色。虽然不敢久留，他还是贪婪地享受这么庞大的一尊铜像所带来的愉悦，纯粹的体积庞大就已经令人倾倒。但是，他不能放纵自己一直沉浸在忘我的欣赏之中，他必须思考下一步的打算。

他把今天发生的事情在脑海中回放了一遍：要是他没有去卡雷尔学校，要是早上就拒绝埃丝特尔的请求，那该有多好，所有这一切就都不会发生了。就算当时已经走到了马蒂尼夫人的门口，他也可以转身就走。随他们两个互相残杀去吧，他才不在乎呢。但是现在木已成舟，他必须解决问题。

他现在还是可以选择与扎马隆对抗，埃丝特尔看他如此下定决心自救，说不定会因此动摇吧。毕竟两人曾经也是亲密好友，她真的会背叛他吗？

但是白日梦刚刚做了一遍，他就想起扎马隆的那副嘴脸，还有埃丝特尔不敢抬头看他的那个场景。

他站起来，在铸造厂里走来走去。难道他辛苦奋斗了这么久，结果就落到今天这般田地吗？这似乎太不可能了。自己的青铜像能卖出什么价格，他对此不再抱有任何幻想。没有了创作者，雕像卖不出去。买家买走的虽然只是作品，但是实际创作作品的艺术家也是同样被看重的。哪怕这铜像做得再好，如果出自一位不知名的艺术家之手，这铜像也是永远不可能进入巴恩斯医生的博物馆的。瓦尔苏尼最后只能把她融化，青铜只能回收做成其他雕像。他的成就从此人间蒸发，好像他根本就没来过巴黎一样。

他再次触摸铜像，然后用指关节叩击铜像——就像瓦尔苏尼那天所做的那样——并且倾听空腔发出的声音。没想到，经历了这一场艰苦的艺术之战，自己创作的铜像结果就是一个空空的胜利。

他想起了自己认识的唯一的一位真正的军人，那就是毕苏茨基元帅。或许多年以前他说的那句谶语应验了。在巴黎这个城市，托马斯就是一头闯进瓷器店的野牛。这个老阴谋家自己的日子混得还不赖。托马斯才离开华沙不久，毕苏茨基就策划了一场政变，现在他已经正式当上了波兰元首，地位非常稳固。如果托马斯当时听从元帅的安排，去了克拉科夫，他现在可能已经成了一位成功的雕刻家，并且还可以说国家元首是自己的朋友。托马斯考虑了是否可以回去找毕苏茨基，但是马上否决了这个念头。毕苏茨基毕竟是大人物，像他那样的身份不能让人发现自己窝藏罪犯。

托马斯走到工匠挂衣服的地方，看到挂钩上挂了六套工作服。他选了一件蓝色的工作服和一顶大帽子。在巴黎，除非同是劳动工人，谁也不会去注意一个劳动工人的。托马斯把自己上街穿的衣服塞进熔炉的底部。昨天的炉火还未熄灭，熔炉还是热的。快要灭掉的火炭一碰到新的可燃物进来，便迅速蹿成火焰，最后将其吞噬。

索雷尔的最后那句话浮上托马斯的心头。他说："我有才华。"托马斯也有才华，而且自己还有一条命在，无论自己去哪儿，才华都会跟着自己去哪儿。才华就在他的手上，他的眼睛里，他的思想中。他会带着才华，用到其他事情上。很久以前，里普希茨告诉他犹太人善远行，或许，临近结局，这是里普希茨给自己上的最好的一课。托马斯明白，自己必须学会远行。他走到铜像身边，最后一次亲吻铜像，却发现，这块金属就像尸体一样冰冷。

　　瓦尔苏尼曾说过，铜像就是一个纪念物。他说得没错，确实如此。但是瓦尔苏尼还说过，蜡像阶段的母子像最有生气，她会变，她不会永恒。托马斯想起了用来做雕像的那些蜡，那些所谓的"失蜡"，或者叫"脱蜡"。

　　铜像只不过是蜡像离开以后替代蜡像的化石，而那些蜡还可以重新塑造成各种形式。蜡是活的，是可变的，可以适应艺术家能够想象出的任何形式。托马斯觉得自己也是蜡，永不消失的"失蜡"，暂时的消失也不过是在等待新形状的呈现。

　　他退到铜像远处，看了最后一眼，然后转身离去。他再也看不到这尊铜像了，但没有关系，他已经把真正的母子像带在了身边，装进了心里。

尾 声

当地人对这片土地有很多不同的叫法，因为他们知道这片土地太广阔，无法用一个名字来概括。但是欧洲人带着测链和制图师来了以后，他们就认定，这一整片大地就叫"加拿大"。那么多不同的民族，那么多不同的地形地貌，一个名字就够了。

托马斯看着这些人，有来自魁北克的法国裔，有来自上加拿大地区的农民，还有来自多伦多的生意人。他坐在火车上，穿过一片片森林，路过粉红色的花岗岩，眺望安大略各个湖泊的时候，想起了埃丝特尔。他望向窗外，想在当地人的保留地上寻找浪漫的风景，但满眼看到的却是一片贫穷景象。

火车终于进入平原，托马斯感觉就像跟着火车进入了一片海洋——不仅是草的海洋，也是阳光的海洋。阳光是那么耀眼灿烂，那么没心没肺，日复一日，从未缺席。火车咔嚓咔嚓继续西进，托马斯也换了好几个车厢，与不同的售票员私下砍价，因为他身上的积蓄已经越来越少，能省一点是一点。

到了艾伯塔省的科克伦镇，托马斯下了车，到处打听他的叔叔尼克德穆斯·斯登布拉斯的下落。他很幸运，在一家便餐馆问到一个牛仔，那牛仔告诉他，可以去麦克劳德牧场找找看，他叔叔在那里打过工。听到这个消息，托马斯很吃惊——他一直以为叔叔很富有，不是给人打工的。

在一个阳光明媚的早晨，他徒步赶往那个牧场，大概要走十三公里才能到。他站在落基山脉的山麓丘陵上，远眺落基山脉顶峰上的积雪。一座座大山看上去似乎很近，他猜测大概半天就能走到。但他在尘土飞扬的路上走了两个小时后，再看那些大山，感觉丝毫没有变化。他翻过一座座小山丘，经过一片片草原牧场：那里没有篱笆分隔，只有牛群在远处吃草。最后他终于到了一处三岔路口，拐个弯就能看到牧场。那里有好大一栋木头房子，用的材料都是云杉木，谷仓、畜棚等外屋看上去也都差不多。三只巨型杂种农场犬冲到路上朝他狂吠，但托马斯熟悉这些农场狗的套路。他朝它们扔了两块石头，那些狗就步步后退。等他靠近房子的时候，一个老头走了出来。

牧场主人名叫雷吉·麦克劳德，六十七岁。两条浓密的眉毛全白了，看胡茬应该有两天没刮过胡子了；牛仔帽下面露出银白的头发，脸上满是深深的皱纹。

"你找尼克·斯登布拉斯？"麦克劳德说，"我当然认识，他是我这里干得最长的雇工，住了十五年。我们都叫他'水牛镍币'①，知道为什么吗？"

"不知道。"

"他总是跟别人借个五分钱的镍币买啤酒喝，还老说他的姓氏是水牛的意思。"

"是欧洲野牛的意思。"

"水牛、野牛不都一样是牛吗？不管怎样，他两周前喝了好多酒，然后就走了。从那以后就再没见过。"

_____

① 水牛镍币（Buffalo Nickel），也称野牛镍币，是美国政府于1913开始发行、1938年停止发行的五分硬币，一面图案是一头美洲水牛，另一面图案是一个印第安人。

"他会回来吗？"

"这很难说。你可以留个姓名和地址。如果他回来的话，我会告诉他去哪里找你。"

他们站在屋外的庭院里，那几只狗就在不远处围着托马斯转圈，一直在提防这个外人。从山顶雪峰下来的落山风一直吹啊吹，吹得托马斯感到一阵寒意。

"你看我都忘了待客之道了。"麦克劳德说，"你一定很累了吧？你的马拴在哪里？"

"我是走路过来的。"

"那你肯定也饿了。进来吧，你需要吃点东西。"

雷吉·麦克劳德很喜欢讲话。托马斯在吃煎牛排和土豆的时候，他在一旁讲了许多关于尼克叔叔的故事。麦克劳德先生是和蔼可亲之人，他一看就明白托马斯身上缺钱，而且无处安身，便说自己随时都缺人手，因为牧场的雇工常常不事先通知一声就走。托马斯答应留下后，雷吉就带他四处参观，看了员工宿舍、牲口棚和其他房子。最后带他来到打铁房旁边的一个房间。里面有一个木工台，上面有一些凿子，房间角落里还堆了一些木块。除了南墙，其他三面墙都安装了大窗户，室内光线充足，托马斯都能看清残留在木工台上的木屑。屋里还有置物架，排了三面墙。架子上面都是一些小木雕，大约有三十公分高。大部分木雕是牛仔形象，姿势不同，有的手上拿着套索，绳子紧绷，还上了色。还有几个是动物木雕，有一头美洲水牛、一只狼和一只鹰。托马斯伸手拿出其中一个尺寸稍大的雕像。这是一个骑马牛仔形象，马弯背跃起，马背上的牛仔一只手甩在空中，另一只手紧抓着马鞍上的桩头。

雷吉看托马斯将雕像拿在手里反复细看，有点不好意思地说："这是我的业余爱好。"这个雕像有很多精细的细节处理，所以托马斯小心翼翼，生怕弄坏了雕像。

"这个做得非常好。"他称赞道。

"你真的这么认为吗？"

"但你不应该给雕像上漆，直接展现木头本身的颜色会更加真实。"

"听起来你也懂一点雕刻。"

"我是有点了解。"他本想说自己是一个雕刻家，但又不想用这个字眼，所以就说："我以前刻过很多东西。"

"后来放弃了吗？"

"后来我改做铜像雕塑了。"

雷吉·麦克劳德的眼睛都亮了，说："我一直都想做一些那样的事情。"

"你不是有一个打铁房就在隔壁吗？"托马斯说，"我想我能帮你做一些准备工作，只要一些黏土、熟石膏和蜡，这些木雕就可以浇铸成铜像了。"

"雕刻只能算是一个业余爱好而已，你知道的。"

"没关系。"

"白天你还是要干农活的。等冬季到了，或者下班以后，咱们可以一起做雕塑。"

托马斯抬头看看老人。尽管老人说话小心谨慎，但是脸上依然挂着真诚温暖的笑容。那笑容灿烂如阳光，照在托马斯身上。

致　谢

　　这是一部历史小说，里面出现了大量历史上真实存在的人物，但是书里的情节并非这些历史人物的真实人生经历，完全是作者假想他们在遇到托马斯·斯登布拉斯之后可能会说什么、做什么。本书中的历史人物包括：贝蒙德将军，约瑟夫·毕苏茨基元帅，约瑟芬·贝克，阿巴第诺伯爵，保罗·德瓦尔，布丽克托普，佩雷斯先生，罗莎莉，莫里斯·郁特里洛，利昂·扎马隆，巴尔贝特，莫伊斯·基斯灵，瓦尔苏阿尼，雅克·里普希茨和贝尔特·里普希茨，还有里普希茨家的狗马罗，等等。

　　立陶宛没有小镇叫莫尔丁。

　　写这本书用了七年的时间。在此期间，我得到了很多个人及机构的慷慨帮助。对下文提到的人（还有很多没有提到的），我都表示衷心的感谢，谢谢你们的帮助：

　　我的校订者们：安妮·科林斯，她二十多年前出版了我写的第一部作品，现在又奇迹般地再次出现，培育了这部作品；肯德尔·安德森，这个伟大的"接生婆"，非常清楚哪个作品能够真正来到这个世界。

　　我的经纪人，安妮·麦克德米德。

　　我的妻子，斯奈妮。感谢她挑剔的眼光和对艺术的认识，感谢她在我用周末、夏天、晚上和早晨写这本书的时候，对我持续的支持和耐心。我的兄弟，安迪和乔·希莱卡。感谢他们帮我一起把父母告诉我们的关于他们童年的逸事拼凑起来，这些成了雨国那一部分的素材。

感谢加拿大艺术理事会、安大略艺术理事会，以及多伦多艺术理事会的资金赞助。感谢巴黎市立历史图书馆。感谢巴黎的图像论坛，特别是米丽埃尔·卡尔庞捷。感谢国立高等美术学校和凯瑟琳·多恩利尔。感谢巴黎的加拿大文化中心的舞台艺术部门和伯纳德·麦尼。感谢巴黎女神音乐厅的管理人员和在美妙的午夜带我们参观剧场和后台的维尔日勒·里贝罗。

乔·科特斯，我的朋友和长期支持者，他多次阅读我的手稿，给我提出很多珍贵的建议来提高作品质量。约翰·本特利·梅斯，在音乐厅的影响下，他那对约瑟芬·贝克充满感染力的兴趣开启了这部小说。里马·普尼斯加，我不知疲倦的巴黎模板工和饭友。阿涅斯·戈捷，巴黎杰出的版画艺术家。

加拿大的立陶宛档案馆馆长拉沙·玛在卡博士。多伦多复活教区图书馆的罗马斯·扎加里，他愿意为那些爱书的人做任何事情。阿拉吉和基奈·瓦律纳斯，还有乔纳斯·吉姆库斯，他们给我提供了那个时期立陶宛生活的细节。还有阿尔图拉斯·彼得罗尼斯，基尼斯·普罗库塔，鲁塔·梅尔基斯，维奥莱塔·科勒塔斯，拉穆奈·约奈蒂斯。

大卫·肯普，教我雕刻并帮助我浇铸了自己的小铜像。史蒂芬·罗，感谢他给了我由勒·柯尔比西耶设计的里普希茨的房子的建筑图纸。布莱恩·凯利，感谢她将部分那一时期的丰富藏书借给我。罗伯特·戈登，南希·布尔特，玛丽·乔·莫里斯，韦森·乔伊，理查德·汉德勒，约翰·梅特卡夫，罗素·布朗，杰克·大卫，读者和赞助商们。乔·阿韦尔萨和帕姆·汉夫特，我的前副院长和院长，感谢他们给予我的各种方便。

本小说有部分摘录曾出现在加拿大的《渥太华公民报》《枯树报》、法国的《旋转木马报》和立陶宛的《立陶宛报》《文化吧》等报纸和杂志上。

译后记

　　本书的缘起为一堂翻译实践课。2009 年，我院的刘继华老师邀我一起给英语专业高年级的学生上翻译实践课。课堂的形式是翻译工作坊，全班学生分成六个小组，以小组分工、组内成员合作的方式，分六个部分翻译这本《青铜女人像》。同时，刘老师希望能够以师生合译的方式将本书的中文版带给国内读者，也借机向学院献礼。我不胜荣幸，也不胜惶恐。喜的是能够得到刘老师的信任；愁的是担心自己能力不足，无法带领学生完成任务。

　　幸好，这本书非常吸引人，叫人读了不能罢手；刘老师又亲自示范，译出了不少妙句，把"开头难"变成了"开头欢"。因此，这一大家本来觉得时间很紧、挑战性极大的任务，转而变成了我们乐趣的源泉。课前完成自己的翻译目标，这几乎每个学生都做到了；然后，课上我们讨论翻译过程中遇到的困难。讨论非常激烈，常有金句在集体的智慧中迸出。作为指导老师，我不敢偷懒，不得不比学生先理解原文，为应对学生的提问做好准备。而且，因为六个部分同步进行，所以确实是痛并快乐着。一个学期下来，书的雏形差不多有了。当年最认真的学生之一，刘淑芬同学，协助整理并合并了六个部分。之后，我们就等待时机，争取将这师生合作的结晶出版。

可惜的是，机会迟迟不来。十多年过去了，一直等到 2022 年，宁波大学科学技术学院人文学院的周志锋院长和其他领导听闻了此事，非常支持，希望老师们能够重译此书，使其正式出版，为学院的发展、翻译系的壮大锦上添花。我们重看当年的作品，看到了青春和勇敢，也看到了幼稚和笨拙，因此心怀喜爱与敬意，也怀揣惶恐与不安，小心谨慎地以中年人的阅历再度理解原文，并以不同的笔调将其译成新的文字。我们不敢说这一版本更优，但我们的确更加谨小慎微、如履薄冰，希望尽可能地不在细节上闹出大笑话。

在本书的翻译过程中，李凤萍老师戴着刚刚配好的老花镜读了前半本初稿。令人动容的故事情节使她不禁落泪，较高强度的翻译工作使她眼睛干涩，但尽管如此，李老师还是奋不顾身地加入了这个令人眼痛、心痛但快乐的事业。她还根据故事的细节描写和场景描述认真地想象，以诊断译文初稿中的瑕疵、发现拗口的语句，并提出中肯且具有建设性的修改意见。她是本书翻译的参与者，更是最忠实的读者和最坚实的后盾。倘无她的支持与帮助，绝对不会有本译作的诞生。

在此，向原书作者安塔纳斯·希莱卡表示真挚的谢意。十多年前，我冒昧发过去一封邮件，希望他同意我们的翻译项目。他不仅欣然同意，而且慷慨地以几乎赠送的方式将本书的中文版权交给了我们。谁知，这事一耽搁就是十多年。此次，我又冒昧发去一封邮件。这时的他虽然都已经退休了，但依然记得此事，也依旧十分热情，犹如老友。其实，安塔纳斯与我们学院的缘分早已开始，刘继华老师曾带领一帮热爱翻译的学生翻译了其短篇小说集《加拿大男孩爱冰球》。该书已于 2009 年出版，我也作为指导老师的其中之一参与了该翻译项目。安塔纳斯的人生智慧和人格魅力在他作品的字里行间闪烁着耀眼的光芒，也在我们和他的几次邮件来往中熠熠生辉，照亮了我们这些读者和译者的心灵。

同时，也非常感谢浙江大学出版社的编辑黄静芬老师，她为本书的出版提供了非常专业和重要的帮助，让我们无时无刻不感受到浙江大学出版社编辑的真诚、细致和强大。他们的翻译校稿水平，对文学和文字一丝不苟的态度，对图书出版事业的热爱以及对书稿一遍又一遍的打磨，无不令人佩服。几个月下来，我们深感自己多年的外语学习和翻译练笔还远远不够，这次的经历也是对我们自身水平的一次重大提升。

最后，再次感谢所有为本书的翻译和出版提供过帮助的人。

本书此次重译，时间非常紧张，再加上译者水平有限，难免存在一些不当之处，恳请读者批评指正，在此也一并谢过。

曹钦琦

2022 年 10 月于宁波大学科学技术学院